U0901927

魅丽文化
桃夭工作室

熊掌拨清波 著

千百万次喜欢你

江苏凤凰文艺出版社
JIANGSU PHOENIX LITERATURE AND ART PUBLISHING

图书在版编目（CIP）数据

千万万次喜欢你 / 熊掌拨清波著 . -- 南京 : 江苏
凤凰文艺出版社 , 2021.11
ISBN 978-7-5594-5424-9

Ⅰ . ①千… Ⅱ . ①熊… Ⅲ . ①长篇小说 - 中国 - 当代
Ⅳ . ① I247.5

中国版本图书馆 CIP 数据核字 (2020) 第 227601 号

千万万次喜欢你

熊掌拨清波 著

出版统筹　曾英姿
责任编辑　张　倩
特约编辑　刘思月　罗李璇
装帧设计　黄　芸
出版发行　江苏凤凰文艺出版社
　　　　　南京市中央路 165 号，邮编： 210009
网　　址　http://www.jswenyi.con
印　　刷　长沙金鹰印务有限公司
开　　本　880mm × 1230mm 1/32
印　　张　11
字　　数　354 千字
版　　次　2021 年 11 月第 1 版，2021 年 11 月第 1 次印刷
书　　号　ISBN 978-7-5594-5424-9
定　　价　42.80 元

CONTENTS

目录

CONTENTS

目录

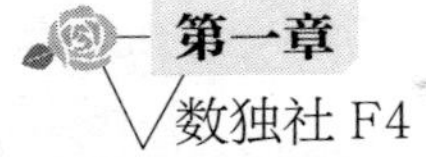

第一章 数独社 F4

原初悦又被举报了。

社团联合会管理部的办公室里，负责这一块的李老师看着原初悦一脸不在乎地坐在自己面前，只觉得头疼得厉害。

原初悦问："这次她们举报的理由又是什么？"

李老师冷笑两声："呵呵。"

原初悦立马懂了："说我不团结，不友爱，不礼貌？眼睛长在头顶上，仗着自己有几分本事就不把她们放在眼里？拜托！这大半个月，她们拿同样的理由举报我没有十次也有八次了，能不能换个新的？现在都讲究创新，身为祖国未来的栋梁，身为社联的一员，怎么能不以身作则做出创新的表率？我现在可不可以举报她们没有创新精神，无法担负社联的职责？"

原初悦这一番言论有理有据，饶是辩论队出身的李老师一时之间竟想不到什么词来反驳她。李老师叹了口气，无奈地看了原初悦一眼。要说这原初悦吧，人长得好看又聪明，以市文科状元的成绩考入东齐大学文学系，个人综合能力也很强。去年她刚入大学时，就加入社联，以新人的身份短短小半年就办了好几件差事，真可谓是琴棋书画样样精通，德智体美全面发展，很快就入了负责社联的老师们的眼，一跃成了社联老师们面前的红人。只可惜后来发生了意外，她休学了半年，不然今时今日她已经是大二，一年的历练和经验足够让她担得起部长职责，而不是像现在，休学回到学校从大一念起，依旧还是个干部。

人红是非多，原初悦太过亮眼，这样子的人总是容易拉仇恨的。这不，这段时间就有好几个女同学跑来告黑状，说原初悦目中无人，大家都是社联的成员，走在路上遇见了，她连个招呼都不打。

原初悦能力太强，妒忌她的人也就只能逮着“不团结，不友爱，不礼貌”这个事儿上纲上线，只想把她拉下马。

李老师心里门儿清，对原初悦是又爱又恨。

“你说你，大家都是一个学校的同学，抬头不见低头见的，路上遇见打个招呼也没有那么难吧？”

原初悦撇撇嘴，还是那个理由：“我是真没认出她们来。”

李老师揉了揉眉心：“本来最近因为数独社的那件事儿我就很烦，还得花心思来处理你们这些鸡毛蒜皮的小事儿，愁得我今儿上班前又网购了一套生发洗发水，也不知道有没有用……”

原初悦发量充足，一点都不想和李老师谈论脱发这个问题，她及时转移话题，充当李老师的贴心小棉袄：“数独社？数独社能有什么事儿？”

李老师羡慕地看了一眼原初悦那浓密黑亮的长发：“和你差不多，也被人举报了。”

原初悦琢磨了一下李老师的话，顿时生出了一丝惺惺相惜之情。果然，这世界有才华的人总容易遭人忌恨。数独社是东齐大学的王牌社团，和一般交了社费就能加入的社团不一样，数独社俨然是个另类，想要入社不需要交社费，只需要通过考试就行。

加入社团还得考试，这说出去简直令人不可思议。

偏偏想要进数独社的人还不少，大家挤破脑袋都想成为数独社的一员。毕竟，放眼整个数独界，东齐大学的数独社实力都不容小觑。

东齐大学的数独社，那就是精英社团的代表，虽然人不多，但个个都是强者。

原初悦说了一句：“怎么，终于有人忍受不了数独社独具特色的入社考试，所以跑来跟社联举报了？现在的大学生都怎么了？不就是一个考试吗？”

李老师瞪了原初悦一眼：“胡说什么！是有人匿名举报数独社成员被人收买，打假比赛。”

原初悦正色，语气却仍旧轻飘飘的，不以为意地道：“哦，那是挺严重的。”

这事儿并不小，匿名举报的那人说了，如果社联不妥善处理这件事给大家一个交代，就将这事公之于众。若是爆出东齐大学的王牌社团成员“打假比赛”这事儿，对学校本身也有不小的影响，李老师几次找数独社的社长谈过这事儿，但是数独社社长一口咬定没这回事儿。

李老师正发愁怎么处理这事儿呢。要处理吧，又没有真凭实据；置之不理吧，万一这事儿又是真的，被宣扬出去了，学校脸面也不好看。李老师是真心把原初悦当成心腹，才会跟她说这事儿。

再者说了，学校培养出一个能当成招牌的王牌社团也不容易，不管是学校还是学生，都付出了不少心血。

李老师也是个数独爱好者，并不想看到事情发展到一发不可收拾的地步。

原初悦觉得这个时候，自己这个贴心小棉袄就应该派上用场了，她自告奋勇地道：“不如这事交给我，我去调查一下？”

李老师犹豫了一下，他有心想要把原初悦培养成下一任社联会长，这事儿对她来说也是一个磨炼，也就应允了。

原初悦立马起身离开，视线从李老师脸上移到他身上那件翻领条纹衬衫上，开口道：“那我先走了，张老师。”

李老师眼皮一抽：“张，老，师？”

经常有同学私下吐槽，最近原初悦的记性变得不怎么好了，好几次面对面都喊错对方的姓名。李老师本以为这是污蔑，如今看来，并不是无凭无据。

原初悦脚步一顿，面不改色地补了一句：“张老师也有一件和您一样的条纹衬衫，虽是同款，但你们穿出了各自的特色和风采。当然，主要是因为人长得好看身材又好才衬衣服！”

原初悦一通“彩虹屁”拍得李老师浑身通泰，李老师放过原初悦这个“口误”，转而道：“你最近身体状况怎么样？之前你出车祸休养了大半年，可不要为了社团的这点工作就影响到身体，毕竟健康才是最重要的。”李老师顿了顿，又补了一句，“无论是身体健康，还是心理健康。”

李老师很怕社团那些人对原初悦的排挤影响到她的心理状况。

原初悦低着头，眼底闪现一抹幽光，嘴角挂着的笑容僵硬了一秒，但她很快调整好情绪，再抬头又是一副满不在乎的模样：“李老师您放心，我好得很呢。”

她这么优秀，没有什么能打倒她。

原初悦走出办公室，转身就打了个电话：“一分钟内，我要数独社所有社员的资料！”

“扑哧——”走廊拐角处传来一声憋不住的笑声，有个人影从拐角处走了出来。那儿有一扇明亮的窗，窗外阳光正好，原初悦眯着眼瞧去，那人逆着光一步一步地朝她走来。那是个少年，个头很高，头发打理得干净利索，穿着白色卫衣、黑色休闲裤，是最普通毫无特色的大学生装扮，面庞笼罩上了一层薄薄的光晕，逆光中看不清他的五官长相。

原初悦扯了扯嘴角，不感兴趣地移开视线，两人擦肩而过。

少年嘴角噙着笑，怡然自得，他掏出手机，慢悠悠地发出一条微信。

你在做梦吗：老温，我掐指一算，近日社团有凶神临门，需不需要本大仙给你详细算一卦，一卦换一顿小龙虾。

一口吃不成大胖子：？？？

一口吃不成大胖子：孟江北，说人话。

东齐大学社团联合会内部流传，原初悦其人嚣张跋扈、刁钻蛮横，翻脸不认人，前一天还能和你有说有笑其乐融融地为社联发展贡献一份力，改天走在路上相遇就能目不斜视当你是空气。

你要和她打招呼？对不起，你是谁？我认识你吗？

然而原初悦人长得好看，能力又出众，社联里忌恨她的人有，佩服她的也大有人在。大部分人都还是很宽容的，天才嘛，总是与众不同的。

甚至还有好事者打赌，究竟什么人能够入得了原初悦的眼，让她走在路上能主动打招呼？社联内部论坛还有这样一个打赌帖，赌注上至包一学期的早饭，下至一根陈年老辣条，应有尽有。

当然，身为当事人的原初悦是不知道这个帖子的，她原小仙女每天忙着怼天怼地怼空气呢，哪儿有空在乎这些凡人。此时此刻，她正对着电脑忙着研究收到的数独社的社员资料。

原初悦资料要得急，收上来的资料里甚至还有一个校内论坛链接。原初悦点进去，大写标红的标题险些刺瞎了她的眼——数独社 F4，你喜欢的样子这儿都有！

原初悦挑眉，咋的，现在社团也兴这一套，学人家娱乐圈卖人设？

帖子正文先是贴了一个视频，后面还跟了四张照片，原初悦匆匆扫了一眼，没怎么在意。照片下面的文字描述更是一通“彩虹屁”，夸张到原初悦都没眼看。原初悦快速掠过，提取了一些重要信息，将名字和帖主强行赋予的人设关联了一下。

韩录，冰山酷男。

程侑，病娇系美男。

孟江北，双子座帅哥。

帖子里还加了一句，考虑到审美与众不同的小部分群体，将最后一个名额让给了数独社社长温宇飞，圆润的大胖子，一只潜力股，如果能瘦下来也绝对是花美男一个。

原初悦的视线在程侑的名字上多停留了三秒。程侑？程侑进了数独社？原初悦眯了眯眼，看来这次任务自己接对了！就算为了程侑，她也要想方设法进入数独社。

帖子里大部分的内容都是“彩虹屁”集锦，就连下面的跟帖也是清一色的盛世美颜、疯狂舔屏之类的，偶尔插了几句——“请温宇飞圆润地滚出 F4。”“温宇飞今天瘦了吗？没有！”“强烈要求等温宇飞瘦下来了再加入 F4！”

呵，肤浅的凡人。

原小仙女对此不屑一顾，她拉回到帖子的最上面，点开了那个视频，视频内容是前段时间社团招募会活动上数独社举办的宣传活动。摄像机镜头对着的是数独社的摊子，摊子前摆放着两个类似画板的架子，架子上放着厚厚一沓数独测试卷，有人在一旁喊着：“数独社的社长疯啦，社员大甩卖了！说出你心仪的社员，只要数独 PK 赢过他，就可以把他带回家！”

哗众取宠！

镜头摇晃了几下，原初悦听见耳机里面传来疯狂的叫声，她仔细地分辨了一下，发现其中“孟江北”这个名字出现的频率尤其高。

镜头前走来一个穿着灰色卫衣的少年，他歪着脑袋看了镜头一会儿，拿起一支笔走到其中一个答题架前。人群里被推出一个羞答答的女孩子，红着脸站在了另外一个答题架前。

视频画面一分为二，左边是那少年的答题板，右边是女孩子的答题板。

原初悦扫了一眼，一下就看出了这道题是杀手数独，虽然难度系数高，但只要找到其中的关键突破口，要解决这道数独题并不是难事。原初悦在心里把这道题过了一遍，将突破口锁定在第七个格子上，脑中念头刚闪过，就看见视频画面的左半边出现了一只修长的手。那只手拿着圆珠笔在题板上点了几下，毫不犹豫地在第七个格子上落笔。

那人速度很快，几乎是一气呵成，没有在任何一个空格上有所犹豫，没有多余的计算，每个空格都只有一个数字，不像一般的数独选手遇到不确定的答案时会在空格里填上几个备选答案，等后续再进行筛选。

那人落下最后一笔的时候，原初悦余光看了一眼视频的进度时间，心里默算了一下，两分四十五秒。而这个时候，右边的女孩子才堪堪填了一小半的空格，其中大部分都写了三四个数字。

实力相差实在是悬殊，比赛的结果毫无悬念。原初悦撇撇嘴，这种实力悬殊的比赛实在是没有意义。她关掉了视频，鼠标往下滑了一下，眯着眼仔细地看着照片下的描述，找到程侑的那一部分，放大照片，选择另存为，她顺手又将照片在手机里也存了一份，并设为屏保。

安静的图书馆里，谁也没有注意到原初悦这边的动静。

有个身穿白色卫衣的少年刚好捧着水杯路过，余光瞥到原初悦的电脑屏幕。他发誓，真的是不小心看到的，谁让那电脑屏幕照片上的人这么眼熟，和他每天照镜子时看到的脸长得一模一样，英俊逼人。

少年摸了摸鼻子。人长得帅真是没办法，走哪儿都能遇到迷妹。

少年又看了一眼原初悦美好的侧脸，嘴角勾起弧度，说什么一分钟内要数独社全部社员的资料，怕是自欺欺人，其实只想要他的吧。

少年停在原初悦的身旁，存在感太强，原初悦奇怪地抬头看了他一眼。两人视线对上，少年冲她笑了笑。

原初悦："？？？"

神经病？

原初悦合上电脑，翻了个白眼离开。

少年："？？？"

这"凶神"害羞的表现有点与众不同啊。

原初悦没有看到，那个帖子下面一千多条的评论里有一条——"楼主，你其实是个黑粉吧？都把孟江北和程侑的照片贴反了！"

原初悦喜欢程侑。他们俩青梅竹马，打小一块儿长大。程侑这人从小就长得好看，性格内敛，除了数独仿佛对旁的都提不起兴趣。在同龄的男孩子还在调皮捣蛋玩泥巴的时候，他就已经学会将自己收拾得干干净净，安静地坐在一旁玩数独。

有了同龄人的衬托，程侑越发显得与众不同，春心萌动的原初悦在一众熊孩子里一眼相中程侑，会喜欢上他也是情理之中。

奈何落花有情流水无意，程侑将全部的心血和注意力都投注在数独上，对原初悦火热的少女心避如蛇蝎。原初悦一边追，他一边躲，两人僵持了这么多年没有丝毫进展。不过原初悦也不灰心，她一直觉得，自己这么优秀，程侑怎么可能会不喜欢自己？

程侑不喜欢自己，更不可能会喜欢上别人。她要追上程侑，也只是时间的问题，原小仙女的自信心比起常人总要强上那么三分。

嗯，从某方面来说，原初悦自信心的程度和孟江北不相上下。

从图书馆出来后，孟江北转头又给温宇飞发了一条微信。

你在做梦吗：老温，你听说过“蓝颜祸水”吗？

一口吃不成大胖子：陪聊一分钟一百块。

你在做梦吗：如果有一天社团来了个大魔头，不要怪我，要怪就怪上天赐予了我这么英俊的长相。

一口吃不成大胖子：？？？

一口吃不成大胖子：醒醒。

一口吃不成大胖子：求求你看看自己的微信 ID。

你在做梦吗：【红包】一百元。

一口吃不成大胖子：我觉得你一定是上辈子造了什么孽，今生才会给你这么一张帅气的脸，让你经历什么叫蓝颜祸水。

一口吃不成大胖子：我一定要向你学习，多多造孽，争取下辈子也能长得跟你一样帅！

温宇飞喜滋滋地收了红包，只不过眨眼的工夫，微信提醒他账号被挤了下去。他费了一番工夫重新登录上微信，发现钱包里的一百块还没焐热就又飞了。

温宇飞：“！！！”

一口吃不成大胖子：孟江北！还我血汗钱！

温宇飞一度觉得，孟江北最近是不是太闲了才会这么无所事事整日瞎想。他琢磨着最近要不要和其他高校组织几场数独友谊赛，将孟江北塞进去，给孟江北找些事儿干。

还没等温宇飞琢磨出章程来，原初悦就找上门来了。

为了“打假比赛”这事儿，李老师私底下找过温宇飞很多次，明里暗里也调查了不少，奈何温宇飞一口咬定“不是、没有、纯属污蔑”。原初悦这番行动，自然不可能把她要调查“打假比赛”这事儿摆在明面上，古话怎么说来着？哦对，微服私访。

原初悦随便找了个理由，和李老师打了招呼就直奔数独活动室。

作为东齐大学的王牌社团，数独社自然享有特殊的待遇，一般社团想要举办个什么活动都必须打报告向学校申请，征用教室，而数独社拥有专用的活动教室，而且还是两间。

数独活动室在五号楼，东齐大学的楼号一般是按照建造的先后顺序来命名的，五号楼虽然有些年岁了，但看上去并不破败，古香古色的。五号楼在学校的东南角，胜在安静，这里不再用作教学，而是用作办公。东齐大学排名前十的社团里有六个的活动教室都设在这儿。

原初悦站在数独社活动教室门前，摸着下巴饶有兴致地看着这两间教室。

有点意思。

左边的 401 活动教室看起来和一般的活动教室没有什么太大的区别。402 则有些不同，门口的锁就不太一样，那是一个电子屏幕锁，点亮屏幕会随机出现一道数独题，只有在规定时间内做出这道数独题才能解锁。

原初悦挑了挑眉，是谁想出这么奇葩的玩意儿的？敢情数独水平不够，还不能踏进这活动教室不成？

事实就是如此，401 坐了五六个人，402 则只有两个，其中一个戴着帽子趴在角落的桌子上呼呼大睡，另一个胖子则正襟危坐在中间的座位上，手里拿着一道数独题装模作样，眼睛却一个劲儿地往窗户这边瞥。

原初悦在窗户前站了好一会儿，和那胖子的视线对上了三四次，那胖子始终视若无睹，假装没看见。

数独社的社长温宇飞是个大胖子，原初悦来这儿前给他打了电话联系过，约好了在活动教室见。

而原初悦观察过，这两间活动教室里，能担得起“大胖子”之名的只有坐在 402 的这个人。

原初悦又挑了挑眉，懂了。敢情这个胖子是想给她一个下马威？

原初悦捏了捏拳头，右手食指点亮了电子屏幕锁。

四分钟后，402 教室传来“嘭——”的一声巨响，原初悦推开大门。

门与墙壁发生碰撞闹出不小的声响，正在那儿呼呼大睡的孟江北猛地惊醒，睡眼惺忪地抬头看向声音来源的方向。原初悦大步走了进来，一副“女王驾到，尔等小民速速跪拜”的架势，抬了抬下巴，突然露出一个不怀好意的笑。

“温学长是吧？你们这个社团还挺有意思的。”

温宇飞突然觉得膝盖一软。孟江北还没搞清楚情况，迷迷糊糊地想着，他这个小迷妹，笑起来还怪好看的。

原初悦也不浪费时间，大步一迈坐到了温宇飞的面前，余光瞥过孟江北，不怎么感兴趣地又收了回来，开门见山道：“温学长，我收到社联宣传部的举报，说你们数独社十分不配合宣传部的工作。先不说别的，就说每年的社团风采展示短视频，你们数独社连续三年都没有交过。”

为了展现大学社团的百花齐放，社联每年都会制作一个社团介绍视频集锦。

原初悦敲着桌子，端着一副纯良无害的小仙女模样：“温学长，你这样为难我们，让我们很难办啊！”

温宇飞觉得自己还能挽救一下，厚着脸皮道：“我们社团里没有一个会拍视频做后期剪辑的，找摄影学院的同学吧，他们接这种活一般也是要收费的。”温宇飞搓了搓手，“我们社团吧，经费一直有些紧张，钱嘛，要用在刀刃上，我觉得我们社团的风采不需要靠这些东西展示。”

原初悦眼里闪过一道暗光。

经费紧张？所以能做得出为了钱打假比赛的事情来咯？

原初悦十分“善解人意”地道：“就是考虑到你们社团的这个问题，所以今年宣传部才派了我来。视频的拍摄和剪辑你们不用担心，我都会。”

全能的原初悦挺了挺胸膛，走自己的路，让温宇飞无路可走。

她掰着指头算：“其他社团交上来的短视频，长至十分钟，短至两分钟，我给你们社团打个对折，就按六分钟来算。你们三年没交了，这次一次性补全就是十八分钟，再加上利息，四舍五入就半小时吧。再考虑到你们未来几年可能也不会配合工作，所以这次干脆一次性交个一个小时的视频，以备不时之需。当然了，视频时长一小时并不代表拍摄时长一小时，为了保证素材的可用性和高质量，全方位展示数独社的风采，我打算这学期就打驻扎在数独社了。温学长，你没意见吧？”

温宇飞被原初悦的神逻辑折服了，这、这还能收利息的？

温宇飞垂死挣扎："练习数独需要的是绝对的安静环境和注意力集中，我觉得吧，原同学你若是来了，怕是会影响到我们的练习。全国大学生数独挑战赛马上就要开始了，我们都在全力备战呢。"

原初悦扫了一眼孟江北，她没看错的话，她进来的时候这个人正在睡觉，这就是他们数独社备战的态度？

"我拍视频的时候绝对不会发出声音。"

"不是……"温宇飞咽了咽口水，解释道，"原同学你长得太好看了，我怕我这帮社员不好好做题就光顾着偷看你了。阿北，你说是不是？"

正在偷看原初悦的孟江北："……"

孟江北面无表情地问道："老温，你是觉得我长得不够好看吗？"

惨遭社员拆台的温宇飞："……"

看在温宇飞夸她好看的分儿上，原初悦给了他最后一个机会："之前社团招募大会的时候，我看见你们社团推出了一个'PK 数独带走社员'的活动……"

孟江北情不自禁地挺直腰背。

来了，果然来了！她的目标果然是想带走自己吗？

原初悦慢吞吞地道："社员，我就不要了，只要我赢了，这次的视频就听我安排如何？"

孟江北："？？？"

他堂堂孟大帅哥，数独社 F4，还比不上一个宣传视频？

迷妹心里只有工作没有他，怎么办？

比数独啊？温宇飞放下了心，接话道："行啊，就让阿北和你比。"

阿北？是视频里出镜的那个孟江北吗？原初悦回忆起他在视频里的表现，若是要比数独，她并没有完全的把握能够赢他。

"这次不比数独，我们来比舒尔特方格。"

舒尔特方格是目前最有效最科学的集中注意力的训练方式，玩法也特别简单。

虽然舒尔特方格看似简单，但想要快速完成这个训练并不是一件容易的事情。

温宇飞更放心了，一拍桌子："行，舒尔特方格就舒尔特方格！阿北，你来！"

孟江北："……"

孟江北慢吞吞地起身，不着痕迹地挤开温宇飞魁梧的身躯，坐到了原初悦面前。因为刚醒，他声音有些嘶哑低沉："怎么比？"

声音还挺好听的。

原初悦心里划过这个念头，并不在意，回道："最简单的比法，一百个格子的舒尔特，用时短者获胜。"

孟江北也不知道从哪儿掏出两台平板电脑，递给原初悦一台："成，这平板电脑里有个舒尔特小程序，和一般的不太一样，若是点错了一个需要从头开始。"

原初悦并不在意这些细节："无所谓。"

比赛开始，两人面对面坐着，面前分别放着一台平板电脑。这两人长得都很好看，透过窗口的阳光洒在两人身上，从旁人的角度来看，真是一个赏心悦目的场景。

温宇飞站在一旁，鬼使神差地拿出手机拍了一张照片。

原初悦全神贯注，手指快速地在平板电脑上触碰。孟江北倒是不紧张，左手撑着下巴，右手手指随意地在平板电脑上划拉着，修长的手指如葱白般。

比赛的过程中，孟江北抽空快速地抬了抬眼，瞧见对面的小姑娘紧紧地抿着唇，眼睫毛眨了眨，根本没有多余的注意力放在旁的事物上。

长得好看还这么努力，啧，比他就差那么一点儿。

随着最后一个数字被输入，平板电脑屏幕上跳出一个时间，原初悦微微松了口气，抬头去看孟江北，瞧见孟江北刚刚将指尖从屏幕上收回。

温宇飞凑过脑袋去看，脸立马黑了。

原初悦六十七秒五十四，孟江北六十八秒四十一，他故意的吧！

孟江北耸了耸肩，好看的桃花眼弯了弯，英俊的脸庞越发光彩夺目："我输了。"

原初悦没什么反应，一旁的温宇飞险些咬碎了一口牙。

呸！不要脸！比赛都输了，还有脸去勾搭人家小姑娘！

原初悦并不知道温宇飞的愤怒，她拿起手机解锁屏幕，冲温宇飞努了努嘴："既然如此，今后还请温学长多多配合我的工作，加个微信？"

愿赌服输，哪怕温宇飞脸皮再厚也没办法再赖掉了，他只能心不甘情不愿地凑过去等着原初悦给他微信二维码，一错眼便看见原初悦的手机屏保。

温宇飞沉默了一瞬："这人……"

原初悦倒是落落大方："哦，这是我喜欢的人。"

温宇飞情不自禁地瞥了一眼一旁的孟江北，孟江北表现得比原初悦还要大方。

温宇飞一阵语塞。行吧，两个当事人都这么淡定，他一个旁观者太过心潮澎湃是不是有点不太好。

加了微信好友后，原初悦收拾东西起身离开："有事微信联系。"

离开前，原初悦想起了什么，回头对温宇飞露齿一笑："对了，我觉得你们活动室门口这道门禁题目的难度系数可以再提高一点，这么简单，是个人都能进来，就没有门禁的意义了。"

温宇飞："！！！"

你说这话真的不怕天打雷劈吗？你以为那些人坐在401是为什么？不就是因为进不了这VIP活动训练室吗？

原初悦走后，孟江北打了个哈欠，对温宇飞笑了笑："是个人都能进来？"

温宇飞："……"

孟江北："我说今天某人怎么这么积极要来402，自己解不开门禁，还非要拉上我。"

温宇飞："给我这个社长留点面子好吗？"

孟江北斜了温宇飞一眼，意味深长道："我记得有些人不是说过402一点学习的氛围都没有，宁愿待在401也不来402吗？今儿怎么来这么一出，莫不是为了躲某些人，想让她知难而退放弃来社团的打算？"

温宇飞脸上的表情僵硬了一秒："呵呵，怎么会，你想多了。对了，韩录那小子估计也快回来了。他之前请了一个月假出国交流，也不知道这段时间有没有勤加练习？等他回来一定要考考他，看他的数独水平有没有退步。"

温宇飞生硬地转移话题，孟江北也懒得细问，冲温宇飞伸出手："给我。"

"什么？"

孟江北笑道："刚才你拍的照片。"

温宇飞立马就炸了："刚刚在比赛呢，你还有空注意到我拍了照片！孟江北，你果然是故意输的对不对！"

孟江北不耐烦地挥了挥手："最近全力备战呢，精神压力太大了，一时发挥失常怎么了。再说了，舒尔特一百方格的成绩一百三十八秒的人怎么有资格说我故意输？"

温宇飞："呵呵！"

"别啰嗦，把照片给我，我明天去找程侑还有事儿。"

原初悦并不知道自己的出现，险些让孟江北和温宇飞"深厚的情谊"瓦解。她定下给数独社拍宣传视频的事儿，隔天就乐滋滋地去找程侑了。

程侑身体不好，上了大学也不住校，程家在大学城附近的一个别墅小区里给他买了一套房子。原初悦因为自身的问题也不适合住校，再加上她强烈要求，原家索性也在同一个小区给她置办了一套房子。

没有买到程侑家隔壁的房子，原初悦还是有些小遗憾的。

程侑平日里大门不出二门不迈，就连课都很少去上，老师们起初还有怨言，后来程侑全方位地向他们展示了什么叫"哪怕不去上课，我学得也比去上课的同学强"，老师们也就睁一只眼闭一只眼了。所以哪怕住在同一个小区，原初悦也没能与程侑见几次面。这次就不一样了，她有光明正大的理由去找程侑，程侑总不能避而不见吧。

原初悦忙完了学校的事儿，回家的路上给程侑发微信。

阿喵喵喵呜：小程哥哥，宣传部让我去给数独社拍宣传短片，短片素材里需要对数独社的每个社员进行采访。

阿喵喵喵呜：我是看了社团成员的资料才知道你也在这个社团的，你看你有没有时间配合我进行一个小小的采访？

原初悦的语气卑微得像个小可怜，全然没有以往面对别人的王霸之气。

原初悦想了想，又发了一个萌萌的可怜表情包过去。

阿喵喵喵呜：这次任务对我来说很重要，小程哥哥你能不能帮帮我呀？

许久，程侑才回了消息。

程侑：我这边暂时有点事。

程侑：下午五点，行吗？

阿喵喵喵呜：没问题！

程侑刚放下手机，对面的孟江北就打了一个响亮的喷嚏。

程侑见孟江北脸色苍白，问了一句："你还好吧？"

孟江北又打了个喷嚏，声音嘶哑得有些厉害：“没事，只是有点小感冒。过段时间咱们社团和启元大学的数独社进行友谊赛，老温的意思是让咱们两个也上，你一开始不是不愿意参加这种比赛吗？怎么答应了？”

程侑笑了笑没说话。

孟江北也不继续追问，嗓子干得有些厉害，他伸手去拿茶几上的杯子，想喝口水润润喉，却不料将杯子碰翻，满满一杯茶水洒了一身。

孟江北本来就感冒了，这个季节穿着湿衣服更容易加重病情，程侑主动开口道：“要不你先穿我的衣服吧？”

孟江北没有拒绝程侑的好意，两人体形十分相似，衣服的尺码也都一样。

等孟江北换好衣服出来后已经是四点半了，他与程侑说了声明天把衣服洗了再送回来便离开了。程侑还要送，孟江北却摆了摆手自己熟门熟路地出去了。

孟江北关上大门，转身就看见原初悦乖巧地坐在门口的花坛边上。她神情恬静，和孟江北之前看到的那副“你们这些凡人都入不了我的眼”的表情很不一样，就像一个威风凛凛的丛林之王突然变成了一只乖巧的小猫咪。夕阳洒在原初悦的身上，显得她整个人越发温柔恬静。

孟江北愣了愣。

那边原初悦听到关门的动静，下意识地往这边看，仔细地打量了一下孟江北的体形和发型。待看清孟江北穿着的衣服时，她雀跃地一路小跑过来，停在了孟江北面前，仰着头眼睛亮晶晶地看着他，语气甜得就像喝了八分甜的奶茶。

“你怎么这么早就出来了呀？”

孟江北被原初悦这巨大的反差和甜腻的语气震得心神荡漾了一下，但很快就镇定下来，声音嘶哑地道：“你在等我？”

原初悦听这声音有些不太对劲，关心地问：“你是不是感冒了呀？”

孟江北咳了几下：“没什么大碍。”

原初悦却自来熟地上前拉住孟江北的袖子：“这里风大，我们换个地方。”

孟江北看着拉着自己衣袖的小手，犹豫了一下，终究没有扯开，跟着原初悦往前方走去。

小区里有一家甜品店，原初悦很喜欢这里的甜品。这个点儿甜品店的人并不算很多，原初悦点了杯奶茶，又给孟江北点了杯热牛奶。

甜品店的气氛多好呀，原初悦傻了才会在家里进行采访。

原初悦嘬了一口奶茶，笑眯眯地望着孟江北："那我们就开始采访吧？我保证，很快的！采访完，你就快点回去休息。"

"采访？"

原初悦急了："就数独社的采访呀，我不是要做社团的宣传短片吗？所以想在拍摄之前对每个社员进行一个小小的采访。"

孟江北想起昨天的事儿，又想起方才原初悦对待自己的态度，因为感冒变得有些晕乎的脑子还在想着：果然，她隐藏不住对自己的爱意了吧！昨天还装作爱答不理不在意的模样，今天就甜腻腻地跑上来扯自己的袖子。

哼，女人！

原初悦迫不及待地抛出第一个问题："你喜欢什么类型的女孩子呀？"

孟江北："……"

原初悦："如果有女孩子要追你，你比较能接受什么样子的追求？"

孟江北："……"

原初悦："你想要收到什么样的生日礼物？"

孟江北："……"

原初悦："你是不是不太喜欢热情的女孩子呀？"

孟江北："……"

很好，看来原初悦已经彻底压抑不住对他的爱意了！

孟江北深深地看了一眼原初悦，虽然他并不讨厌她，甚至觉得她还挺有趣的，但这并不代表他会轻易地接受原初悦的"告白"。

原初悦却误会了孟江北眼神里的意思，急忙掏出手机翻出"数独社F4"帖子下面的评论给他看："这可不是我的私心哦，你看，大家都想问的。"

孟江北斟酌了一下，一字一顿地道："长发，大眼睛，笑容很甜，最主要的是……聪明。"

原初悦细细一琢磨。很好，他喜欢的样子我都有！

原初悦笑得更灿烂了。

孟江北却坐不住了，屁股着火了一样"噌"地站了起来。

她太可爱了吧，这简直就是犯规！感冒严重影响了孟江北的思考，他匆匆扔下一句："先这样吧，我有事先走了，改天再采访。"

原初悦想要拦住孟江北，手机却在这个时候响了。看见屏幕上“爸爸”的来电显示，她只能先接通电话。

“爸爸？”

“我正跟小程哥哥在一块儿呢。”

“没有没有，我没有一直缠着小程哥哥啦，我这次是真的有很重要的事情才来找他的。”

不知道电话那头的人说了些什么，原初悦的笑容冷了下去，她又恢复了在学校的那副“生人勿近”的模样。

“爸，我很好，这个病并没有影响我的生活，我已经能分得清很多人了。我一直有努力地训练自己，您就别担心我了。”她轻笑一声，“毕竟我可是您最优秀最完美的女儿呀，以前是，现在是，将来也必须是。”

温宇飞激动得快要泪流满面。太不容易了，他的努力终于感动天感动地，感动了数独社这帮任性妄为不听组织安排的崽子。

温宇飞看着坐在自己身旁的孟江北，深感安慰，抹了一把并不存在的眼泪，拍了拍孟江北的肩膀道：“你是不是良心发现，觉得对不起我这个社长，所以决定乖乖来活动室训练了？”

数独社刺儿头很多，最为典型的代表就是孟江北。孟江北经常无缘无故翘掉社团活动，就连比赛前的训练都经常不参加，被温宇飞逼急了，就拿出一些“一早起来眼睫毛掉了一根无心训练”“舍友养的金鱼刚刚死了，我在安慰他呢”诸如此类千奇百怪的理由。

程侑虽然也不怎么参加社团活动，不过他不一样，他一开始就不打算参加数独社，是温宇飞死缠烂打才求得程侑进了数独社。所以，不强制他参加社团活动和比赛就是其中一条。

而今天，罕见的一幕发生了，孟江北竟然拖着重感冒的身躯，来参加数独社的日常训练了！

平常沙子迷了眼都能被当成理由不来参加社团训练的孟江北，竟然放弃重感冒这个极具说服力的理由，来参加训练了！

温宇飞觉得有必要放挂鞭炮庆祝一下。

但是A市禁止燃放鞭炮烟花，温宇飞想了想，退而求其次，从手机里翻出一幅火红的鞭炮燃放动图，诚心诚意地摆在了桌子前。

孟江北要死不活地趴在桌子上，白色的口罩盖住了大半张脸，嘶哑的声音从口罩下传出来，闷闷的却不难听：“老温，你是不是忘了充值？”

“啊？你是说手机话费吗？我月初才充了十块钱呢。”

孟江北指了指脑子：“不，我是说你的智商。”

温宇飞：“……”

孟江北还准备再说些什么，表达他对温宇飞智商欠费的同情和遗憾，余光一瞥，瞧见401门口出现一个熟悉的身影。方才还一副分分钟就要驾鹤西去的孟江北立马挺直了腰背，拨了拨头发，从温宇飞的手里抢走《数独一百题》，装模作样地研究着。

今天是要召开社团会议，而402一向只对能够凭借自己实力解开数独门禁的社员开放，所以今天的会议定在401举行。

原初悦来得有些晚了，她到的时候数独社的成员基本上全到齐了。数独社走的是精英路线，登记在册社员并不多，满打满算也就十五个，原初悦一踏进教室，就感觉到数十道视线朝自己看了过来。

数独社的女生就一个，是个叫路书瑶的大二学生，长得算不上好看，但胜在会化妆打扮，当然，再怎么会打扮也比不上原初悦的天生丽质。

毕竟，原初悦的长相是得到过社长温宇飞的认证的。好看的妹子走到哪儿都是会发光的，原初悦轻而易举就夺走了大家的注意力。

谁也没有发现，原初悦原本坚定的步伐顿了一瞬，她的视线在教室里扫过，心里默默统计了一下，暗骂一声，这群男孩子怎么活得这么糙？就不能稍微拾掇一下吗？瞧瞧，十三个男生里，有九个穿着条纹衬衫！横的竖的粗的细的应有尽有，怎么着，市面上的条纹衬衫款式都在这儿了吗？

原初悦又仔细一看，感受到毁灭性的打击，心中的愤怒翻江倒海，脸上却不显。这些人都是上帝用一个模子造出来的吗？就从坐着的姿势来看，除了温宇飞体形比较突出，大部分人都相差无几。就连发型，都像是一个理发师流水线推出来的。

毫无特色，原初悦面无表情地想。

原初悦大步走向讲台，将手中的资料往台上一放，气势逼人地道：“现在，开始点名。”

数独社众人：“？？？”

“崔晓童。”

“到……”

“韩睿。”

"到。"

"徐诺。"

"呃，在。"

原初悦气势太强，再加上她不慌不忙的自信姿态很具有说服力，突如其来的点名打得数独社众人一个措手不及，还没等他们反应过来，他们就被原初悦牵着鼻子走，乖乖地跟着答到。

点名的流程走到一半，身为数独社的社长——温宇飞终于后知后觉地明白过来哪里不对劲。

不是……原初悦凭什么点名啊？

温宇飞站起身来往讲台走，扯着嗓子喊："原同学，你这是在干什么呢？"

原初悦向温宇飞比了一个暂停的手势，一个眼刀子甩过去："有什么事等我点完名再说。"

大概是原初悦的眼神太具威慑力，温宇飞竟然真的闭上了嘴，乖乖地站在一旁。

"孟江北。"

在场唯一一个哪怕染上了重感冒也保持清醒状态的孟江北正犹豫自己要不要努力适应一下社团成员的平均智商水平，拉低自己的智商跟着一起犯蠢，只不过犹豫的一小会儿工夫，他就错过了答到的最佳时机。原初悦皱了皱眉，扫视了教室一圈，视线从孟江北身上划过又漫不经心地落回到名单上："没来？"

孟江北："……"

孟江北突然有些佩服他这个小迷妹，前两天还拉着他的袖子，萌萌地问他喜欢什么样子的女孩，今天就假装不认识他，装得还挺像。

这个吸引他注意的方式还真是别出心裁。

孟江北正在心里思索着，那边原初悦已经下了结论，手指在名单上的"孟江北"这三个字上敲了敲，神色有些不悦。

原初悦努力地从记忆片段里搜索出有关"孟江北"的信息，数独水平很高，那天和她比舒尔特方格的也是这个人，据说长得很帅，好像还是数独社的中坚力量。但是她跟这人没什么交集，说过的话十根手指头都能数出来，印象实在说不上深刻。

原初悦问一旁的温宇飞："孟江北是怎么回事？不是说了今天的会议

很重要吗？他有请假吗？”

“呃……”温宇飞偷偷瞥了一眼孟江北，只觉得孟江北整个人都笼罩在一片低气压之中。见温宇飞还敢瞥他，孟江北立马眯着眼瞪了回去。温宇飞之前还有所犹豫，这下立马放下了所有顾忌，火上浇油道：“欸，原同学你是不知道，当个社长也不容易啊，现在的年轻人都讲究个性，而且大家都是成年人了，我想管也管不住啊……”

虽然温宇飞心里还有点怀疑，他亲眼看见原初悦把孟江北的照片设成了手机壁纸，而且原初悦还亲口承认了孟江北是她喜欢的人，怎么今天就假装不认识孟江北了呢？不过，这并不影响温宇飞的幸灾乐祸，对于能给孟江北挖坑下套的事儿，温宇飞一向很乐意。

温宇飞并没有点名道姓，语气委婉得很，但偏偏就是这种含糊的话最容易让人脑补出更多的内容。

孟江北开始反思，自己最近是不是对温宇飞太宽容了。

原初悦皱了皱眉。

这虽然只是个社团，但大家都是怀揣着对数独的热爱和坚持，并且具有一定的能力水平，才能够进入数独社。不管是对自己，还是对社团，都应该抱有负责的态度，有人若是觉得这样子的会议很浪费时间，完全可以提出意见。

事实上，原初悦就是这样认为的。

她初入社联的时候，经常被通知开会，三天一小会五天一大会。起初她还会去参加，后来发现这样子的会议毫无意义可言，简直就是浪费她宝贵的时间，她当即向上层反映这种情况。后来这种情况有所缓解，至少原初悦参加的会议，能一分钟说完的事儿就绝对不会拖过三分钟。

开启“认真工作模式”的原初悦觉得，孟江北这个人，不行。

太不行了！

但她是不会浪费大家的时间用来批判孟江北的，她顺着名字点下去，在点到程侑的时候，温宇飞大概是了解了原初悦的负责态度，连忙道：“他请过假了！”

被温宇飞一打岔，原初悦一时忘了现场人数和点名人数差了一个的漏洞，收起名单干净利落地道：“大家互相认识一下，我叫原初悦，受社联宣传部所托来拍摄制作数独社的宣传短片，接下来很长一段时间内都会和大家一起相处，希望大家能配合我的工作，也希望大家整理个人形象的能力能够和你们的数独水平一样齐头并进。”

数独社众人：“？？？”

什么叫……齐头并进？

原初悦利索地结束发言，随便挑了个靠角落的位子坐了下来，翻开那一堆资料后眉头紧蹙，有些无从下手。

事情远比她想象的要棘手得多。

数独社的这群人为什么就不能像艺术系的那群男生一样，每天打扮得花枝招展？

路漫漫其修远兮，原初悦觉得自己肩上的担子很沉重。

坐在孟江北周围的几个同学，受到他低气压的影响，吓得大气都不敢喘一声。他们正瑟瑟发抖之际，却发现孟江北不知何时又收起了那股低气压，还发出了一声冷笑。

“呵呵。”

一边想一些损人不利己的主意吸引他的注意，一边又后悔到愁肠百结。

坐在原初悦右后方的孟江北眯了眯眼，觉得他这个小迷妹倒是有些手段。

温宇飞虽然平时啰唆，但是开起会来倒是言简意赅，一点都不耽误大家时间，直接开门见山地道：“今天开会的主要目的，一来是给大家介绍原初悦原同学，二来就是商讨一下今年和启元大学数独社的友谊赛。去年我们输给了启元大学，今年一定要赢回来！”

东齐大学数独社和启元大学数独社，这几年一直处于“有你没我，有我没你”的竞争状态，两所学校的数独社水准都很高。东齐大学已经连续三年落败，温宇飞一直想要找回场子，今年数独社有了孟江北，他又厚着脸皮求来了程侑，还得到了程侑今年绝对不会再任性弃赛的承诺，对于这一次比赛，他志在必得。

温宇飞挥手一指隔壁教室的方向，抛开他圆润的体形不说，倒颇有几分“指点江山挥斥方遒”的气势。

“三天内，能够进入402训练室，并在黑板上留下自己姓名的前五名社员，就是本次比赛的队员！”

孟江北在这个时候懒洋洋地举起了手：“社长，我有个问题。”

温宇飞眼皮抽了抽，孟江北何时正经地喊过他社长？温宇飞心里有种不祥的预感。

“如果，三天内能够进入402训练室的不足五个人该怎么办呢？”

孟江北歪了歪脑袋，口罩下的嘴角勾了勾，扯出一丝看好戏的笑容。

温宇飞：“！！！”

他怎么就忘了，402的门禁系统是孟江北设置的，门禁题目的难度系数自然也是由孟江北决定的！

温宇飞能屈能伸，当即清了清嗓子道：“虽然现在的年轻人都讲个性不喜欢被别人管制，但是孟江北同学就不一样了，尊敬社长团结社员，哪怕是得了重感冒也要拖着病躯来参加社团训练。对于这种精神，我觉得必须要公开表扬。原同学，我觉得数独社的宣传视频里必须要体现出这一段！”

原初悦：“？？？”

深知社长狗腿秉性的数独社众人：“……”

呵，男人！

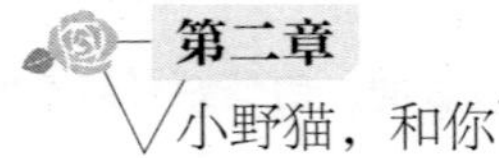

第二章 小野猫，和你

不只是温宇飞想在今年的数独比赛中压过启元大学，其他社员也很在乎这场比赛。毕竟，作为A市的两所重点高校，东齐和启元一直被放在一起比较，从招生资源到校风校纪，从食堂饭菜到宿舍环境，方方面面都会被拿出来比较。久而久之，两所学校成了微妙的攀比敌对关系，就连两所学校的学生都相处得不太融洽。

巧的是，启元大学的数独社也是王牌社团，因此两所学校的数独社，也就理所当然地要比个高低，基本上每年都会组织一场友谊赛。

当然，是“比赛第一，友谊第二”的那种友谊赛。

温宇飞加入数独社之前，东齐大学数独社一直保持胜绩，也不知是启元大学数独社时来运转，还是温宇飞这个人命中带衰，自从他成为数独社社员之后，在友谊赛中东齐大学已经连输三年。

虽然，温宇飞并没有以比赛选手的身份参加过友谊赛，但是这并不妨碍他的集体荣誉感，以及从前任社长那儿继承的那颗“一定要压过启元数独社”的热忱之心。

这次会议十分简短，交代完和启元大学数独社比赛的事儿后，温宇飞就宣布会议结束，开始日常的训练活动。

数独社常年霸占东齐大学十大王牌社团之一的位置，其实力自然是最好的证明。想要进入数独社就得先通过入社考试，换句话来说，数独水平不够是无法成为数独社一员的。然而，进入数独社只是第一步，数独社内部的考核机制才是维持社员的数独实力的根本。

和强者待在一起，才能意识到自己的不足，才能不断进步。

数独社并不鼓励大家沉浸在自己的世界里，自顾自地刷题，数独社创立的初衷就是希望能聚集一群热爱数独的强者，共同进步。

有人的地方，才有竞争。而有竞争，才会有进步。

从数独社拥有两个活动训练室就可以看出这一点，其中被戏称为“VIP训练室”的 402 无论是环境还是舒适度明显都比 401 要高出一截。

402 划出一块地方放置了舒服的沙发，甚至还配有投影仪和冰箱、空调。当然，只有能够通过门禁考验的人，才能进来享受这一切。

这两个活动训练室，划开了数独社社员实力的差距。想要进入 402，就要付出更多的努力。

原初悦发现了一个有趣的现象，数独社的社员很少自己闷在那里做题，比起一个人刷数独题，他们更喜欢找个对手来 PK 做同一道题。

数独的世界，是枯燥却又有趣的。

原初悦撑着下巴坐在角落，看着 401 热火朝天地讨论训练进度，手指在那沓薄薄的资料上点着，正思考着从哪儿着手调查“打假比赛”这事儿，同时又琢磨着要找什么借口理直气壮地去接触程脩时，眼前突然就出现一抹黑影。

有个人坐在了原初悦的对面，对着原初悦自来熟地灿烂一笑，露出一口闪亮的小白牙，开口道：“原同学你好，我是崔……”

“崔晓童。”原初悦上下打量了一眼来人，视线落在了他身上的粉色卫衣上，笃定地抢话道。

崔晓童愣了愣，笑得更热情了：“哎呀，我之前还听人说，社联的原初悦态度……”

原初悦再一次抢答：“态度傲慢，目中无人，仗着自己长得好看完全不把别人放在眼里。如果你听说的是这些，那么我可以告诉你，没错，你听说的那个原初悦就是原本的我。”

坐在原初悦右后方的孟江北眯了眯眼，舌头抵了抵腮帮，不知为何，看见原初悦和崔晓童“相谈甚欢”的场景，他突然有些不耐烦。

啧，看来社团的训练量还是不够，都有人无聊到去找“社团以外的无关紧要的人”聊天了。

孟江北想，应该给老温提提意见，社团管理不能太松散了。

而那边，崔晓童笑眯眯地看着原初悦：“我就觉得那些肯定都是谣言，原同学你要是真像他们所说的那样，怎么会在我一坐下来就能喊出我的名字呢？明明我们是初次见面呢。”

原初悦眨了眨眼：“那是因为你很好认。”

在一大群穿着条纹衬衫的男生里，突然蹦出一个穿着粉色卫衣的男生，原初悦觉得，就目前这个情形来说，崔晓童比温宇飞那个大胖子还要好认。

崔晓童却曲解了原初悦的意思，自来熟地道：“我也觉得和原同学一见如故，再见倾心……”

原初悦面无表情地想，这个崔晓童该不会是个话痨吧，话怎么这么多？

不过……话多好啊，老话都说言多必失，万一这个崔晓童知道点什么，话一多就不小心泄露出点什么来呢。

崔晓童还想继续深入地表达一下他对原初悦的“一见如故”，原初悦再一次抢话道：“你平时穿衣打扮都是这样子的吗？”

崔晓童冷不丁被问了这样一个问题，低头看了一眼自己身上的粉色卫衣和紧身牛仔裤，脸上的笑容僵硬了一下，但等他再抬起头时又恢复了之前的热情：“有什么问题吗？”

原初悦十分诚恳地道：“我觉得这样特别好。”

原初悦夸得情真意切，崔晓童一时之间竟无法相信，话到嘴边却被咽下，他张了张嘴不知道该说些什么。

原初悦继续真情实感地道：“改天可以约你做个单人采访吗？我对数独社毕竟不太了解，需要借助你的帮忙才能更好地拍摄出展现数独社风采的视频。”

崔晓童：“？？？”

幸福来得太快就像龙卷风，到底是谁说原初悦目中无人狂妄自大啊，这不是挺平易近人热情似火的吗？

崔晓童还没来得及答应，“啪”的一声，一本厚厚的数独题库扔在了他和原初悦中间的桌子上，像王母娘娘取下头上的珠钗，在牛郎织女之间划下一道不可跨越的银河。

“王母娘娘”孟江北居高临下地站在“牛郎”崔晓童面前，冲他傲慢地抬了抬下巴：“兄弟，来一题？”

温宇飞看热闹不嫌事大，主动担任裁判，积极主动地拿过那本厚厚的数独题库随手一翻，冲孟江北挤眉弄眼地道：“杀手数独。”

温宇飞又喊人抬了两个答题架来，这答题架是社团特地定做的，底板是一块白色的板子，白色板子上刻有黑色边框的数独九宫格空框。温宇飞照着题目，往空格里填写对应的数字。等题目誊写完毕，他又拿来两张大小相同的透明玻璃纸覆盖住板子，孟江北他们只需要用马克笔往空格里填数字作答即可。即使答到一半发现自己写错了也没关系，拿个黑板擦一擦，又可以重新开始作答。

温宇飞在这边准备的工夫，孟江北站在原初悦和崔晓童旁边，重感冒让他的头疼得厉害，脑子晕晕乎乎的，视线不经意间落在原初悦身上，放在平常他是绝对不会这么做的，可是受到感冒的影响，他一时没忍住对原初悦开口了："原同学你好，我是……"

原初悦："？？？"

孟江北特地停顿了好一会儿，也没能如愿以偿地听到原初悦像之前和崔晓童对话一样，抢先答出他的名字。

原初悦长了一双杏眼，水汪汪的，仔细去看，右眼角还有一粒小小的黑痣，迷茫地看着孟江北的时候显得越发无辜。

孟江北一口气憋在胸中，也不知是气自己还是气原初悦，最终什么也没说，气呼呼地转身走开了。

原初悦眨巴眨巴眼，耸了耸肩。

而那边，温宇飞已经将一切都准备好了，他抬头看到孟江北脸上戴着的那个大口罩时，才想起孟江北现在还感冒呢。

做数独题，首先讲究的是长期刷题积累下来的解题技巧，其次考验的是玩家的反应速度、逻辑推理能力和注意力集中程度。

孟江北现在这个状态，并不适合 PK。

温宇飞正犹豫着要不要劝孟江北不比了，孟江北却已经站在了答题架前，揉了揉眉心，声音嘶哑道："开始吧。"

当事人都这么说了，反正就是做一道题，大家也都是一个社团的成员，输了也没什么大不了的。温宇飞便没再劝了，叫了两个人，让他们站在孟江北和崔晓童身边准备计时。

社团平日里的 PK 练习是不会计时的，但是孟江北很少参加这种 PK，平时就算来训练也是待在 402 闭目养神，社团里能说动他来一场 PK 练习的人并不多。

温宇飞想把孟江北做题的速度记录下来，好让其他成员感受一下和孟江北之间的差距，刺激一下他们。

孟江北拿起一旁的马克笔，稳了稳心神。

杀手数独和一般的标准数独有所不同，一般来说，这种变形数独比标准数独要难一些。杀手数独是将数独和数和结合在一起的玩法，在标准数独的基础上，杀手数独增加了“区”这个概念，一般以虚线或者独立的颜色将数独的九宫格划分开来。数独社条件有限，所以答题板上采用的是用虚线划出“区”，每个区内数字的总和，必须和区左上角所标的数字相同。

杀手数独和标准数独明显的区别不仅仅在于多了一个“区”的概念，杀手数独的八十一个格子都是空的，需要玩家借助“区”的数和概念，遵守数独每行、每列、每宫的数字不能重复的规定，在这两条规则约束下解出正确且唯一的答案。

实际上，比起标准数独，孟江北觉得杀手数独这种变形数独更具趣味性。

原初悦走过来凑热闹，她向来都是标准数独玩得多，像这种变形数独碰得很少，只知道最基础的一些解法。她盯着题目想了一会儿，才依稀想出杀手数独的基础解法。

杀手数独的解题关键在于解数和，似乎要用到“唯一分解方式”这个概念？

原初悦抿着唇皱眉思索，那边孟江北已经动了笔。

杀手数独里有些和值只有一种分解方式，毕竟数独的基本规则在那儿，每行每列每宫的数字无法重复，这也就意味着某个区要是落在这三个定义的范围内，数字也无法重复。最简单的，比如二字组，和值为四的只能是一和三的数字搭配，和值为十七的只能是八和九的搭配。

当然，若要解出一整道杀手数独题，并没有这么简单，这需要相当大的运算量。

崔晓童这个人，在解数独题这件事儿上和孟江北有那么一点点相似，孟江北是喜欢挑战新事物，而崔晓童则是喜欢一切花里胡哨的东西，哪怕他是个工科男，也不能阻止他喜欢花哨的东西，无论是衣服，还是数独。

若是放在以往，崔晓童的实力水准是比不上孟江北的，可是今儿不同，孟江北重感冒，来之前还吃了几颗感冒药，感冒药里有些安眠的成分，孟江北晕晕乎乎的，咬了咬舌尖才能维持大脑的一份清明。

都说冲动是魔鬼，孟江北注定要为自己的这份冲动付出惨痛的代价。

四分二十一秒，崔晓童收笔。

四分二十三秒，孟江北堪堪写下最后一个数字。

温宇飞对了对答案，小心翼翼地看了孟江北：“答案都对，崔晓童快两秒……”

孟江北只觉得头晕得厉害，温宇飞的声音传到他耳朵里就像有一百只麻雀在耳边叽叽喳喳，烦人得很。他下意识地挥了挥手，像是要赶走耳边聒噪的麻雀，手才抬起，整个人突然往后一倒。温宇飞眼明手快，用自己宽大的胸膛护住了孟江北。

孟江北晕过去了。

原初悦看到眼前这一幕，下意识道：“不就是输了一场 PK 吗？这就气得晕过去了？温学长，你们数独社的社员心理素质这么差的吗？”

原初悦说着，又“啧”了一声，感慨道：“‘杀手数独’这个名字听着就不吉利，自带煞气。”

众人：“……”

温宇飞觉得，孟江北是不是拒绝了原初悦的告白，才让原初悦由爱生恨，说出这么黑他的话。

数独社 F4 的孟江北因为输了一场比赛就急火攻心气得晕过去了，这要是传出去，铁定要成为孟江北人生中无法抹去的一段黑历史。

还是用最粗的马克笔涂上去的那种黑历史。

温宇飞默默地朝原初悦竖了个大拇指。

病来如山倒，病去如抽丝。

“心理素质极差”的孟江北足足在床上躺了两天才恢复过来，这期间温宇飞前来看望了一下。他将孟江北那天晕倒的一些细枝末节都抖搂了出来，并带来了原初悦最诚挚的建议。

温宇飞一本正经地道：“原同学觉得你心理素质太差，会严重影响我们社团的风气。”

孟江北：“……”

温宇飞还问：“是不是原初悦跟你表白，你拒绝了她？哎，老孟，不是我说，这难得有这么一个长得好看又眼瞎的姑娘看上你，你不知足还拿乔什么呢？”

孟江北直接将温宇飞赶出了宿舍。

原初悦跟他表白？嗯，如果那天在程侑家小区的甜品店里的那番对话算表白的话。

他拒绝了原初悦？

孟江北陷入了沉思。

他那天的表现到底算不算拒绝呢？

孟江北未能思考出个所以然来，戴着口罩直奔校医院，他的感冒并没有完全康复，还需要去医务室复查一下顺便再拿些药。

孟江北没想到会在校医院遇到原初悦，他刚从内科室出来，迎面就看见走廊另一头，原初悦手里抱着一个穿着东齐大学附属幼儿园园服的小孩儿神色匆匆地往外科室跑。

这原本和孟江北并没有什么关系，更何况，这个女生前两天还装作不认识自己呢。孟江北虽然心里这么想着，脚却鬼使神差地一拐，跟着原初悦走进了外科室。事实上，在跨进外科室的大门那一刻，孟江北就有些后悔了，觉得自己有些多管闲事。然而现在立马掉头离开似乎又有些刻意，孟江北抿了抿唇，在外科室门口的长椅坐了下来。

医生以为孟江北是和原初悦一起来的，并没有在意，而原初悦根本就没有注意到有孟江北这个人。

原初悦抱着的那个小孩儿胖乎乎的，眼里含着泪水要哭不哭，手里还紧紧攥着一根粉红色的棒棒糖。他吸了吸鼻涕，忍住哭意，小心翼翼地舔了一口棒棒糖。

草莓味的，真甜。

医生问："怎么回事？"

原初悦三言两语交代清楚："这小孩儿从墙头摔下来了，墙头不高。他方才哭得厉害，我怕伤着哪儿了。"

医生替小孩儿检查，按了按他的四肢，又撩起衣服看了看，仔细地询问了几句，小孩儿都说不疼，他才下了结论："应该是吓到了，没什么大碍，膝盖那儿磕了一下，也没破皮，回去涂点药就行。"

原初悦这才放了心，对医生道了声谢才拉着小孩儿出去。到门口时，本来还靠着椅背坐着的孟江北立马挺直了腰背，谁知原初悦看都没看他一眼，带着小孩儿就从他面前走了过去。

孟江北一脸蒙。

很好！孟江北原地生了一会儿闷气，才站了起来，晃晃悠悠地往外头走，发现原初悦和那小孩儿竟然还没走。两人站在卫生间门口，小孩儿抬着头，声音糯糯道："要嘘嘘。"

原初悦犹豫了一下："那你快点儿，我在门外等你。"

小孩儿将棒棒糖塞给原初悦，人小鬼大地嘱咐道："不许偷吃。"

孟江北索性停下，靠在墙边挑着眉看着这一幕。

原初悦也没走远，就站在卫生间门口等着小孩儿。原初悦伸手撩了撩头发，孟江北发现她的袖子有些脏，掌心似乎还有一丝血迹。

孟江北眯了眯眼。

三分钟后，有个小孩儿从卫生间走了出来，穿的也是东齐大学附属幼儿园的园服，他慢吞吞地走到原初悦身边。原初悦盯着他看了好一会儿，视线落到他胸前的校服 Logo 上，将手中的棒棒糖塞给他，作势要牵他走。

小孩儿愣了。

孟江北挑了挑眉。

几乎是同时，先前那个受伤的小孩儿也走了出来，正好瞧见原初悦给之前那个小孩儿塞棒棒糖的画面。他不可置信地瞪大了眼，突然张嘴"哇"的一声哭了出来："团团的棒棒糖！"

团团可伤心了，他才五岁的人生就经历了第一次背叛！

原初悦头疼，是真的头疼。

她花了整整半个小时才哄好了团团大魔王，一路从校医院走到了学校的教职工住宅区，团团还撇着嘴一副老大不高兴的样子。

两人谁也没有注意到，身后跟着一个百无聊赖的人。

团团嘟着嘴："悦悦，你是不是又没有认出我来？"

原初悦赌咒发誓："不不不，是那棒棒糖掉到地上了，我想着不能浪费才塞给那小孩儿的。掉在地上的棒棒糖怎么能给我们团团吃呢！"

原初悦不惜把自己塑造成恶毒的老巫婆形象，团团才勉强接受了原初悦的这个理由。两人在一堵不太高的墙头前停了下来，墙上布满了爬山虎，看着有些荒凉。此刻墙头上正趴着一只橘黄色的小猫咪，小猫咪的左腿似乎有些瘸，右边的耳朵也缺了一角，瞧着有些怪异。

团团小大人似的叹了口气："妈妈答应我可以养猫，可是小橘为什么不肯跟我回家呢？"

学校里有不少野猫，尤其是教职工宿舍这边，许多老教授心善，经常拿一些猫粮来喂猫，所以这一块的野猫都养得肥肥的，也不怎么怕人。

墙头那边是一块草坪，那儿阳光特别好，尤其是冬日的午后，教职工宿舍这片的野猫都喜欢聚在那块晒太阳。此刻那块草坪就聚集了四五只野猫，互相舔着毛，舒服得直打呼噜。

孟江北宿舍里有个猫奴，他听猫奴舍友说过，教职工宿舍这块有只缺了半只耳朵的瘸腿小猫咪，一直被这一块的野猫排斥，有几个好心的老师想要收养小猫咪，但是小猫咪逮着机会就往外溜。每次都能看见它趴在费了九牛二虎之力才能爬上别的野猫轻松一跃就能跳上的墙头，眼巴巴地望着墙那边的野猫们。

原初悦揉了揉团团的头："以后你可别再爬墙头了。"

团团嘟囔："我怕小橘下不来嘛。妈妈说，小橘的腿受伤了，爬墙可费劲了。既然费劲，它为什么还要每天花那么多工夫去爬墙呢？"

原初悦抬头去看墙头的小橘，目光有一瞬间的茫然。

"大概是因为……不甘心吧。"

"不甘心？"

原初悦拍了拍团团的小脑袋："不甘心自己和别的猫咪不一样，努力想要向它们证明，它也是一只正常的小猫咪，别的猫可以做到的事情，它也可以。"

风儿吹过，原初悦的话清楚地落到了跟在她身后的孟江北耳中。

孟江北心里动了动，突然有一种奇怪的感觉，原初悦的这番话，为什么带着一丝惺惺相惜的情绪呢？

团团年纪还小，不是很懂原初悦这番话，眨了眨眼道："可是，这样很难不是吗？"

原初悦叹了口气："再难也不能放弃呀！毕竟，我们小橘也是一只优秀的小猫咪呢，怎么能轻易就被打倒呢？"

团团听得懵懵懂懂，道理他反正也不懂，还有，什么叫作"也"？

团团蹦蹦跳跳地回家，在走进教职工公寓楼前，突然回头冲原初悦招了招手，奶声奶气地道："悦悦，下次你可不能再认错团团了。"

说着，团团抬了抬手，露出胖乎乎的小手腕上系着的一根红绳，红绳上还坠着一颗小小的金葫芦。

"有葫芦的才是团团哦。"

小孩儿比谁都好骗，但是小孩儿的心比谁都纯洁。

原初悦愣了一下，突然就笑了，她弯了弯眼，脸颊上的小酒窝像是盛满了一窝甜酒。

你站在桥上看风景，看风景的人站在桥下看你。

原初悦对着团团笑脸盈盈，孟江北看着原初悦漂亮的小酒窝，风儿吹动她额前的碎发，她眨了眨眼，孟江北突然捂住了胸口，有那么一瞬间，他觉得像是有一片羽毛轻轻扫了一下他的心房。

原初悦撩起碎发，视线不经意间落到一旁的孟江北身上，仿佛只是看见了一个陌生人，她脸上的表情没有丝毫变化，又漫不经心地收回视线，抬脚走开了。

孟江北一怔。

孟江北心头升起一股怒火，将那片作乱的羽毛烧了个一干二净。

今天的402一如既往地安静，安静当中却透露着一丝不同寻常的凝重。

时不时会有人从隔壁的401走出来，站在402的特殊门锁前研究个几分钟，叹了口气摇摇头又回到401。

崔晓童今天已经是第三次挑战了。看着402门口的电子屏蹦出的天崩地裂的爆炸画面，他重重地叹了口气，垂头丧气地转身，却撞见数独社另一个成员从401出来。那人冲崔晓童挤眉弄眼，问道："怎么样了？"

崔晓童撇了撇嘴："还能怎么样？"他顿了顿，语气中带上一丝不忿，"先不说这VIP训练室的电子门禁的数独题目难度系数提高了，更要命的是，以前好歹是五分钟，现在题变难了，时间反而缩减到三分钟！"

旁人咂舌："今时不同往日嘛。社长都说了，能够进去的人就可以参加今年和启元大学数独社的友谊赛，你也知道社长对今年的友谊赛有多看重，毕竟咱们社团都连输三年了。"

崔晓童悻悻道："本来去年有机会赢，只可惜……"

"嗐，都是过去的事儿了，还说什么。"那人探了探脑袋，透过窗户看见里面坐着的那人，感慨道，"402的黑板上估计就只有程侑和孟江北的名字吧？"

他话里话外都透着对孟江北能够独占VIP训练室的羡慕。

要说崔晓童不羡慕，那是不可能的，且不说402舒适的环境，就说一旦进入402便能够证明自己的数独实力超群，大家铆着劲儿都想着能够进去402。

自从去年孟江北想方设法地从学校那里给数独社申请了第二间活动教室，又做出了一个"数独电子门禁"后，从某种程度上极大提升了数独社成员的积极性。

大部分时间402教室都归孟江北一人享用，毕竟“数独电子门禁”的题目难度系数由孟江北全权设置，偶尔孟江北不开心了，就将难度系数提升，整个礼拜402除了孟江北都不会走进第二个人。

大家虽然羡慕，但更多的是佩服。毕竟，402是孟江北靠自己的能力申请来的，再者说了，同样的难度系数，同样的电子门禁，孟江北并没有作弊，而是靠自己的实力在规定时间内做出了数独题，光明正大地独享VIP活动室。门就在那里，你自己进不来能怪得了谁？

大家对此心服口服。

那人又道：“看来不仅社长很看重这次比赛，就连孟大神也很看重啊！”

他的感慨并不是毫无缘由，要知道，往日里孟江北待在402都是呼呼大睡，402里何时有现在的场景啊，孟江北竟然不是躺着，而是坐着！这要让温宇飞看见，肯定又要嚷嚷着放鞭炮庆祝一下。

只见402教室里，孟江北坐得身姿挺拔，对着面前摆放着的笔记本电脑一脸凝重，似乎正面临着什么难题。

崔晓童摸了摸下巴，显然也很好奇：“也不知道孟大神在做什么难度系数的数独题，我还是第一次看到他这样呢。”

旁人感慨：“有些人不仅天赋奇高，还这么努力，还让不让别人活了？不行，我得回去再做十道数独题！”

“待会儿不是社团活动吗？也不知道社长在搞什么，这次竟然限制人数参与，你不是运气好抢到了名额？要是不想去的话，我替你去啊！”

“对哦，那就做完五道题立马快马加鞭出发！”

如果两人拥有透视眼，就能看见“努力的孟大神”面前摆放着的笔记本电脑屏幕上正显示着一个搜索页面，搜索关键字——女孩子遇到喜欢的人会有什么反应？

回答一——紧张，手足无措，心跳加快。

回答二——抓住一切能够接近喜欢的人的机会，遇到了当然是扑上去啊！

回答三——笑，不管是傻笑还是什么笑，反正笑就对了！

孟江北已经搜索一天了，看着自己搜索出来的答案陷入沉思。

好像……哪一条都和原初悦的状态对不上啊。

难道原初悦并不喜欢自己？

孟江北有点慌，手指无意识地在桌面上敲击着，发出没什么节奏的“咚咚”声，敲击的频率越来越快。过了一分钟，孟江北猛地又停下了动作，抓住鼠标点开了QQ，登录没什么人知道的小号，闭着眼睛输入刚才搜索网页时“一不小心”记住的QQ群号，点击加入。

对面很快回复，两三分钟后便通过了孟江北的入群请求。

孟江北看着那写着“互帮互助打造新时代五好青年”群名的QQ群，从里到外都散发着一股正能量。

带头大哥：时隔一年，咱们群里终于有新人了！

宇宙总攻：咦？我这一年来发愤图强、废寝忘食、勤学苦练，终于有用武之地了吗？

宇宙总攻：新来的，你是不是遇到了人生的难题，是不是走在人生的岔路口不知道往左往右？别害怕，无论是打游戏老被队友坑，还是早上起不来晚上睡不着，只要来到这里，一切困难都会迎刃而解。

宇宙总攻：说出你的故事，我们会帮你的！

宇宙总攻：这个群里有心理学硕士，游戏国服中单，有钱有闲富二代……总有一个人能帮忙解决你的难题，一个不行，我们还有一群！

孟江北：“……”

现在这个年代，还能找出一整个QQ群都是乐于助人的成员，真是太不容易了。这世界，果然还是好人多啊！

孟江北喝了口枸杞泡水，喉咙暖暖的，心里也暖暖的。

他斟酌了一下语言，郑重其事地敲下了回复。

1024：我有一个朋友。

钮祜禄霸天：来了，传说中的有一个朋友系列！

1024：他最近遇上了一个迷妹，但是这个迷妹的态度有点奇怪。

喷他kill：态度奇不奇怪不重要，迷妹长得奇怪吗？

1024：他们都说她长得像斋藤飞鸟，我特地上网搜索了斋藤飞鸟的照片，我觉得她比斋藤飞鸟好看。

带头大哥：……

宇宙总攻：……

我的心里只有发财：……

无形装帅，最为致命。

带头大哥：兄弟，你是不是饱受妄想症的困扰？

宇宙总攻：我觉得是白日做梦。

喷他 kill：拥有一个长得比斋藤飞鸟还可爱的迷妹，兄弟，你的人生难道还存在别的困扰吗？

宇宙总攻：你能详细描述一下你梦里……啊不，是你的困扰吗？

困扰？困扰当然有，明明用他的照片当手机屏保，还当着别人的面亲口说喜欢他，搜索一切有关他的信息，追问他喜欢什么样的女孩子，还为了他千方百计加入数独社。

这摆明就是喜欢他啊，可是为什么路上遇到又会把他当成陌生人？

孟江北不喜欢那天原初悦看他的那个眼神，就像是在看一个无关紧要的路人。

一肚子的困扰，孟江北写了删，删了写，最后终于郑重其事地敲下了一句话，按了发送键。

1024：她对我的态度忽冷忽热。

群里总算出来一个明白人，一针见血地指出了孟江北的问题。

子非鱼：所以你困扰的是她的“冷”还是她的“热”？

孟江北没有回答，又习惯性地用手指敲击着桌面。良久，孟江北转而拿起一直不停振动的手机。刚接通电话，手机那头就传来温宇飞火急火燎的喊声。

“宝贝儿！你终于接电话了！”

“叫‘爸爸’。”

温宇飞从善如流道：“‘孟爸爸’，你是不是忘记今天下午的活动了啊？缺谁都不能缺你啊，我可是和社联外联部的那群小仙女打包票你会来参加的！”

孟江北十分干脆地拒绝：“不去。”

温宇飞哀号：“可是我报了你的名字，对方才答应一起联谊的啊！”

“联谊？”孟江北眯了眯眼，“你不是说只是一个‘普通得不能再普通’的社团活动吗？”

温宇飞昨晚在社团微信群里悄悄地发了一个群活动链接，没有说明内容，只说是男人就不能错过，而且还设置了人数上限。

孟江北对这个不感兴趣，自然没有报名参加，他万万没有想到，温宇飞打的竟然是这个主意。

以他的名义和社联外联部联谊？

温宇飞语塞，好半天才心虚道：“这不是为咱们社团成员谋福利嘛……

我不管，反正我已经放话出去孟江北会参加了！你不能不给我这个面子！”

孟江北诚恳地建议：“你现在去改名字应该还来得及。”

温宇飞：“……”

孟江北又提了一个绝妙的主意：“我这个名字重名率应该不算特别低，或者你还可以找个同名的人。”

温宇飞急得都快哭了：“孟哥！你一定要救我啊！兄弟我大四这一年是人是狗可就全靠你了，你不能眼睁睁地看着兄弟的感情史还没开篇就翻到了结尾啊！”

孟江北冷酷无情地回道：“我能。”

他自己的感情史都还没开篇呢，哪有心情去管别人。

“嘤嘤嘤，我人都已经到约好的地方了，钱也交了……”

温宇飞继续在那边号，企图唤醒孟江北的良心，然而并没有什么用。就在孟江北准备挂电话时，那头传来几个嘈杂的声音。

“咦，那不是原初悦吗？今天这个活动她也参加吗？”

“我听说原初悦之前也是外联部的，只不过出事休学了大半年。当初她和倪宁宁可是有‘社联双姝’的称号，大家还开玩笑说外联部部长是个‘颜狗’，专招好看的妹子。”

“社长，你厉害啊，‘社联双姝’都请到场了，今儿到底是要搞什么活动啊？”

“一个是女神，一个是小仙女，神啊！我该选哪个呢？”

“小孩子才做选择，我两个都想要！”

“然而现实告诉你，你一个都得不到。”

孟江北一怔。

这群如狼似虎的单身狗！孟江北出奇地愤怒，他觉得自己必须要扭转这种不良作风，于是清了清嗓子：“你们定了哪儿吃饭？”

孟江北又补了一句：“我只是去吃饭，不是去联谊的！”

QQ 群还在不停地闪着新消息提醒。

宇宙总攻：人呢？

宇宙总攻：梦醒了？怎么不说话？

1024：不好意思，我要和小迷妹去吃饭了。

1024：回聊！

宇宙总攻：……

喷他 kill：……

带头大哥：内容引起强烈不适，禁言了。

系统消息：你被管理员禁言 24 小时。

原初悦没想到会在学校外遇到“熟人”。

“折叶”最近出了一个新的密室逃脱主题，前段时间原初悦一直忙着数独社的事儿，都没时间去玩，好不容易这周末才抽出空来，预约了下午三点的场次。她踩着点来到“折叶”，才走到门口，就看见一旁的等候区有两个人正奋力地朝她招手。

等候区有一个大卡座，能坐十个人的那种，从原初悦的角度看去，能看到那边坐着三男三女。她眯了眯眼，决定采取“不理不睬”战术。

指不定是认错人了呢。

原初悦这么想着，正想跟前台小姐姐确定预约的时间，谁知那边冲她打招呼的其中一人显然热情过头，见原初悦没有回应，以为她没有看到，竟然不嫌累地跑了过来直接拦在了原初悦面前，笑得十分灿烂：“原初悦，你也是来参加社长安排的活动的吗？”

很好，连名字都喊出来了，看来并不是认错人。

原初悦不动声色地打量着面前这人。

毫无特色的白色套头衫和牛仔裤的搭配，约莫一米七五的身高，无论是穿着打扮，还是举手投足的气质，看起来都平平无奇。

原初悦正琢磨着如何应付这人，卡座那边却传来一声轻笑。

那是一个年轻女孩子，扎着丸子头，穿着背带裤，光看这打扮还有几分可爱，她撑着下巴嘟着嘴，声音带着几分江南水乡女子特有的软糯，状似天真地道：“哎呀，你们认识吗？我看她的反应，好像是不认识你呢。该不会是认错人了吧？”

“背带裤”看似好心地提醒，却让挡在原初悦面前的少年陷入尴尬的境地。他挠了挠头，一开始他倒没觉得有什么不对，可是被“背带裤”一说，原初悦这个反应还真的有点像是不认识他。

原初悦本来是打算冷处理的，随便应付一下糊弄过去，可是“背带裤”一开口，就让她改变了主意。

面前的少年尴尬地笑了几声，正打算自己随便找个台阶下。原初悦却斜睨了一眼那多嘴的“背带裤”，开口了：“怎么，你们数独社今天有活动？”

刚刚搭讪的那个少年，也就是数独社的韩睿喜出望外。他本来也觉得自己太鲁莽了。原初悦只和他见过一次面，还是在社团活动教室里，那么多人，原初悦记不住他也是正常的，可是他万万没有想到，原初悦竟然认出来了。

那边，刚挂断电话的温宇飞长舒一口气，笑着对面前等得有些不太耐烦的倪宁宁说："老孟他马上就到了。"

倪宁宁矜持地点了点头，抚了抚长裙上的褶皱，端着一副不食人间烟火的女神模样。

温宇飞这才有空去招呼原初悦，终于说动了孟江北，他心情大好，圆润的脸上笑容越发真诚："原学妹，这么巧，你也来这儿玩儿啊！我们正好缺一个人，要不要凑一凑？"

温宇飞原本计划的是四男四女，谁知外联部有个女孩儿临时有事来不了，正好可以让原初悦补个缺。

毕竟，联谊嘛，男多女少多不和谐。

原初悦笑得不怎么真诚："是挺巧。"

得亏温宇飞的体形比较显眼，不然原初悦一时之间还真没办法根据韩睿话中的"社长"想起数独社来。

对于温宇飞提出的邀请，"背带裤"有些不忿，埋怨地看了一眼原初悦，开口："可是……"

倪宁宁漫不经心地拍了一下"背带裤"的手，"背带裤"撇撇嘴，不说话了。倪宁宁开口，声音温柔好听："算起来，我和小悦都大半年没见了。"

原初悦原本就是一个人来玩密室逃脱，打算蹭别人的队伍一起玩的，现在大多数密室逃脱主题都要求两个人以上，一个人根本没办法玩，温宇飞开口邀请，她也没多想就应了，刚坐下来就听见倪宁宁这句疑似要开始叙旧的话。

原初悦挑了挑眉，不客气地道："哦？不好意思，你是哪位？该不会是认错人了吧？"

倪宁宁还没表现出愤怒，"背带裤"就忍不住炸了，阴阳怪气地道："原初悦！你装什么装！"

原初悦虽然无法识别出人的五官长相，可这并不代表她有"表情识别障碍"。虽然她自己也弄不明白，为什么明明看不清对方的五官长相，却不妨碍她从那无法识别的脸上看出对方的表情。

原初悦扯了扯嘴角，上天好歹没给她留条死路。她虽然认不出“背带裤”，但也能从“背带裤”不怀好意的表情看出来，她们俩认识，而且关系并不和谐。

和原初悦有矛盾的女孩子并不少，她也懒得一个个去猜，索性看向“背带裤”，语气无比诚恳，故意问道：“你又是哪位？现在的年轻人是怎么回事，眼睛不太好使吗？怎么这么容易认错人？”

韩睿在一旁很认真地介绍：“她叫甄晓。”

“你！你们！”

女孩子之间轻易就燃起了硝烟战火，一旁的男孩子看得瑟瑟发抖，想笑又不敢笑。

面对甄晓的怒火，原初悦是真的觉得无辜。毕竟，她是真的“不认识”眼前这几个人啊。

倪宁宁安抚了一下“背带裤”，嘴角勾起，脸上挂着恬淡的笑，四两拨千斤地回了一句：“车祸的后遗症太多了，动不动就失忆什么的。小悦你之前出了车祸休学了大半年，是不是伤到了大脑，所以才不记得我们了？”

原初悦脸色冷了下来，垂下的眸子闪过一道暗光。等她再抬起眼时，又是一副漫不经心的模样：“你是不是电视剧看多了？”

车祸？

温宇飞没忍住好奇心插嘴道：“怎么，你们之前真的认识？”

甄晓早就憋着一肚子火，冷哼道：“原初悦之前也是外联部的，和宁宁还是一个班的同学呢。”

倪宁宁是大二，原初悦可是大一啊。

温宇飞不傻，很快就猜到了来龙去脉。

倪宁宁刚刚提过“车祸、休学”等字眼，许是原初悦出了车祸，休学了大半年养身体，缺了大半年的课程。等再回来只得从大一学起。这可真是巧了，只不过……看她们的样子，并不像关系很好啊。

原初悦不耐烦和这些女孩子扯皮，舌头顶了顶腮帮子，只觉得再和这些女孩子多说几句话搞不好就会犯牙疼，她催促道：“还玩不玩密室逃脱了？”

韩睿小声道：“我们还在等人呢。”

“等谁？”

说曹操，曹操到。

玻璃门被推开，挂在门上的风铃发出清脆的响声，一个身影出现在门口。

倪宁宁刚好坐在正对着大门的位置，一眼就看见了来人，眼睛一亮，嘴角漾出好看的小酒窝，话却是对原初悦说的：“你不记得我们不要紧，总还记得孟江北吧？”

孟江北是谁？

原初悦搜索了一下最近的记忆，敷衍道：“哦，你是说数独社那个心理素质不怎么样，输了场比赛就恼得晕过去了的孟江北吗？”

数独社三人：“……”

一路狂奔过来，在外面平复气息装作气定神闲地走进来的孟江北：“……”

他是不是跑得太急了，所以才产生了幻听？

“折叶”密室逃脱的老板是个三十岁不到的年轻人，据说还是东齐大学毕业的校友，他开这间真人密室逃脱纯属玩票性质。据说他家里是挖矿的，也不指望着能靠这个赚钱，最主要的是为了满足他的恶趣味。

三个月前，老板迷上了玄幻小说，斥巨资打造了一个修真主题的密室逃脱，然而开张不到半个月，老板转而迷上了科幻小说，大张旗鼓地把之前的修真主题给改了，改成了科幻主题。原初悦抽空来玩过，代入感挺好，机关道具也很新颖，尤其是最后那个房间通关时做出的失重感十分逼真。

听说老板最近又迷上了数独，把那间受到广大学生赞誉的科幻主题密室又给拆了，改建成现在的新主题——数学家的猜想。

温宇飞就是奔着这个“数学家的猜想”主题来的，这个数独主题的密室逃脱可不就是为他们量身定做的？温宇飞已经想好了，等他轻轻松松地带着这一众妹子通关了密室，她们一定会被他的人格魅力所折服！

孟江北哪能不知道温宇飞打的小算盘，只不过他现在没空去管温宇飞，他满脑子都是刚来的时候原初悦对他的那番评价。

什么意思？

原初悦怎么能这么说他呢？

怎么能在别人面前这么污蔑他呢？

迷妹的基本素养呢？

孟江北冷着一张脸。

趁着前台跟大家说注意事项的时候，温宇飞偷偷摸摸地凑了过来，跟孟江北打着商量，十分上道：“‘孟爸爸’，待会儿您就歇着，让我们来发挥怎么样？”

孟江北斜眼看温宇飞，心里正憋着一口气呢：“我要是说不呢？”

“那可不成，你要是随便露一手，这些姑娘的眼里还能有我们吗？倪女神是为你来的，你表现得好不好她的眼里就只有你。但剩下的几个姑娘，你也得给我们表现的机会呀！”

孟江北皱着眉：“你在胡说八道些什么。”

陈爽也凑了过来，贼兮兮地道：“大家伙儿都知道，倪宁宁喜欢你呀！要不是看在你的面子上，她才不会带着她的那些小姐妹出来跟我们玩呢。”

孟江北还真不知道这事儿，他愣了一下，看了一眼趴在前台和小姐姐聊天的原初悦，突然有些不自在，摸了摸鼻子道：“大家都知道？”

那……原初悦也知道吗？

所以她是故意在倪宁宁面前说他的坏话，爆他的黑料，就是想让倪宁宁对他粉转黑咯？

啧，这小迷妹怎么这么多小心思呢？

那边的原初悦打了个哆嗦，下意识地回头去看，正好看见那个从进门开始就黑着一张脸的少年抿了抿唇，突然就笑了起来。

原初悦：“……”

神经病吗？

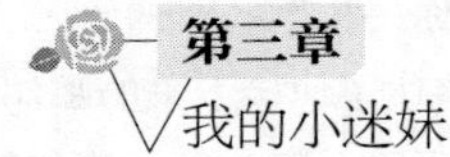

第三章 我的小迷妹

受场地限制，“数学家的猜想”是一个小型剧情本，前台小姐姐领着原初悦他们上楼，路上还在和他们说着注意事项。

“这是玩家手表，请大家好好保管。通关时间一个小时，你们一共有两次求救的机会。这是求救机，如果遇到过不去的关卡又不想浪费时间的话，可以按下这个，我们能通过监控摄像头看到，并给你们提示。”说着，前台小姐姐递过去一个圆盘状的东西，圆盘中间还有一个小小的按钮，孟江北正好走在前台小姐姐的身后，顺手就接了过来。大概是看孟江北长得好看，前台小姐姐冲他眨了眨眼，好心地提醒了一句，“当然，如果你们不用求救机会就能在一小时内通关的话，有神秘礼物哦……”

其他人还没说话，温宇飞眼前一亮，好奇地问道：“什么神秘礼物？”

“说出来就不是神秘礼物了。”前台小姐姐被温宇飞逗得笑出了声，多说了几句，“这礼物是我们老板专门为第一个不用求救机会就能通关这个密室本的团队准备的。”

原初悦若有所思地道：“所以还没有人能够顺利通关？”

前台小姐姐不置可否，说话间已经到了密室的入口，和一般的密室有点不同，这个密室本的入口共有两个。

前台小姐姐指了指左边那个：“你们需要派两个人去左边那个入口。”

有过玩密室逃脱经验的人立马明白，无非就是将人分到两个房间，需要两边的人配合才能打通中间的那扇门。

温宇飞可没忘了这次活动的目的：一来是看看自己能不能趁这机会摆脱“单身狗”的身份，二来是受倪宁宁所托，创造她和孟江北独处的机会。

倪宁宁长得好看又聪明，从温宇飞的角度来看，他还是很赞同倪宁宁和孟江北在一起的。

温宇飞二话不说就将孟江北卖了：“老孟，你去！”

孟江北似笑非笑地看了一眼温宇飞，成功地堵住了他接下来的那句话。温宇飞只能疯狂地用眼神暗示倪宁宁，倪宁宁拨弄了一下头发，正打算上前一步，却被原初悦抢了先。

原初悦不耐烦和倪宁宁他们在一起，率先推开了左边那扇门。孟江北脸上挂着“果然如此”的神秘微笑，慢原初悦一步跟着进了左边的房间。

温宇飞顶着倪宁宁的死亡视线，默默后退一步。

旱的旱死，涝的涝死。

温宇飞想，为什么孟江北就这么招女孩子待见呢？

“招女孩子待见”的孟江北一进房间，就收到了来自女孩子“爱的关怀”。

“这个密室本应该有些难度系数，你不要急，哪怕是做不出来也要尽量保持心平气和。”

孟江北心里美滋滋的。都说在喜欢的人面前，是藏不住对他的关心和爱意，孟江北想，原初悦果然对自己爱得无法自拔。

原初悦又开口了：“你要是一时气急攻心又晕过去了，大家伙儿就没办法好好玩密室逃脱了。”

孟江北咬牙切齿，这个事情到底还能不能过去了！难道以后他在原初悦面前都要顶着“不堪一击的脆弱男人”这个标签吗？

孟江北觉得自己必须要说些什么来洗刷这个冤屈，刚张口，眼前突然一黑，整个房间陷入一片黑暗。话到嘴边的孟江北一时受到惊吓，张嘴“啊——”了一声。

原初悦唯恐孟江北在这个节骨眼儿晕倒，破坏她美好的周末时光，她斟酌了一秒，觉得必须要安慰眼前这个“心灵脆弱”的男孩儿，便勉为其难地伸了伸手，在黑暗的房间里准确无误地抓住了孟江北的胳膊，声音软软的：“别怕，冷静。”

孟江北：“！！！”

孟江北下意识地挣扎了下，但在原初悦开口后，他意识到这是原初悦的手便又不敢动了。只觉得整个右胳膊都快不是自己的了，酥酥麻麻的，孟江北一时分不清这是他真正的感受，还是大脑产生的幻觉。

大概三秒过后，前台小姐姐清脆的声音在密室里响起：“游戏正式开始，再一次提醒各位，千万不可暴力地破坏哦……”

门那边传来温宇飞的声音：“老孟？你们那边怎么样？”

孟江北并不想理会温宇飞。原初悦奇怪地看了一眼孟江北，还以为孟江北是被突如其来的黑暗吓到了，她代替孟江北回道：“我们这里很好，但是这间房间被切断了电源，可能需要你们那边提供一下帮助。”

“老孟怎么不讲话？”

原初悦组织了一下语言：“大概是被黑暗扼住了喉咙。”

众人：“……”

那边的房间响起窸窸窣窣的动静，大概半分钟后，韩睿叫了起来：“这里有个手电筒！”

又有人喊：“门下面好像有个小口子。”

原初悦耐着性子又等了一分钟，手电筒的光从门缝透了过来，一个手电筒从门缝被推了过来。

原初悦松开孟江北的手，弯腰去捡那个手电筒。

孟江北松了一口气，但随之而来的是强烈的失落空虚感。温宇飞还在那边得意扬扬，努力地在几个女孩子面前怒刷存在感：“怎么样，我解密的速度是不是很快？”

孟江北面无表情地想，希望在他追着温宇飞打的时候，温宇飞逃跑的速度也能有这么快。

这个密室逃脱的难度系数并不低，许多人光在第一关就要花上二十几分钟，但好在几个男孩子都挺聪明，哪怕是温宇飞看起来不着调，但大概是想要给女孩子们留下好印象这个信念在支撑着他，挖掘了他的潜力，他发挥得还挺不错。

门锁在温宇飞那边，是四位数的数字锁，要解开数字锁需要将两边房间的信息综合起来。

原初悦和温宇飞互通有无，交换了一下两边房间的信息，很快温宇飞就提出一个思路，原初悦觉得可行。在验证的时候，她语气轻松地夸了一句：“温学长，没想到你还挺厉害的。”

虽然大部分时间，原初悦给人的印象都是“全世界只有本仙女最聪明”，但这并不代表原初悦就吝啬自己的夸赞。

夸得多了，就不值钱了，至少对原初悦而言，她说出的夸奖都是真心实意的。

温宇飞一边摆弄电子锁，一边谦虚地回了一句。而孟江北早就迫不及待地想要打破温宇飞的头，在温宇飞输入最终密码的时候，孟江北就抓上了门这边的把手，用力一拧。

“啊——”

一时之间，房间里充斥着鬼哭狼嚎。

在进入密室之前，被前台小姐姐嘱咐戴好的代表着玩家身份的手表，突然发出电流，八个人无一幸免，被轻微的电流电得浑身一颤。电流的强度并不会对人体造成伤害，但突如其来的电击打了大家一个措手不及。

其中，温宇飞和孟江北最惨。

温宇飞的脸正对着电子锁，锁孔中突然喷出一股气体，温宇飞正张嘴说着话呢，就感受到什么叫作“气吞山河”。

孟江北也被吓了一跳，下意识地甩开门把手往后退，脚下却踩到了什么东西，一屁股摔了下去，四周突然出现一个牢笼，将孟江北关在其中。与此同时，房间响起了欢快的音乐，一个机械电子音响起：“恭喜玩家触发隐藏陷阱！”

众人：“……”

原初悦神色复杂地看着孟江北。这个人从进来开始就啥也没干，结果现在还拖后腿地触发了隐藏陷阱？

原初悦不禁陷入了沉思，这样的人到底是怎么加入数独社的？

原初悦情不自禁地开口道：“你真棒！”

孟江北：“……”

玩过密室逃脱的都知道，密室里到处都可能有线索，但是可能有一半以上的线索都是无用的。很显然，之前温宇飞得到的就是干扰线索。

游戏一时陷入了僵局，大家需要从头寻找正确线索。

就在这时，倪宁宁柔柔地开口：“你们不觉得房间里挂着的数学家肖像画有什么不对吗？”

肖像画？

这个密室逃脱剧情本是“数学家的猜想”，为了符合主题，房间的墙壁上到处都挂着数学家的肖像画，大家研究过，但是并没有研究出线索来。

倪宁宁继续道：“我虽然不认识什么数学家，但是这些肖像画好像是P出来的。”倪宁宁指了指其中一张，“你们不觉得这张照片的下巴很像孟江北吗？

“这张照片的上半张脸也很像孟江北。

“再看这张照片的左半张脸。

“而且这儿刚好有四张照片，电子锁密码也正好是四位数，这难道是巧合吗？”

众人：“……”

温宇飞不信邪，扒着照片仔细地看，越看越心惊，倪宁宁说得好像还真是这么回事啊！

倪宁宁淡然一笑，拍了拍裙摆，退后一步。

温宇飞惊道：“难道这老板之前就认识老孟？”

韩睿摇了摇头，分析道：“仔细看这些照片，应该是刚打印出来挂上去的。你们不觉得我们等待的时间太长了吗？前台小姐姐给我们讲解注意事项的时间也太久了。或许就是在这个时候，他们拍下了孟大神的照片，合成处理后打印出来了。”

温宇飞质疑：“那为什么是老孟呢？怎么就不能是我，我在店里坐了这么久呢！老孟可是最后一个到的。”

甄晓幽幽地道：“你心里难道没点数吗？”

温宇飞：“？？？”

既然要拍照片，当然是选最帅的那个了！

温宇飞果断转移话题，拍着门提醒那边的原初悦：“原学妹，你看看你那边房间里有没有照片？”

原初悦拿着手电筒，在房间扫了一圈，手电筒的光线打在左边的墙壁上，上面整整齐齐地钉着四张照片。

原初悦抿了抿唇，声音有些沉：“有。”

“那你看看，那些照片是不是用老孟的照片和别人合成的？”

原初悦转头去看被困住的孟江北，房间里的光源就只有她手中的手电筒，从孟江北的角度看去，正好看见原初悦那张面容姣好的脸一小半陷入了黑暗之中。

原初悦歪着脑袋认真地打量着孟江北，那视线全神贯注，看得孟江北浑身发烫，不自然地挪了挪屁股。

原初悦眨了眨眼，又转头去看那四张肖像画，画上的人脸像是笼罩着薄薄的一层雾。这些人脸在她眼中并没有什么区别，就好比将四块大小差不多的石头摆放在面前，让她找出其中的差别。

原初悦并没有犹豫太久，转身走向孟江北，慢慢地靠近了他。

孟江北眼睁睁地看着原初悦那张脸离自己越来越近，只觉得头快要炸了。明明四周光线昏暗，唯一的手电筒也被原初悦垂了下去，孟江北却觉得自己能够清楚地看见原初悦的每一个神情和每一个小动作。

他看见原初悦嘴角紧绷，像是要做出一个大决定。

干什么，小迷妹难道想趁着他被困住想要一亲芳泽？

原初悦半蹲在孟江北面前，歪着脑袋咬着自己的大拇指，也不知道是自言自语，还是对孟江北说："这样可以吧？"

孟江北："！！！"

这也……太令人措手不及了吧！

他要是说可以，会不会显得他太不矜持、太不自爱了？

孟江北表示，自己可不是那种随随便便的男孩子。他觉得现在还不是时候，想要开口严厉制止原初悦这种"禽兽行为"，可是话到嘴边，他一对上原初悦那双忽闪忽闪的大眼睛，突然又说不出口了。

他要是说不可以，会不会打击到她的积极性？

不然……就同意？

孟江北内心还在天人交战，丝毫没有发现自己已经轻轻地点了点头。

"欸，你也觉得可以吗？"

原初悦凑近孟江北，孟江北正想努力地摆出一副"坐怀不乱"的君子姿态，原初悦一只手已经摸到了孟江北的兜里，拿出了"求救机"。

原初悦按下按键。

"我选择求救。"

孟江北提着的一口气突然泄了："……"

搞什么！

他也想选择求救！

接下来的关卡进行得异常顺利。

原初悦是个玩密室逃脱的高手，而温宇飞急于在妹子面前表现自己，两人配合得倒也算默契，几乎所有的谜题都是他们两个引领着大家去破解的，反倒是孟江北，一直处于神游天外的状态。温宇飞抽空凑到孟江北身旁，压低了声音感谢道："老孟，你可真够义气！"

把表现的机会都让给他了，自己却在一旁打酱油，这个兄弟没有白交！

孟江北面无表情地看了一眼温宇飞。温宇飞脖子一缩，感觉一股浓烈的杀气扑面而来，强烈的求生欲让他快步缩到了原初悦的身后，试图让原初悦那有些瘦弱的身躯挡住庞大的自己。

孟江北表示只想呵呵。

迷妹的手段太高明，连他都差点中套！

时间已经过去将近五十分钟，眼看只需要解开最后一道门的密码锁，他们就可以成功通关“数学家的猜想”，温宇飞已经有了些头绪，正在满房间找着相关的线索。

一旁的甄晓帮不上什么忙，站在一旁小声抱怨：“明明可以不靠求救就通关这个密室，还能拿到神秘礼物，这下可好，也不知道某些人怎么想的，第一关那么简单非要用‘求救机’。”

甄晓就差指名道姓了，原初悦充耳不闻，一门心思破解密码。

房间并不大，甄晓虽然压低了声音，但是该听见这番话的人一个都没漏掉，孟江北皱了皱眉，只觉得这个女生真是聒噪。

能不能学学他家小迷妹，人狠话不多。

孟江北还没来得及开口，一旁的韩睿却看不过去了。早在一开始甄晓说“认错人”的话时，韩睿就对甄晓没什么好感了，他忍不住怼了回去：“某些人一直在划水打酱油，什么忙也没帮上，也不知道哪里来的底气说别人。”

甄晓向来是个牙尖嘴利的，见韩睿替原初悦出头，她阴阳怪气地道：“怎么，皇帝不急太监急？还是想学人家英雄救美，也不看看自己什么德行。”

韩睿哪里有和女孩子吵架的经验，甄晓火力十足，三言两语就说得他面红耳赤。

原初悦并不怎么想搭理这些莫名其妙的“指桑骂槐”，只要没跑到她面前指名道姓地骂，她一般都不会怎么计较，可是这并不代表她就是个软柿子。

原初悦突然放下手中的魔方，用一种求知若渴的语气问温宇飞：“温学长，你说明明是一个学校的学生，人和人之间的差距怎么就这么大呢？”

“怎么说？”

原初悦掰着指头算：“同样是人，有些人怎么就长得这么丑？同样是玩游戏打酱油，有些人就打得那么赏心悦目。同样是做一件事，有些人就像跳梁小丑。这让我对咱们学校的招生水准很担忧啊。”

原初悦说着，有意无意地看了一眼孟江北，显然是将孟江北和甄晓做对比。

孟江北自觉地领了“赏心悦目”这四个字，觉得小迷妹太不矜持了，怎么能当众这么夸他呢？虽然夸得还挺有水平。

甄晓怒了：“你……”

倪宁宁在这时出来打圆场：“好了，都别吵了。快看，温学长已经找到最后一条线索了。”

温宇飞手中拿着一个鲁班盒，盒子已经被打开，里面是一张画有九乘九格子的纸，每个格子都是空白的，唯一特殊的是，有四个格子的边框稍微要粗一点。

甄晓心有怨恨，觉得这是一个大好的机会可以洗刷自己“打酱油”的嫌疑，让原初悦无话可说。不等其他人开口，她就火急火燎道：“我知道了，这一定是数独！”

温宇飞也觉得有点像，迟疑道：“可是这九宫格上连一个已知条件都没有……”

甄晓表现欲十足，信口开河道：“肯定就藏在这房间里。”

原初悦想，同样是人，怎么会有人蠢到这个地步呢？

眼下只剩下十分钟，原初悦并不想浪费太多时间，直接指出了甄晓话里的漏洞：“这个剧情本虽然是中高难度系数，但是在设计层面还是要考虑游戏受众的基本智商。前面的那些难题已经消耗了大部分时间，如果最后还设计出这么一个难题，让我们花大量时间去寻找这所谓的九宫格上面的已知数字，那这个剧情本怕是不会有人通关。更何况，不是每个来挑战密室逃脱的团队成员都是高水平玩家，总有那么几个拖后腿的，无论是游戏经验，还是智商水平。”

拖后腿的是谁，不言而喻。

甄晓愤愤不平道：“那你说，这如果不是数独，还能是什么？”

“幻方。”

“幻方。”

原初悦和孟江北异口同声道。

原初悦有些诧异地看了一眼孟江北，孟江北不动声色，努力摆出一副闲散模样。

没什么存在感的另外一个扎马尾辫的小姑娘开口问道：“什么是

幻方？”

幻方源于《易经》，是中国传统游戏，别称“纵横图”，又称“河图”“洛书”，蕴含奇门遁甲的布阵之道。

原初悦没什么耐心同他们解释什么是幻方，敷衍地道：“跟数独差不多吧，就是规则稍稍有些不同。”

孟江北接话道：“数独的话，会给出一些已知数字，根据已知数字和约束条件推导出剩下的数字。幻方却只有空白的方阵，比如这三阶方阵，需要将一至八十一个数字填进去，保证每行、每列及对角线上的数字之和相等。”

这么一磨蹭，时间只剩下六分钟，原初悦一边着手准备解题，一边对温宇飞说：“温学长，你先看看还有没有别的线索，万一这幻方也是迷惑线索就来不及了，我们做两手准备。”

温宇飞自然没有意见。

甄晓接连被怼，一肚子火气，虽然现在并不是发泄的时候，但她还是忍不住咕哝：“得意什么啊，知道个幻方就了不起了吗？现在都没什么人玩了，一看就是被淘汰的东西。”

原初悦拿起鲁班盒的动作一僵，她眯了眯眼，实在是不想在这些无知又愚蠢的人身上浪费口舌。可是有些人老在她面前蹦跶作死，她又忍不住想拍死那些人，而就在这时，一个清朗的声音响在耳畔。

“那你觉得数独是什么？

“几年前，大家都觉得数独只是小孩子玩的游戏，难登大雅之堂。许多人宁愿送孩子去学围棋，也不会送孩子去上数独班。

“‘数独嘛，数字小游戏，随便玩玩就行。’‘花钱花精力去参加数独比赛？别开玩笑了，有这时间为什么不学点别的？’多少人曾说过这种话？

“你们根本不知道，数独对有些人而言，意味着什么。

“你们也根本不知道，数独也是一项竞技运动，丝毫不逊于其他的脑力竞技活动。

“无知，并不可怕，可怕的是无知而不自知。

“这位同学，你听说过《坐井观天》的故事吗？”

温宇飞已经很久没有见到孟江北这副咄咄逼人的姿态了。大多时候，孟江北在他们面前都是一副什么都不放在心上的懒散模样。

甄晓被孟江北迫人的气场压得大气都不敢喘，脸涨得通红，泪水在眼眶里打着转，愣是吓得不敢流出来。

孟江北看她这样又觉得没意思，转过身靠着原初悦盘腿坐了下来，做闭目养神状。

原初悦讶异地看了一眼孟江北，又收敛心神继续解题，没有注意到原本冷着一张脸的孟江北在她瞄了他一眼之后偷偷勾起了嘴角。

哼，他的霸气侧漏肯定让小迷妹为之倾倒，拜倒在他的运动裤下了吧！

倪宁宁脸色也有些不好，拍了拍甄晓以示安慰，什么也没说。

距离一小时只剩下最后十秒，原初悦一脸凝重地开口："来不及了，我才解了三分之二……"

原初悦话音刚落，一直闭目养神的孟江北却突然睁开眼，说出四个数字："三五六一。"

原初悦没有犹豫，也没有怀疑孟江北给出的答案，大步迈到门前，输入这四个数字。

"咔嚓"一声，大门自动打开，与此同时，房间里响彻欢快的电子音。

"恭喜玩家，通关成功！"

在欢快的背景音乐中，有人欢呼雀跃，有人怨恨不甘，原初悦怀揣着复杂的心情侧头看向站在她身旁的少年。少年迎光而立，英俊得仿佛浑身都在熠熠发光。原初悦看不清他的五官，只能记住他额前垂下的碎发，穿着的白色套头卫衣、灰色休闲裤。

这个人，好像还挺厉害的。他叫什么来着？哦对，孟江北。

努力保持高冷风范的孟江北抿了抿唇，克制住内心的嘚瑟。

瞧，小迷妹又在偷看他了呢！

孟江北刚打开402活动训练室的大门，温宇飞就厚着脸皮一起跟了进来，他还捧着脸，用一种极其夸张的语气说道："这么多社团的活动训练室，还是咱们的402最舒服！当然，最大的功臣还是咱们的孟大神。"

显然，温宇飞的"彩虹屁"并没有改变孟江北的态度。

孟江北毫不客气地开启了嘲讽模式："你能不能有一点身为社长的担当？明明是你设立的402门禁规则，你这么轻易打破真的好吗？"

温宇飞丝毫不觉得羞耻："社长当然应该有一点特权了，不然我这么尽心尽力地伺候你们这些小崽子图什么！"

温宇飞找了张沙发舒服地窝了下来，在孟江北准备动手赶人之前，他连忙开口：“我有要事与你商量！今年和启元大学的友谊赛参赛名单确定下来了，因为今年我们和启元那边都没有招到什么新人，所以我跟华擎天商量了一下，就还用去年的阵容。”

如今，402的黑板上仍旧孤零零地写着孟江北和程侑的名字，很显然，这三天并没有其他人能够打开孟江北因为心情原因提高难度系数的电子门禁。

孟江北不耐烦道：“我又不是副社长，你跟我说这些做什么？”

在孟江北抓住温宇飞的胳膊之前，温宇飞火急火燎地吼道：“还有，还有……原初悦让我找你！”

孟江北动作一滞，手往上移了一下拍了拍温宇飞的肩膀，挨着他坐了下来，干咳一声道：“她找我做什么？为什么她不直接来找我？”

温宇飞长舒一口气道：“她又没有你微信，怎么找你？”

孟江北脱口而出：“那你就不能给她吗？”

温宇飞抓狂：“不是，之前有个暗恋你的妹子想要你的微信，善良如我把你的微信推给了她，你还记得后果吗？”

后果就是，温宇飞被孟江北逼着吃了整整一周的白水煮青菜！

更令人气愤的是，温宇飞还胖了两斤。

那普通妹子能和小迷妹比吗？孟江北怒其不争，只觉得以温宇飞这种智商和情商，数独社在他的带领下竟然没有完蛋简直就是个奇迹。

孟江北放不下自己“高冷男神”的人设，只能疯狂地暗示温宇飞：“原初悦要是经常通过你来找我，你不会觉得很麻烦吗？”

温宇飞脑子拐不过弯来：“她为什么要经常找你？”

孟江北表情冷漠得像个没有感情的杀手：“有事说事，别说这些有的没的。”

孟江北的脸如三月的天，说变就变。

“原初悦不是要做宣传视频吗？说是要找你做一个专访，她之前已经找过韩睿他们了，这次估计就轮到你了吧。”

轮到他？哼，温宇飞根本就一无所知！原初悦老早就找过他了，而且一次不够，还找了两次！

孟江北斜睨了一眼温宇飞，眼神里透露出一丝温宇飞无法理解的小得意。

温宇飞觉得，自从上次孟江北拖着发烧的身体和崔晓童比赛晕过去之后，他就变得很不对劲，该不会是脑子烧坏了吧？

温宇飞小心翼翼地提醒："你的状态还好吗？和启元大学友谊赛之后，咱们还要迎接全国大学生数独挑战赛，这个比赛可不能错过。"

脑子烧坏是小事，比赛可不能输啊。

温宇飞顿了顿，又补了一句："虽然齐逸声那小子最近安分了一些，可我总有一种不祥的预感，万一他背地里偷偷搞一些小动作……"

孟江北明白温宇飞的担忧，难得地安慰了一句："放心，他已经不是数独社成员了，威胁不到什么。"

孟江北说着，拿过了温宇飞的手机，强迫温宇飞按下大拇指指纹解锁。

孟江北手指如飞，飞快地操作了一番。等他把手机扔回给温宇飞，温宇飞就看见手机屏幕上赫然是和原初悦的微信聊天界面。

一口吃不成大胖子：×××××，这是孟江北的微信号。

一口吃不成大胖子：孟江北最近很忙，不如你直接跟他约吧。

一口吃不成大胖子：呵呵，像他这种英俊帅气人格魅力又突出的优秀青年，总是很忙的。

温宇飞："……"

暴力社长，在线捶人！

温宇飞试图凶神恶煞地瞪回去，却在对上孟江北理直气壮的表情时又㞞了。他想了想，又没话找话地说道："我觉得倪宁宁和甄晓她们似乎对原初悦有敌意，那天密室逃脱的游戏结束后，我不小心听见甄晓在说原初悦的坏话。"

温宇飞绘声绘色地模仿着甄晓的语气复述："我觉得姓原的脑子肯定是被撞坏了！你知道吗？大一新生刚开学的时候，我遇到过她一次，她休学回来不是重上大一吗？她竟然假装不认识我，还问我叫什么，装模作样！最可笑的是，她还对着教中国古代文学史的张老师喊徐老师，这不是脑子坏掉了是什么？挑衅我也就算了，竟然还敢挑衅老师，这不就是因为张老师不喜欢她只喜欢你吗？"

孟江北听着温宇飞这番话皱了皱眉，他实在是不喜欢听女孩子在背后嚼舌根。

手机屏幕亮了一下，显示有微信添加好友请求，孟江北的神色缓了下来，一边故意等了一分钟才通过好友申请，一边慢悠悠地对温宇飞道："嫉妒使人面目全非。”

阿喵喵喵呜：孟同学你好，我是原初悦。

你在做梦吗：叫学长。

你在做梦吗：晚上六点学校西门咖啡厅，我有时间。

孟江北发完微信，收起手机漫不经心地问了温宇飞一句：“你觉得我今天怎么样？”

温宇飞：“？？？”

温宇飞灵光一闪，竖起大拇指：“帅！长得帅气也就算了，穿着打扮还这么有品位。你是不知道，学校里现在有很多男生都学着你的穿衣品位呢！”

孟江北表示十分满意。

孟江北愉悦的心情却并没有维持多久。

孟江北并不想让原初悦产生不该有的想法，比如他对于这次见面十分期待之类的，所以他一直在402活动训练室待到了下午五点四十五分时才动身出发。

社团大楼离约好的咖啡厅大约十来分钟的路程，这一路走来，孟江北是越走心情越沉重，他已经数不清，这是他遇到的第几个套头卫衣加休闲裤打扮的男生。

搞什么，非要在今天和他撞衫吗？

孟江北生平第一次对自己的穿衣水平产生了质疑，或许，他应该花那么一点点时间用来研究穿衣打扮，而不是为了图方便，一个款式的衣服所有颜色都买上一件换着穿。

等孟江北到达咖啡厅的时候，原初悦已经等了好一会儿了。她坐在靠窗的位置，穿着简简单单的毛衣牛仔裤，简单地绑了个丸子头，露出曲线优美的脖子。她长得好看，打扮得简简单单的也足以吸人眼球，孟江北粗粗扫了一眼就发现了她。

他迈着慢悠悠的步子走向原初悦，原初悦正埋头整理着手机里关于数独社成员的资料，眼前忽然出现一片阴影，她抬头对上孟江北。

呃……原初悦犹豫了一秒，假装没有看见他，低头点开微信给孟江北发了一条消息。

阿喵喵喵呜：孟同学，你到了吗？

孟江北拿在手中的手机屏幕亮了一下，原初悦这才露出一个疏离而又礼貌的笑容，假装这才发现他："孟同学，你来了。"

孟江北矜持地点了点头，坐在原初悦对面的位置。

原初悦也不寒暄，从一旁的包里拿出了微单相机，切换了录像模式将镜头对着孟江北，道："采访的时候需要录一些素材，用作社团宣传视频，你不介意吧？"

小迷妹已经不满足于拥有他的照片，而是想要进一步拥有他的视频了，他还能怎么办？当然是选择同意咯。

原初悦之前对孟江北并没有什么特别深的印象，经过三天前的那场密室逃脱，她才对孟江北产生了一点兴趣，特地去研究了一下孟江北的资料。

也是巧，之前她看过的关于数独社的八卦帖里的F4就有孟江北的名字，按照这样的说法，孟江北应该长得挺帅。

密室逃脱最后的幻方关卡，孟江北表现得十分突出，短短几分钟，原初悦才解出了三分之二的答案，孟江北竟然盲算就算出了最后的密码，原初悦觉得孟江北实力不容小觑。

长得帅实力又强的男人，一般对自己的要求都会很高，不会允许自己的人生经历上多任何一个污点。

那么，之前和崔晓童的较量，他因两秒之差输了就晕了过去，这件事便也很容易理解了。

这样子的人，似乎并不是那种会为了一点钱就打假比赛故意输掉比赛的人。

原初悦不敢轻易下结论，宁肯错杀一千也不能放过一个，所以才通过温宇飞将孟江北约了出来试探一二。

原初悦："你解幻方的水平很不错，心算能力特别强，我听温学长说，你的数独实力也很厉害。"

孟江北装帅于无形："全靠队友衬托。"

原初悦现在手头上的资料有限，并不能查出数独社往年的所有比赛记录，就目前她知道的几场比赛来看，孟江北并没有输过的记录，她试探着问："我看过你以前的比赛，尤其是去年的全国大学生数独挑战赛，你的表现很优秀。我很好奇，你有没有想过如果你输了那场比赛会怎么样？"

"输？"孟江北似乎并不能理解这个字，"结果不是赢了吗？"

原初悦："……"

很好，看来这个人是相当有自信。

原初悦也就开门见山了："那请问，之前你和崔同学的较量，输了之后你是什么感想？"

孟江北："……"

原初悦循循善诱："如果时光能回溯，你知道输掉的这个结果，你还会答应和崔同学的较量吗？"原初悦换了个说法，"或者有一个机会摆在你面前，可以让你轻而易举就能得到比赛的胜利，你会选择用这个机会吗？"

孟江北皱了皱眉："什么机会？我明明可以用实力碾压他，我为什么要用别的机会？"

孟江北将原初悦这番话细想一番，她话里的深意究竟是什么，是在暗示着什么吗？

机会……难道她指的是可以轻而易举就能得到他的心的机会？

难道原初悦是将数独比赛暗喻成她追求他的比赛？

孟江北觉得自己作为小迷妹的男神，有必要适当地鼓舞她一下，给她一点暗示："我从来不觉得输掉比赛是什么可耻的事情，前提是自己尽了全力。当然，你不去试试，怎么知道结果就一定会是失败呢？"

两人鸡同鸭讲了好一番，各自怀揣着自己的心思。

店员送上来的咖啡渐渐凉了，孟江北的手机不合时宜地响了起来，他示意了一下原初悦接起了电话，电话那头传来室友的鬼哭狼嚎。

"江湖救急，孟哥你在哪儿？"

"没事，我挂了。"

"我没带宿舍钥匙，我去找你拿一下啊！"

孟江北盘算了一下时间："你在学校西门等我。"

孟江北跟原初悦说了一下事情的原委，顺便又给自己立了一个"乐于助人、善解人意"的人设，起身离开咖啡厅，让原初悦等自己几分钟。

孟江北万万没有想到，在自己离开座位一分钟后，有一个身材体形都跟他相差无几，穿着打扮也十分类似的男生走了进来，看见窗边坐着的原初悦眼睛一亮，满脸写着"我对她一见钟情了"。男生扭捏了半分钟，鼓起勇气走到原初悦面前，指了指原初悦旁边的位置。

"我可以坐这儿吗？"

男生压低了声音，努力地想让自己的声音变得低沉有磁性一点，现在的女孩子就喜欢低音炮。听说文学系的系草孟江北也是个低音炮，且不说长相，就说他那嗓音都能迷倒一众妹子。

原初悦抬头打量了一下他，有点好奇他为什么放着原本坐的对面的位置不坐，非要坐在她身旁，但她还是同意了。

男生主动同原初悦搭讪：“我觉得你的丸子头很好看，请问你能教我怎么扎的吗？”

经典的直男搭讪语录。

原初悦：“……”

所以话题是怎么从数独比赛转到学扎丸子头的？他不觉得这个话题跨度有点大吗？

原初悦有些迟疑：“可以是可以……不过，我觉得你如果想要扎丸子头存在一定的难度系数，大概需要先去买顶假发。”

男生很快意识到自己找了一个多么蹩脚的搭讪话题，涨红着脸，吞吞吐吐了好半天才说明自己的来意：“那什么……我能加一下你的微信吗？”

原初悦更奇怪了：“我们不是已经加过微信了吗？”

孟江北回到咖啡厅时，看到的就是原初悦和陌生男生肩并肩“相谈甚欢”的画面。

孟江北：“！！！”

有人模仿我的穿衣风格，还泡我的小迷妹！

孟江北大步跨过去，势必要让那个该死的小子意识到什么叫作“碾压性的胜利”，他在小迷妹心目中的地位不是穿同一套衣服就可以取代的！

孟江北刚走到原初悦身后，就听见自己的小迷妹软软的声音。

“孟同学，今年和启元大学的友谊赛，你也会参加吗？”

孟江北愣了。他明明站在原初悦的身后，那原初悦这句话是对谁说的？

电光石火之间，孟江北脑海里突然回想起温宇飞复述的那番话——“最可笑的是，她还对着教中国古代文学史的张老师喊徐老师，这不是脑子坏掉了是什么？”

孟江北再一次登录了QQ小号，打开“互帮互助打造新时代五好青年”的群，聊天消息已经很多了。他清空了之前的消息，郑重其事地发了一句话。

1024：我有一个朋友，她经常对着A喊B的名字，这是怎么回事？而且路上遇到明明很熟悉的人却假装不认识，对方打招呼也置之不理。

宇宙总攻：我最近已经开始研究爱情心理学了。

带头大哥：就你？母胎单身还研究爱情？

钮祜禄霸天：@1024，要么对方是在挑衅，要么就是认错人。如果都不是的话，你说的这个症状医学上称为“面孔遗忘症”，俗称“脸盲症”。

宇宙总攻：@1024，你和你小迷妹的事情还需不需要求助了？我最近恶补了一番知识，肯定能够帮到你！

宇宙总攻：？？？

宇宙总攻：人呢？

孟江北已经默默关掉了QQ，转而打开了搜索引擎搜索有关“脸盲症”的信息。

孟江北看着搜索出来的结果，表情凝重。

——看不清别人的脸，对脸部特征失去辨别能力，只能依靠衣服、发型、走路方式等个人特点区分他人。

——目前医学水平无法治愈。

之前被孟江北忽略的所有不对劲的地方，似乎都得到了合理的解释。

社联内部流传原初悦为人高傲，翻脸不认人；明明喜欢他，却三番两次将他当成陌生人；校医院的卫生间门口，两个穿着同样园服的小孩儿；教职工公寓楼前，胖乎乎的小孩儿指着手中的金葫芦让原初悦不要再认错人；密室逃脱的第一关，明明胜券在握原初悦却选择求救机会；咖啡厅里，原初悦对着和他撞衫的少年喊孟同学……

一切的不对劲，似乎都因为“脸盲症”而变得合情合理。

孟江北紧蹙着眉头，手指无意识地在桌面上敲击着，“笃笃”的声音无法让他的心安定下来，反而越发心烦意乱。

所以在原初悦眼中，所有人都是顶着一张模糊到无法辨认的脸？

孟江北无法想象身处在这样的环境之中是一种怎样的体验，但有一点能够确定，这种感觉并不美妙。

孟江北坐不下去了，“脸盲症”毕竟只是一个猜测，谁也不能肯定原初悦是不是真的患有“脸盲症”，他迫不及待地想要验证这个猜测是否正确。

孟江北决定将这个光荣而伟大的任务交给温宇飞，他给温宇飞打了个电话：“老温，原初悦是不是还在挨个采访我们社团的成员？”

“是啊。”

“下一个是谁？”

“应该是崔晓童。”

孟江北："……"

崔晓童的体形和孟江北差不多，这倒是一个很合适的试探机会，只不过崔晓童那个花里胡哨的穿衣风格……

孟江北清了清嗓子："我突然有一个绝妙的想法。"

"我可以不听吗？"

"你还记得去年咱们社团斥巨资购买的社服吗？我觉得这是一个非常好的穿社服的场合。我建议，每一个被采访的人都应该穿着社服。"

"你不是嫌弃社服丑吗？"

孟江北自顾自道："你也觉得这个主意很棒吗？那就这么决定了。"

"喂喂喂，不要自说自话啊！"

数独社的成员大多都是工学院和理学院的学生，根据学校的课程安排，这两个学院的学生周三下午一般都是满课，这也导致了数独社的活动训练室每周三的下午都是空的。

原初悦对了下时间，崔晓童是艺术学院的，刚好她和崔晓童周三下午三点以后都没课，索性就定了这个点在数独社的活动训练室采访。

崔晓童话多，原初悦问一句他能答十句，原初悦也乐见其成，想要从崔晓童这里套更多有关数独社的消息。

崔晓童不仅话多，还擅长挖掘更多的话题，经常聊着聊着话题就被他自然而然给带歪。他余光瞥见原初悦摆在桌上的微单相机，兴致盎然地道："原学妹你也喜欢玩摄影吗？我知道几个不错的镜头，你……"

原初悦打断崔晓童的话题："不，我不喜欢玩，只是为了方便制作数独社团的视频才问别人借了一台微单。"

崔晓童露出一个遗憾的表情："这样啊……我还以为能在社团里找到一个和我一样都喜欢摄影的人呢。这样以后比赛的时候，万一我要上场比赛不方便拍照，就能有其他人帮社团拍照了。"

说者无意，听者有心。原初悦心里一动，状似无意地追问下去："哦，你很喜欢拍照吗？"

崔晓童没有防备，顺着原初悦的话继续说道："是啊，我辅修的第二专业就是摄影，平时没事干就喜欢拍点东西。我爸常说，我们搞艺术的人呢，不仅要长得美，还要有一双善于发现美的眼睛。我就很厉害了，不仅这两个技能都有，还擅长摄影拍下事物美丽的一面。学校里有很多人都喜欢跟我约片，原同学你要是有兴趣的话，也可以约我拍个照片什么的，看在你长得好看的分儿上，我不收钱！”

原初悦有意将话题往社团上引导：“我听说你们数独社里也挺多长得好看的人，还有什么 F4 呢。按照你的说法，你应该也拍了很多社团里的照片？”

崔晓童撇了撇嘴，很是不满：“是有几个长得不错的，可惜他们太暴殄天物了，白瞎了那么好一张脸，平时都不好好收拾收拾自己，穿得一个比一个随意，尤其是孟江北，啧啧……”

崔晓童愤愤不平，抨击了一下社团成员的穿衣品位。原初悦跟着附和了几句，显然对初次见面那一场盛大的“格子衫大聚会”还印象深刻。

崔晓童道：“不过数独社是我们的共同记忆，所以社团里有什么比赛，我都会跟着一起去。平时我不上场的时候，会帮他们拍拍比赛时的照片。”

说起这个，崔晓童更来气了。

“我照片拍得那么好看，无论是构图还是光线，都是完美的。哪怕他们穿得难看，凭借我的拍照水准，我也能给他们拍出男神的风范。你看过数独社 F4 的那个帖子没，里面的照片就是我拍的，是不是很棒？可是他们竟然没一个人欣赏，我拍的照片他们一张都不看！”

崔晓童拿起奶茶喝了一大口，道：“亏我这么用心地拍照，这三年积累了这么多完美的照片，他们竟然都不想看。”

原初悦眼前一亮：“你是说，你拍了三年？”

“是啊！虽然我脸嫩显小，看着像大一的，可是我已经大三了。”

这可真是……踏破铁鞋无觅处得来全不费功夫。

原初悦勾了勾唇，嘴角漾出一个小酒窝：“说起来，我对摄影其实也挺感兴趣的，F4 的那些照片我都看过，拍得确实不错，我当时还在想是谁拍得这么好呢？崔学长，你如果不嫌麻烦的话，介意把以前拍的那些照片发给我一份吗？让我好好学习学习。”

崔晓童激动得恨不得握住原初悦的手：“原学妹，我第一眼看见你，就觉得你会是我的知音。我果然没有看错，像我们这种长得好看的人兴趣都很相似！”

401 教室内两人“相谈甚欢”，却不知 402 教室看不见的角落里正坐着一个人。

孟江北阴沉着一张脸，看着手中那件五彩斑斓的衣服，默默在心里将办事不力的温宇飞千刀万剐。

还好孟江北做了两手准备，托人打听了一下今天崔晓童穿的什么衣服，正好崔晓童今儿穿的衣服他当初买了两套，顺手将一套送给了他同班同学。

巧得很，崔晓童的那个同班同学就是孟江北舍友。

孟江北抖开那件衬衫，只觉得眼睛都快刺瞎了。

什么叫五彩斑斓的颜色，他今天算是见识到了。

孟江北阴沉着一张脸换上了衣服，又扒拉了一下自己的头发，确定和崔晓童的打扮没有太大的出入后，才给温宇飞发微信。

隔壁 401，崔晓童接到了温宇飞的夺命连环电话。

“急事，有急事，你现在立刻来学校东门找我！”

崔晓童犹豫了一下，但电话那头温宇飞吼得火急火燎，他没办法，只得跟原初悦说了一声就匆匆离开教室。

原初悦刚将微单相机装进包里，准备起身就看见门口站着一个穿着一件黑色为底上面贴着密密麻麻亮片的衬衫的少年，倚靠在门框边默默看着她。

原初悦没有多想，毕竟那件衬衫实在是太有辨识度了，一般人也不会轻易穿。

“崔同学，你怎么又回来了，不是有事吗？”

原初悦微微抬头看着门口那人，窗外阳光洒了进来，落在她身上光影斑驳。原初悦天生的笑脸，放松状态下的她嘴角微微翘起，脸颊上还有两个小小的酒窝。她望着孟江北，微卷的睫毛轻轻扇动着，一副天真无邪的模样。

门口的孟江北扯了扯嘴角，方才还七上八下的心因为原初悦这句话定了下来，他调整了一下心态，捏着嗓音模仿着崔晓童的语气：“突然没事了，我们继续采访吧。”

孟江北的爸爸是一名配音演员，他继承了爸爸的天赋，可谓是青出于蓝而胜于蓝，模仿起别人的声音惟妙惟肖。

孟江北坐到原初悦对面的位置，打量了原初悦好一会儿才语气轻松地道：“我们之前说到哪儿来着？”

“说到你觉得数独社成员整体穿衣品位都不行。”原初悦模仿着崔晓童之前的口吻，“尤其是那个孟江北，同一款卫衣买了七个颜色，黑、白、灰、浅灰、中灰、深灰、褐灰，不知道的还以为他活在黑白世界里，他脸上要是打上了马赛克，丢进人群里肯定找不出来。”

孟江北一哽，下意识地问道：“你也找不到吗？”

原初悦没明白孟江北的意思：“啊？”

孟江北赶紧改口：“咳咳，我的意思是，你也这么觉得吗？”

“我觉得你说的有几分道理。”原初悦又补了一句，“我觉得你穿得就挺有特色的。”

孟江北：“……”

孟江北觉得聊不下去了，赶紧转移话题，随便扯了几句后才步入正题，状似漫不经心地拿出手机道：“对了，最近社团要做成员信息表，你觉得我这几张照片哪张比较好看？”

孟江北一边说，一边翻出相册给原初悦看。

相册里，一张是崔晓童的，一张是孟江北的，还有几张是孟江北从网上随便找的照片。

原初悦眨了眨眼，眼眸低垂，接过孟江北的手机，随意地滑了几下，瞳孔有一瞬间的失焦，她开口道：“我觉得都挺好的。”

孟江北不依不饶，学着崔晓童的语气道：“那你给我挑一张呗。”

尾音拖得又细又长，话一说完，孟江北就打了个哆嗦。

原初悦沉默了一瞬，随意挑了一张将手机还给孟江北：“我觉得这张就挺好的。”

孟江北没去看，接过手机就按了锁屏键，手机屏幕黑了下去。他对着原初悦笑了笑：“我也觉得这张显得我特别帅。”

孟江北主动开口：“不然，今天的采访就到这儿吧？”

原初悦点了点头，收拾了一下桌子上的东西，拿过自己手机时，不经意地碰亮了手机屏幕。孟江北一晃眼就看见原初悦手机屏保上自己的照片，心像是被羽毛给挠了一下，他忍不住开口：“这是你喜欢的人吗？”

原初悦还是一如既往地坦诚：“是啊。”

“你……很喜欢他吗？”孟江北突然有些紧张，比当初第一次站在全国数独锦标赛的决赛舞台上还要紧张。

原初悦歪了歪头：“嗯，喜欢很久了。”

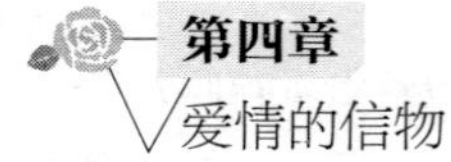

第四章

爱情的信物

清风拂过孟江北的心头，孟江北觉得自己仿佛坐在碧海蓝天下的一艘小船上，心儿也随着小船晃晃悠悠。

等他回过神来时，原初悦不知何时已经离开了401。孟江北低下头，这才解锁了手机，相册里是一张他不认识的脸，似乎是某个当红男团中一个小鲜肉。孟江北握紧了手机，坐在空旷的教室里久久没有动作。

良久，在孟江北终于起身准备离开时，门口却走进来一个人。

崔晓童对上孟江北的视线，迟疑道："你。"

孟江北这才意识到自己还没来得及换衣服，僵硬地打断崔晓童的话："我不是，我没有，别瞎说！"

崔晓童眼睛亮了起来，里面像点燃了一簇火焰，熊熊燃烧，他大跨步跑了过来抓住孟江北的手。

"你终于开窍了吗？

"你也觉得我这衣服很好看吗？

"知人知面不知心啊！

"从今以后你就是我崔晓童的兄弟了！

"欸，孟大神，你需不需要我给你推荐几个卖衣服的店铺链接啊？"

崔晓童在孟江北耳边叽里呱啦了一通，孟江北绝望地闭上了眼睛，好半晌才虚弱地开口："不……我不需要……"

这只是个误会啊！

两人拉拉扯扯地走远了，谁也没有注意到401角落里突然坐起了一个人。

游望拉开盖在脸上的衣服，脸色苍白地坐起来，他昨儿通宵做题，等结束了才发现已经过了宿舍门禁的点，索性就在训练室囫囵睡了一觉。

原初悦和崔晓童来这里采访时，他还没睡醒，也懒得解释，索性就躺在角落里没动，也没有人发现他就睡在那里。等他熬过了头疼想起来的时候，发现孟江北又进来了。鬼使神差地，他仍然选择了装睡没有动作。

游望看着两人渐行渐远的背影，皱了皱眉陷入了沉思。

孟江北为什么穿着和崔晓童一样的衣服？总觉得怪怪的。

原初悦并不知道自己为了隐藏“脸盲症”而辛苦立起来的“眼高于顶翻脸不认人”的人设已经崩塌得差不多了，某人已经透过表象发现了本质。

原初悦被麻烦找上门来了。

甄晓过来的时候，原初悦正坐在自习室里看着自己最近搜集的有关数独社的资料，数独社的大部分成员她都已经进一步接触过了，可仍旧没有发现什么可疑的人。

究竟是什么人，会为了一己之私做出打假比赛的事情来？

东齐大学是A市乃至全国都赫赫有名的重点大学，能够进入这所大学的都是佼佼者，而其中能够成为数独社成员的更是精英中的精英。

少年傲骨，怎么可能会为了一点钱而出卖自己的骄傲。

就在原初悦百思不得其解的时候，甄晓一巴掌拍在了她面前的桌子上，让原初悦回过神来。甄晓趾高气扬，很显然是故意来找麻烦的，她撑着桌子居高临下地看着原初悦，冷嘲热讽地道：“原大小姐还真是让我好找，躲在这么一个偏僻的自习室里，怎么着，是特地躲我的吗？”

东齐大学为了给学生们提供良好的学习环境，大部分教学楼的教室，只要没有安排课程，都可以作为自习室对学生开放的。

原初悦不喜欢别人打扰，所以特地挑了一间偏僻的自习室。这儿清静，她来了这么久，自习室也就零零散散两三个人。

甄晓趾高气扬地扫了一圈自习室，抬了抬下巴道：“我和我的小姐妹有些话要说，大家不如挪个位置？”

甄晓虽然身材娇小，但是眉宇之间带着一股杀气，往日里她有意卖萌还算好，现在摆出凶神恶煞的样子，一看就十分不好惹。大家也不想惹一身麻烦，迅速收拾东西溜了。原初悦不动声色地打量着甄晓，迅速在脑海里挑选有可能对上号的名字，却有太多名字能够对得上号。

没办法，人怕出名猪怕壮，原初悦树敌太多，对她抱有敌意的女生更是数不胜数。原初悦还记得她刚上大学的第一周，就有个大三的学姐冲到她面前，扬言从今以后和她势不两立。

天可怜见，原初悦根本就不认识那个大三学姐，她后来才知道，学姐最近被男朋友甩了，学姐不服，自己身为外语系的系花，要相貌有相貌要才华有才华，凭什么甩她？男朋友直接甩出一句话——我就是看不惯你这副“全天下老娘最厉害”的样子，你看今年文学系的新生原初悦虽然也是这样，可是人家长得比你好看又比你厉害啊，就算是摆出“我最厉害”的模样大家也觉得理所当然啊。

很好，原初悦躺着也中枪。诸如此类的事情实在是太多，尽管原初悦无意树敌，无奈人太优秀，没办法。

原初悦往后一靠，云淡风轻地看向甄晓。尽管名字对不上号，也不妨碍她实力怒怼：“这都十一月份了，怎么还有这么多苍蝇呢？呀，这只苍蝇可不得了，还长了一个狗鼻子呢。”

甄晓憋了一肚子火，被原初悦一怼，直接上手一巴掌扇了过去。

原初悦可不是坐以待毙的人，自去年出了车祸之后，为了不让自己长时间沉浸在自怨自艾之中，她想过各种办法，还专门请了私人拳击教练，对付别人不好说，对付甄晓这种只知道逞威风的小女生还是不在话下。

原初悦直接抓住了甄晓的胳膊，稍一用力，甄晓就疼得“哎哟”直叫唤。原初悦撇了撇嘴，松开手将甄晓往旁边轻轻一推，抬了抬下巴道：“所以你来找我到底是干什么？”

甄晓疼得眼泪都快出来了。被原初悦抓过的地方红了一圈，她心生忌惮，但又不甘心就这么灰溜溜地离开，怨恨地瞪了一眼原初悦：“哼，招蜂引蝶，你是不是就看不得别人好，别人喜欢的男生你都要上手抢？”

原初悦摸了摸下巴，认真思索自己是不是又背锅了。甄晓又开口了：“别以为我不知道，你以宣传部的名义进入数独社，就是想要抢走……”

甄晓话说到一半，原初悦的神色一凛，眼神如刀看向甄晓，吓得她把没说完的话都咽了回去。

原初悦深沉道：“你知道？”

她虽然喜欢程侑，年轻的时候不懂事对程侑死缠烂打，恨不得向全天下宣布程侑是她的人，可是效果适得其反，吓得程侑对她避如蛇蝎。后来她学乖了，在不给程侑造成困扰的前提下接近他，试图润物细无声让程侑意识到自己的好。

这一两年，原初悦的个性已经没那么张扬，收敛了许多。而程侑因为身体和性格的原因，也不怎么来学校，所以在学校里，她和程侑的交集为零，照理说不应该有人知道她喜欢程侑才对。不对……她之前将程侑的照片设为手机屏保，难道是温宇飞泄露出去的？

甄晓被原初悦这个眼神吓得下意识地后退了一步，但作死的天性还是让她继续开口，试图为自己找回场面："若要人不知除非己莫为，我告诉你，这次你一定会输的！"

倪宁宁已经决定向孟江北公开表白，甄晓身为倪宁宁的头号支持者，坚信没有人能够拒绝倪宁宁的表白。

之前孟江北对倪宁宁不屑一顾，完全是因为倪宁宁太含蓄太克制了，没有表露出自己对孟江北的爱意。

输？事关程侑，原初悦无法坐视不管，眯了眯眼道："你什么意思？难道还有人也喜欢他？"

说来也是，程侑那么优秀，会有别的女孩子喜欢他也很正常。

原初悦脸色阴沉下来，站起身来准备逼问甄晓究竟是谁跟她抢程侑。甄晓立马感觉到了莫大的危机，火急火燎地扔下一句话就溜之大吉。

"你也就得意这么几天了，等着瞧吧，不到十天你就会输得一败涂地！"

原初悦追了出去，但是甄晓很快就跑得消失不见。原初悦心情不爽，她倒是想把甄晓抓回来问个一清二楚，奈何她根本不知道甄晓的名字啊，就算找人也找不到。

原初悦气呼呼地坐了回去，再也没有心思去想数独社的问题。对于追求程侑一事，原初悦一直有着盲目的自信，奈何手段和技巧都跟不上她自信的程度，至今她所能想到的办法无非就是守在程侑家门口刷存在感。

原初悦觉得这样下去不行，她决定求助于万能的"度娘"。

原初悦打开搜索页面，输入关键字——有人想要和我抢喜欢的男孩子，怎么办？

搜索出来的结果五花八门，原初悦一一排除，最后目光落到一行小字上——遇到了人生的难题？走在岔路口不知道向左向右？不要紧，马上加Q群××××××，迎接你的人生导师，你遇到的麻烦，我们都能够解决！

下面有十几条回帖——这个群真是太棒了，解决了困扰我十年的问题！

赤裸裸地吹捧，生怕别人不知道是找来的水军。

原初悦的智商在这一刻下线，她思索了一秒，注册了一个QQ小号申请加群，被通过后，看着那个群名陷入了沉思——互帮互助打造新时代五好青年。

她现在退群还来得及吗？

带头大哥：新人，又是新人！小的们，我们又可以营业了！

宇宙总攻：新来的，你是不是遇到了人生的难题，是不是走在人生的岔路口不知道往左往右？别害怕，无论是玩游戏老被队友坑，还是早上起不来晚上睡不着，只要来到了这里，一切困难都会迎刃而解。

宇宙总攻：说出你的故事，我们会帮你的！

宇宙总攻：这个群里有心理学硕士，游戏国服中单，有钱有闲富二代……总有一个人能帮忙解决你的难题，一个不行，我们还有一群！

原初悦："……"

死马当作活马医，原初悦憋着一口气发了一段话。

只是个马甲：怎么以科学合理的手段解决掉情敌？

只是个马甲：在线等，挺急的。

喷他kill：……最近的新人怎么回事？人生的困惑只有爱情吗？

喷他kill：难道我也要去研究下爱情心理学才能救世人了吗？

喷他kill：说起来，上次那哥们儿的事情解决了没？

宇宙总攻：@1024。

1024：谢邀，解决了。

温宇飞得到消息，今年全国大学生数独挑战赛预计会在元旦后举办，按照往年惯例，去年个人赛的前十名以及团体赛的前三名拥有直接进入复赛的权利。

去年的全国大学生数独挑战赛，东齐大学拿了团体赛第二名的成绩，可以选择一支队伍直接进入复赛，不出意外的话，这支队伍将会从数独社产生。温宇飞决定提前做好准备，争取今年能拿到团体赛冠军，所以和启元大学数独社的华擎天商量了一下，索性今年两个社团的友谊赛按照挑战赛的规矩来比，就当提前备战挑战赛。

全国大学生数独挑战赛中的个人赛规矩暂且不论，每年的变化无非就是题型上的和难度系数的增减，团体赛却和个人赛微微有些不同，需要队友的默契配合和一定的技巧。一般来说，团体赛共分为两轮，第一轮为轮转接力赛，第二轮为字母关联数独。

原初悦没有做过团体数独的相关训练，她坐在401活动训练室的角落，听着前方的温宇飞说着今年友谊赛的注意事项，打开手机搜索了一下相关的资料。

团体赛一般三人组队，轮转接力赛就是三人围坐一桌，每位选手手中都会拿着一张卷子，每隔两分钟，选手按照顺时针方向往下传递，让下一位选手继续解答。若其中一位选手解完题目，则可替换一张新的卷子，直到十二张卷子全部完成或规定作答总时间结束。题目作答正确的前提下，每提前完成一分钟加十分奖励，以此累加，不足一分钟可忽略。

字母关联赛则又增添了一点难度系数，题目中的已知条件不仅仅只有数字，还有字母，每个队伍共有十道题，不同题目中相同的字母表示相同的数字，选手需要利用这些字母之间相互关联的条件来解出答案。

原初悦若有所思。

就拿轮转接力赛来说，若是前一个选手哪个空格填错了，后面的选手按照前一个选手的思路来继续解题，得出的答案只可能是错误的。

真正的落错一子满盘皆输。

“今年和启元的友谊赛定在本周六，比赛地点就在启元大学。除了参加比赛的五个人，其他同学如果没什么事情也可以去观摩，毕竟这也是一个学习机会。”温宇飞顿了顿，补充了一句，“虽然全国大学生数独挑战赛咱们学校只有一个推荐直接进入复赛的名额，但是个人还是可以自主参赛，进了决赛之后再自行组队参加团体赛。虽然我很不想承认，但是启元这几年的实力很不错，大家可以去提前感受一下比赛的氛围。”

温宇飞低头看了一眼手中的名单：“今年的比赛队伍还是和去年一样，由徐诺、程侑、孟江北、韩录和游望参加，大家有什么意见吗？韩录这两天回国，正好能赶上这次比赛。”

这五个人算得上是数独社的佼佼者，其他人自然不会有什么意见。

有人却高喊了一句：“那社长你能保证今年程侑不会像去年一样，主动弃赛吗？”

去年最后的决胜局，程侑对上了启元大学的龙琪琪。据说那个龙琪琪是体育特长生出身的，学习数独也不过两个月，且不说程侑，就说数独社任何一个人想要赢过她简直轻而易举。可就在这个关键时刻，程侑竟然主动弃赛，将胜利让给了启元。

大家对此自然颇有怨言，奈何程侑也不来数独社参加活动，平日里更是神龙见首不见尾，大家就算有愤怒也没处发泄。

温宇飞有苦难言。其实这事儿也不能怪程侑，本来程侑答应参加友谊赛的前提就是启元会派顾禾出战，程侑和顾禾的关系一直亦敌亦友，程侑一直想找个机会和顾禾比一次，谁知去年顾禾却没有上场，派了个体育特长生来顶替名额，白捡了个胜利。

温宇飞道："如果今年程侑再次弃赛，我就宣布把他开除社团。"

温宇飞心里苦，但他又不能说。

天知道，程侑根本不在乎加入什么数独社，都是温宇飞死乞白赖许下许多条件后，程侑才答应在数独社挂个名的。

程侑也会参加？原初悦眼前一亮，朗声道："温学长，我能跟着一起去吗，顺便拍些视频资料？"

友谊赛本来就是公开性质的，温宇飞正准备答应，话到嘴边，却突然想起了什么，起了坏心眼改口道："哦，那你问问孟江北，他同意就行。"

温宇飞那天回去后仔细地想了一下孟江北用他的名义将自己的微信推给了原初悦这个骚操作到底是什么意思，苦思冥想了一整夜突然想出了一点。

孟江北这是看上了原初悦？

哦豁，这可真是难得，温宇飞觉得自己作为孟江北的兄弟必须帮一把。

正在低头聊 QQ 的孟江北："？？？"

原初悦淡定地扫了一圈教室，没发现孟江北就坐在自己的右边，两人之间只隔着一条走廊，她煞有介事地道："行，那我回头私下问问他。"

孟江北侧头看了一眼原初悦一本正经的模样，突然忍不住就笑出了声。

小迷妹这副强装镇定，睁眼说瞎话的模样也太可爱了吧。

心情一好，孟江北在回复宇宙总攻的消息时就松了口。

宇宙总攻：亲，想要为打造五好青年贡献一份力吗？

宇宙总攻：我奉献我快乐，你不觉得帮助别人解决困惑是一件很有成就感的事情吗？

宇宙总攻：你要是解决了这件事，我可以考虑吸纳你成为"互帮互助"

小组的正式成员！

宇宙总攻：组里啥都有了，就差一个感情大师。我相信，以我对爱情心理学独到的见解，再加上你丰富的爱情经验，一切都能迎刃而解。

宇宙总攻：亲，理我一下好吗？

宇宙总攻：社会需要你，迷途青年需要你，我更需要你！

1024：……

1024：那就试试吧。

系统：宇宙总攻邀请 1024、只是个马甲加入讨论组。

系统：宇宙总攻更改讨论组名称为“消灭单身狗”。

孟江北：“……”

原初悦的手机振动了一下，低头就看到这样的消息。

原初悦有些头疼，事实上，她现在已经有些后悔加入那个互帮互助群了。可是里面的人虽然帮不上什么忙，但是架不住他们热情，原初悦一时还真有点不好意思退群。

毕竟一想到在世界的某个角落里，有那么一群人会为了你的困扰积极地出谋划策，这种感觉还不赖。

宇宙总攻：马甲妹妹，我给你拉来了一个大师！

宇宙总攻：这个人有迷妹千千万哦，肯定能从自身角度为你深度剖析你男神的内心活动，再加上我对爱情心理学的研究，肯定能为你量身打造一个完美的计划。

宇宙总攻：马甲妹妹，你详细说说你的情况。

孟江北：“……”

不是，他怎么就有迷妹千千万了啊？

网络交流有一种神奇的魔力，大家套上马甲，谁也不知道网络那端究竟是谁，有些现实中不敢做的事不敢说的话，在网络上却能毫无顾忌地说出口。

放在现实，原初悦不怎么和旁人交流她的感情问题，导致她追了程侑这么多年，所有的手段全是自学成才。

只是个马甲：我的情敌实力很强劲，我得到消息，近段时间她会对我喜欢的人展开猛烈追求，我该怎么办？

孟江北也是闲得无聊，竟然主动搭腔回了一句。

1024：那就比她更猛烈。

宇宙总攻：对呀，马甲妹妹，喜欢就要大声说出来，势必让你男神感受到你的爱如潮水般汹涌澎湃。

只是个马甲：是吗……可是我喜欢的人个性很内敛，他会不会不吃这一套？

宇宙总攻：相信我，只要你人没问题，没有一个男生能挡得住女孩子的死缠烂打的。

原初悦当然不会觉得自己有问题。

不过说起来，这些年她虽然找准机会就在程侑面前猛刷存在感，不过……好像确实没有在他面前明确地说过“喜欢他”诸如此类的话。

宇宙总攻：1024，你说是不是？

孟江北觉得宇宙总攻话糙理不糙。

说起来，原初悦就是当着他和温宇飞的面，光明正大地将他的照片设成了手机屏保，并公之于众说这是她喜欢的人。

孟江北觉得小迷妹这一招挺高明。

1024：你可以明确表达一下自己的喜欢。

1024：最好当着旁人的面，让他感受到你的真诚。

讲台上，温宇飞一双眼恶狠狠地盯着正埋头聊QQ的孟江北和原初悦。

怎么回事，这两人就不能克制一下吗？这还当着他的面呢，就开始用手机聊起天来了吗？

孟江北刚回到宿舍，就收到了原初悦的微信。孟江北或许是受到宇宙总攻的影响，不由得想做一个善解人意的好人，于是他主动开口给了原初悦一个近距离接触他的机会。

你在做梦吗：正好晚上没吃饱。

你在做梦吗：请我吃消夜吧。

原初悦觉得孟江北这个人不仅心理脆弱，还蹬鼻子上脸，不过为了能够和程侑一起参加友谊赛，她也就忍了。

两人约在学校东门见，那边有一条小吃街，每到晚上各种摊主都会冒出来，摆着各式各样的摊子，势必要让学生们见识什么叫作中华美食进而掏空他们的口袋。

临出门前，孟江北走到宿舍门口时停了下来，突然回头去问舍友：“欸，你们有没有什么不太一样的……”他斟酌了一下，考虑到自己的审美接受能力，吐出两个字，“帽子？”

帽子这么小件的东西，就算再怎么不太一样，也不会太特立独行吧。

“要有多不一样？”

“就是站在人群里，能让对方一眼就认出我的那种不太一样。”

另一个舍友问：“孟哥，你要帽子干啥？”

“出个门。”

“出门戴帽子干啥，外面也没下雨啊。”

孟江北想了想，含蓄委婉地提醒了一下：“顺便见个人。”

孟江北正等着舍友继续追问，见什么人还需要特地整顶帽子，谁知舍友只是“哦”了一句，转而专心地去翻帽子了。

孟江北气！

他纡尊降贵去见小迷妹，这群直男怎么就没一个好奇的呢！

原初悦在学校东门等到孟江北的时候，远远地就看见一个个子高挑的少年迎面朝自己走来，脑袋上还戴着一顶棒球帽。等走近了，原初悦才发现那棒球帽的玄机。

棒球帽前面写着——大龄剩男。

孟江北压着嗓子跟特务接头一样：“我是孟江北。”

原初悦忍了又忍，还是没忍住绕着孟江北走了半圈绕到他的背后，不出所料地发现帽子后写着四个字——追尾就娶。

原初悦：这么饥渴的吗？

原初悦正暗自腹诽着，身后也不知道是哪家的小孩子撒着欢跑了出来，也不看路，直直就撞上了原初悦，原初悦一个踉跄撞上了孟江北。

小孩子挺机灵的，唯恐原初悦问罪，脚底抹油就溜走了。

孟江北本来因为帽子黑着一张脸。

三个舍友集全宿舍之力，给孟江北提供了五顶帽子。

一顶小猪模样的帽子，帽子上还有一对猪耳朵，稍一晃动就迎风招展。

一顶是骚气的粉红色的贝雷帽。

一顶是女款草帽。

另外一顶竟然还是游乐园里的那种玩偶头套。

最后一顶就是孟江北正戴着的这顶。

孟江北凭着出众的审美能力才从中艰难地挑出了这顶，正郁闷着呢，就发现小迷妹撞了一下自己。

孟江北心情一下子就明媚起来了。

哼，小迷妹还真是不放过任何一个机会表达对他的爱意呢！

孟江北心里美滋滋的，一路上都走在原初悦的前面，势必让原初悦深刻地认识到他帽子后面那四个字的深刻意义，直到进了烧烤店坐了下来都没有摘掉那顶帽子。

原初悦只觉得看得眼睛都快瞎了。

一年前那场车祸伤到了大脑，在发现自己得了“面孔遗忘症”之后，原初悦就特地训练自己观察人身上除了相貌以外的特点，观察能力有所加强。她坐下来之后，只觉得拿在手中的菜单都影影绰绰地打上了“追尾就娶”的水印。

这家烧烤店还挺火的，原初悦来的时候运气好，刚好占了最后一张空桌。原初悦一眼扫过去，就跟十几块石头扎堆坐在一起吃烤串没什么区别。

哦，当然，其中一块石头还戴着一顶傻兮兮的帽子。

在等烤串的工夫，原初悦觉得那顶帽子实在是有碍观瞻，她觉得自己有必要提醒一下孟江北。

“要不要再点份猪脑？”

孟江北不怎么喜欢：“不用。”话刚说完，他便觉得拒绝的话有点生硬，又补了一句，“你想吃就点吧。”

原初悦指着菜单上的“麻辣猪脑”，暗示得明显：“都说吃什么补什么，你看你的脑袋顶着这么大一顶帽子，也挺累的，就给它补补吧。”

孟江北多善解人意啊，很快就明白过来原初悦这是在暗示他履行帽子上写着的承诺呢。

他勾了勾唇，一副云淡风轻的模样，一手摘掉了帽子，顺手就扣在了原初悦的脑袋上，还十分贴心地道：“你这么一说还真是有点累，既然如此，你先帮我戴着吧。”

原初悦：不是，她不是这个意思啊！

但是原初悦有求于人，只能忍了。

孟江北还十分善解人意地对老板招了招手：“这里加一份猪脑。”指了指原初悦，“给她。”

原初悦磨了磨牙。

孟江北低头给舍友发信息。

你在做梦吗：帽子我送人了，给我个链接，我再给你买顶新的。

电烙铁：都是兄弟，客气干啥！

电烙铁随手发出一条链接：孟哥，我要这一款！

电烙铁：不过孟哥，你送谁了？谁这么有眼光？

你在做梦吗：古早偶像剧不是都有那么一个情节吗？女主人公救了男主人公，男主人公给女主人公留下一块玉佩。若干年后，女主人公找上门，凭借着玉佩两人双宿双飞。

电烙铁：孟哥就是孟哥，对古早偶像剧都这么有研究！

电烙铁：不过，这和我的帽子有什么关系？

孟江北却收起了手机。

烤串被陆陆续续送了上来，整个烧烤店弥漫着一股好闻的混杂着辣椒、孜然和肉的香味，饶是原初悦本来不饿，也忍不住大快朵颐起来。

她一边吃着羊肉串，一边不忘说明自己的来意：“周末和启元的友谊赛，我觉得可以去拍点视频资料，你觉得呢？”

孟江北还在装模作样道：“哎呀，这可是内部的比赛，你要是想要拍视频资料，喏，让徐诺帮你拍。”

原初悦觉得孟江北这个人真是不行。

原初悦打出一对二：“后期我还要剪片子呢，若是不能身临其境地感受比赛的氛围，万一剪得不好呢？”

孟江北甩出四个三：“社长之前不是说过吗？你长得太好看，我怕你去了扰乱军心。”

原初悦扔出王炸，说得十分有底气：“那正好，我可以帮你们扰乱启元那边的军心啊。”

孟江北正在拿四季豆的手哆嗦了一下。

咋的，小迷妹这是要爬墙头啊，还对启元的人使用美人计？

孟江北义正词严地开口：“比赛是件很严肃的事情，靠的是实力，怎么能用这种不入流的手段呢？”

这种行为，必须坚决杜绝！

原初悦生气，这孟江北怎么油盐不进呢！她一怒之下夺过孟江北手中的四季豆，边吃边冲孟江北挑眉：“实话说了吧，启元那边我有认识的人，你要是不让我去，我就走启元那边的关系。”

孟江北愣了。小迷妹戴着那顶稍微有点大的棒球帽，额前一绺碎发散落下来，这张牙舞爪的张扬神态，眉宇之间仿佛都在发着光……

还真是有点意思。

就像皑皑白雪中绽放出一朵红梅，明媚如风，送来一股沁人心脾的清香。

孟江北随手抓起一根肉串往自己嘴里塞，掩饰自己暂时的失态。

他含含糊糊道："啧，吃人嘴软，那到时候你就跟着我们一起去吧。"说完，又补了一句，"记得跟好我……我们。"

不要妄想去扰乱启元那边的军心。

原初悦目的达到，吃得更加尽兴，别看她个子小小体形瘦弱，还挺能吃，桌上的烤串大部分都落入了她的肚子里。

烤串吃到一半时，原初悦耳尖地听到旁边一桌的四个女生在说着什么。

"你们听说了吗？今年校庆舞会的领舞是倪宁宁，大家都在猜她的舞伴是谁呢？"

"嗐，还能是谁，我听说啊，倪宁宁已经选好人了，就是文学系的那个。还真别说，我觉得他们两个可能快要成了。谁不知道咱们学校舞会历年来不成文的规矩，都会邀请自己喜欢的人来跳舞。啧，我觉得应该没有哪一个男生能拒绝像倪宁宁这么漂亮的女生的邀请吧。"

"这倪宁宁追人可真有一手，我认识一个人和她是高中同学，听说她在高中就是风云人物，没有她追不到的男生。"

"哎呀，真是羡慕好看的女生，不像我，当初追我男朋友追得可苦了。"

追人？原初悦竖起了耳朵，这可是现场教学啊。

孟江北正要和原初悦说话，原初悦却和他比了一个噤声的动作，将椅子悄悄地往旁边的桌子那边挪。

孟江北："……"

小迷妹这是在干什么，偷听别人唠嗑吗？

偷听女生八卦这种行为也太可耻了吧……

孟江北动摇了一秒，放慢了咀嚼的动作，竖起了耳朵。

"我足足给他送了一年的早饭，才感化了他。"

"欸，我也是。我和我家狗子是高中同学，当年毕业的时候，我在操场上摆了一个大大的红心，当着全校人的面，当众向他表白他才依了我。"

"哇，那你可真豁得出去。"

"人不逼不成器，男神不逼不成夫嘛。"

“欸，我追我男朋友也是用了一番心思。我对他一见钟情，但是我们两个并不在一个班级没有太多的交集。后来有一次我坐公交车时不小心睡着了，等我醒过来发现自己竟然枕着他的肩膀，还不小心流了点口水沾到他外套上了。我可窘死了，但我一想这可是个好机会啊，于是我趁机要了他的联系方式和外套，说等外套洗好了还给他。一来二去，我俩就混熟了！”

“厉害了啊！”

原初悦偷偷做笔记。

送早饭，当众表白？创造相处机会？嗯，等她回去后再研究一下。

孟江北听了个七七八八，面上冷静沉着，瞥了一眼原初悦，开口：“其实不用这么麻烦。”

毕竟帽子都给她了。不过，小迷妹认真偷学的模样还有点可爱。

原初悦懵懂地抬头：“你说什么？”

孟江北咳了一声，觉得自己不能暗示得太明显：“你这烤串点得太多了，我喜欢简单朴实一点的。”

原初悦：“？？？”

等吃完烤串，两人各回各家。

原初悦不住校，但她住的位置在学校的南门方向，孟江北的宿舍正好也在南门附近，两人索性同路。经过教职工住宅区时，原初悦突然听见一阵猫叫声，那叫声尖锐短促，原初悦皱了皱眉，这叫声听着令人心神不安。

难道是小橘又被那群野猫欺负了？

野猫也是分阵营的，小橘来得晚，再加上身体有残疾，和那群野猫相处得并不是很好。原初悦犹豫了一下，终究还是有些不放心，对孟江北道：“我还有点事，你先走吧。”

原初悦担心小橘，没等孟江北回应，把孟江北的那顶帽子强行塞到他怀里，就加快脚步急匆匆地往声源处走。

孟江北愣了一下，想起吃烧烤时隔壁桌女孩子讨论有关外套的话题，他琢磨着自己是不是应该找个什么借口把这顶帽子继续留在原初悦那里。

原初悦并没有看到别的野猫欺负小橘的场景，她拐了个弯来到住宅区的角落，那里有一丛灌木，灌木旁趴着一个人。那人撅着屁股，手伸进灌木丛里，而尖锐的猫叫声就是从灌木丛里传出来的，灌木丛里隐隐约约还能看见一抹橘色。

那是小橘。

小橘虽然是只野猫，但是并不怕人，反而对人很亲近。原初悦记得自己第一次和小橘见面的时候，小橘就自来熟地缠上了她，蹭着她的裤腿娇气地叫唤着。

原初悦脸色有些不好。她之前看到过许多类似的新闻，有些心理不太健全的人会专门抓一些小动物来虐待，以达到满足自己变态欲望的目的。

那人没有注意到身后有人过来，还在诱哄着躲在灌木丛里的小橘，嘴里发出“喵喵”的声音。

从背影和穿着看，原初悦判定那人是个男性，他刻意压低自己的声音，努力想让自己发出的“喵喵”声听起来更温柔无害一些，换来的却是小橘更加凄厉的叫声。

大概是小橘一直抗拒，那人有些泄气，拿过一旁的背包，伸手从里面掏着什么，从原初悦的角度，只能看见一点点。

那似乎是一根棍子。

难道是捕网，他想强行把小橘从灌木丛里套出来？

原初悦再也忍不下去，出声呵斥：“你在干什么？”

那人大概是做贼心虚，身体僵硬了一下。原初悦趁机冲了过去，举起自己的双肩包狠狠地砸向了他。没想到这人反应很快，他立马闪身躲开了原初悦的攻击，还顺手夺走了原初悦的双肩包。

孟江北赶过来的时候，看见的就是这样一幕。他来不及多想，快步上前扯过原初悦将她护在自己身后。原初悦骤然被一个人拽住了手臂，下意识就想要挣开，鼻尖却闻到一股还未散去的烧烤味，她抬眸去看，视线落在孟江北手里拿着的那顶帽子上。

是孟江北？

原初悦本来因为发现“虐猫变态”而有些忐忑的心突然就安定了下来。

孟江北正要质问那人，却在看见那人清冷却俊朗的面容时愣住了：“韩录？”

韩录紧抿着唇，眸子里闪过一丝窘迫，脸上却看不出任何表情，是孟江北熟悉的那张面瘫脸。韩录看到孟江北出现也愣了一下，他视线落在孟江北的嘴上，有些迟疑地开口：“你……”

原初悦觉得“韩录”这个名字似乎有些耳熟，但是眼下她担心小橘，没有工夫细究，拉着孟江北就说道：“这是个变态，我刚刚看见他撅着屁股想要抓小橘。”

撅着屁股？孟江北无法想象韩录撅着屁股的场景。

韩录被原初悦一打岔，将注意力从孟江北身上拉回到原初悦身上，他清了清嗓子，嗓音一如他的长相，冷冽如寒潭，语气不容置疑：“你看错了。”

还敢狡辩！

“那你撅着屁股在这儿想干什么！”

韩录：“……”

这下不只是原初悦，就连孟江北看向韩录的眼神也有些奇怪，孟江北慢吞吞地问道：“你应该是才从机场回来吧，不回宿舍，在这儿干什么？”

韩录：“路过。”

原初悦寸步不让：“正常人路过这里会撅着屁股趴在灌木丛前吗？”

这人非得说每句话都加上“撅着屁股”四个字吗？

而那边小橘听见了原初悦的声音，迅速从灌木丛里冲了出来扑向原初悦，路过韩录时踹了一脚韩录放在一旁的书包。韩录之前想从书包里拿东西，拉链并没有拉紧，书包被这么一踹歪了下去，里面的东西骨碌碌滚了出来。

借着路灯，三人都看清了书包里装着的是什么东西——那是各式各样的逗猫玩具，看起来十分精致价值不菲。

孟江北若有所思，视线从逗猫玩具落回到韩录脸上，看着韩录的表情有些微妙。韩录再也待不下去了，迅速收拾了一下自己的书包，镇定地跟孟江北道别：“我还有事，先回宿舍了。”

孟江北意味深长地拍了拍韩录的肩膀：“放心，我不会说出去的。”

撸猫并没有什么丢人的，惹猫嫌还要坚持去撸猫也没有什么丢人的。

身为数独社有名的“冰山王子”，对一切东西都不屑一顾，下了飞机辛辛苦苦回到学校第一件事就是带着一书包逗猫玩具去撸猫，也并没有什么丢人的。

韩录也意味深长地看了孟江北一眼，似乎想起了什么，走到孟江北面前，抿着唇一脸严肃地拿出手机调到自拍模式，不等孟江北反应就凑到孟江北身旁“咔嚓”拍下两人的合照。

韩录也不解释自己的行为，转身离开，只不过这一幕落在孟江北的眼里颇有些落荒而逃的意味。

原初悦还想追究，却被孟江北拦住：“放心吧，韩录不是虐猫的变态。”

原初悦终于想起了韩录这个名字在哪儿见过，韩录不就是数独社 F4 中的一员吗？原初悦好不容易安抚好了小橘，将它放了回去，还想说些什么，却被孟江北催促道：“很晚了，快回家吧。”

孟江北说着，不动声色地又将帽子扣在了原初悦的脑袋上。

秋天的夜里，凉风吹着，还真有点冷。

原初悦本来琢磨着要不要把帽子还给孟江北，但是帽子戴着太暖和了，她一犹豫，再加上孟江北也没开口要，索性就继续戴着了。

校园两旁路灯洒下昏暗的灯光，时不时有成双成对的人从两人身旁经过。等到了南门，原初悦觉得该分道扬镳了，正要把帽子还给孟江北，孟江北那双好看的丹凤眼瞳孔一缩，飞速地抓住原初悦的胳膊，将她往自己怀里带。

原初悦方才站着的位置，一个少年骑着自行车飞快地路过，寂静的夜里，远远地还能听见那少年带着歉意的声音：“不好意思，我赶时间！”

原初悦听见耳旁“扑通”的心跳声，她抬头去看，夜色倒映进她的眼睛，她眼底仿若盛着星光，她盯着孟江北，久久移不开视线。

孟江北觉得自己简直是太帅了！

就在这时，旁边一个路过的女生小心翼翼地开口：“同学……你是不是过敏了？”

说着，她比画了一下自己的嘴巴。

原初悦这才松了一口气。她就说，怎么感觉孟江北的嘴巴好像有那么一点点不太一样，如果不是她细心，距离又近，她还真看不出来呢。

原初悦贴心地打开手机前置摄像头，递到孟江北面前，孟江北低头一看，一张肿得无比夸张的香肠嘴占据了大半个屏幕。

孟江北：“……”

能让一个对五官失去辨别能力的脸盲症患者看出自己的嘴巴和平常不太一样，孟江北觉得，自己这辈子也是值了！

孟江北脑中又闪过另外一个念头。

难怪韩录刚才要拉着他自拍，看他的眼神还有些奇怪……

社团里大大小小的比赛，其他的硬性规定没有，唯独一条是，必须要穿着社服去参加比赛。社服经历了几任社长的“改良”，变得越发不可描述。

用孟江北的话来说，从社服的款式上就能看出数独社几任社长的审美，一代不如一代，到温宇飞这一代，呈断崖式下滑。

这一届社服是最简单的卫衣加休闲裤的搭配，衣服款式倒是没有什么太大的问题，问题出在衣服上印着的图案。

卫衣后面印着东齐大学的校徽，下面写着几个大字——东齐数独社。辣眼睛的在卫衣前面，也不知温宇飞从哪儿找来的设计师，设计出了一个九宫格火锅模样的图案，火锅底料咕噜噜地翻滚着，仔细看，还能发现几片肥牛若隐若现。

孟江北当初第一眼看见社服的成衣，就对温宇飞说："以前我只是对你的智商抱有怀疑态度，现在我宣布，我对你的审美也有意见。"

温宇飞曾振振有词地道："你看这个九宫格，难道不像我们昨天做的数独题吗？这彰显了我们数独社成员对数独的热爱如火锅一样炙热啊！"

孟江北问："老温，老实交代，你是不是拿社服设计费去吃火锅了？"

温宇飞据理力争："我不是，我没有，别瞎说！"

在温宇飞的耳提面命下，周六早晨，东齐大学东门门口，聚集了一群胸口印着九宫格火锅图案的少男少女。

有起得早的同学打东门路过，窃窃私语："咱学校附近最近又要开一家火锅店了吗？还别说，这几个服务员小哥长得还挺帅。"

孟江北戴着白色口罩，口罩上还印着一条粉红色的猪尾巴，栩栩如生，他盯着温宇飞，并发出"呵呵"冷笑声。

温宇飞对此视而不见，一边让徐诺去清点人数，一边对孟江北发射爱的魔力圈："老孟，你这是感冒还没好吗？"

孟江北明白温宇飞的意思："放心，不会影响到今天的比赛。"

孟江北并没有多解释。

温宇飞还想多问几句，注意力却被迎面走来的另外一个人夺去，他快步上前拍了一下韩录的肩膀："好小子，差点以为你赶不上这次友谊赛呢。听说你昨晚才下飞机，我还去过你宿舍找你，但是没看到你人，状态调整得怎么样？会不会受到时差的影响？在国外有没有放松训练？"

温宇飞一连问出好几个问题，韩录却只是冷着一张脸沉默地摇了摇头。好在温宇飞早就习惯了韩录的个性，"啧啧"感慨一番，摆出一副操心的老父亲姿态："还是这副样子，多说几个字又不会怎么样，你这样以后交了女朋友可怎么办？我跟你说，现在的女孩子都喜欢暖男，要么就是可爱的男孩子，你得学着点儿。”

温宇飞说着，又拉上孟江北：“老孟也是，你们两个要不是长得还行，我真的要怀疑以你们两个的性格要‘注孤生’。”

韩录和孟江北对视一眼，韩录的视线落在孟江北的口罩上，眼中的威胁不言而喻。

孟江北不慌不忙，喊了一句：“老温。”

“干什么？”

“给我打个电话，我找不到手机了。”

“你怎么丢三落四的？”温宇飞一边嘟嘟囔囔，一边埋头给孟江北打电话。

“我们一起学猫叫，一起喵喵喵喵喵……”欢快的手机铃声从孟江北包里传出来，孟江北没什么诚意地“啊”了一声，恍然大悟的表情做得也很不走心：“原来我放包里了。”

韩录：“……”

徐诺点完人数告诉温宇飞：“除了有事请假的韩睿和路书瑶，剩下的都到了。哦对，还有程侑……”

温宇飞挥了挥手：“程侑他直接去启元大学，不跟我们一块儿走，我们出发吧。”

孟江北拦住温宇飞：“等等，还有人。”

“谁？”

话音刚落，原初悦就急匆匆地出现在校门口，视线往孟江北这边扫了一圈，迟疑了一秒，往温宇飞的方向走了过去。

温宇飞正背对着原初悦，他背上的“东齐数独社”五个大字再加上他的体形，说明了他的身份。

原初悦直接打招呼：“温学长。”

孟江北扯了扯嘴角，很好，小迷妹第一个打招呼的竟然不是他。孟江北慢条斯理地从包里掏出一顶粉色的小猪模样的帽子戴到了头上，小猪耳朵迎风招展活灵活现。

谁也没有注意到，本来站在一边的韩录在看见原初悦的时候压了压棒球帽的帽檐，悄无声息地上了大巴车抢占了最角落的位置。

温宇飞：“老孟，你是不是感冒加重烧糊涂了！”

老孟？原初悦眨了眨眼，视线落到孟江北身上，联想起孟江北昨儿晚上那顶帽子，抿了抿唇，心情复杂道："孟同学。"

靠一顶帽子就成功地吸引了原初悦的注意力，孟江北表示很满意，他抬了抬下巴，矜持地点了点头。

哪怕肿着一张香肠嘴，他孟江北也要当社团里最靓的崽！

孟江北向原初悦伸出手，原初悦扯了扯嘴角，将手中拎着的一袋早点递了过去。

一旁的温宇飞没什么眼力见儿，看见这一幕大呼小叫道："学妹，你这搞特殊待遇啊，怎么就只给老孟带早点！"

原初悦露出一个笑容："孟同学身体这么虚，当然需要多补补。"

孟江北拿出豆浆，嘬了一口，斜睨了一眼温宇飞，眉宇之间都透着一股得意劲儿。

温宇飞懂什么，这早点是能随便送的吗？

豆浆七分甜，喝到孟江北嘴里就是十分甜了。

他喜滋滋地想，这世界上大概没有比他更善解人意的人了。小迷妹不惜偷听墙脚也要向别人学习"撩汉大法"，他还创造机会给她实践。

那就从给心爱的男生送早点开始吧。

温宇飞：所以，孟江北到底在得意什么？

原初悦很气。

她本来都计划好了，可以趁着这个机会联系一下程侑，要是能和他一起去启元大学就更好了。谁承想昨晚发生了意外，孟江北肿成了香肠嘴。

孟江北对羊肉过敏，昨儿晚上他一个没注意也不知道什么时候吃了点羊肉串，等回过神来嘴巴就已经肿得不可收拾。原初悦觉得自己多多少少也必须为这件事儿担一点责任，所以在孟江北提出让她今天帮忙打掩护，确保他的香肠嘴不被别人发现，原初悦也就应了。

原初悦其实挺能理解孟江北的，毕竟是二十岁花一样的年纪，多在乎形象啊！原初悦想着，能帮一把就帮一把，就当扶贫了，以至于早上一睁眼看见孟江北发来的让她带早点的消息，她也没多想，顺手就帮他带了一份。

这点"扶贫"的心思，在见到孟江北头上那顶小猪帽子之时，散了个一干二净。

原初悦觉得自己还是太天真，这位孟同学都敢戴着这样一顶帽子招摇过市，那是在乎形象的人吗？

区区香肠嘴算得了什么？他这模样和肿成猪头有什么太大的区别吗？

东齐大学和启元大学离得并不算近，所以温宇飞索性租了一辆大巴车。为了方便帮孟江北打掩护，原初悦还坐在了孟江北的身旁。

心心念念的小程哥哥不在大巴车上，原初悦觉得郁闷极了，到底是心意难平，一侧头就能看见孟江北那顶猪帽子和那个猪口罩，忍了又忍终于还是忍不住开口问："你这帽子，还挺别致。"

孟江北口罩下的嘴角不由自主地翘了起来，隔着口罩，他摸了摸自己的鼻子，意有所指道："别致的可不止这一顶。"

原初悦了然："那倒是。"

昨晚那顶帽子和今天的相比，蠢得各有千秋各有特色。

原初悦想起昨晚一时匆忙忘了将帽子还给孟江北，顺口提了一句："昨晚的帽子找个机会还给你吧。"

"帽子？什么帽子？"前头的温宇飞插了一句。

孟江北觉得自己作为一个高冷内敛的男神，不能暗示得太过头，又怕一旁的小迷妹会"害羞"，主动开口搪塞温宇飞："没什么。"

温宇飞本来就不是什么追根究底的人，他的视线落在孟江北手里拿着的那袋早点上，原初悦买得有点多，孟江北没吃完，还剩下一个麻辣粉丝包子。温宇飞揉了揉肚子，他是有减肥计划的，所以早上只吃了三个肉包子，现在已经消化得差不多了。

温宇飞发誓，自己绝对不是想吃！只是想为人分忧。

温宇飞正色道："浪费粮食是要遭天打雷劈的！老孟，看在咱俩兄弟的分上，我决定救你一命。"

温宇飞说着，伸手就去勾袋子。孟江北眼明手快，躲开了温宇飞的手。

小迷妹的爱心早点，那是随便什么人就能吃的吗？

温宇飞委屈："老孟，你不是不能吃辣的吗？"

原初悦有些诧异："孟同学，你不吃辣？"

原初悦的诧异落在孟江北眼里就变成了失落，孟江北不想打击小迷妹买爱心早点的积极性，振振有词地道："谁说的？"

孟江北身体力行地证明了温宇飞那番话就是"诬蔑"，他抓起那个包子，做了一秒钟思想工作，半扯开口罩，遮掩着将整个包子塞进嘴里。

孟江北仰起头，辣意刺激得双眼通红。温宇飞惊道："老孟，你哭了！"

闭嘴！小迷妹的爱太火辣太沉重，他能怎么办！

路途漫长，再加上早上起得早，不一会儿的工夫晃晃悠悠的大巴车里已经睡倒了一片人。原初悦也不例外，但是相较于其他睡得七扭八歪毫无睡相的人，她睡得颇为克制，靠在座椅上，脑袋微微向左偏，双手搭在大腿上，规矩得就像一个乖宝宝。

孟江北用余光偷偷去瞥原初悦。

原初悦长得好看，她的脸小，五官颇为精致，从侧面看，脸上的苹果肌越发诱人。孟江北有些蠢蠢欲动，想要伸手去戳戳她的脸颊。

但作为一个高冷的男神，他好歹是克制住了，强迫自己移开视线，没过一会儿，又情不自禁地移到了原初悦脸上。

大概是睡得并不太安稳，原初悦长长的眼睫毛微微颤动着，像蝴蝶的翅膀微颤欲飞。大巴车一个拐弯，原初悦脑袋一动，往孟江北的方向歪了一下，孟江北瞬间收回视线，摆出一副正气凛然的模样，挺直腰背，等着原初悦的脑袋靠上自己的肩膀。

不期然的，孟江北脑海里就想起昨晚在烧烤店“一个不注意”听到的那句话。

“后来有一次我坐公交车时不小心睡着了，等我醒过来发现自己竟然枕着他的肩膀，还不小心流了点口水沾到他外套上了……”

孟江北紧蹙着眉头，陷入了深深的沉思。良久，他终于打定主意，拿起一旁的矿泉水，拧开水瓶，将瓶口往自己的肩头微微倾斜。

一个人睡觉时会流多少口水呢？倒多少才合适？

孟江北正在脑中精密地计算着，大巴车又是一个拐弯，车子前轮胎轧上一块石头，车身颠簸了一下，孟江北手中的矿泉水瓶一个没拿稳，瓶口直接怼上了自己的肩膀。

好在先前喝过，矿泉水瓶里面所剩的水并不多，但也足够打湿孟江北的整个肩膀。

孟江北迟疑了一秒，还是决定依计划行事，一只手偷偷摸摸去摸原初悦脑袋，想要轻轻将她脑袋往自己肩膀上放。谁知他的手才刚刚伸过去，原初悦就悠悠转醒，一侧头正好和孟江北视线对上。

刚睡醒的原初悦还处于迷糊状态，嘴巴微微嘟起，本来扎好的丸子头有些松散，那模样可爱得让孟江北微微有些恍神。

不知道车厢里哪儿来的风，正好吹乱了原初悦的头发，将一绺头发吹进了孟江北的手掌心，头发拂过他的掌心，像一块柔顺的丝绸。

孟江北决定先下手为强，鬼使神差地道："肩膀湿了，想借你头发擦擦。"

原初悦："……"

孟江北："……"

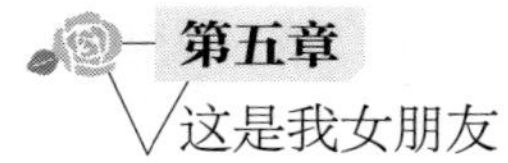

第五章 这是我女朋友

孟江北最后还是没能“借到”原初悦的头发擦擦水。

十一月的天气已经有些冷了，孟江北感觉自己大半条胳膊都像是泡在冰水里，湿乎乎的十分不舒服。社服是没法穿了，好在韩睿打算比完赛直接回家，书包里背着换洗衣物，他翻出一件黑色卫衣给孟江北先穿上。

今儿的路况比温宇飞预计的好很多，一路都十分畅通，本来预计要花两个半小时的路程，只花了不到两个小时就到了。

东齐数独社一行人到达启元大学的时候，十一点刚过，比赛安排在下午的一点半，有充足的时间让东齐的人吃过午饭再休息一下。

启元数独社这一任的社长叫华擎天，是一个高高瘦瘦的年轻人。温宇飞在路上时就给华擎天提前发了消息，一行人刚下大巴车，就看见华擎天在学校门口等着他们。

东齐和启元“积怨”已久，但无论底下如何暗流涌动，表面还是维持着虚假的平和，温宇飞和华擎天两人皮笑肉不笑地打了个招呼。

为了这次比赛，华擎天特地向学校申请了一个阶梯教室作为比赛场地，这会儿正好可以让东齐的人先去阶梯教室稍作休息。

程侑提前跟温宇飞发了消息，他在启元有几个朋友，打算和朋友小聚一下，午饭就不和温宇飞他们一起吃了，到时候他直接去比赛场地。

温宇飞能怎么办呢？当然是同意了。

华擎天领着温宇飞他们往学校走，原初悦落在大部队后面。孟江北走了几步觉得不太对劲，回头去看，发现原初悦紧咬着牙关，脸色煞白，似乎正忍受着什么痛苦。

原初悦微微弯着腰，手死死地按着自己的小腹，嘴唇也失去了血色。

孟江北问："你怎么了？"

原初悦冲孟江北摆了摆手，说出的话有气无力："我突然想起有个东西需要去买一下，你们先走。"

说着，也不等孟江北回应，她就咬着牙往另一条路走去。原初悦之前来过启元大学，她记得，启元大学西南门对面的一条街上有个药店。

原初悦这副样子，孟江北怎么可能放心让她一个人走？孟江北跟温宇飞打了声招呼，大跨步追上原初悦。

"你要买什么？"

原初悦只觉得小腹一阵一阵地抽疼，连带着腿都软得厉害，全凭一口气支撑着她往前走，也没什么心思去和孟江北讲话，敷衍道："就一个小东西。"

孟江北紧拧着眉，有些不太放心："什么东西？"

从小的生长环境和父亲的教导，让原初悦保持着对不熟悉的人疏离而礼貌的态度，也养成了遇到什么事都想着自己去解决而不是依靠别人的个性。

原初悦觉得自己和孟江北并不熟，要是放在以往，她肯定是不会拜托孟江北去帮她买东西的，可是现在她实在是疼得受不了了。她深吸一口气："你问这么多是想帮我买吗？"

不等孟江北开口，原初悦又快速吐出一句话："布洛芬和'姨妈'巾，麻烦你了。"

孟江北反应慢了半拍明白过来原初悦话里的意思，面上一本正经，耳尖却可疑地红了。

见孟江北没反应，原初悦又补了一句："这条路过去第一个路口右拐有家药店，麻烦你尽快。"

如果可以，她也不想和孟江北扯上"买过止痛药和'姨妈'巾"的交情，但是她现在实在是疼得受不了了！孟江北腿这么长，跑得应该也很快吧。

孟江北结巴了："啊……那你坐在这儿，等我一会儿！"

孟江北不负众望，确实跑得很快。只要跑得够快，脸红就追不上他！

在街角拐弯的地方，一阵风吹过，孟江北脑袋上的帽子被吹落了，急于甩脱窘迫状态的他都没有注意到。

原初悦说的地方确实有一家药店，东西还挺齐全，门口显眼的货架上就摆着一排计生用品，计生用品旁边摆着的就是"姨妈"巾。

孟江北问导购员要了止痛药，却磨磨蹭蹭地没有买单，视线落在那边的“姨妈”巾上又快速地收了回来，弱小又无助地站在摆放着“姨妈”巾的隔壁货架旁。哪怕戴着口罩，也不妨碍孟江北的英俊，露出的那一双丹凤眼足以让导购员看出这是一个好看的男孩子。

对待好看的男孩子，导购员大姐姐总是特别宽容的，她贴心地问：“你还有什么需求吗？”

“嗯……”

孟江北给自己加油打气，原初悦还在等着他脚踩七彩祥云，手拿布洛芬和“姨妈”巾，像个盖世英雄一样解救她呢，他不能露怯，不就是一个小东西吗？

孟江北眼一闭，心一横，指了指旁边的“姨妈”巾，努力让自己看起来成熟稳重一些：“那什么……这个怎么买？”

导购员大姐姐心中了然。啊，原来这个男孩子是给女朋友买“姨妈”巾啊。

“那你是需要哪种的？夜用还是日用？植物面料还是全棉面料？”

“姨妈”巾还分面料？孟江北这回长见识了，他想起原初悦那副强忍着痛苦的模样，鬼使神差地冒出一句：“那哪种用起来会缓解疼痛？”

导购员大姐姐：“一般来说，‘姨妈’巾是没有这种功能的。”

孟江北哪怕再不懂，从导购员大姐姐的表情中也能看出自己大概是问了一个蠢问题，他强装镇定随便拿了一包：“麻烦你结账。”

买单的工夫，孟江北用手机快速搜索了一下，又问了一句：“你们这儿有红糖水吗？”

另一边，原初悦痛得度日如年。精神恍惚之际，迎面走来一个穿着黑色卫衣、手里还拿着一顶小猪帽子的年轻人。年轻人站在原初悦面前，语气急切：“我可算找到你了，快跟我走！”

原初悦抬头，视线从年轻人的脸上落到了他手中拿着的那顶小猪帽子上，虽然疑惑孟江北为什么摘掉口罩了，但是眼下当务之急是解决自己的生理痛，她虚弱地开口：“我要的东西呢……”

年轻人一愣，本来想好的台词哽在了口中，这姑娘怎么不按常理出牌？但他反应也快，接话道：“东西在呢，你先跟我上车吧，上车就给你。”

说着，年轻人半拉半拽着原初悦就要往一旁的黑色面包车走。

虽然原初悦心里隐隐约约感觉有些不对劲，觉得面前的“孟江北”有些奇怪，但是疼痛麻痹了她的理智，她虚弱得没有力气去抵抗年轻人的拉拽。

眼看原初悦就要被拉上面包车，有一只手突然拽住了原初悦的胳膊，将她用力往后一扯，原初悦猝不及防，落入了一个温暖的怀抱。

孟江北黑着一张脸，手里拎着一个更黑的口袋，正虎视眈眈地瞪着那年轻人。

“你在做什么？”

年轻人有些心虚，但是到嘴的鸭子他舍不得让它飞掉，色厉内荏地道：“干什么？我还要问你干什么，拉我女朋友做什么？”

“女朋友！”孟江北眯着眼看着这不知死活的年轻人，狠话脱口而出，“放屁！这是我女朋友！”

就在这时，一旁突然又围上两个人高马大的壮汉，脸上挂着假惺惺的表情，劝说道：“欸，人家小两口吵架，你这个年轻人捣什么乱。我说兄弟，女朋友可要好好哄着，还不快带你女朋友去吃个饭赔个罪。”

年轻人心领神会，想要从孟江北怀中将原初悦拉出来。

那人手还没搭上原初悦的胳膊，孟江北直接反手将那人的手给拍开。

见孟江北不合作，三人对了个眼神，立马改变剧本。那个年轻人变脸如翻书一般快，大声嚷嚷：“好啊，我对你这么好，你还背着我在外面找男人？”

年轻人三言两语，让本来有些注意这边情形的路人又默默散了去。

一旁一人还说着托词：“弟妹，你劈腿的这可不是个好东西啊！老张对你这么好，你可不能辜负他。他为了找你可是费了好大一番功夫，我看你们俩还是回去后好好谈一谈。”

三个人你一言我一语，很快就将孟江北定性为“撬墙脚的狗男人”，见孟江北还不放开原初悦，他们准备冲孟江北动手。

年轻人理直气壮地道：“你还不放开我女朋友！”

一个拳头挥向孟江北，孟江北怀里还抱着原初悦，躲也躲不开，索性将原初悦死死地护在自己怀里，准备接下这一拳。

“哎哟——”

想象中的疼痛并没有落到孟江北身上，一个打扮得干净利落的女孩子不知道从哪儿冒了出来，一只手就抓住了那年轻人的拳头，趁着这工夫还一脚踢翻了另外一个要扑上来的壮汉。

女孩子呵斥道：“拐骗女孩子？还编出这么烂的剧本？”

女孩子身手利索，那三人见围观群众越来越多，怕脱不开身，便互相使了个眼色，连忙上了面包车溜之大吉。

周围有认出女孩子的人，轻声尖叫：“哇，是龙琪琪！”

孟江北这才后知后觉明白过来，一想到自己要是晚来一步会发生的事情，心里一阵后怕。

“原初悦，你怎么什么人都跟着走！”

原初悦还有些没缓过神来，拧着眉自言自语般做了个“孟江北”的口型，似乎是在困惑那个“孟江北”怎么就自己跑了。

孟江北视线一扫，落在一旁方才混战中那年轻人丢下的小猪帽子上，像是有一盆冷水浇灭了本来熊熊燃烧的怒火。

小猪帽子，黑色卫衣，一米八几的身高……

那个人能是他吗？原初悦这什么眼神！

孟江北抿了抿唇，看着原初悦煞白的小脸，指责的话说不出口了。他将手中的止痛药往她手里塞，恶声恶气地道：“吃药！”

一转身，却是弯腰捡起了那顶小猪帽子，他拍了拍上面的灰土，往自己的脑袋上一戴，起身的工夫却瞧见原初悦裤子上有一片可疑的红。

孟江北：“……”

原初悦刚吞下止痛药，就感觉身体悬空，被孟江北打横抱起。孟江北匆匆对龙琪琪道了声谢，就抱着原初悦小跑走了。

留下龙琪琪摸着下巴，好一会儿她才做出个捶掌心的手势，恍然大悟道：“刚才那女孩不是顾禾的妹妹吗？”

止痛药见效很快，没了生理痛的疯狂折磨，原初悦的理智总算上线。

原初悦躲在卫生间里，一边头疼怎么处理裤子上沾染的血迹，一边纠结怎么应付之前发生的那档事情。

要是孟江北追问，她要怎么开口解释？原初悦现在肚子不疼，反倒觉得头疼了。她并不想让别人知道她“脸盲症”的病，更不想别人用一种异样的眼神看她，那种带着同情和怜惜的眼神，她在医院里见过太多了。

她并不需要别人的同情，哪怕得了“脸盲症”，她也是最优秀的原初悦。

卫生间里的原初悦在发愁，站在门口的孟江北也陷入了艰难的抉择中。

他盯着微信聊天界面，好半天才咬牙发出去一条消息。

你在做梦吗：在？

崔小王八：怎么了？

你在做梦吗：……

你在做梦吗：你那些衣服在哪儿买的，能把店铺推给我吗？

你在做梦吗：还接定制吗？没有同款的那种。

崔小王八：！！！

崔小王八：孟神，我就知道咱们是同道中人！

孟江北闭了闭眼，为自己即将堕落的穿衣风格默默掬了一把泪。

不，他不是！

手机疯狂地跳出微信消息，全都是崔晓童推给孟江北的店铺链接，孟江北退出了微信，决定晚上回去后再接受那些衣服的毒害。

身后，原初悦终于做好思想工作出来了。孟江北站直了身子，递过去一件衣服，正是他的那件社服，社服已经干得差不多了。

孟江北比画一下：“你围在腰上吧。”

他想了想，又补了一句：“暖和。”

原初悦沉默地接过了衣服，系在了自己的腰上，正好盖住了裤子上那令人尴尬的血迹。

两人肩并肩往外走着，孟江北声音沉闷，情绪也不是很好：“我和老温打过招呼了，咱们不和他们一起吃饭，随便吃点什么吧。你身体怎么样，还能坚持下去吗？需不需要先回学校？”

原初悦摇了摇头，表示自己还撑得住。

启元大学周边好吃的很多，孟江北随便挑了一家看起来还算干净的家常菜餐馆，点了菜后又特地问服务员要了杯热水。

原初悦捧着那杯热水，等菜的工夫她舔了舔有些干燥的嘴唇，终于忍不住开口了：“刚刚，谢谢你了。”

原初悦决定化被动为主动，说出了自己准备好的说辞，坚决不提自己将那穿着黑色卫衣的年轻人认成了孟江北这回事。

原初悦比画一下：“我也是痛得有些晕乎了。那人拉我的时候，我就觉得不对劲，但是甩不开他，还好你出现了。”她又加了一句半真半假的话，以退为进，“那人穿得还挺像你的，还戴了顶一模一样的帽子，我差点就以为是你了。”

孟江北靠着椅背，哪儿看不出原初悦并不想泄露自己得了“脸盲症”的事儿。他也不打算拆穿原初悦，把玩着摘下来的小猪帽子上的猪耳朵，顺着原初悦的话说道：“是啊，不是每个戴着猪帽子的都是天蓬元帅，还有可能只是个猪脑袋。”

原初悦夸得特别真心实意：“我觉得你就是天蓬元帅。”她顿了顿，觉得这句话有歧义，亡羊补牢地加了一句，“变成猪八戒之前的天蓬元帅。”

孟江北扯着猪耳朵的手一用力，险些把猪耳朵给扯了下来：“就算我是天蓬元帅，那你又是谁？”

就在孟江北以为原初悦会不要脸地说自己是嫦娥的时候，原初悦很认真地思考了半分钟，才认真地回道：“我觉得我可以勉强当个天蓬元帅他爹吧。”

孟江北：很好，我把你当小迷妹，你却把我当儿子！

点好的菜陆续上来，孟江北将那盆猪肝菠菜汤推到原初悦面前，扯着嘴角露出一个虚伪的笑：“补补，可惜了，这家店没有猪脑。”

比赛定在下午一点半，孟江北和原初悦到达阶梯教室的时候，温宇飞他们已经在那边等着了。偌大的阶梯教室里泾渭分明，左边坐着启元大学数独社的成员，温宇飞则率领着东齐大学数独社的成员坐在右侧。孟江北过去的时候，温宇飞还在那儿唠叨着让大家一定要赛出风采赛出水平。

阶梯教室的讲台比一般教室的要大，这间阶梯教室一般不做教学用，大部分时间都是用来给启元大学各个社团进行各种比赛用的，所以讲台设计得像个小舞台，这大小用来给数独社比赛是绰绰有余。

有专门的人在那儿摆弄着比赛的道具。

这几年中国代表队在世界数独锦标赛上表现得十分优秀突出，无论是团体赛还是个人赛，都得到了杰出的成绩，团体赛甚至连续三年都拿到了冠军。越来越多的人踊跃参与数独这项竞技活动，为了让更多的人了解数独，改变对数独固有的看法，比赛形式也变得多种多样。

早些年的数独比赛，大多都是比赛选手坐在桌子前埋头做题。无论是比赛选手还是观众，都无法更深入地领略到数独竞技的精神。这些年数独比赛的方式变得新颖而有趣，让更多的人愿意参加数独比赛，更愿意去观看数独比赛，同这些数独选手一起感受比赛的激烈和胜利的喜悦。

数独竞技的方式也从一开始的纸质化，变成了如今的电子化，更方便场外观众实时了解场内比赛的进度。

这一间阶梯教室是多媒体教室，教室前方有一块占据了快一整面墙的电子屏幕，足够让教室里的人都能够清楚地看见。讲台两边各摆了三个座位，每个座位后面有挡板，刚好能挡住选手看向电子屏幕的视线。座位上放有一台固定的平板电脑，平板电脑里已经设置好了比赛的程序和题库，只等比赛一开始选手从后台题库中随机挑选比赛题目。

阶梯教室的前两排被划分出来，当成数独社的等候区，此刻满满当当地坐着双方数独社的成员。

原初悦并不算数独社的成员，她也没有自讨没趣地挤占前方的等候区，索性在后面找了个视野好的位置坐了下来。

原初悦倒是想借这个机会和程侑接触一下，但是眼看比赛马上就要开始了，她一眼望过去也没办法从那堆人里找出程侑，再加上也不想影响程侑的心情，索性想着等比赛结束了再找个机会凑上去。

孟江北一个回头就发现原初悦没有跟在自己身后，拧着眉在教室里扫了一圈，才在教室的倒数第三排找到了原初悦的身影。他抿了抿唇，倒也没说什么。

第二排靠墙的位置坐着一个男生，放在微博里，大概就是那种“病弱美少年”的长相，脸色不算红润，一双小鹿眼看着纯良无害。他穿着东齐数独社的社服，只不过又在外面套了一件白色的运动外套。他合着眼，手里还拿着一本厚厚的数独书，书页有些微微卷了，也不知道被主人翻阅过多少次。

孟江北坐在他前面的位置，同他打了声招呼：“阿侑，这回你要是再弃赛，老温可就要真的疯了。”

程侑微微抬眼，露出一个并不明显的笑容：“这回不会。”

温宇飞还在跟大家说今天的比赛规则。

“我之前跟华擎天确定好了，今天的比赛分三轮，两轮个人赛和一轮三人团体赛，刚好五个人参赛，最后的结果按照每轮得到的积分累加，分多的一方获胜。”

游望刚做完一道数独题，放下手机，揉了揉自己的眉心道：“那谁参加团体赛呢？”

一旁的徐诺抿着唇，小声道：“如果可以的话，能不能让我参加个人赛。”

徐诺在大一那年，就在全国大学生数独挑战赛中拿下过“标准数独王”的称号，在个人赛中实力十分强劲。但他个性内敛，并不善于和别人交流，哪怕是在数独社里，大部分时间也是自己埋头做题，很少和别人交流。

徐诺自然是不想参加团体赛的。

游望也并不怎么想参加团体赛，团体赛受到的约束条件太多了，想要获胜并不可能光靠自己，还要看队友的水平和大家的配合。在他看来，团体赛的表现机会并没有个人赛多。游望已经大三了，这两年社团里陆陆续续又进了许多新人，无论是孟江北，还是程侑，实力都在他之上，有他们在，他的光芒永远都会被掩盖，再这样下去，他迟早会成为社团的边缘人员。

游望垂下眼眸，盖住眼底的精光。

坐在程侑旁边的韩录低声问道："你想参加什么？"

程侑并没有犹豫，张口便答："个人赛。"

他的目标，永远都只有那一个。

韩录耸了耸肩："我早该知道的。"

温宇飞也有些无奈："人选也不是我们定的，这次谁参加个人赛谁参加团体赛，由抽签决定。"他摆了摆手，"有时候，运气也是实力的一种。"

说话间，就快要到一点半了，本来有些空旷的阶梯教室陆陆续续进了不少人，竟然快坐满了。

原初悦这些年并没有关注过数独这个圈子，她一时有些惊讶，现在数独比赛竟然被这么多人关注了吗？她还记得早些年，来现场的基本都是比赛选手的父母，此刻她粗粗扫了一眼，发现来看比赛的大多数都是年轻人。

原初悦前后左右的位置都被坐满了，还有人主动同原初悦打招呼："你也是来看比赛的吗？我是奔着菜鸟大神来的，你呢？"

原初悦迟疑了。

菜鸟大神……这又是谁？许久不混圈，她竟然不知道圈子里什么时候出了这号人物。

原初悦没回答，她身后的一个二十来岁的男生抢着答道："欸，我是奔着侑神来的！"

又有一个小姑娘开口，声音清脆："我就不一样了，我是来舔孟江北的颜的！"

"孟江北可不止有颜哦！他十二岁那年拿到了中国数独锦标赛的冠军，进入了中国国家队征战世界数独锦标赛，拿到了U12组的冠军呢！"

不知道从哪个角落又传来一个声音："欸，现在玩数独的可不得了，不仅智商高，还一个个长得贼帅。问题来了，他们是长得帅再去玩数独，还是因为玩了数独才长得帅。"

这是一个哲学难题，不亚于"是先有鸡还是先有蛋"这个难题。

原初悦："……"

主持人登场，本来叽叽喳喳热烈讨论的阶梯教室变得安静了下来。

"欢迎大家来到启元数独社 PK 东齐数独社的比赛现场，看到有这么多人关注这场比赛，相信数独社的各位也已经迫不及待地想要和大家打招呼了呢，现在让我们欢迎比赛双方选手入场！"

孟江北拉了拉自己脸上的口罩，别人看不见的地方，口罩下面的嘴唇勾起一抹志在必得的笑。

"兄弟们，该我们上场了。"

主持人是启元数独社的社长华擎天特地求了播音学院的学生来客串的，看起来虽然年轻，但是经验十分丰富，特别擅长调动场内的气氛，他三言两语调动得在场观众情绪高涨，鼓起掌来也十分卖力。

东齐和启元两拨人就在热烈的掌声中登场。

简洁大方的舞台上十个人一字排开，放眼望去全是青春洋溢的少年，心中有梦眼里有光，正当年轻无所畏惧，惹得一众妹子又是一通鬼哭狼嚎。

长相突出自然是加分项，但更重要的是他们身上所展现出来的热爱和坚持。正是对数独的热爱，对数独的坚持，才成就了如今的他们。如今站在数独比赛舞台上的他们，身上像是带着耀眼的光芒，足够让在场的观众对他们瞩目。

原初悦能听见周围的妹子小声感慨——

"我第一次觉得韩录长得帅了，哪怕站在侑神旁边他也毫不逊色啊！"

"哪有！明明我们菜鸟大神才是最帅的！"

"你们不觉得周霖也很可爱吗？这种爽朗少年是我的菜啊！"

"嘤嘤嘤，今天孟江北为什么戴上口罩了？"

"哇，都戴上口罩了，你还能认得出来啊！"

听着周围人对场上选手的品头论足，原初悦神色有些严肃，紧抿着唇眯着眼看向台上的十个人，从左边看到右边，又默默从右边扫到左边。原初悦放在膝上的手抓紧了小猪帽子，最终视线锁定在往左边数第六个那戴着小猪口罩的少年身上。

上台比赛自然是不好戴着帽子，孟江北平日里行事风格虽然肆无忌惮，对温宇飞这个明面上的社长也不是很客气，但是这种正式的比赛，他也得摆出重视的态度来，摘掉帽子既是对对手的尊重，也是对自己的尊重。所以在踏进阶梯教室的时候，他就把帽子扔给原初悦了。

当然，口罩是他的底线。

孟江北可不想等比赛结束，会在场内听到如下的对话——

“结束了，谁赢了？”

“啊，好像是那个香肠嘴赢了！”

孟江北正胡思乱想着，视线在场内乱瞟，冷不丁就越过大半个教室，和原初悦对上。孟江北也不知道阶梯教室里这么多人，原初悦又坐得那么靠后，他是怎么看到她的。就好像冥冥之中有什么力量在牵引着他去看一样。孟江北无意识地伸手摸了一下口罩上的那条小猪尾巴的纹路，固执地想，肯定是小迷妹看他的视线太火热了。

嗯，一定是这样，是小迷妹先看他的！

按照先前定下的规矩，比赛共分为三轮，第一轮和第三轮为个人赛，第二轮是三人团体赛，而每轮出场的选手由现场抽签决定。

“第一轮为个人赛，共有十二道数独题，题型随机，难度系数随机，限时三十分钟，总分一百八十分。按照数独锦标赛的规矩，如果十二道题全部完成并作答正确的话，每提前完成十秒钟便可获得一分的加分。”主持人介绍完规则，示意大家往电子屏幕上看，“那么，第一轮的出场选手是谁呢，请开始选择！”

电子屏幕上一分为二，两边分别标有“启元数独社”和“东齐数独社”的标志，下面有名字快速滚动着。

“三，二，一。

“停！”

主持人话音刚落，滚动的屏幕随之停止。

“启元顾禾，东齐程侑，掌声欢迎这两位选手！”

掌声雷动，原初悦面上端坐如钟，心跳却快了一拍。

程侑！等等，程侑对上了顾禾？

原初悦眼睛眨也不眨地盯着舞台，程侑穿着东齐数独社的社服，外面套着的运动服遮住了里面的“火锅风情”，脸上带着淡然的笑意，看着启元那边走出一个身形颀长的少年，他向那少年主动伸出了手。

“阿禾，好久不见。”

顾禾握住程侑的手，也笑了。

明明今儿中午两人才在一起吃过饭，哪来的“好久不见”？

顾禾却明白了程侑话里的意思，握住了程侑有些冰凉的手：“好久不见。”

时隔多年，他们终于又能对战一局。

原初悦看着场上的两人，还在愣神之际，身后有人忍不住小声欢呼起来：“有生之年，我终于又能看见顾禾和程侑站在同一个比赛台上了！”

“啊——第一局就是菜鸟大神对上侑神，这么刺激的吗？”

菜鸟大神，是说顾禾吗？

“长得帅气质好，智商还这么高，世界上怎么会有这么优秀的人啊！嘤嘤嘤，我酸了，想当菜鸟大神的女朋友！”

“别做梦了，你连菜鸟大神女朋友一根手指头都比不上。”

“喂，你怎么能这么打击我？我长得也还不差吧！”

“哦，我不是说长相，我的意思是菜鸟大神女朋友一根手指头就能弄死你。”

“我不服，我要发起挑战！”

“行啊，你去找龙琪琪吧。”

“嘤，我改变主意了，我要当菜鸟大神的妹妹！”

“醒醒吧，就算菜鸟大神的父母基因突变也生不出你这样的女儿。”那人胡乱地指了指，“喏，我觉得菜鸟大神如果真有妹妹的话，也应该是长这样的。”

莫名就被指着的原初悦：“……”

原初悦突然就有了偶像包袱，本来靠着椅背坐得松松垮垮的她立马挺直腰背，拿出了最优美的仪态，微微转头向那人矜持地笑了下。

那人捂住胸口：“我看见天使在对我笑……”

一旁的女孩子翻了个白眼：“快死了的人才能看到天使吧，而且咱们华夏人，就算是要死也应该是看到牛头马面……”

那女孩边说边往原初悦的方向看，脸上表情一变，有样学样也捂住自己的胸口：“来世请给我一张牛头马面的脸！”

原初悦：“……”

数独考验的是选手的逻辑推理能力及观察力，像这种脑力竞技活动，一般比赛场地都要求绝对的安静。比赛一开始，方才还低声咋咋呼呼的人们纷纷默契地安静了下来，眼睛眨也不眨地盯着电子屏幕上的实况介绍。

电子屏幕上分别显示了顾禾和程侑的做题进度。

十二道题三十分钟，平均下来一道题不足三分钟，题目随机从题库里挑选，题型不一，难度系数不一。当然，并没有硬性规定，要求选手必须在三十分钟内完成十二道题。有些选手明白自己的实力，也不强求自己完成所有题目，而是尽量保证自己的正确率。

毕竟，这是一个先讲究正确率再看速度的比赛。

当然，对于像程侑和顾禾这样的高手来说，三十分钟完成十二道题问题并不大，决出胜负的关键往往就在那几秒钟。

两个少年各坐一边，手指如飞，快速地在平板电脑的屏幕上点动着，他们的坐姿并没有什么变化，远远看去，看不清他们手上的动作，不知道的还以为他们是两座雕像。

受到两人的感染，在场的观众也情不自禁地屏住了呼吸，视线从少年身上划过，又落到电子屏幕上。

时间刚过十分钟，屏幕上的当前题目数从一变成了六。

好快！这也太快了！

有人在想，这两个人不需要思考的吗？是怎么做到完全不停歇地往空着的格子里填数字的？

场内有不少观众还在试图跟上顾禾和程侑的解题速度，但很快他们就放弃了。他们一秒钟前还在想这个格子为什么是填这个数字，下一秒，顾禾和程侑已经又填了四五个格子了。

这大概就是传说中的“我上第一堂课的时候，弯腰捡了支笔，再抬头就发现自己错过了数学这门学科”。

惹不起惹不起，果然人与人之间的差距是真的能像银河那样广阔。

顾禾和程侑都是难得的数独高手，高手过招，外行人看的是热闹，内行人看的才是门道。十二道题，虽然看不出太多，但也足够让原初悦看明白两人的区别。就解题方法而言，两人同出一脉，解题的思路大多一致，原初悦并不能看出太多的区别。

比赛过半，原初悦看着看着，嘴角情不自禁就勾起一抹笑容。

都说人长大了都是会变的，可是就从今儿的数独比赛来看，无论是顾禾还是程侑，过了这么多年还是老样子。

顾禾不擅长解六角数独，程侑不擅长解奇数数独，这次题目里刚好就有这两种题型。

原初悦注意到，程侑在做六角数独的时候拉开了和顾禾的差距，然而在遇到奇数数独的时候，顾禾又将差距缩小了。

在做到第十一道题的时候，原初悦看见本来正襟危坐的程侑默默抬起了一直放在膝上的左手，捏住了自己的耳垂。

原初悦笑意更深。

小程哥哥还真是一点都没变，每次紧张的时候都会捏耳垂呢。

看来，和顾禾比赛，程侑也并不是像他表现出来的那样从容淡定。

因为生理期的干扰，原初悦的精力有所影响，勉力支撑着看着台上的两个人同时做到了最后一道题的时候，她再也忍不住了，闭上眼捏着眉心，恢复精力。

而就是这么眨眼的工夫，阶梯教室连续响起“嘀”的两声，电子屏幕上两边是前后脚蹦出“作答完成”的页面。

后台正在进行最后的答案验证，双方选手从答题座起身，程侑放下了一直捏耳垂的左手，低眸沉默了三秒，复抬起头来，神情坦然。

“你赢了。”

程侑并没有刻意压低自己的声音，坐在前排的人清清楚楚地听到了他这句认输的话。

温宇飞有些着急，他对程侑的实力自然十分自信。虽然对面的人是顾禾，客观来说，两人胜利的机会是五五开，但是在第一轮结果还没出来的时候，温宇飞觉得程侑这番“长他人志气，灭自己威风”的话实在是有些丧气。

温宇飞怀揣着侥幸心理：“别这么早下结论，虽然顾禾是提早了那么一会儿交卷，但万一他并没有全部答对呢？”

根据规定，只有十二道题全部正确作答，才有加分的机会。

温宇飞又说：“而且，提前十秒才加一分，他们两个人是前后脚交卷的，肯定没有十秒的差距。”

不足十秒的话，不做加分计算。

孟江北觉得鼻头有些痒，隔着口罩揉了揉鼻子，瓮声瓮气道：“老温你急什么，不过就一分而已。”

就在这时，主持人拿到了最终结果，站了出来朗声宣布：“启元顾禾完成十二道题，正确率百分之百，用时二十分十九秒四十三！

“东齐程侑，完成十二道题，正确率百分之百，用时二十分二十秒零三！

“第一轮，顾禾总计得分二百三十八分，程侑总计得分二百三十七分！”

“恭喜启元，领先一分！

友谊赛的第一轮，以启元领先一分结束。

输了的程侑倒是没什么太大的反应，他慢条斯理地坐回了自己的位置，又翻起了那本卷了角的《数独大全》。反观温宇飞，身体力行地说明了什么叫作“皇帝不急太监急”。

温宇飞一方面担心第一轮的失利打击了士气，影响其他选手接下来的发挥；另一方面更担心程侑的精神状态。

温宇飞知道，程侑之所以答应加入东齐数独社，就是因为自己跟他打了包票，两个学校数独社的友谊赛，肯定想方设法让他能和顾禾对上。

程侑这人瞧着对什么都不上心，什么都不在意，唯独“顾禾”，在他心里占了一点位置。心心念念的比赛就这么输了，温宇飞怕程侑一蹶不振，甚至退社。温宇飞觉得自己必须要说点什么，他给其他社员打了打气，又假装漫不经心地走到程侑身边。

“比赛嘛，失误是难免的……”

程侑抬了抬眼，笑得云淡风轻：“我没有失误。”

温宇飞哽了哽，觉得安慰人真是一门技术活：“我目测了一下，发现顾禾用了两只手答题。”

程侑一向是只习惯用一只手的，言外之意，顾禾赢就赢在多用了一只手。

程侑竟然认真地思考了一秒，点了点头：“他脑子灵活，从小就会一手画圆一手画方，我学了好久才学会。”

孟江北觉得温宇飞安慰人的方式实在是拙劣，而且他并不觉得程侑这样子的人会因为输掉一场比赛就态度消极。他往后一靠，伸长胳膊钩着程侑的肩膀，煞有介事地道：“老温，我突然想到一个能让别人赢不了你的好办法。”

温宇飞喜出望外：“什么办法？”

“去拜千手观音为师。”

温宇飞：“……”

比赛前能不能手撕参赛队员，在线等，挺急的，真的很想！

台上的大屏幕已经开始随机抽选第二轮的参赛人员。

主持人：“接下来进行第二轮比赛，团体赛！本次团体赛为轮转接力赛。”

顾及现场观众对轮转接力赛不是很了解，主持人十分贴心地花了半分多钟简述了一下规则：“本轮每队答十二道题，限时三十分钟。每隔三分钟，系统将会自动将题目按照顺时针方向移到下一位选手的答题平板电脑上，直到解完所有题目。请注意，每次答题平板电脑上会同时显示两道题目，包括一道标准数独和一道变形数独，且选手只能在完成并提交当前题目或者达到三分钟时限的时候才能更换题目，已提交的题目不能重复作答。正确完成全部题目的情况下，每提前一分钟获得十分的加分。”

规则一出，场下窃窃私语。

“第一轮一个人做十二道题，第二轮三个人还是做十二道题，同样都是三十分钟，这规则会不会有点问题啊？”

有懂行的人耐心地解释道：“这不一定，一个人做题的时候，思路不会受到影响。而在轮转接力赛中，假如一个选手还没有做完手上那道题，三分钟一过，屏幕一切，变成了上一个选手未完成的数独题。无论是思路还是心情都会受到干扰，所花费的时间不能按照一个人比赛的时候那样来算。用个不恰当的比喻，假设你本来正在吃小龙虾汉堡，马上就要吃到最后一口了，突然有人把你的小龙虾汉堡给抢走了，换了个榴梿比萨。你说你还能用吃小龙虾汉堡的心情去吃榴梿比萨吗？

“打个比方，第二位选手眼看就要做完手上的题，答案已经在脑中了，就差最后将数字填上去，可是在这个时候系统切题了，第三位选手解答这道数独题的时间肯定没有第二位选手快。

“再者说了，这是团体赛，考验的是队友之间的信任。下一位选手拿到上一位选手未做完的题，是在他做题的基础上继续答题呢，还是先花一点时间去验证他做的那部分是否正确再继续去答题呢？

“有些数独选手，宁愿参加个人赛，也不想去参加团体赛。影响团体赛结果的因素太多了，团队里要是有一块短板，便可能会导致整个团队的失败。”

场下观众低声讨论，而台上已经选出了第二轮的参赛名单。

主持人朗声道：“第二轮团体赛，启元将要派出的三位选手分别是——赵磊、张子瑜、周霖。

“东齐将要出场的三位选手——韩录、徐诺、孟江北。掌声欢迎！”

台下，游望松了一口气。

孟江北伸了个懒腰，拍了拍程侑的肩，话说得漫不经心，却字字清晰入耳：“你丢的一分，我帮你赢回来。”

孟江北身形比例尤其好，私底下有不少人偷偷称他为数独社的翘臀嫩男。启元的赵磊长得五大三粗，顶着个光头眉宇之间自带一股杀气，尤其是不笑的时候简直能吓哭小孩子，个头直逼一米九，在人群里鹤立鸡群。

孟江北上台后正好站在赵磊身旁，但他丝毫没有被赵磊的气势所压下去，仗着自己的身形比例好，远远瞧去，这七厘米的差距并不明显。

周霖个子也有一米八，孟江北听说过他，是近两年数独圈的一匹黑马，听说是上了高中以后才开始玩数独的，却拿下了不少奖项。当然，比起他的数独实力，更让人瞩目的是，他身为顾禾小迷弟的身份。

没错，周霖是顾禾的狂热小迷弟，据说，他加入数独社就是为了顾禾。有传言说，周霖为了能够接触顾禾，不惜去报名参加顾禾所兼职的数独培训班。值得一提的是，顾禾所教授的都是七岁左右的小学生。

周霖天生笑脸，脸上一直挂着一抹笑容，瞧着倒是很讨喜。

而在这一众一米八多的少年中，突然出现占据了“凹”这个位置的少年显然十分引人注目。张子瑜天生一张娃娃脸，对外宣称自己一米七五，实际一米七一。

张子瑜表示，站在这里压力真的很大！

孟江北去年友谊赛对上的是启元的陈若风，眼前这三个人他都有所耳闻，但是一直没有对上过。对方实力不容小觑。

台上设备一切准备就绪，第二轮团体赛，拉开序幕。

比起个人赛，团体赛更侧重考查选手的心理素质和调整情绪的能力。对大多数人而言，做数独是一个枯燥的过程，任谁在马上就要走到终点完成一道数独题的时候，突然切换页面，变成另外一道陌生的数独题，不是每个人都能够立马调整好自己的心理状态，迎接新的挑战。

双方选手入座，电子屏幕开始倒计时。孟江北面前的平板电脑也开始三秒的倒计时，趁着这空当，他状似漫不经心地抬眼去扫观众席，却发现本应该坐在倒数第三排的那个人不见了踪影。

孟江北脸色黑了下来。

搞什么，这么关键的时刻却溜了？要是错过了他比赛的英姿，小迷妹哭着求看回放，他也不会答应的！

平板电脑三秒倒计时后，两道题跃入孟江北的视线，孟江北不再胡思乱想，清空脑子里杂七杂八的念头，全身心地同那九个数字作斗争。

阶梯教室外，原初悦快步往卫生间跑去，她只觉得身体某个地方汹涌澎湃白浪滔天。

要炸了！原初悦迅速找了个隔间溜了进去，解决了困扰，才松了一口气。她一边调整腰间系着的社服，一边推门而出，冷不丁就和龙琪琪狭路相逢。

原初悦没认出龙琪琪来，正打算侧开身体给龙琪琪让路，龙琪琪却自来熟地开口："顾禾妹妹！"

原初悦脚步一滞，努力根据龙琪琪的穿着打扮判断眼前到底是哪路人马。

龙琪琪摸着下巴道："你也是来看顾禾比赛的吗？"

原初悦还没回答，龙琪琪就自顾自道："不对，你应该是来看程侑比赛的吧。你现在还有没有干痴汉那档子事儿了？我跟你说哦，痴汉这种事还是不要做啦，影响不好，而且你现在也有男朋友了……"

痴汉……原初悦脸黑了下来，想起了被那段黑历史所支配的恐惧，也想起了眼前这人究竟是谁。

龙琪琪！

一年多前，程侑回国后一直对她避而不见，原初悦的损友给她支了个损招，让她学什么"诸葛亮三顾茅庐"，总有一天能够感动程侑。

结果程侑没被感动，反而是有人敢动她了！

程侑的朋友以为她是痴汉，为了保护程侑这个小可怜，竟然招来了一个女壮士对付她，一言不合就将她从程侑家门口扛了起来扔了出去。

她原小仙女，何时受到过这种屈辱？

龙琪琪还在絮絮叨叨："你那个男朋友还挺不错的……"

"我哪儿来的男朋友？"原初悦黑着脸打断龙琪琪的话。

龙琪琪愣了一下："欸，今天中午在校门口帮你的那个人不是你男朋友吗？"

孟江北？原初悦只当龙琪琪又抽风了："不是！"

她一边否认，一边绕过龙琪琪往外走去。

一见到龙琪琪，她就想起了那段不堪回首的黑历史……不行，龙琪琪打是打不过了，索性眼不见为净。

龙琪琪：“欸，可是……”

原初悦快步走出洗手间，并没有听见身后龙琪琪的自言自语。

“不是男朋友，你干吗那么紧张呢？”

等原初悦回到阶梯教室，比赛已经进入白热化阶段，双方僵持不下，目前并不能看出哪一方占据了优势。

东齐这边，徐诺有“标准数独王”之称，韩录更是曾在十三岁那年加入中国数独少年队，代表国家参加了世界数独锦标赛，并取得了U15组的第三名。

东齐实力强劲，启元也不遑多让。

无论是周霖、赵磊，还是张子瑜，都是现在数独圈有名的人物，也都取得了不错的成绩。况且这次团体赛的题目难度系数算不上很高，对于他们这种水平的选手来说，差距很难拉开。

战况一时有些僵着。

原初悦有些头疼，也不知是不是因为遇到了龙琪琪让她想起了不太美妙的过去，本来消停了一会儿的生理痛又席卷而来。

她微微吸气，翻开背包，找出止痛药，就着矿泉水吃了一片。在看见那板止痛药的时候，她眼前冷不丁就浮现起中午时那几幕。

孟江北将止痛药塞进她手中，恶声恶气地让她吃药。

孟江北将她打横抱起。

孟江北将社服递给她。

……

龙琪琪还问孟江北是不是她男朋友？

原初悦甩了甩头，让自己冷静下来，开什么玩笑，孟江北怎么可能是自己男朋友，自己跟孟江北分明还不是很熟好不好！

“啊！”

原初悦正胡思乱想之际，身旁也不知是谁忍不住小声地叫了一声，但很快就意识到她不该在这个时候发出太大的声音，立马捂住了嘴巴，却捂不住眼底流露出来的焦急。

台上，已经到了比赛的最后关头，进行到最后一轮。

启元这方，张子瑜提交了答案，赵磊手头的两道题目已经完成了一道，剩下那一道标准数独也只剩下五六个空格，周霖则开始做最后一道变形数独题。

东齐这边，韩录提交了答案，徐诺的进度和赵磊相差无几，只剩下孟江北面前还有两道题，好在两道题都只剩下收尾的几个空格。

三分钟轮题时间刚过，不出意外的话，这三分钟就是决胜的关键时刻。

可就在这时，孟江北在九宫格的第五区第七小格填上了九，在场许多人都注意到了，第五区第一小格上填的分明也是九。

出错了！发现这一点的观众都为孟江北捏了一把汗。

关键时刻，孟江北会怎么做？

究竟是前一位选手给出的答案就是错的，还是题目经孟江北的手之后才做错了？

全场观众屏住呼吸。

原初悦不错眼地盯着台上那戴着滑稽可笑的小猪口罩的少年。

他会怎么做？

孟江北只犹豫了半秒，便按下了屏幕上的“重新开始”键。

左边的标准数独题，他选择了重新开始。

三分钟做完一整道标准数独题已经是很勉强了，更何况他手中还有小半道变形数独题。而那边，周霖手头上只有一道变形数独题。

胜负的关键点就在孟江北和周霖的 PK。

就在大家以为孟江北输定了的时候，孟江北左手抬起，手指指向了左边那道标准数独题。

几乎是同时，原初悦就想起了她小时候和哥哥做的训练——

左手画圆，右手画方。孟江北，竟然同时在做两道数独题！

“嘀——”

“嘀——”

这一轮，几乎又是前后脚，双方全部作答完成。

有人恍然惊醒，他竟然没有注意到，到底是谁先完成作答的。

不知是谁，再也忍不住了，惊叹开口：“竟然有人能同时做两道数独题，那个戴口罩的男生，到底是谁啊……”

原初悦抿了抿唇，舞台上那戴口罩的少年，在这一刻和当时最后几秒密室逃脱门口解题的那个少年身影重合在了一起。

“孟江北。”

原初悦轻声道：“他叫孟江北。”

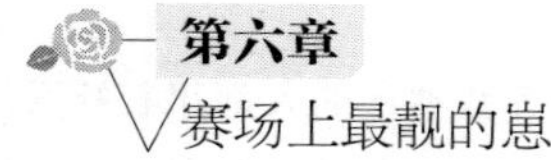

第六章 赛场上最靓的崽

原初悦并没有等到主持人宣布第二轮的比赛结果。

赛场上的孟江北太耀眼，就像他之前打算的那样，哪怕戴着一个滑稽搞笑的小猪口罩，他也是今天最靓的崽。

他成功做到了，在团体赛中也能光芒四射。

原初悦看着台上的孟江北，有瞬间恍神，还是身后几个女生的对话让她回过神来。

“啊，我刚才恍神了，都没有看到这么精彩的一幕，太可惜了！”

“没事没事，这种比赛搞不好会有专业的录像，你可以回去到论坛里搜搜看，指不定有完整的比赛视频可以看。”

原初悦挑了挑眉。

她许久没有关注数独界的比赛了，现在的比赛都已经有视频留存了吗？那东齐数独社的大小比赛会不会也有视频留存？

按照崔晓童的说法，每次比赛他都会拍照片留念，原初悦觉得自己应该问一问崔晓童，万一他那里也有视频存档呢。

要是能要来东齐数独社这些年的比赛视频，指不定能从里面找到“打假比赛”的线索。

“这个孟江北真是出乎我意料了，可惜我已经喜欢侑神了，一个优秀的‘女友粉’是不会爬墙头的！”

“啧，都第二轮比赛了，你还想着侑神呢？你又不是不知道，侑神和菜鸟大神相爱相杀这么多年。听说侑神去年也参加了友谊赛，但就因为菜鸟大神没上场，侑神就宣布弃权了。我觉得论坛里那些写侑神和菜鸟大神的并不是无凭无据，你们有没有发现，第一轮比赛结束，侑神和菜鸟大神就离场了。”

离场？

原初悦一个激灵，眯着眼扫了一圈，东齐数独社的人都穿着社服，而之前程侑上场的时候穿了一件外套，十分好认，现在那堆人里面已经没了穿外套的程侑。原初悦又去看启元那边的人，果然也少了一个。

顾禾和程侑都离场了？

原初悦有些懊恼，她来看友谊赛的目的之一就是为了能有光明正大的理由接触程侑，而现在程侑离场了，她竟然都没发现。

原初悦又看了一眼台上侧头和韩录说着什么的孟江北，大屏幕上出现了孟江北的脸，他笑了起来，一双好看的丹凤眼弯成一轮弯月，眉目如画，哪怕戴着口罩也盖不住他的英俊，引起场内迷妹们的一片号叫。

原初悦叫不出来，她再也坐不下去了，匆匆起身离场。

韩录天生一张面瘫脸，面无表情地对孟江北说着嫌弃的话：“别笑了，再笑你就要引发噪声污染了。”韩录“啧”了一声，又补了一句，“不然，你把口罩摘掉吧。”

孟江北寸步不让：“然后高歌一曲‘喵喵喵’？”

韩录：“……”

韩录若无其事地转移话题：“迷妹这种生物真可怕。”

孟江北见好就收，十分闷骚地来了一句：“那是你还没有遇到可爱的迷妹。”

孟江北说着，眉眼带笑地往原初悦的方向扫去，却只扫到了她离开教室的背影。

韩录接话道：“哦？难道你就遇到了？”

孟江北沉下脸：“呵，可爱？可爱是不可能的！”

韩录：“？？？”

韩录被孟江北的突然翻脸弄得一头雾水。

原初悦运气好，程侑和顾禾并没有走远，她并没有花太多时间就找到了他们。

两人并不像那些人所说，第一轮比赛结束后就离开了阶梯教室，而是等到第二轮孟江北按下了作答完成键，他们才不约而同地离开了座位。

原初悦找到他们的时候，两人正在阶梯教室另一头聊天，那里有一个拐角，十分隐蔽，不走过去的话很难发现那里还站着两个人。

原初悦也是巧合，正要离开就听见那边传来顾禾的声音。

“你们学校的孟江北，实力不容小觑。”

孟江北？

鬼使神差地，原初悦偷偷溜过去，正好瞧见那边有个人穿着的外套和程侑的一模一样，她仔细地观察了一会儿，才断定这两人正是顾禾和程侑。

两人并没有注意到第三个人的到来。

顾禾背靠着走廊，身后是海阔天空云淡风轻，一如他现在的心情。程侑站在一旁，身体有一半被笼罩在阴影之中，他微微低着头，脸色有些苍白，有些尖的下巴显得他更加弱不禁风惹人怜爱，就像是从漫画里走出来的美少年。

程侑微微勾了勾唇，并不吝啬他对孟江北的夸奖：“他的确很强。”

“很少听见你这么夸别人。”顾禾耸了耸肩，“上次听你夸别人，大概是……八年前的事儿了。”

程侑笑了笑，没有说话。

两人陷入了沉默，风儿吹过，似乎带来了什么，又吹走了什么。

原初悦站在角落里，安静地看着他们。

最终还是顾禾打破了这片寂静，他笑了笑，语气里带着点怀念：“我们大概，有八年没有这么安静地站在一起了吧。”

程侑认真地回了一句：“两千九百五十六天。”

顾禾有些无奈：“我知道你的心算很厉害，但也不要在这个时候显摆你的实力吧。你这样很破坏气氛欸！”

程侑张了张嘴想要说些什么，但又乖乖地闭上了，侧过头认真地看着顾禾，似乎想用眼神传达他此刻的心情。

顾禾只得认输，双手举起做投降状：“这么多年过去了，你还是这副样子，你知道你这样的人放在网上会被说成什么吗？高智商低情商，幸亏长了一张好看的脸，不然一张嘴就会被人打死。”

程侑不明白：“怎么会？孟江北夸我待人真诚。”

顾禾：“这个孟江北一定是个好人。”

程侑想了想，肯定道：“他很好。”

顾禾看着程侑认真的模样，突然就笑了："当年，是我走不出来，只不过是输了一次比赛而已……"他顿了顿，冲程侑伸出手，"我们还是好朋友吗？"

程侑真诚地握住了顾禾的手："一直都是。"

"今年的大学生数独挑战赛，我能遇到你吗？"

"决赛见。"

"好。"

本来十分美好的兄弟和解的场面，被横空跑出的人破坏了气氛，龙琪琪不知道从哪里钻了出来，趴在原初悦的肩膀上好奇地问道："哇，顾禾妹妹，你在这儿偷听什么呢？"

原初悦："……"

原初悦感受着肩膀上的力道，默默思考自己还要再练多少年的拳击才能干得过龙琪琪。

龙琪琪的出现，让原初悦的行踪彻底暴露，顾禾和程侑双双往这边看了过来。顾禾无奈地叹了口气，往原初悦的方向走了过去，将趴在她肩膀上的龙琪琪拎开。

原初悦对上顾禾的视线，莫名有些局促，她张了张嘴，小声叫了一句："哥哥……"

顾禾看了原初悦一眼又移开了视线，态度疏离而又客气，反而是龙琪琪踮起脚尖，奋力地拍了一下顾禾的脑袋："哇！你这个人怎么回事，对待这么可爱的妹妹都这么怪里怪气的！"

原初悦想，人不可貌相，没想到这个暴力女壮士还是个好人。

顾禾扯了扯嘴角，直接钩过龙琪琪的脑袋，拉着她往前走："废话这么多，走了，有这工夫还不如多刷几道数独题。"

龙琪琪来得突然，走得也突然，眨眼的工夫，这一片小天地就只剩下程侑和原初悦。

原初悦长舒一口气，挂上好看的笑容，看向程侑："小程哥哥，第一轮的比赛真的很精彩。"

程侑点了点头。他有时候是很沉默寡言的，原初悦也不觉得有什么，努力没话找话道："今年的大学生数独挑战赛，你和哥哥都会参加吗？"

说起数独比赛，程侑的眼睛亮了几分，就连脸上也情不自禁地挂上了淡淡的笑意，他"嗯"了一声："今年应该有不少有意思的对手。"

原初悦面对着程侑站着，四周本来十分安静，却突然变得嘈杂了起来。

阶梯教室里正在举行的启元与东齐的友谊赛，终于落下了帷幕。

有几个小姑娘从阶梯教室走了出来，刚好经过这里，几个人嘻嘻哈哈的，有个小姑娘面对着其他的小伙伴走着，嘴里还说着什么：“今天的比赛可真是太精彩了，可惜第三轮没什么看头。”

她一个没注意，就要撞上身后的原初悦。

原初悦也没注意，程侑拧着眉头，在那女孩子撞上原初悦之前，伸手抓住原初悦，将她往自己的方向一带。原初悦只觉得一阵天旋地转，马上要撞上程侑那带着点淡淡药味的怀抱。程侑却眼明手快，及时又拉开了和原初悦的距离，克制而有礼。

程侑皱着眉头，语气重了几分：“走路要小心点。”

那个女孩子在小伙伴的提醒下，连声道歉：“不好意思……”

有个女孩子惊呼一声：“啊，是侑神！”她鼓起勇气，上前一步道，“侑神，我很喜欢你，为了你我还专门去学数独，我……我现在已经是业余五段了！侑神，我能跟你合张影吗？”

女孩子的其他小伙伴都已经拿出手机准备调出相机，一般情况下没有人会拒绝可爱女孩子要求合影的请求的，谁知程侑却十分认真地拒绝了。

“不能。

“还有，玩数独是你自己的事，你没必要因为喜欢别人而去做这件事。”

女孩子愣住了，没想到程侑会说出这番像老干部说教一样的话，好半天才愕然道：“可……可你不是别人啊。”

“对你而言，我就是别人。”

其他女孩子面面相觑，拉着那个快哭出来的女孩子灰溜溜地跑了。原初悦在心里默默替程侑鼓掌呐喊，冷不丁就看见程侑又转过头对她说。

“还有，你不开心的时候不必勉强自己笑。”

程侑想了想，似乎为了加强自己这句话的说服力，又补了一句：“不是很好看。”

原初悦：“……”

原初悦想，自己喜欢的人，除了忍还能怎么办呢。

“主题：八一八那左右开弓同时刷两道数独题的男人！”

1L【楼主】：我要给这个姓孟的男人跪了！妈妈，我宣布我要给他生猴子！这究竟是什么神仙男人啊！【视频】

2L：我看到了什么！

3L：这好像是东齐和启元的友谊赛啊？这两个学校每年都举行友谊赛，塑料友谊能做到这份儿上也是不容易了。

……

14L：我看到了什么！三分钟能做完这种难度系数的标准数独题已经算高手中的高手了吧，他竟然同时做两道题！

15L：脑子是个好东西，有些人的脑子一个顶俩，有些人的脑子……嘤嘤嘤！我也想要拥有这样的脑子！

……

23L：我宣布，孟江北是我的男神了！

24L：楼上的，你昨天不是还说顾禾才是你男神吗？

……

31L：@24L，顾禾已经有女朋友了，伤透了我的心，我要爬墙头了！

32L：你难道确定孟江北就单身吗？

……

68L：看来今年的大学生数独挑战赛有得看了，推荐你们去看这次友谊赛的完整视频【视频】

69L：有生之年系列，妈妈，我欣赏的两位高手终于又站在同一个舞台上了！

70L：顾禾和程侑这两年都没什么消息啊，好像很少在大赛上看见过他们，今年的大学生数独挑战赛他们也要参加吗？

……

101L：你们说要是孟江北和顾禾或者程侑对上，谁能赢啊？我记得孟江北曾经输给过程侑。

102L：那是多少年的老皇历了，那会儿他们都还是小学生呢。我觉得就这场比赛来看，孟江北实力不输于顾禾、程侑。

……

122L：难道就只有我觉得，这场比赛，孟江北才是 MVP 吗？

123L：疯狂支持小哥哥们！

……

167L：讲真的，我看过很多场孟江北的比赛，去年的全国大学生数独挑战赛和数独锦标赛他都有参加，表现可圈可点。但是这次比赛刷新了我对他的印象，我有理由怀疑，他之前是在藏拙。

168L：藏拙能拿到大学生数独挑战赛团体赛冠军？藏拙能拿到全国数独锦标赛冠军？见过尬吹的，没见过这么吹的！

169L：楼上火气这么大干什么，167L明明是说孟江北可以表现得更好。

……

温宇飞刷着数独界论坛的帖子，乐不可支，歪着身子去钩孟江北的胳膊："老孟，论坛上有人因为你撕起来了，还有人说你在藏拙，哈哈哈！拙是什么，能吃吗？服务员，给我先来个百八十斤的拙！"

孟江北面无表情地推开温宇飞，温宇飞不依不饶，胡乱挥舞着手又要凑上来，嘴里还嘟嘟囔囔："我的论坛账号是多少来着？"

温宇飞嘴里喷出的酒气熏得孟江北头都大了，他嫌弃地用手掌推着温宇飞的脸，让他和自己保持一定的距离，又趁机抽掉温宇飞的手机，利索地扔给一旁的徐诺。

"到底是谁给他喝这么多酒的？"

坐在温宇飞旁边的徐诺笑得腼腆："社长高兴嘛。"

这次友谊赛，第一轮东齐输掉一分，第二轮东齐比启元提早两秒作答完成，但是按照规则，两方十二道题全对，且东齐并没能够比启元提前一分钟作答完成，所以两方打平。

第三轮，东齐派出了游望，启元派出了陈若风。游望是个老手，虽然陈若风表现得也很不错，但还是输给了游望。游望比陈若风足足快了半分钟，得到了额外的三分加成。

东齐以两分的优势取胜。

温宇飞可算是扬眉吐气，嚷嚷着要办庆功宴，一行人拖拖拉拉地回到学校，就被温宇飞强拽着去了学校附近一家火锅店吃饭。孟江北本来是不想去的，刚回到宿舍换了件衣服，温宇飞就打来夺命连环电话，他没办法，只得去了。

好在他的过敏反应来得强烈，退得也快，吃了过敏药，晚上嘴巴就不肿了。孟江北拿起筷子去夹清汤锅里的菜吃，温宇飞又缠了上来，明明醉醺醺的，手脚倒是麻利得很，一点也不见醉鬼的样子，稳稳地从铺着红油的辣锅里夹起一块肥牛往孟江北碟子里放。温宇飞打了个酒嗝，嘟嘟囔囔：“MVP 怎么能光吃菜呢，多吃点肉补补！吃火锅不吃辣锅，那和咸鱼有什么区别！”

坐在温宇飞对面的游望脸色沉了沉，猛地拿起杯子，将里面还剩下大半杯的啤酒饮了个一干二净，徐诺轻声地劝慰：“少喝点吧……”

游望扯着嘴角，似笑非笑地道：“高兴嘛！”

而那边孟江北只想把温宇飞这个酒鬼给扔出去：“我不吃辣！”

温宇飞义正词严道：“胡说，你早上还一口啃了一个麻辣粉丝包子呢！”

孟江北：“……”

温宇飞：“老孟，你不能区别对待！”

孟江北握紧了筷子：“我要是区别对待，你现在就不是坐在我身边，而是躺在大街上了。”

“嘤嘤嘤，老孟你不能这么绝情，‘爸爸’爱你啊！来亲一个！”

孟江北脸黑了：“你想死吗？”

“反正你也没有女朋友，给我亲一下怎么了！”

“谁说我没有的？”

“论坛上大家都这么说的！那个三十一楼说了，你单身她才为你爬墙头的！”

孟江北磨了磨牙：“那你告诉她，她可以做好准备，再换个墙头爬了。”

他，孟大男神，最近想要脱单了。

孟江北说着，就想起了原初悦。

孟江北有些不满，原初悦这个小迷妹当得也太不称职了，比赛一结束就溜得没影了。他翻出手机，一边对温宇飞的纠缠严防死守，一边费力地给原初悦发消息。

你在做梦吗：社服。

又给了原初悦一个以还衣服为借口接触他的机会，孟江北觉得，自己对这个小迷妹实在是太宽容了。

等了好一会儿，微信也没有新的消息提醒，孟江北眯了眯眼，恶狠狠地瞪着手机屏幕。

温宇飞不知打哪儿又捞来一瓶啤酒，边喝边嚷嚷：“嗝，接下来的大学生数独挑战赛，我们也要加油啊！必须要让姓齐的看到，就算没有他，我们东齐数独社也是最厉害的！呵呵，别以为我不知道他打着什么算盘，竟然搞匿名举报这种小伎俩，嗝，我是不会让他得逞的……”

温宇飞后半句话声音小了下去，再加上周围环境太过嘈杂，倒是没有什么人听清，只当他是喝醉了自言自语。

游望握紧了拳头，假装漫不经心地提了一句：“江北，之前怎么没见你用过这一招，同时做两道不同题型的数独题，还挺厉害的。”

孟江北一门心思等着小迷妹回信，不是很在意地回道：“哦，之前没必要用。”

况且，这一招成功率并不算很高，如果不是到了紧要关头，不想让温宇飞再一次失望，孟江北也不想冒这个险。孟江北浑不在意的态度刺痛了游望的眼。游望低声应了一句，谁也不知道他在想什么。

孟江北手机屏幕亮了起来，他迫不及待地点开消息，却发现是程侑发过来的。

程侑：前段时间托朋友从国外买的游戏卡到了，你要吗？

孟江北撇了撇嘴，有些失落。

你在做梦吗：行，待会儿我就去找你拿，顺便把上次的游戏卡还给你。

啧，小迷妹还不回他消息！

另一边，孟江北心心念念的小迷妹正在心心念念另外一个人。

程侑是自己开车来的，原初悦和程侑住在一个小区，趁机蹭了程侑回家的车。程侑话不多，一路上原初悦说十句，程侑才可能回一句。

气氛一时有些沉闷，原初悦想起之前“宇宙总攻”对自己的谆谆教导，喜欢就要大胆地表现出来。

一想到还有其他的女生正在对程侑虎视眈眈，原初悦就有一种浓浓的危机感。程侑个性内敛，情感被动，原初悦觉得自己必须要主动一点。

原初悦打了下腹稿，本来以为会很难问出口的话，却很轻松就脱口而出了：“小程哥哥，你知道我喜欢你的，对吧？”

路上恰遇红灯，程侑手搭在方向盘上，一如既往地笑了笑，笑容并没有什么温度，就像他这个人一样内敛克制。

“小悦，我也喜欢你。”

原初悦还没来得及开心，程侑又道：“顾禾也喜欢你。”

原初悦皱眉：“我说的不是这种喜欢。”

红灯变绿，程侑踩下油门，说出来的话却很笃定：“不，就是这种喜欢。”

“小程哥哥！”

原初悦不高兴，却还是按捺住自己的脾气，让自己看起来像一个端庄大方的淑女。

程侑将车停在了车库，送原初悦回家的路上，原初悦背包没拉紧，走动之中，包里放着的帽子掉了出来。

是孟江北的那顶小猪帽子。

原初悦弯腰想去捡，小腹却一阵翻江倒海汹涌澎湃，一旁的程侑站得笔直，没有要帮她捡帽子的打算。原初悦抿了抿唇，只犹豫了半秒就按着小腹，弯腰捡起了那顶小猪帽子。

程侑送原初悦走到了她家门口，原初悦还不死心，又开口道："我是真的喜欢你。"她顿了顿，补充了一句，"想做你女朋友的那种喜欢。"

程侑这次没回答，反问了一句："你最近是不是又听说了什么？"

原初悦有些没明白过来："什么？"

程侑却又不说了，摇了摇头转身走了。

原初悦有些郁闷，掏出手机向"宇宙总攻"求救。

只是个马甲：我刚刚跟我喜欢的人表白了，可他以为我只是像喜欢哥哥一样喜欢他。

只是个马甲：到底怎么做才能让他相信，我是真的喜欢他？

宇宙总攻：你喜欢哥哥，但是会和哥哥亲密接触吗？

宇宙总攻：用行动证明吧，少女！

宇宙总攻：扑倒他，抱他，亲他！

只是个马甲：……

原初悦犹豫了很久，直到夜色浓了，小区的路灯陆续亮了起来，她终于下定决心，决定拼一把。

原初悦打开家门，朝程侑家的方向走去。

孟江北跟程侑交换了游戏卡，程侑顺手又将一件运动服外套递给他："上次你不是说喜欢吗？我顺手多买了一件，送你。"

孟江北也不跟程侑客气，开着玩笑："谢了，老程。你今天穿着还挺好看的，你要是不给我，我就要直接从你身上抢了。"

最近昼夜温差有点大，孟江北正好有些冷了，一边将外套穿上，一边跟程侑说："对了，老程，我有个几千人的项目想约你一起做，你负责提供技术支持，剩下的都由我来负责。"

程侑："几千人？"

孟江北穿上外套，想了想又改口道：“目前只是几千人，以后估计能扩展成几万人。”

程侑笑：“什么项目啊？”

孟江北露出个神秘的表情：“我先回去做个策划，等回头再告诉你，反正你把时间给我留着，保证是个有意思的大项目。”

程侑回答得也干脆：“行。”

孟江北拍了拍手：“行了，你也别送我了。”

刚走出程侑家，孟江北就看见原初悦一路小跑到他面前，抬头望着他眼睛亮晶晶的。

原初悦平复着呼吸。外套是程侑今天白天穿过的，没错；刚从程侑家里出来，没错；手里拎着的游戏卡是程侑前段时间买的，她在程侑朋友圈看到过，也没错。

是程侑了！

原初悦仰头看着孟江北，温柔的灯光映着她精致的脸，原初悦伸手抓住了孟江北的胳膊。

孟江北没反应过来：“你干什么？”

原初悦不给孟江北反应的机会，踮起脚尖，一鼓作气地凑了过去。眼前的脸越来越近，原初悦下意识地闭上眼，心里莫名有一丝忐忑和后悔。

要不……算了？

箭在弦上，原初悦却萌生退意，明明都能感觉到对方的呼吸洒在自己的脸上，原初悦下意识地偏了偏，亲在了孟江北的脸颊上。

孟江北：“！！！”

夜风吹过，就像是一只蝴蝶翩翩起舞，轻轻落在了孟江北的心头。

小迷妹亲他了！

他该怎么办？

亲回去吗？

亲回去会不会太不矜持了？

可是不亲回去好像又很亏欸！

等等，小迷妹这是在向他表白吗？

才送了一天早饭就想把他骗到手吗？

帽子呢，帽子信物也没拿过来啊。

可是小迷妹都这么郑重地表白了，他再扭扭捏捏也太不像男人了吧！

一瞬间，孟江北脑海里闪过许多乱七八糟的念头，最后，其中一个念头脱颖而出——要是小迷妹开口表白了，他就先亲回去再说。

原初悦如释重负，拉开了和孟江北的距离。

夜色中，孟江北看着原初悦好看的嘴唇动了动，吐出一句话。

“这下你相信我喜欢你了吧。”

孟江北：“！！！”

这是真的表白了！

孟江北还努力保持着自己“高冷男神”的人设，努力让自己看起来云淡风轻一些：“这个嘛……”

原初悦认真地看着孟江北：“做我男朋友吧。”

孟江北小心脏“扑通扑通”直跳，嘴上却道：“我要考虑……”

“小程哥哥。”

孟江北：“？？？”

蝴蝶，飞走了。

飞走之前还恶狠狠地踹了一脚孟江北的少男心，仿佛在说——

叫你瞎跳！

“老孟，我要请你吃饭。”

温宇飞约孟江北去学校附近新开的港式茶餐厅吃饭，孟江北全程一副“总有刁民想害朕”的防备态度，只觉得温宇飞这是黄鼠狼给鸡拜年——不安好心。

温宇飞很抠，名义上的抠，孟江北认识他这么多年，只从他这里得到过一杯他请的奶茶，嗯，买一送一的那种。

孟江北落座，看着面前正在点菜的温宇飞，眉飞色舞之间又带着一点春风得意。

孟江北问：“这家餐厅最近有活动吗？比如带个帅哥来吃就可以免单的那种。”

温宇飞：“？？？”

孟江北：“还是餐厅老板是个数独迷，只要解开他设下的数独谜题就可以吃霸王餐。”

温宇飞气愤地问道：“老孟，在你眼里我就是这种人吗？”

孟江北点头，答得十分诚恳：“是。”

温宇飞怒点了一道特价的豉汁凤爪："我就不能只是简简单单地想请你吃顿饭吗？"

孟江北摆出神棍的姿态，手指微动："我掐指一算，这并不简单。"

温宇飞觉得自己能和孟江北当这么多年的朋友，还没有友尽，就已经从侧面体现了他是一个要做大事的人。温宇飞决定不同孟江北计较，也不知道想到了什么，他脸上露出笑容："老孟，你不懂。"

"打住！"孟江北利索地拿出手机调出前置摄像头，怼到温宇飞面前，"老温，你看着我的手机，大声告诉我，你还有胃口吃饭吗？"

温宇飞："……"

温宇飞调整了一下自己的表情："老孟你不能这样，你还不准一个感情事业双丰收的人露出一个开心的笑容吗？"

孟江北毫不客气地道："我怕自己情不自禁给你一拳。"

"行吧。"温宇飞耸了耸肩，怜悯地看了一眼孟江北，"反正你是不懂这种感觉的。老孟，我郑重地宣布，我已经不是昨天的我了，我已经恋爱了！"

孟江北没什么诚意地恭喜了一句。

"我觉得我的运势来了。你看，我们和启元的比赛赢了，然后我马上又脱单了！我盼了整整三年啊，今年终于实现了！我想了很久，我觉得原初悦是个福星啊，就是她的到来给我带来的好运！"

孟江北正扒拉菜单的动作一滞，嘴角耷拉着，打断温宇飞的话："首先，比赛赢了靠的是我们，你可以感谢程侑，感谢韩录，感谢游望、徐诺，感谢我，最不应该感谢的就是原初悦；其次，你能脱单，应该感谢你女朋友那颗救济世人的慈悲心肠。"

温宇飞正春风得意着呢，哪儿在乎孟江北这番酸溜溜的话："对了，昨天喝酒的时候，我依稀记得你说你最近也要谈恋爱了？怎么样，要不要我给你蹭蹭喜气。"

孟江北："呵呵！"

"你的小迷妹们那么多，不考虑一下吗？"

"呵呵！！"

"我记得原初悦不是也喜欢你吗？还把你的照片当屏保。"

"呵呵！！！"

喜欢？喜欢个屁！

原初悦喜欢的人多了去了！

他当原初悦是小迷妹，原初悦却背着他多了一个“小成哥哥”！

人间不值得！

“咦，好巧。”

倪宁宁路过孟江北这桌，脸上带着恰到好处的“惊讶”表情，撩了撩头发露出自己精心挑选的耳环，衬得她越发温雅。

“我听说这家港式茶餐厅的厨师很有名，它刚开业就想来尝尝，可惜约不到人只能自己来了，没想到你们也在。”

温宇飞难得机灵了一回，听懂了倪宁宁的暗示，热情道：“一个人啊？那不如和我们一起吃吧。”

倪宁宁自然不会拒绝，款款坐了下来。

“说起来，我还忘了恭喜你们呢。前几天和启元数独社的友谊赛，听说你们赢得十分漂亮。”

温宇飞哪怕私底下在社团里高兴得都快膨胀成三百斤的胖子，但是在外人面前还是有所克制。他控制了一下自己的情绪，开口道：“比赛嘛，有赢有输是正常的，启元数独社也打得十分漂亮。”

倪宁宁只想夸孟江北，三言两语又将话题带到孟江北身上：“孟同学最后三分钟那招‘左右开弓’可真是厉害，不知道有没有机会见识一下？”

孟江北喝了口水，神色淡淡：“这还不容易？”

倪宁宁还没来得及开心，孟江北又补了一句：“这次有比赛视频的，论坛里都有，你要是找不到，回头让老温把视频给你发一份，想看几遍就看几遍。”

倪宁宁：“……”

呵，直男！难怪东齐这么多喜欢孟江北的妹子，但大多对他都是只可远观不可亵渎。就孟江北这钢铁大直男，有几个人能受得了？

倪宁宁有备而来，这次就算是磕掉了牙，她也要把孟江北这个钢铁直男啃下来！

倪宁宁还要说些什么，孟江北却不是很感兴趣，百无聊赖地喝着水，余光却瞥见餐厅大门走进来一个人。他下意识地坐直了身体，却很快又反应过来，撇了撇嘴又放松了下去，余光却忍不住一直往那边打量。

这家港式茶餐厅虽然是新开的，但是人气还不错，原初悦站在门口用眼睛扫了好几圈才发现一个空位。

孟江北很肯定，原初悦往他这边看了，还和他的视线对上了，但是他对原初悦的那个眼神很熟悉。

原初悦肯定没有认出他来！

原初悦找了个空位坐了下来，位置离孟江北不近不远。两个人隔着两张桌子正好面对面，一抬头就能看见彼此，但是坐在孟江北对面的温宇飞和倪宁宁却看不见她。

孟江北低头发了一条微信消息，温宇飞正和倪宁宁聊得开心呢，就看见自己放在桌子上的手机亮了一下，提示有条来自孟江北的微信消息。

奇奇怪怪的，明明就面对面坐着为什么还发微信？

你在做梦吗：大声喊出我的名字。

温宇飞："……"

温宇飞觉得，自己一定是宠坏了孟江北，要是以后孟江北再也遇不到像自己这样迁就他的人可怎么办。

温宇飞清了清嗓子，声音提高了几个分贝："那可不，我们孟江北的数独实力一向是有目共睹的，最近也在为大学生数独挑战赛做准备呢。"

温宇飞故意咬重了"孟江北"三个字的音。

孟江北很满意，余光瞥见那边正点菜的原初悦听到这边的动静抬头往这边看了一眼，他连忙错开视线，假装没有看见。

但令他失望的是，原初悦只是看了一眼，又埋头去研究菜单了。

孟江北又不满意了，低垂着眼不知道在想些什么。

倪宁宁状似无意地提了个新话题："对了，最近校庆也快到了，学校今年打算举办一个舞会，应该会很热闹。"

温宇飞兴致盎然地捧场："我听说了，今年舞会由你领舞，听说舞伴还没有找到？"

倪宁宁笑了下，有意无意地看孟江北："是还没有，我听说孟同学不仅数独玩得好，舞也跳得不错……"

孟江北冷不丁开口："这间茶餐厅人可真多。"

孟江北一本正经地又道："你们说什么，我听不清，大点声。"

孟江北是钢铁直男，但是这并不代表他傻，傻到听不出倪宁宁这是要邀请他当舞伴的意思。

孟江北必须要让原初悦意识到，他孟江北也是很受欢迎的！

倪宁宁愣了愣，微微提高了音量："今年的舞会……"

孟江北一直默默关注原初悦那边的动静，发现原初悦对面似乎来了个小孩子，两人在说着什么，丝毫没有注意到这边。他盘算了一下距离，觉得原初悦可能听不太清楚，皱了皱眉道：“你是没吃饱吗？声音不能再大一点吗？”

倪宁宁气得一口老血差点吐出来：“呵呵！”

死直男！要不是看你长得帅，老娘才不伺候！

温宇飞看不下去了，主动领下这个“大声说话”的重任：“老孟……”

孟江北打断他的话：“出门在外请叫我全名。”

温宇飞：“……”

温宇飞强打精神：“孟江北跳舞是挺不错的，倪同学你要是找不到合适的舞伴，可以考虑一下他。”

倪宁宁感激地看了一眼温宇飞，温宇飞可比孟江北有眼色多了，可惜就是胖了点。

倪宁宁就坡下驴：“也不知道孟同学有没有时间？”

孟江北大声道：“找我当舞伴？”

倪宁宁点头。

孟江北恢复正常的音量，冷酷无情地拒绝：“不行。”

倪宁宁：“……”

直男！

那边，团团皱着眉头跟原初悦抱怨：“后面那桌人讲话声音也太大了吧，他们老师没教他们公众场合要小声说话吗？”

原初悦不以为意：“可能耳朵不太好吧，毕竟他身体那么弱。”

团团晃悠着小短腿，好奇地问道：“身体弱？悦悦，你认识他？”

原初悦点头。

团团“哇”了一声，夸张道：“竟然有悦悦你一眼就能认出来的人？不行，我要见识一下他！”

团团说着，就要爬下去，原初悦轻轻敲了一下他的脑袋，呵斥道：“老实吃饭！”

团团撇了撇嘴，又不依不饶道：“那他是什么人哦？”

原初悦想了一下，突然笑了一下：“大概是输了比赛会气晕过去的那种人吧。”

团团惊得张大嘴："啊？这么逊的吗？"

"别多话，吃完赶紧回去。"

团团嘟囔着："回去干什么？我爸爸他们马上就要出差了，过几天家里就只剩下我一个人。"

原初悦挑眉："这么惨？你爸爸也放心？"

"不放心又能怎么办呢？"团团人小鬼大地叹了口气，摆出一副成年人才会有的忧愁姿态，"说是找了个哥哥来陪我。"

"你还有哥哥？"

"名义上的那种哥哥。我爸爸说了，那个哥哥聪明又优秀，让我好好跟他相处。"团团盘算了一下，"我想好了，要是他真的优秀的话，我就介绍给你当男朋友，肥水不流外人田。"

原初悦对团团小小年纪就热衷于当红娘这事儿不以为意，夹起一个蟹黄包边吃边慢吞吞地道："多谢你有什么好事都惦记着我，不过很抱歉，我家已经有肥水了。"

团团眨了眨眼，人小鬼大道："你那个小程哥哥不是还没流进田吗？我这个可以给你当个预备役，咱俩什么关系，不用跟我客气。"团团顿了顿，又补充了一句，"听我爸爸那意思，这次这个是真的挺肥的。"

团团家那个肥不肥，原初悦不知道，她正忙着"开渠引流"，争取早日将程侑这肥水追到手。

今天的原初悦依旧是那个为爱头秃的女孩，她实在是搞不懂，明明那天晚上她都明确表达清楚自己对程侑的感情，还鼓起勇气强吻他的脸颊，可是程侑对她的反应为什么一如既往呢？那天晚上她强吻之后主动告白，"程侑"并没有给她答案，而是慌不择路掉头就跑。

原初悦本以为只要给程侑时间，等他反应过来了，就会接受她的感情。可是她等了好几天，程侑对她的态度并没有发生任何变化。原初悦碍于女孩子的矜持，总不能上赶着去质问程侑"我都亲你了，你怎么一点反应都没有"，她思来想去，只能再次求救于狗头军师团。

"宇宙总攻"对原初悦的感情难题一向十分上心，甚至为此专门成立了一个项目组，拉了个三人讨论组。原初悦负责提出问题，"宇宙总攻"负责调节气氛，1024 则负责解决难题。

"宇宙总攻"觉得自己这个安排十分合理。他也想自己上阵，奈何他热情有余，经验不足。他没有迷妹，从小到大周围与他关系比较近的异性朋友都不足十个，论起经验值来说，自然是比不上号称迷妹千千万的1024。

宇宙总攻：@1024 该你上场表演了。

1024：亲，我这边的建议是让你换一个男神呢。

宇宙总攻：你在说些什么呢？

宇宙总攻：你能有一千个迷妹，你的迷妹还能有一千个男神吗？

1024：……

1024：呵呵！她倒是想！

眨眼的工夫，1024 的 QQ 号就显示离线状态。

原初悦这边还没有得到什么具有建设性的意见，那边微信就提醒有消息，她切到微信界面，发现是崔晓童发来的消息。

上次采访崔晓童的时候，两人无意间聊到摄影这个话题，原初悦便问崔晓童要了以前拍数独社的照片。崔晓童这个人虽然有时候自来熟得有些不太靠谱，但是做起事儿来还是十分麻利的。

整理三年的照片，其实并不是一个小工程，但是崔晓童并没有拖太久，就将照片整理了出来发给了原初悦。原初悦将心思从程侑那边抽了回来，顺便问了一下崔晓童比赛视频的事儿。

崔晓童告知有部分比赛的视频，但是比较零散，等他回头整理一下再发给原初悦。原初悦回了个感谢的表情包，就翻出电脑登录了崔晓童发过来的网盘链接。

照片很多，崔晓童还很贴心地按照年份建了几个文件夹，原初悦随手点进一个文件夹，发现照片的命名也很有讲究，是按照日期加上描述来设置的。

原初悦浏览了一下，视线掠过其中一张照片，照片的命名为“2019.10.12 崔晓童大战孟江北”，紧接着是一张命名为“2019.10.12 孟江北不敌崔晓童当场气到昏厥”的照片。

原初悦：“……”

原初悦觉得崔晓童这个人相当有特色，无论是从外表的穿着打扮，还是他与众不同的内心。

原初悦缓缓松了一口气。

一开始她还担心因为自己的“脸盲症”，这些照片哪怕拿到手她都分不清照片上的人，就算得到了这些照片对她调查“打假比赛”的事情也没什么帮助，现在看来，多亏崔晓童的这点小癖好，真是帮了她的大忙。

从照片的内容和命名可以看出，崔晓童是个乐天派且善于发现生活小闪光的人。在外人看起来平平常常的一幕，可是落在他的镜头里，再加上他的描述，有些平凡的照片就变得生动起来。

崔晓童之前说过的那些话并不是自夸，他喜欢摄影，并在摄影这件事上有着得天独厚的天赋。原初悦翻过一张张照片，其中许多都是比赛的场面，原初悦视线停在了一张照片上。穿着白色卫衣的少年站在比赛台上，满眼只有那九宫天地，举手投足之间自信非凡，落笔成格布下自己的阵势。

照片的构图和光线角度找得十分巧妙，画面里的少年浑身像是镀了一层光，叫人分不清那是打下的灯光，还是数独世界赐予能力者独有的光芒。

原初悦视线下滑，看清了照片的名字——2019.11.5 东齐 PK 启元孟江北展露双手绝技。

是东齐数独社和启元数独社友谊赛的第二轮，孟江北力挽狂澜左右开弓同时做两道数独题的名场面，原初悦没想到在那紧张的短暂时间内，崔晓童还来得及拍下这么一张照片。

原初悦垂下眼眸，点击下载保存了这张照片。

或许做社团宣传视频的时候能够用得到，原初悦这么想着，又翻了回去，找到那张“2019.10.12 孟江北不敌崔晓童当场气到昏厥”的照片也存了下来。

给孟江北做个专场吧。

原初悦一边想着，一边又划拉着照片，点开了一张大合照。照片是去年大学生数独挑战赛个人决赛那天拍的，六个人挤在东齐大学的正门前，背景是刻有“东齐大学”四个字的宏伟石碑，朝气蓬勃的少年少女对着镜头露出灿烂的笑容。

他们穿着的是那一届的社服，胸口上还别着写有每个人名字的名牌。

原初悦一眼晃过，顺手又拉到了下一张，过了一两秒她觉得似乎有哪里不太对劲，又把照片拉了回去。

原初悦看着那张命名为“2018.12.01 数独社大二这几只”的照片，好一会儿才明白过来究竟是哪里不对劲。

去年的大二学生，到了今年就大三了。

可是原初悦手头现有的数独社成员资料里，显示目前大三的社员只有五个。原初悦也是临时起意，放大照片挨个看了过去，将这些人的名字在脑海里过了一遍，调出了一个眼生的名字——齐逸声。

原初悦皱了皱眉，这个叫作齐逸声的大三学生难道提前退社了？

东齐数独社在和启元数独社的友谊赛中取得胜利，大家开心了两天，并没有因为这次的优胜而放松状态，反而紧锣密鼓地筹备起下一次的比赛来。

今年秋冬的比赛比较多，和各大高校的友谊赛暂且不说，光是影响力比较大的正式赛事就有两场——一场是一月份正式启动的“合页数独”网络联赛，另一场就是马上就要开始报名的全国大学生数独挑战赛。

“合页数独”作为一个在线数独平台，这几年的发展趋势很不错，去年它同中国数独协会联手举办的第一届网络联赛取得了不错的反响，比赛前三名被推荐加入了“亚洲数独锦标赛”的参赛队伍中，拿到了去年的数独亚锦赛的团体冠军和单人数独王奖项。

全国大学生数独挑战赛的影响力自然更不用说，每年都会挑选出种子选手加入中国数独队代表中国出征世界数独锦标赛为国争光。而对于各大高校的数独社来说，全国大学生数独挑战赛更是绝对不能错过的重要比赛。每年全国大学生数独挑战赛结束后，各大高校数独社的排名都会根据比赛结果发生相应的改变。

这几年，高校数独社实力排行榜的前两名雷打不动的都是东齐和启元两所学校，其他高校因此还自嘲，别人打比赛都是奔着第一名去的，他们可好，拼了命也只能捞个第三。

而能拿到前三名，自然也是有所优待的。全国大学生数独挑战赛每年都会给予前三名的高校一个特权，每所高校都能派出一支队伍直接进入团体赛的决赛，不用像其他学校选手一样经历初赛复赛层层厮杀。

东齐数独社最近就在为全国大学生数独挑战赛做准备。

东齐去年拿到了团体赛第一名的好成绩，自然拥有直接进入决赛的特权。按照东齐往年的惯例，参加团体赛决赛的参赛队伍都是从数独社内部选拔出来的，毕竟数独水平高的学生基本都进了数独社。

数独社在周四的下午照旧召开了例会，不出意外，应该是宣布有关全国大学生数独挑战赛的事情。

例会定在下午四点半召开，大家伙儿下午没课的都慢悠悠地来了401活动室。按照往常的惯例，温宇飞一向是来得最早的那个，可是今儿出乎意料，时针划过四点半，温宇飞还没到场。

孟江北本来懒洋洋地趴在活动室角落的桌子上，余光有一搭没一搭地往一旁的原初悦身上瞄，手机却突然收到来自温宇飞的微信消息。他蹙着眉头看了一眼，才朗声宣布道："老温被社团教导员喊住了，晚个几分钟来，大家伙儿先自行练习吧。"

原初悦心里还惦记着那些照片的事儿，抽空凑到了崔晓童的身边。

崔晓童很好认，他个头高，穿得又花里胡哨的，放眼望去人群里最显眼的那个一定是他。

果不其然，原初悦坐在崔晓童的身边，她还没来得及开口确认呢，崔晓童就热情地开口了："原学妹你收到我的照片了？"

原初悦冲崔晓童笑了笑："收到了，没想到崔学长不仅照片拍得好，人还挺细心。"

崔晓童连忙拿起一旁的摄像机，嘴里还说着："欸欸欸，你保持这个表情别动，笑得真好看，我给你拍一张先。"

原初悦的笑放在崔晓童的眼里是值得拍下来的美景，落到其他人眼里可就十分碍眼了。

孟江北"哼"了一声，心里嘀咕着。以前咋就没看出来原初悦这么"水性杨花"呢？有个"小成哥哥"还不够，指不定马上就要来个小童哥哥。

孟江北一时不察，脸上就露出一个酸溜溜的表情，正巧韩录凑了过来，看到孟江北这个微妙的表情，韩录顿了顿，突然道："柠檬树上柠檬果，柠檬树下你和我。"

孟江北："韩录，冷笑话真的不适合你。"

韩录却一本正经地摇了摇头，将自己的手机递到孟江北面前："不是冷笑话，我是真的酸了。"

手机屏幕上显示着一个采访页面，采访的人物是当今当之无愧的数独第一人——原辛。原辛年轻时取得过无数傲人的成绩，拿过数独联赛大满贯，无论是亚洲锦标赛还是世界锦标赛，大大小小的赛事他都拿过冠军，如今是中国数独协会的名誉主席。近两年他不怎么参加比赛退居二线，转而致力于推广数独。

今年的全国大学生数独挑战赛就请来了原辛当评委。

有记者在采访的时候问了原辛一个问题——这些年来国内没有一个人能够超越原辛的成就……问题还没问完，就被原辛四两拨千斤地绕了回去，他彬彬有礼地回道：长江后浪推前浪，现在有很多有潜力的年轻数独选手，相信未来可期。

原辛还说出了一个名字——程侑。

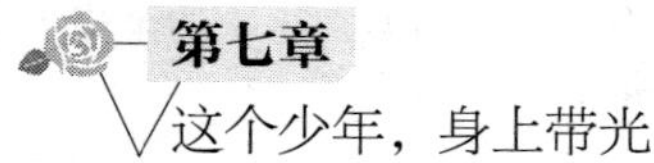

第七章 这个少年，身上带光

这么多年轻的数独选手，原辛独独点出了程侑的名字。

孟江北视线在那段采访上扫过，表情不以为意：“原大师还挺有眼光。”

韩录看了孟江北一眼，突然又点出一个名字：“说真心话，我觉得顾禾的实力不输程侑，原大师怎么就不提顾禾的名字呢？”

孟江北调整了一下坐姿，一本正经地同韩录杠了起来：“老韩，这我就要同你辩一辩了。我觉得张福宁、赵芃芃、许舒洁、刘宋……”孟江北一连报出好几个名字，都是这些年来数独界的领军人物，“谭明、孟江北、蒋勤都挺不错的，原大师怎么就不说他们的名字呢？我思来想去，大概就是在原大师看来，程侑的名字比较顺口，再加上程侑水平确实不错，顺嘴就提了一句。”

韩录：“别以为我没注意你在夹带私货。”

孟江北做摊手状，十分理直气壮：“什么叫夹带私货，我这叫肺腑之言。老韩，你这人什么都好，就是有一点不那么自信。来，跟我一起唱——我是真的真的真的很不错。”

韩录连忙喊停：“行了，别洗脑了！”

孟江北幽幽地看了一眼韩录：“老韩，我又发现你另外一个缺点了，你不仅少了那么一点自信，还缺少一点欣赏。”

韩录面无表情地道：“别嚷嚷了，题场上见真章。孟江北，来比一道。”

孟江北又抽空看了一眼原初悦那边，发现她还在和崔晓童相谈甚欢。他撇了撇嘴角，一边站起身来摆起架势，一边说道：“也不是不行，但你输了，就要当众唱《我是真的很不错》。”

韩录最终还是没能有一展歌喉的机会，题板刚摆好，温宇飞就阴沉着一张脸走了进来，声音嘶哑道：“跟大家宣布个事儿。这次的全国大学生数独挑战赛的决赛名额，出了点岔子。”

有人问：“怎么，今年没有特权了吗？”

温宇飞摇了摇头，揉了揉眉心道：“不是，只不过有人质疑学校将这个名额给数独社的做法。”

温宇飞这话一出，全场哗然，有人大声道：“质疑？这几年大学生数独挑战赛不都是靠咱们数独社取得成绩的吗？他们凭什么质疑？这名额不给咱们数独社，难不成还给别人？”

“社长你直说，究竟是谁搞出这个幺蛾子的？”

“学校怎么说，难道还同意了？”

温宇飞抬了抬手，示意大家安静，满脸疲惫地说道：“质疑的人……是齐逸声。”孟江北坐在角落，吊儿郎当地跷着二郎腿，听到“齐逸声”这三个字，挑了挑眉，嘴角动了动，嗤笑一声。

这还真是丝毫不意外啊。

原初悦皱着眉头，若有所思，刚刚从崔晓童嘴里并没有套出太多有用的信息，崔晓童只是云淡风轻地表示齐逸声因为个人原因退社了。崔晓童说的时候满脸惋惜，原初悦差点以为齐逸声真的就只是正常地退社了，可是现在看大家的反应，似乎并不简单。

原初悦有点好奇齐逸声在这个社团究竟占据了什么样的地位，但是很显然，这个微妙的时刻并不适合追根究底这个事情。

原初悦有一种强烈的预感，也许齐逸声会和数独社被举报“打假比赛”这件事之间有着千丝万缕的联系。

在场的社员对于齐逸声这个名字并不陌生，在温宇飞说出这个名字后，本来还有点愤愤不平的社员们顿时都安静了下来，活动教室里，大家表情各异。

温宇飞长舒一口气，组织了一下语言道：“虽然我很想说让大家放宽心，不要在乎这点小事之类的……但是很显然，这些话都是自欺欺人。学校那边已经通知了我，他们……接受了齐逸声的质疑。他们的意思是，让我们和齐逸声比一场，谁赢了，谁就代表学校获得这个直升的名额。”

在场的众人都明白，这不仅仅只是一个挑战赛名额的事情。

如果真让齐逸声拿到这个直升的参赛名额，那他们数独社的面子往哪里摆？作为学校的王牌社团，数独社享受了学校给予的许多方便和资源。

欲戴王冠，必承其重，他们享受着便利，自然也要拿出该有的成绩。

假设这次真的输给齐逸声的话，后果不堪设想。齐逸声提起的这次宣战，只是开始。

在这诡异的沉默中，有人开口打破了这份宁静。

“不过就是一场比赛，怕什么？”

众人循声望去，角落里的孟江北露出一个似笑非笑的神情，他抬了抬眼，语调悠长缓慢却又坚定有力：“这么多场比赛都过来了，还怕这一场？”

原初悦看不清孟江北的面容，却感受到了他身上那股属于少年的轻狂和自傲。从小到大，原初悦见过形形色色的数独高手，其中更不缺天才型的，而天才之间大抵也是有许多不同的。

程侑热爱数独，对他而言数独就是他的全世界。他在数独的世界里是内敛而又疯狂的，所有的情绪被他封闭在自己的小世界里，轻易不让别人看见。

顾禾热爱数独，数独是他的信仰和追求。他有着超乎这个年纪的沉稳，哪怕在数独这件事上也是自持冷静的，知道自己想要什么，知道自己追求的是什么。

孟江北，无疑也是热爱数独的。他的热爱看起来玩世不恭，看起来吊儿郎当，却是真诚的。在他的数独天地里，他就是王者，孟江北坚信这一点，哪怕这份自信在外人看起来太过狂妄。

原初悦看着这样子的孟江北，不经意间就想起了崔晓童拍的那张照片。

这个少年，身上带着光。

随身自带聚光灯的孟江北蔫了。

刚在社团活动教室跩了一把，例会结束后，他还没来得及走到宿舍，就接到了来自妈妈的夺命连环电话。

孟江北哀号一声：“妈，您是我亲妈！您儿子我什么德行，您还不知道？让我去照顾一个小屁孩？您是想报复我，还是想报复他，您就直说吧。”

“我说了不行！”

“什么？你们已经不在家了？”

“您这是在考验您儿子我的良心是吗？您儿子有没有良心，您还不清楚吗？”

“我正忙着当超级英雄拯救数独社可怜的老温呢，没空去管这些，我觉得老温比您家那便宜小儿子更可怜。”

“总而言之，您说什么都不管用，您不能有了便宜儿子就不要亲儿子了。”

电话那头的妈妈又说了些什么，孟江北一点都不顾及形象地抓了抓头，暴躁得就要跳脚：“我不想要弟弟！您别给我扯那些有的没的……那年我才三岁！我三岁时说想要做一个好哥哥的话，您现在拿出来提，您觉得合适吗？谁还没个年幼不懂事的时候？我三岁时成天闹着离家出走，要去垃圾桶捡个弟弟来玩玩，那会儿您怎么就不支持我？您还把我辛苦搬回来的垃圾桶给扔回去了！”

“我四岁时说不要上幼儿园大不了长大以后捡破烂养家，您怎么就不支持我？你们还嘲笑了捡破烂那么伟大的理想，重创了我幼小脆弱的心灵！”

“现在您说什么都晚了！”

孟江北怒气冲冲地挂断电话，抬头发现宿舍楼近在眼前，只不过此刻宿舍楼下坐着一个背着卡通双肩包的西瓜头小正太，他正眨巴眨巴着眼睛看着孟江北。

瞧着还有些眼熟。

孟江北正琢磨着在哪里见过这个小正太，宿舍楼管理室里就探出一个脑袋，管理员大爷扯着嗓子吼：“小孟啊，这小娃娃说是你弟弟，来投奔你的。”

孟江北：“……”

团团：“……”

孟江北这下明白了，敢情他亲妈彻底把他卖了，都直接把人家小娃娃打包送到他宿舍楼门口来了！

孟江北能怎么办？孟江北是没有良心的，他酝酿了一下，正准备恶声恶气吓唬这小屁孩一通，再打电话给亲妈让她想办法把小屁孩接回去时，团团就站了起来，大大的眼睛滴溜溜转着，四处打量着似乎在找什么。

孟江北话到嘴边就变了：“你瞅什么呢？”

团团奶声奶气地道：“看这附近有没有垃圾桶。”

孟江北：“……”

团团：“那边好像有一个，我现在爬进去让你来捡，还来得及吗？”

孟江北："……"

团团见孟江北始终冷着一张脸没什么反应，眼珠子骨碌碌转了一圈，突然主动扑上前抱住了孟江北的小腿。孟江北一个措手不及，就感觉到有什么软乎乎的东西碰到了自己的腿，他下意识地后退了一步，低头一看，就和团团对上了视线。

团团长得名副其实，看起来就像是一团软绵绵的白色棉花糖，他忽闪忽闪着大眼睛，眼底清亮没有一丝阴霾，开口说出来的话带着点南方人的甜糯。

这个甜糯的语气让孟江北想起了当初拉着他，问他喜欢什么样子的女孩子的原初悦。

"哥哥，你是不是不喜欢团团？"团团咬着唇，像是很为难，"你要是不喜欢我，团团也可以一个人照顾好自己。"

孟江北："……"

六岁大的小孩子怎么照顾自己！孟江北深吸一口气，重重吐掉胸中的浊气，有气无力地问道："你家在哪儿？我听说你就住在学校的家属区？"

团团指了个方向。

孟江北示意了他一下，也没有要去抱他牵他的意思，努了努嘴道："我送你回家。"他顿了顿，自欺欺人地又强调了一遍，"送你回家后，我就回宿舍！"

团团背着书包乖乖地跟在孟江北的身后，他的书包很大，像一座小山一样压在他瘦小的身躯上。孟江北余光瞥见团团乖巧地跟在他身后，不吵也不闹，肩膀上的大书包却有些刺眼。孟江北撇了撇嘴，伸手直接将那书包提溜起来单手甩在肩膀上，俊朗帅气的少年背着一个有些过分可爱的卡通书包，这一幕看起来滑稽之余还有些温馨。

孟江北粗着嗓子道："愣着干什么，还不快跟上。"

团团点了点头，乖乖地跟上了。趁着孟江北没注意的工夫，他还拿出手机偷偷给原初悦发消息。

团团怎么这么可爱呀：我觉得我爸爸骗我。

团团怎么这么可爱呀：这个肥水哥哥脑子好像有点不太好使。

团团怎么这么可爱呀：他竟然真的以为小孩子都是爸爸妈妈从垃圾桶里捡来的。

团团怎么这么可爱呀：这些话都是大人骗小孩子的好不好？

团团怎么这么可爱呀：小孩子明明是放在篮子里让鹳叼着送到妈妈手上的！

阿喵喵喵呜：……

阿喵喵喵呜：我现在相信你有哥哥了。

阿喵喵喵呜：从智商上来看，你们确实很像兄弟。

团团怎么这么可爱呀：不过没关系，我帮你鉴定过了，他脑子虽然不太好，但是那张脸还是很好的！

团团怎么这么可爱呀：而且是一个很称职的人肉背包机哦！

阿喵喵喵呜：你是不是忘记你还只是个仅仅六岁的小朋友了？

阿喵喵喵呜：这些是你这个年纪该懂的吗？

原初悦的微信这两天持续不断地收到来自团团的汇报。

一开始团团还在发文字，后来大概是觉得文字无法表达他丰富的内心，干脆一条接着一条的语音消息发了过来。原初悦粗粗一看，几十条未读的语音消息，原初悦也没有工夫去一条一条地听，便随便点了几条。

手机里传来团团稚嫩却朝气蓬勃的童音。

“肥水哥哥说送我回家后，就不管我了。”

“肥水哥哥走的时候，我肚子‘咕噜噜’了一声，他又留下来了。”

“他会做饭！而且做的饭菜很好吃哦！”

“他留下来睡了，我决定晚上偷偷溜去他房间。”

“他把我拎出来了，他怎么忍心这样对我这么可爱的宝宝！”

“团团不要一个人睡！”

“他答应我了，只要我赢过他就让我跟他一起睡，嘿嘿，团团要拿出最擅长的《华容道》了！”

……

“大人都这么可恶的吗？”

“我还是不是这天底下最聪明的宝宝了？”

“团团要闹了。”

“他给我们两人手上各绑了一根绳子，说我晚上要是害怕就扯一扯，那他就能感受到了。”

“看在绳子的分儿上，我决定原谅他在《华容道》上赢过我了。”

……

“我半夜起来尿尿，发现绳子不知道什么时候被他剪断了！”

……

阿喵喵喵呜：看到你们兄弟俩处得这么开心，我也就放心了。

团团怎么这么可爱呀：我觉得你要是来了，我们会更开心。

面对团团小小年纪就想当媒人的热情和执着，原初悦冷酷无情地拒绝了，丝毫不考虑这份拒绝会不会打击到团团“幼小脆弱”的小心灵。

阿喵喵喵呜：不了，我最近忙。

团团怎么这么可爱呀：忙什么？

阿喵喵喵呜：忙着当个小仙女斩妖除魔。

原初悦放下手机，没有再回复团团的微信。舞蹈训练室里传来少女们叽叽喳喳的声音，舞蹈室的门并没有掩紧，里面的谈话声清楚地落入了原初悦的耳中。

“宁宁跳得好棒，真不愧是文学系的女神！”

“是啊，我什么时候能跳得和宁宁一样好就好了。”

“人长得好看身材又好，跳舞还这么厉害，你还给不给别的女孩子机会了！”

“宁宁，开场舞之后，你打算邀请谁当你的舞伴呀？”

“……”

原初悦垂眸站在门边，嘴角露出嘲讽的笑，有意思。

里面的谈话还在继续，原初悦确定了被众人围在中间的女孩子就是倪宁宁之后，也不再继续听下去了，伸手推开了门。

原初悦轻笑出声：“哟，这里可真热闹。”

倪宁宁看见原初悦，眼睛一亮，上前一步亲昵地挽住了原初悦的手，娇嗔道：“我们的救星可算来了。”

原初悦拉开和倪宁宁的距离，并不打算和她上演姐妹情深的戏码：“别，你这样我瘆得慌。”

倪宁宁被原初悦推开，她本人还没什么反应，身为倪宁宁的头号粉丝甄晓就已经急了起来：“你这人怎么这样？要不是小欣崴了脚没办法跳开场舞，宁宁才向老师推荐了你，你以为你有这么好的运气来跳校庆晚会的开场舞？”

原初悦似笑非笑地“哦”了一声。

她就说社联的老师为什么突然会找自己，让自己帮个忙去顶一下校庆舞蹈的活儿，敢情这里面有倪宁宁的手笔。

倪宁宁会这么好心？别是黄鼠狼给鸡拜年——不安好心。

原初悦休学之前，在外联部里和倪宁宁就是死对头，两人是同班同学，长得好看能力又出众，大家都说下一任外联部部长和副部长的职位非她们莫属。起初原初悦还占着上风，奈何后来出了车祸发生了意外，等她再回来，这外联部部长一职已经落入了倪宁宁手中。

倪宁宁那叫一个春风得意，还假惺惺地说这副部长的职位还给原初悦留着。

副部长？原初悦是不屑的，索性去了宣传部从头做起。其实去了宣传部也没什么不好的，正好有个光明正大的身份可以去数独社调查“打假比赛”的事儿。她可以打着做宣传的旗子，理直气壮地给数独社那些人做采访，还可以问崔晓童要视频和照片对往年的比赛做调查。

原初悦自从出了车祸之后，心态就佛系了不少。休学之前，遇到倪宁宁这样的人，她还是要争出个高低之分的，她自觉自己有这么个义务，要让大家见识一下什么才是真正的“天才美少女”，不能见着个差不多的就整天吹捧女神。后来休养了大半年，她的心态发生了一点点变化，回到学校见到以往这些人，看不清脸又对不上名字，也懒得争了。

但懒得争是一方面，遇到别人真惹到她面前了，以原初悦的性子，是不可能就这么忍下去的。

原初悦依旧没有认出甄晓，但这并不妨碍她装腔作势。她摆出傲慢的架势，抬了抬下巴道：“你们是不是不记得去年校庆晚会的开场舞是谁领舞的？”

众人脸色一时有些不太好。

原初悦摆了摆手：“很好，看起来你们想起来了，不用我再提醒了。”

原初悦这副模样落在倪宁宁眼里，叫她恨得牙痒痒。

去年校庆晚会，倪宁宁和原初悦争开场舞领舞的资格，没争得过原初悦。今年她是存了心向老师推荐原初悦，为的就是出去年的那一口恶气。

倪宁宁深吸一口气，凭借着自己多年来的功力才忍住想要把原初悦掐死的心，脸上笑得和气：“原初悦舞还是跳得不错的，不然我也不会向老师推荐。”

倪宁宁顿了顿，看向原初悦，软绵绵的话里却夹着刺：“今年的开场舞和去年的不同，是舞蹈学院的学姐们新排练出来的，我们排了小半个月才学会。后天就是校庆了，可这节骨眼上，小欣却伤了脚……要是临时换上别人我还不放心，不过请了你来我就放心了，你应该不会让我们失望吧？”

原初悦意味深长地看了倪宁宁一眼：“你倒是对我挺有信心。”

倪宁宁笑吟吟地回望着原初悦。

原初悦没头没脑地冒出一句：“以前是我错怪你了。”

倪宁宁没跟上原初悦的脑回路：“啊？”

“以前我一直觉得你眼光不怎么好，不过现在看来，你还是挺有眼力的，一眼就看出了我和你们之间的差距。”

倪宁宁：“……”

倪宁宁慢半拍才明白过来原初悦话里的意思。同样的舞蹈，她们花了小半个月才学会，原初悦要是只花了两天就学会了，岂不是啪啪打她们的脸？

倪宁宁勉强撑住脸上的笑容：“那还请原同学不要辜负我们的期望。”

孟江北第三十六次下定决心，等明儿就联系卢女士，这个便宜弟弟谁爱照顾谁照顾。

团团大半夜的突然醒了，闹着要吃烧烤，偏偏家属区这一块管理得严格，这个点儿外卖是送不到这边来的，孟江北只得认命地爬起来去学校西门那边的夜宵摊给团团买夜宵。

买完夜宵已经是一点多了。孟江北拎着夜宵，往家属区那边走。西门到家属区有一定的距离，中间要绕过几幢活动楼。

这个点儿学校陷入了一片寂静，小路边亮起了昏暗的路灯，活动楼那一块灯光明明灭灭，比起八九点的灯火通明，现在这个点儿亮着灯的活动教室为数不多。

孟江北也是无聊，不经意间抬眼看去，正好瞧见靠近他这一侧有间活动教室还亮着灯，窗边映出一个优美的剪影。孟江北眯着眼想了好一会儿，那似乎是舞蹈训练室？

这么晚了，还有人在训练？

念头刚在孟江北脑海中划过，舞蹈训练室的灯就灭了。

孟江北从活动楼正门走过，刚要拐弯往家属区那边走，就听见身后有人推开了活动楼的大门，从里面走了出来。

电光石火之际，孟江北也不知道自己是怎么想的，突然就回头瞄了一眼，正好看见那人的侧脸。

原初悦扎着个松松垮垮的丸子头，露出了一张没有涂脂抹粉的素净小脸。她皮肤白皙，在白炽灯光的照耀下显得越发肤如凝脂，脖颈弧线优美白皙秀颀，从孟江北的角度去看，还能看见她脑袋后一些毛茸茸的碎发。

这么晚了还练舞？孟江北蹙了蹙眉。

原初悦没有注意到拐角处还站了个人，整理了一下背包就自顾自离去。

孟江北掏出手机看了看时间，两点刚过，正是夜色浓的时候。孟江北看着原初悦毫无防备地拐进了活动楼右前方的一条石子小路。

那是前往西门的近路，但也意味着没有路灯，这花心小迷妹心可真大。

孟江北有心想要喊住原初悦，但又想起了那天晚上原初悦亲吻他侧脸后甜蜜地喊着他“小成哥哥”的场景，也紧紧抿着唇。

他为什么要多管闲事？手机振了一下，团团的微信消息发了过来。

团团怎么这么可爱呀：哥哥，我要的炸豆腐买了吗？

孟江北扫了一眼手机，一手拎着烧烤，一手拿着手机回消息。

你在做梦吗：忘了。

你在做梦吗：现在去给你买。

团团怎么这么可爱呀：啊？那不然就算了吧。

孟江北没理会，将手机揣回了兜里，从袋子里挑挑拣拣出那串炸豆腐，叼在嘴里往那条石子小路上走。

他可不是担心花心小迷妹。没错，他只不过是想做个好哥哥，给亲爱的弟弟买上几串弟弟想吃的炸豆腐。

原初悦感觉有人在跟踪自己。她有些紧张地攥紧了双肩包的包带，不由自主地想起崔晓童之前跟自己说过的学校最近出了个跟踪狂的事情。

原初悦扫了一眼周围，黑乎乎的校园林间小道上一眼望去看不见任何一个人影，这个点儿想要求助都喊不到人，她有些后悔自己在舞蹈室练舞练到这么晚。

原初悦屏住了呼吸，耳尖动了动，能听见身后不知哪个方向传来窸窸窣窣的声音，像是有什么在草丛里擦过，又像是鞋子踩到杂草的声音。

她有些分不清，在听力这方面并没有特别的天赋，最多只是大众水准，像最近火热的枪战对战类游戏，她从来都分不清枪声从哪个方向响起的，因此还被随机排到的队友喷过好几回。当初被诊断出患有“面孔遗忘症”后，原初悦的主治医师给她看过几个跟她情况相同的病人，他们在得了这个病之后经过自己的努力也能过得很好，其中大部分人都是靠着人声音的差别来分辨出身边的人。

原初悦不行，哪怕经过训练她在这方面仍旧很弱。至少到目前为止，原初悦分辨别人最大的方法就是观察对方一些特有的穿衣风格和小动作，只有特别熟悉的人她才能分辨出声音的区别来。

哪怕是程侑，她都不能靠声音就轻而易举认出他来。

平日里并不长的校园林间小道，在这一刻变得无比漫长。

恰好一片乌云飘过，盖住了月亮的光芒，小道变得越发黑了起来，隐藏在不知名角落的恐惧在这一刻像是要露出爪牙扑向原初悦。原初悦努力让自己冷静下来，装作要找什么东西一样，停下脚步在背包里翻找起来，注意力却放在身后。

果不其然，方才那窸窸窣窣的声音也随之停了下来。这回原初悦听出来了！是真的有人！有人在跟踪她！那一瞬间，原初悦脑中划过无数个念头，她哆哆嗦嗦地从背包里掏出手机想要找人求救，手机屏幕却怎么也亮不起来——祸不单行，手机没电关机了。

原初悦："……"

没关系，她这么聪明机智，就算是手机没电也能利用起来。

原初悦沉着冷静地拿起了手机，装模作样地放在了自己耳边，放大了自己的音量："亲爱的，睡了吗？

"就是想跟你说一下年底的比赛，教练想让我代表学校出赛，毕竟我去年不是拿了全国拳击比赛女子组的冠军嘛，教练的意思是让我再拿个第一。

"嗯哪，可是时间跟跆拳道的比赛撞了，跆拳道我也想试试冲刺一下冠军。

"什么？你男朋友劈腿了？我替你教训他！

"放心，这次我肯定有分寸，不会再把人打断肋骨送进医院的。"

原初悦越说越有信心，仿佛自己真的变成了"拳击女王"。她一边说着，一边拳头攥紧虎虎生威地往旁边一捶，拳头不小心捶中了小道旁边的一棵核桃树。核桃树十分不给面子地纹丝未动，连片叶子都没有掉下来。

原初悦："……"

原初悦将痛呼强行咽了回去，强装镇定地将右手收了回来。

"跟踪狂"孟江北："……"

孟江北夜间视力不错，清楚地看见原初悦垂在身旁的右手微微颤抖着。

傻乎乎的，孟江北勾了勾唇，竟然觉得还有点可爱。

他慢悠悠地掏出了手机。

原初悦听见身后传来一个压低了嗓音的男声：“这么晚了打电话给我干什么？

“老温又闹事了？这个点儿还聚众斗殴干什么，还不如洗洗睡。喊我去撑场面？不去，又不是我不去你们就打不过对面了。

“求我我也不去，上次我一对三的时候你们在干什么？躲我后面装林黛玉呢。

“哥们儿我最近刚分手，心情不好，刚喝了点酒，不想和你们废话。

“要给我介绍妹子啊？行啊，我就喜欢长头发小脸蛋，最好还会跳舞的那种。”

喝了酒又受刺激的单身男性……还喜欢长得好看又会跳舞的女孩子……

原初悦心跳快到自己都怀疑它下一刻就要从嗓子眼蹦出来，她没有注意到，自己已经放下了手机，走路的姿势也变成了同手同脚。

孟江北注意到这点，没忍住轻声笑了出来。

原初悦：“！！！”

他还在笑！

在这难挨的时光里，校园林间小道终于能看到尽头，原初悦再也顾不上什么，拿出百米冲刺的速度往前跑，却没注意踩到一颗小石子，脚下一滑往前摔去。

身后的脚步声越来越近，孟江北不假思索快跑几步追上原初悦，伸手拉住原初悦将她往自己怀里一带。这一拉一扯之间，原初悦本就松松垮垮的丸子头彻底散了下来。

深秋的夜里，柔顺的长发擦过孟江北的下巴，隐约之间他还能嗅到一股淡淡的香味。孟江北努力稳住心神，正想要借机警告原初悦以后不要再一个人走夜路，一低头，却发现被自己护在怀里的少女微微抬着头看着自己，小脸紧绷，一双杏眼含着泪。

孟江北心跳停了一拍，一股夹杂着一丝陌生情愫的愧疚感油然而生。

孟江北干咳了一声，开口试图替自己找补：“你别……”

“哭”字被孟江北咽了回去，他看得出来，原初悦在努力逼回自己的眼泪，大概是不想在别人面前哭吧……孟江北这么想着，想找点什么事转移自己的愧疚，他视线落在原初悦散落的头发上，努力运用自己为数不多的哄女孩子的技巧。

“我给你扎个丸子头吧……”

孟江北伸手撩起原初悦的头发，这时却感觉脸颊刮过一阵风，还没等他回过神来，手中的头发没了，一个拳头恶狠狠地砸中了自己的左眼。

起初那棵核桃树纹丝不动，树叶都未曾掉过。

可此时孟江北虎躯一震，疼得眼泪都快掉下来。

原初悦一击即中，不再恋战，不给孟江北反应的机会，掉头就跑。

孟江北弯着腰捂着左眼，哑着嗓子恶狠狠地吐出三个字。

“原初悦！”

风将这三个字吹散了，模模糊糊地落在跑得飞快的原初悦耳中，变成了夺命的魔音，她脚下生风，跑得更快了。

“主题：原来学校最近传闻有跟踪狂的事情是真的……”

1L【楼主】：昨儿晚上朋友生日聚会，一不小心玩得太晚了，回宿舍楼的时候抄近路经过活动教室区那一块，看见一个男生偷偷摸摸地跟着一个女生，吓死我了！

2L：那女生没事儿吧？

3L：跟踪狂！楼主有没有记下那个男生的长相！

……

7L【楼主】：当时天黑，再加上角度问题，我只看清了他们的背影……我当时一个人也有点不太敢上去，正打算报警呢，就看见那男生突然冲上去抱住那女生了。我都快吓死了，还好那女生反应快，直接给了那跟踪狂一拳。

……

13L：天哪，是三十九号楼旁边的那条林间小道吗？那里没有路灯，建议以后大家千万不要为了图方便大晚上去走那条路啊！

……

20L：大家别担心啦，那女生打了跟踪狂一拳就跑了。好在跟踪狂没有继续跟，而是往另一个方向跑了。以后大家千万要注意保护自己啊！

……

402 活动训练室内，温宇飞刷着校内论坛帖子，一边摇头，一边感慨："这可真是世风日下人心不古啊，好端端的男人做什么不行，为什么要去做跟踪狂？"

旁边的韩录冷冰冰地补了一句："最近新闻上爆出了一个女性跟踪狂，一堆人在新闻下面回复是真爱。呵，这分明是对性别的偏见。"

温宇飞听了直咂舌："咋的，还有女孩子去当跟踪狂？哎呀，老孟你可要小心啊！听说最近就流行你这款的男神，我也就是生错了时代，要是在唐代……"

孟江北面无表情地看着温宇飞，仿佛在看一个智障："你最近是不是在看穿越文？"

温宇飞心虚："没有没有。"温宇飞及时转移话题，"不过说起来，老孟你这眼睛是咋回事？"

孟江北左眼有些乌青，右眼要是再来上一拳，就可以送进动物园当国宝了。好在并不算严重，估计这两天就能消了。

孟江北冷哼一声，显然不想和温宇飞纠结这个话题，转而道："今天也不是社团活动日，你把我和老韩喊来这里做什么？"

温宇飞挠挠头："我其实是想去你宿舍找你的，但是你舍友说你这几天都外宿了，你干什么去了？"

孟江北简单明了地描述了自己最近的行为："日行一善。"

"行吧。"温宇飞不再纠结这个话题，收起了嬉皮笑脸的表情，严肃道，"和齐逸声的比赛定了，学校的意思，是按照三人团体赛的方式来，我们一方出三人，按照轮转接力赛的规则决出最后拥有全国大学生数独挑战赛直升名额的一方。"

孟江北挑眉："团体赛的方式？他凑得出三个人？"

孟江北并不是自大，东齐里面但凡数独拿得出手的人，十之八九都会想要加入数独社。唯一的那个例外，比如程宥，实力有目共睹的这种，连温宇飞都会厚着脸皮威逼利诱将之吸纳进社团。

温宇飞脸色并不是很好看："我听说数院有个叫杨朔的，今年大三，先前一直默默无名，却在前两个月举办的亚洲数独世锦赛上杀了出来，一举拿下'标准数独王'的称号。我本来是想拉他进社团的，但是他当时说考虑考虑，我也没怎么在意……现在想想，指不定是齐逸声比我早下手将他拉了过去。"

韩录放下手机，插话道："你的意思是，齐逸声一早就有这个打算要跟我们争挑战赛直升的名额？”

温宇飞面色难看地点了点头：“我琢磨着，指不定暑假时他就开始在招兵买马了。”

温宇飞早该想到的，齐逸声不会这么轻易地就放过数独社。

先是匿名举报，后来又提出对挑战赛比赛名额的质疑，齐逸声的目的，已经很明显了，就是想要彻底搞垮东齐数独社。孟江北也不再吊儿郎当地靠着沙发了，他坐了起来，蹙眉道：“这个杨朔我也听过，不过就算有了他，齐逸声那边也只有两个人。”

温宇飞捏了捏眉心：“说是这么说，但有了一个杨朔，指不定从哪里又冒出来一个朱朔。我这心里很不踏实，总有一种不祥的预感。”

孟江北瞥了一眼温宇飞，他脸上哪里还有前几天喜气洋洋地跑来告诉自己他脱单了的春风得意，嘴角都急得起了一个燎泡。孟江北扯了扯嘴角，开口道：“行了，你也别瞎想了，你就算对自己没信心，也得对咱们有信心。”说着，他冲韩录的方向努了努嘴，“你看，咱社团里哪一个人不是你精挑细选出来的？”

韩录默认了孟江北这自信心爆棚的话，手机也不玩了，脸上带着冷峻之色：“那我们这边你打算派哪三个人上？”

去年的大学生数独挑战赛，社团共派出了两支队伍参加团体赛，取得冠军的那一支队伍就是由孟江北、齐逸声和徐诺组成。

“我本来的意思是，让老孟和徐诺参加，再让程侑顶上齐逸声的位置。但是程侑这个人你也知道，今年挑战赛他一门心思只想和顾禾对上，我怕他根本就不想参加团体赛……”温宇飞看向韩录，“所以我想让韩录你上。”

孟江北问：“那徐诺呢，他怎么没来？”

徐诺当年也曾拿下“标准数独王”的荣誉，有他在，一个杨朔倒是没什么威胁力。

温宇飞沉默了好一会儿，才嗓音低哑道：“他……说今年的挑战赛不参加了。”

韩录皱眉：“为什么？”

孟江北了然地看了温宇飞一眼，没有追问，而是道：“所以第三个人你定了谁？”

“我联系了游望，但他今天有事，就没有过来。”

对于游望这个人选，孟江北不置可否。

“比赛的日子定了吗？”

“定了，就在校庆的隔天。”

温宇飞一抹脸，强行扯出一个笑容：“老孟你说得对，事情都这样了，我瞎想也没用，要对你们有信心……明天就是校庆了，晚上还有个舞会呢。听说学校今年打算搞个不一样的，好像是化装舞会，咱们先不想那些事情，先开心一把。老孟，你现在的形象就很好，我给你想了一个很适合你的化装舞会角色，‘独眼侠’怎么样？”

孟江北：“……”

韩录做袖手旁观状，却掩不住眼底的点点亮光：“或者弄点墨汁涂右眼当熊猫侠，省事又有个性，绝对不会撞角色。”

孟江北：“老韩，请你认真维持你冰山酷男的人设，少说话好吗？”

老韩？

温宇飞挑了挑眉，孟江北只有对关系比较好的人才会用“老×”的称呼，可据他所知，孟江北和韩录的关系一直保持在“认识但是没怎么说过话，只不过是刚好在同一个社团的陌生人”的状态，什么时候两人已经好到用“老×”这种称呼的地步了？

温宇飞酸溜溜地问道：“你们两个人关系怎么一下子这么好了？是不是发生了什么我不知道的事情？”

孟江北和韩录对视一眼，默契地移开了视线，孟江北敲着桌子云淡风轻地道：“老温，你想不想吃个瓜？”

“什么瓜？最近的香瓜挺甜的，怎么，你要请我吃吗？”

孟江北字正腔圆地吐出四个字：“雨你无瓜。”

温宇飞：“……”

“对了。”温宇飞突然想起了什么，果断转移话题，“倪宁宁说要请你当舞伴的事儿……”

孟江北漫不经心地道：“推了，我这辈子最烦的就是跳舞，我孟江北就算是从学校的天鹅湖跳下去，也不会去跳舞。”

历年来的校庆舞会都是由学生会和社联联手举办的，旨在锻炼学生组织活动的能力和促进同学之间的感情。

当然，这都是摆在明面上的理由，还有第三个重点大家都心照不宣。

随着校庆舞会举办得越来越成功，东齐也就有了一个不成文的规定，怀揣春心的少男少女都会趁着舞会这个机会，邀请自己中意的人当自己的舞伴。若是对方同意了，两人也就顺理成章地进行下一步的交往。

倪宁宁就是打着这个算盘的，想要邀请孟江北当她的舞伴，奈何出师未捷身先死，孟江北还没等到舞会呢，就直截了当地拒绝了她。

倪宁宁好面子，这几天一直在心里头骂孟江北这个傻瓜大直男。直到校庆当天，大家伙儿聚集在更衣室里换装，好事又八卦的姐妹们都跑来问倪宁宁有关舞伴的事儿，她心里骂着孟江北，脸上却不显，还要装作娴雅大方的模样，说起话来还知道给自己留点余地。

好在她托温宇飞打听过，孟江北这个人对跳舞这种事儿向来是深恶痛绝，她已经从温宇飞口中得知孟江北明确表示过自己不会来参加舞会。倪宁宁腹诽孟江北果然是个钢铁大直男之余又松了口气，自己也可以借着这个理由“挽尊”。

面对大家的好事，倪宁宁撩了撩头发，做遗憾状道：“听说孟江北今晚有事不能来了。”

大家感慨之余，又吹捧倪宁宁这么漂亮又聪明，对孟江北一定是手到擒来，有人夸了一句：“要我说啊，宁宁和孟男神郎才女貌，又都是文学院的，简直就是天造地设的一对。”

也不知是谁不会看眼色，顺着这话又来了一句：“我听说原初悦也是文学院的？”

说曹操曹操到，原初悦推开门走了进来，倪宁宁脸色一沉，又挂上笑容道：“原同学，今晚的开场舞你准备得怎么样了？”

原初悦看了倪宁宁一眼，淡淡道：“待会儿就是带妆彩排了，我准备得怎么样，过一会儿你就知道了。”

原初悦换好自己的衣服，自顾自就去了排练舞台，留下倪宁宁脸色晦暗不明。

在前往舞台的通道上，原初悦听见一旁音频组的两个妹子在低声聊着什么。

“听说今年开场舞有钢琴伴奏。”

“哎呀，我见过那个钢琴伴奏的男生了，长得可帅了！好像叫什么……程侑！据说还是音乐学院的李教授专门请他过来伴奏的。”

程侑？

原初悦站定，视线迅速地在舞台上扫了一圈，果不其然，舞台的右侧方摆着一架钢琴，钢琴前坐着一个身穿白色衬衫黑色西裤的男生。

原初悦眯了眯眼，不敢确定那人是不是程侑。不过她是知道，程侑从小就练钢琴，他在钢琴比赛上拿的奖，并不比在数独方面拿的奖少多少。

原初悦没有时间多想，马上就轮到开场舞的彩排了。

今年的开场舞是舞蹈学院的一个学姐编的，据说还在年初的青年舞蹈大赛上拿了最佳创意奖。开场舞是八人群舞，花样倒不算多，但是有两三个舞蹈动作挺高难度的，好在其中大部分亮点都在领舞也就是倪宁宁身上，伴舞的花样并不算多，难度也稍稍降低了一些，原初悦花了两个通宵总算把整个舞都顺了下来。

开场舞彩排结束，就连下面的舞蹈学院的老师都在夸她们跳得好。

回到后台，倪宁宁却没有多少喜悦。

这件事，她原本是想要给原初悦下套的。

想要在校庆上表演开场舞的人并不在少数，哪怕不是领舞而是伴舞，舞蹈学院有个和倪宁宁关系不错的女生几天前就找到了她，想要她帮忙说说好话争取这个名额。倪宁宁本来是想让原初悦在排练的时候当众出丑，她再把舞蹈学院的女生推出来顶上，这样既让原初悦难堪，也不会影响到她们的开场舞。

谁想到，原初悦竟然没有出任何岔子。

倪宁宁心里恨，却还装模作样地去和原初悦套近乎："你跳得挺不错的。"

原初悦惦记着程侑的事儿，哪里有空去和倪宁宁扯这些玩意儿，她排练结束就去后台找程侑，可是转了一圈也没找到疑似程侑的人，她只能退而求其次，从包里翻出手机给程侑发微信。

原初悦忙着和程侑聊天，理都不想理倪宁宁这夹杂着挑衅的话语。

阿喵喵喵呜：小程哥哥，今晚的开场舞是由你钢琴伴奏的吗？

等了好一会儿，程侑才回了消息。

程侑：嗯。

阿喵喵喵呜：那之后的化装舞会，你还参加吗？

程侑：看情况。

原初悦正想趁热打铁邀请程侑一起跳舞，崔晓童的消息却发了过来。

崔小王八：原学妹，你要的比赛视频我整理好啦。

崔晓童发来一条链接。

原初悦这两天忙着练舞，都没有分出多少心思在数独社的事上，她对崔晓童道了声谢，然而今天估计是没有什么时间去研究比赛视频了，只能先将链接保存下来，琢磨着等舞会的事情结束后再调查数独社的事情。

原初悦又切到和程侑的聊天界面，正想要发点什么消息过去，冷不丁一旁蹿出一个人，直接撞到了原初悦的手。原初悦手一麻，手机掉在了地上，随即一只脚狠狠踩上了手机。

甄晓做出浮夸的惊讶表情，后退一步道："哎呀，对不起，我没看到你在这里。"

原初悦眯着眼看着甄晓，一字一顿地道："捡起来。"

甄晓却耸了耸肩，收起浮夸的表情："谁让你这么没存在感，缩在这里呢。"

原初悦站起身来，她比甄晓只高了那么一点点，却借着这一点点优势给甄晓造成了巨大的压力。她抬脚踩上甄晓的脚背，扯了扯嘴角道："晚上就要上场表演了，要是这时候你的脚出了点什么问题的话，也不知道倪同学能不能找出第二个像我一样优秀的替补。毕竟跳舞嘛，经常一不小心就脚受伤什么的。"

甄晓脸色一白。她想起了之前自己去找原初悦麻烦，却反被原初悦压制的场面。她好不容易才争取到今年表演开场舞的机会……

甄晓咬着牙弯腰捡起了原初悦的手机，原初悦伸手接过，甩给甄晓一个意味深长的眼神，然后扬长而去。

甄晓恨得咬牙切齿，对倪宁宁道："这个原初悦太过分了！"

倪宁宁幽幽道："她不是一向如此吗？不把我们放在眼里。"

甄晓握紧了拳头，眼底闪过一抹狠厉："她有句话倒是说对了，跳舞嘛，谁也不能保证会不会有什么意外发生。"

原初悦这手机已经用了两年多了，这期间摔了五六次，就连原初悦自己都不得不感慨这手机真是经摔，甚至有一次从两米高的地方摔下去连屏幕都没裂开一点，磕磕绊绊也就这么用下来了。

原初悦觉得这次手机该是遇到了大劫。

屏幕被踩得有点裂纹了，而且还处于黑屏关机状态，原初悦惦记着回程侑的微信，试探着鼓捣了一番，在第三次长按关机键的时候，手机竟然开机了。

原初悦连忙切到微信页面，但屏幕受损，触屏无反应，屏幕花得看不清内容。原初悦好不容易找出和程侑的聊天界面，斟酌着打下一条消息——听说今晚的化装舞会挺不错的，不如一起跳个舞？

刚打完，她还没来得及按下发送键，手机屏幕花了一下，两秒过后，屏幕暗了下去。原初悦有些急切地在屏幕上瞎点了好几下，也不知道是按到哪儿了，屏幕再一次亮了起来，她赶紧点了发送键。

原初悦其实并没有抱太多希望，毕竟以程侑的个性，这种事他一般都是不会答应她的。

程侑不管是做事还是做人都很认真，比如上次友谊赛那个冲上来跟他告白的女孩，他会很认真地教训对方不要因为喜欢一个人就盲目决定自己去喜欢做一件事。数独是这样，感情也是这样。

这么多年来，程侑没有做过任何一点让原初悦误会的事。他对别人严苛，更严于律己。

不过没关系，原初悦相信，程侑如果哪一天真的喜欢上一个女孩子了，那个人一定会是自己。

然而出乎意料的是，过了没一会儿，那边回复了微信消息——好啊，晚上八点礼堂门口不见不散。

原初悦喜出望外。

难道是那天她鼓起勇气的一吻，终于让程侑认清对自己的感情了吗？

原初悦还没来得及回复，手机屏幕闪了闪，终于寿终正寝。原初悦这回鼓捣了半天也无济于事，她正琢磨着要不要出去买部新手机，那边就有学生会的人在大喊着召集今晚有表演的人。

原初悦没办法，只能暂时将买手机的事情搁下。

另一边，东齐教职工住宅区，团团正看着动画片，冷不丁对坐在一旁的孟江北说了一句：“你刚刚是在表演喜怒无常吗？”

孟江北放下手机，翻了个白眼道：“看你的动画片。”

团团却凑了过去，想要看孟江北的手机屏幕，孟江北却将手机往旁边一举，让团团怎么也够不到。团团不依不饶：“你在和谁聊天吗？”

孟江北冷哼一声：“和一个花心大萝卜。”

“萝卜？”团团眨了眨眼。

孟江北意识到团团毕竟还只是个小朋友，和他谈论这么“成熟”的问题确实有点影响不好，他及时改口：“和菜市场的老板聊天，让他给我留点萝卜，明天给你做萝卜炖排骨。”

打发了团团，孟江北看着微信页面上自己与备注名“花心小萝卜”的聊天记录，撇了撇嘴。

约他跳舞？

该不会是先约了那个什么“小成哥哥”，被拒绝了之后才来找他的吧？

孟江北酸溜溜地想着，又觉得自己应该对自己有点信心，他默唱了一整首《我是真的很不错》之后，又想着，或许是原初悦那天被倪宁宁邀请他当舞伴的事儿给刺激到了？

哼！

孟江北本想拒绝原初悦，转念一想，自己也许该给这个“花心小萝卜”一点教训，便顺口答应了原初悦的邀约。

孟江北将手机一甩，舒服地靠在了沙发上，决定今天就算是世界末日他也不出门了，他要坚定不移地放原初悦鸽子！

孟江北并没有坚定多久，团团连一集动画片都没看完，余光瞥见孟江北又从沙发垫里翻出了手机。

你在做梦吗：今晚有化装舞会？

一口吃不成大胖子：是啊，不是跟你说过了吗？咋了，你心动了？

你在做梦吗：没，随便问问。

你在做梦吗：舞会在哪儿举办来着？

一口吃不成大胖子：学校今年刚建成的大礼堂，听说可厉害了，二楼有个超大的舞台，一楼有个超宽敞的大平台，可以容纳好几百号人一起蹦迪。

一口吃不成大胖子：今晚的开场舞是倪宁宁领舞呢，七点半开场，八点就可以自由活动去化装舞会了。

一口吃不成大胖子：你真的不来吗？

一口吃不成大胖子：听说今年舞会的开场舞超级多大美女，对了，原学妹好像也表演开场舞来着。

你在做梦吗：……

你在做梦吗：没兴趣。

你在做梦吗：我很忙，没事别找我。

一口吃不成大胖子：？？？

一口吃不成大胖子：你这人咋回事？不是你找我的吗？？？

孟江北再一次放下了手机，转而拿起 Switch 第四次通关塞尔达。他心不在焉，在打最简单的水咒的时候一个没注意被游戏里的怪物一套大招带走。

这时七点刚过，团团突然故作深沉地叹了口气。

孟江北没理他，团团又叹了口气，还主动将话题抛给孟江北："你怎么不问我怎么了？"

孟江北放下游戏机："你这个年纪的小屁孩是不是都这么多事？"

团团很认真地回道："不，我已经是很省心的那种了。"他顿了顿，又道，"其实吧，我爸常说，有病就得及时去治，不然拖久了就麻烦了。"

孟江北斜睨团团一眼："怎么，你不舒服？"

团团摇了摇头："不是，我是说你。"

孟江北："？？？"

团团指了指孟江北的屁股："你是不是不好意思告诉我，你得了痔疮？"

要不然，怎么坐立不安的？

孟江北："……"

孟江北突然放下游戏机，随手拿起挂在一旁的外套和鸭舌帽就准备出门。

团团喊住他："你去哪儿？"

孟江北恶声恶气地道："去看医生！你在家老实待着，等我给你买炸豆腐回来。"

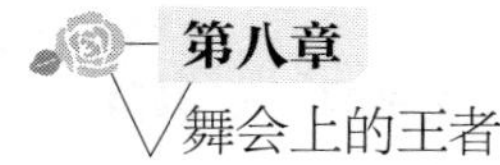

第八章

舞会上的王者

孟江北赶到大礼堂时，正好赶上开场舞，前面的座位已经坐满了，他匆匆找了个靠后的空座位坐下来。刚落座灯光就暗了下来，两束聚光灯打在舞台上，其中一束光芒打在舞台的右侧，那里摆放着一架钢琴。程侑端坐在钢琴前，双手碰上琴键，一首悠扬的曲子响彻礼堂。

伴随着钢琴曲响起，穿着优雅大方的舞者入场，平日里本就漂亮的年轻女孩，经过妆容和衣服的修饰，再加上现场灯光的效果，一个个显得更是清雅灵动，美丽精致。

孟江北位置虽然靠后，但是礼堂的座位是阶梯式设计的，再加上有电子大屏实时同步演出画面，他还是很快就在舞台上那些穿着一样衣服的少女中找到了原初悦。

原初悦站的位置并不是很好，离倪宁宁的C位最远。镜头扫过，十个镜头里也难有几个拍到她正脸的，但孟江北还是抓住了那一扫而过的镜头。

原初悦扎着丸子头，头发上绑着一圈黄色的小花，衬得她整个人更是貌美如花。

黄色还挺适合原初悦的，孟江北偷偷地想。

舞台上的少女们绽放自己婀娜的舞姿，舞台下有些人心里却泛起了酸。

孟江北听见左前方有两个女生在低声抱怨着什么，他本无意去听，奈何有个女生提到了原初悦的名字，他下意识就竖起了耳朵。

“跳得也没多好啊。要是我去，我能跳得比她更好。”

“小虞，你不是说今年开场舞你能上场吗？”

“呵，要不是半路杀出来个原初悦，抢了我的名额！”

“不过原初悦跳得真不错，去年舞会开场舞领舞的就是她。听说今年她本来不打算跳开场舞的，临时被抓去顶替了个人，只花了两天时间，跳得还不比别人差，真羡慕。”

叫小虞的女孩酸溜溜地道：“所以说老天不公平啊，长得好看还有跳舞的天赋，稍微学一学就能轻易抹掉别人的努力。”

孟江北拉低了鸭舌帽的帽檐，嘴角挂起一抹浅淡的笑容。

稍微学一学？

呵，这只是失败者让自己输得不那么难看的理由罢了。他们看不见别人付出的努力，自己稍微流了点汗水，就觉得自己努力得不得了，输了就怨天尤人。

老天从来不会偏爱谁，所有的“偏爱”都是自己的努力换来的。

他们只看得到舞台上光芒四射的原初悦，却看不到通宵练舞赶夜路被吓得强装镇定满口大话的原初悦。

庆幸的是，他看到了。

孟江北将视线锁在舞台上那黄花少女身上，少女翩翩起舞，少年心思荡漾，他想着，这个花心小萝卜似乎很擅长吸引别人视线，今天是，去年的开场舞也是。

随着最后一个音符落地，开场舞落幕，舞台上的少女纷纷退场，满场掌声雷动。孟江北没有鼓掌，而是摸出了手机给他的好兄弟发消息。

你在做梦吗：为什么有些人不管做什么事仿佛都带着聚光灯呢？

一口吃不成大胖子：……

一口吃不成大胖子：咋的，你要开始自卖自夸了吗？

你在做梦吗：不是说我。

你在做梦吗：虽然我也是这种人。

一口吃不成大胖子：……呵呵，真难得听到你还会这样评价别人。

一口吃不成大胖子：如果是别人问我这种问题，我大概会回一句是他脑补过度，毕竟情人眼里出西施嘛。

一口吃不成大胖子：而你问出这种问题的话……

一口吃不成大胖子：你是谁？盗号贼！

孟江北面无表情地将温宇飞再一次拉入了黑名单，撇了撇嘴无声地冷笑。

情人眼里出西施？开什么玩笑！

原初悦站在大礼堂的门口等程侑。

她一退场连衣服都来不及换就去后台找程侑，奈何后台实在是人太多，穿着白衬衫黑裤子的人简直成了今晚有表演的男生的标配。原初悦想拿手机联系程侑，偏偏手机又坏了。

原初悦不想放弃这个机会，想起最后那条微信消息，八点礼堂门口不见不散，索性就去门口等程侑了。

今晚的重点是化装舞会，原初悦穿着表演的衣服也不惹眼，来来往往都是扮演成各种各样动漫人物的年轻人，有些人来不及准备道具也没关系，门口有手工社团摆的摊子，售卖着各种稀奇古怪的面具，倒也应景，价格不贵生意还挺火爆。

原初悦琢磨着以程侑的个性，估计是不会专门去为了舞会搞一套衣服，最多是买个面具戴着。她采取紧迫盯人的战术，观察每一个从门口经过的穿白衬衫黑裤子的男生，试图从里面找出程侑。

游望本来不想来参加化装晚会，却被数独社的韩睿强拉着过来了。韩睿兴致盎然地要往礼堂里冲，反倒是游望注意到了门口柱子背后的原初悦。两人视线对上，原初悦匆匆在游望身上扫了一下，就兴致缺缺地移开视线。

游望本来打算打招呼的姿势僵住了，恰好这时韩睿回头催促他：“快点啊，别堵在门口。”

韩睿一把拽住游望往礼堂走，游望若有所思地回头看了一眼门口，韩睿问：“东张西望看什么呢？”

游望迟疑道：“你有没有觉得原初悦怪怪的？”

韩睿一时没明白游望为什么会突然提起原初悦：“怎么了？”

游望皱眉：“之前路上遇到过一两次，但她都好像没看见我一样。”

韩睿并不在意：“嗐，你不在社联怕是不知道，原初悦就是这样子啦，社联的人都说她眼睛长在头顶上不把别人放在眼里。”他摸了摸下巴，“不过，我倒觉得她没有别人口中说的那么狂妄，漂亮的姑娘都是有点脾气的嘛。”

游望将信将疑：“是吗？我刚刚在礼堂门口遇到她了，可是她一副不认识我的样子……”

“咱们打扮成这个样子，没认出来也很正常吧。”

游望低头看了眼自己的装扮，他们今天扮演的是古代书生，除了衣服穿得和平常不太一样，脸上可是没有做任何遮掩，怎么会认不出来呢？

不期然的，游望想起了那天在401训练室原初悦采访崔晓童的一幕。

还是觉得……哪里怪怪的。

原初悦没带手机，也没戴手表，只能估摸着时间，觉得差不多八点了。

深秋的夜黑得快，才不过八点天就黑得差不多了。原初悦靠在礼堂大门口的柱子上，她忙着出来也没有带外套，跳舞的服装虽然是长袖贴身的，但是并不怎么保暖。礼堂门口也并没有挡风的地方，风一吹过，原初悦打了个哆嗦，双手交叠搓了搓胳膊。

此时距离大礼堂就几十步路的咖啡厅内，孟江北透过玻璃看到这一幕，视线下意识地落在自己搭在椅背上的外套。他放下了手中的咖啡拿起外套正欲起身，就发现那边有了新的变化。

原初悦不敢离开去拿外套，怕错过程侑。她往门口的方向看着，远远地看见一个穿着白衬衫个头也和程侑差不多的男生走了过来，那男生在面具摊前停了下来，在那一堆面具里面挑挑拣拣，好一会儿才挑出一个熊猫面具。摊主是个女孩子，许是见男生长得可爱，笑容都甜了几分，从脚边的篓子里翻出来一个熊猫发箍递给了男生，比画了几下。

男生迟疑了一会儿，还是接过了那个发箍，连着面具一起用上了。摊主笑嘻嘻地递过一面镜子，男生心满意足地交了钱。

原初悦有些怀疑这个人是不是程侑。

那“熊猫男”走到原初悦面前，和她的视线对上，脚步缓了下来，两人面面相觑，一瞬间眼里都含着千言万语。

原初悦有点怀疑这个人是程侑，不然干吗穿得这么像还停在她面前呢？

韩录有点怀疑原初悦是不是认出了自己，面具摊离门口很近，韩录有点不太能肯定原初悦会不会在他戴上熊猫面具前就看见了自己，更要命的是，他脑袋上还戴着一个熊猫发箍。

之前被原初悦看到他撸猫也就算了，现在还被原初悦抓住他扮演熊猫……这可真的是，太折损他冰山酷男的形象了！

他可是特地等到化装舞会开始了，入场的人少了才赶过来的，为的就是不让别人看见自己。

原初悦怕自己开口认错人，没有说话。两人沉默了很久，最终还是韩录没忍住，开口压着声音问：“你……看出来我是谁了？”

韩录的声音压得很低，听起来模模糊糊的。原初悦有点分不清这是不是程侑的声音。但韩录这句话一说出口，原初悦心里一惊。

什么叫看出来？难道她“面孔遗忘症”的病已经暴露了？

原初悦有些紧张，强装镇定地道：“你在说什么，我怎么可能看不出来你是谁。”

韩录心里拔凉拔凉的，果然被认出来了。

两人面对面站着，距离很近，从别的角度看过去看不见两人之间的“波涛暗涌”，还觉得两个人挺亲昵，从外形看起来蛮般配的。

至少面具摊的少女摊主是这么想的。

参加化装舞会的人基本已经入场了，没什么生意她索性就将摊子收了，招呼着同伴也去了咖啡厅里喝咖啡。

她跟她的同伴小声地八卦：“那个戴着熊猫面具的男生还挺帅，我觉得和门口那个姑娘挺配的。”

同伴道：“那个漂亮姑娘在门口等挺久了，估计就是在等他吧。”

“哎呀，今天也是为爱情吃柠檬的一天呢。”

坐在两人背后那桌的孟江北又坐了下来，捧起手中的咖啡杯，脸色沉了下去。

他是打算放原初悦鸽子的，让她知道什么叫作“花心的代价”。孟江北觉得自己必须要亲眼见证这一幕，所以脚下一拐，从大礼堂出来后就顺路来了这间咖啡厅。

原初悦在门口等了多久，孟江北捧着咖啡杯就坐了多久，原本冒着热气的咖啡也彻底凉透了，孟江北喝了一口，苦到了心里。

孟江北没注意那个“熊猫男”是韩录，他就想着，原初悦是不是又要多一个“熊猫哥哥”了？

那边两个女孩子还在笑嘻嘻地聊着天。

“今晚也不知道学校里又要多多少对小情侣了。”

“你要是这么酸的话，也去里面转悠一圈呗。”

孟江北坐不住了，抓起外套就匆匆奔了出去。

原初悦还在和韩录打着哑谜绕着圈子，冷不丁就见另一个男生跑了过来，插在他们两人之间。

孟江北瞥了一眼韩录，抓起了原初悦的手就往大礼堂走，哑着嗓子道：“你不是邀请我跳舞的吗？还愣在这儿干什么？”

原初悦眨了眨眼，还没回过神来就被孟江北强行拉进了大礼堂。

身后，韩录松了一口气。

他刚刚还以为孟江北也认出自己来了呢！好险！

不过……孟江北不是说自己宁愿去跳湖也不会去跳舞的吗？

这个点儿大礼堂里气氛正好。

考虑到有部分人可能没有舞蹈基础，礼堂上方的巨大电子显示屏上还随着音乐的节奏播放着简单易学的双人舞蹈。

音乐都是经过精心挑选的，大部分都是节奏轻快愉悦的音乐。少男少女成群结队，随着音乐翩翩起舞。

礼堂很宽敞，最中间被布置成了一个稍微高点的舞台。有趁机来舞会培养感情不想被打扰的，就寻了礼堂的角落，两人安静地跳舞；有一些人是纯粹来体验舞会的，一个宿舍的人出动，四五个女孩子聚在一起，笑嘻嘻地跳着并不熟练的舞蹈；也有人是想趁着这个舞会向心仪的对象告白，紧张地向对方发起邀请。

孟江北拉着原初悦一进来大礼堂，看见里面载歌载舞的热闹场面就有些后悔了。他一回头就发现自己还拉着原初悦的手腕，脑子一热，“轰隆”有个炸弹炸响，他火急火燎地甩开原初悦的手，站在一旁努力想要和原初悦划清界限。

原初悦在一旁小声地试探着道：“说好七点半见面的……”

孟江北虎着一张脸纠正道：“你记错了，约的是八点。”

原初悦松了一口气，果然是“程侑”。她放松之余，脑子也活络开了，这个舞会的氛围太适合培养感情了，平常程侑都是宅在家里，原初悦根本约不出来。

这个舞会一旦错过，再想拥有这么一个适合的机会可就太不容易了。原初悦开口邀请孟江北跳舞，孟江北一口拒绝，粗声粗气道：“我不会跳舞。”

礼堂里吵吵闹闹，孟江北的声音落到原初悦耳中夹杂了太多其他的噪音，她并没有觉察到面前这个“程侑”声音有什么不对。

程侑从小就性格内敛，比起其他上蹿下跳的男孩子显得要文静许多，不爱动只爱动脑，在原初悦的印象里，程侑确实也是没有跳过舞的。

她并没有觉得意外，比画了一个简单的舞蹈动作，笑得灿烂：“我教你。”

灯光下，原初悦这个笑容落在孟江北眼里仿佛带着点蛊惑的意味，孟江北一个恍神，身后有跳舞动作比较大的人不小心撞上了他。他被撞得往前踉跄了一步，原初悦趁势反手抓住了他的手腕，带着他进入舞池。考虑到程侑的个性，原初悦并没有拉着人往人群最多的中心走，而是带着他往人少的角落跑去。

原初悦多年练舞，进了舞池如鱼得水，就连神采都比往日鲜活了几分。她的眼底映着光，或许是音乐和氛围的影响，原初悦整个人无比放松，她说起话来都带着点小女孩的得意和炫耀。

原初悦在孟江北面前转了个圈示范了一下舞姿，裙角随着她的动作微微扬起，她一个侧身定点，又冲孟江北笑了下，说："看，她们都没我跳得好。"

孟江北愣了一下，慌忙移开视线，他觉得音乐太吵，震得他心跳都不太正常了。

孟江北移开视线，没有回应原初悦的话。他没有注意到，他这个沉默的态度让原初悦脸上洋溢的笑容淡了几分。原初悦想起了什么，意识到自己有些得意忘形了，原本的神采飞扬暗淡了下来。

她扯了扯自己的裙角，努力让自己的语气听起来轻松一点："你看，电子屏上也有舞蹈教学呢，应该比我教得好。"

孟江北却没有听进去原初悦这句话，他脑海里不经意间浮起一幕流金岁月有些褪了色的场景。

骄傲的少女站在人群的对立面，抬着下巴应对她们的质疑："我跳得比你们好。"

鬼使神差地，孟江北开口说了一句："嗯，你跳得最好。"

孟江北声音太小，完全被周围的嘈杂盖了过去，原初悦没有听清楚，问："你说什么？"

孟江北连忙改口："没什么。"

恰逢此时音乐一转，变成了舒缓的纯音乐，电子屏画面也随之切换成了交谊舞。

原初悦鼓起勇气，主动拉起孟江北的手，小声地讲解了最简单的舞步，孟江北这回没有拒绝。

原初悦窃喜，觉得自己和程侑的关系就要有质的突破了！

然而三分钟后，原初悦脸上的笑容有些挂不住了。

孟江北浑身僵硬，同手同脚地跳着舞，屡次踩上了原初悦的脚背。

"程侑"……也有这么笨的时候吗？

原初悦开始怀疑人生，在孟江北第十一次踩到她脚背的时候，她终于忍不住开口了，斟酌着道：“可能这个舞太难了，不然我教你一个别的。”

孟江北：“……”

孟江北内心窘迫，甚至还有点想去跳湖。

两人气氛正微妙之时，场内灯光突然全灭，唯一的光源打在二楼角落的DJ身上，他慷慨激昂的声音借着麦克风响彻整个礼堂。

“当当当，最激动人心的时刻到了！

“现在是礼物大放送环节，今天晚会的重量级礼物是——优秀毕业生许初学长巡回舞会A市站签名VIP票两张，还附送一台游戏掌机和舞蹈游戏卡。让我们看看是哪一对幸运儿能够得到这份礼物呢？

“三，二，一！”

场内聚光灯快速游走，随着DJ的话音落定，落在了角落的两人身上。

DJ不怀好意地道：“当然，想要拿礼物也并不是那么容易的，只要你们通过一个小游戏，就可以将礼物抱回家啦。

“舞动天下！

“这游戏很简单，只要两人合作跳一段舞，最终出来的分数达到我们的要求，就算通关。不仅可以把许初学长签名的票带走，还可以把游戏掌机和游戏卡一并带回家！

“放心放心，分数不会要求很高的，机会难得，两位快上来吧！”

站在光圈正中央的孟江北浑身上下的毛孔都写着拒绝。

不，我拒绝。这个当众出丑的机会，谁爱要谁要！

孟江北嗤之以鼻，转身就要离开这片是非之地。

走，没走动。

他回头，发现原初悦拽着他的衣服，眼睛亮晶晶的，脸上分明写着——想要！

孟江北：“……”

不，说什么他也不会上去的！

原初悦嘴巴微微嘟起，眼睛眨也不眨地继续盯着孟江北。

孟江北：“……”

不，他是不会去的！

十分钟后，孟江北一脸恍惚地从大舞台下来，陷入了自我怀疑。一旁原初悦的状态和他形成了鲜明的对比，她整个人陷入拿到偶像舞会签名

VIP 票的喜悦当中，嘴角的弧度都没有下降过。

原初悦身体力行地向大家展示了什么叫作“大佬带菜鸡”。

孟江北感觉揣在兜里的手机在不停地振动着，不用多想，肯定是目睹了他舞池上“英姿”的狐朋狗友发过来的慰问。

孟江北一点都不想看。他甚至还在想，在被原初悦哄着上台的时候，他怎么就没有想着戴个面具呢？

原初悦还安慰孟江北：“这台游戏掌机挺好的，以后我带着你多练练，熟能生巧。”

孟江北：“呵呵。”

不，他一点都不想要以后。

原初悦有多心满意足，倪宁宁就有多恼羞成怒。她的姐妹们虽然没说，但是眼神已经出卖了一切。孟江北和原初悦众目睽睽之下登上了中央舞台，这下可好，啪啪打了之前说什么孟江北今晚有事不会来的倪宁宁的脸。

倪宁宁靠着自己超强的忍耐力才没有掉头就走，不服输的个性让她咬着牙找上了原初悦和孟江北。

礼堂的角落里，倪宁宁挤出一个微笑，对孟江北说：“我能和原初悦单独说会儿话吗？”

孟江北倒是无所谓，不过女孩子之间的钩心斗角，他也有所耳闻，为了以防万一，他站在了离她们不太远的地方。

倪宁宁哀怨地看着原初悦，幽幽道：“呵呵，之前我问过你喜不喜欢孟江北，你还否认。”

原初悦一头雾水：“孟江北？”

倪宁宁嘲讽道：“别再装了，去年校庆舞会的时候我问过你，你当时是怎么回答我的？说你根本就不喜欢孟江北。然后呢，你做了些什么？你是不是知道我打算邀请孟江北当我今天的舞伴，才故意这么做的？还有，你手机屏保都用上他的照片了，该不会你们俩早就在一起，装模作样就是为了看我的笑话吧！”

倪宁宁语速很快，原初悦慢了半拍才听明白倪宁宁话里的意思，心里咯噔一下，一股强烈的不安席卷而来：“不是，你这是什么意思……”

“还装什么傻？”倪宁宁再也维持不住平日里的假象，满脸都是嫉恨，“你之前申请去做数独社的宣传工作，也是为了孟江北吧！怎么样，今天当着大家的面和孟江北一起跳舞，打我的脸，是不是很爽很得意？”

原初悦整个人就像是被一道雷给劈中，大脑丧失了思考能力。

所以今晚和她在一起的人，不是程侑，是孟江北？

她用作手机屏保的照片，也不是程侑，是孟江北？

倪宁宁还在愤愤不平地说着什么，原初悦却已经听不下去了。倪宁宁见原初悦始终一副“面无表情”的样子看着自己，以为原初悦是在实力嘲讽自己，她一个气不过，没控制住自己的情绪，伸手就推了一把原初悦。原初悦没有防备被推得往后退了一步。

孟江北见两人起了争执，皱着眉头，快步上前下意识地将原初悦护在自己的身后。

“你在做什么？”

倪宁宁见孟江北这副做派，哪能不明白自己输得一塌糊涂，她红着眼，紧咬牙关：“我倒是要看看，你们能走多久！”

倪宁宁抛下一句话，眼不见心不烦地离开了大礼堂。

孟江北不满地回头教训原初悦：“你没事吧？刚刚她推你，你为什么不还手？你那天晚上打我的时候，不是挺会把握时机的吗？”

原初悦没注意孟江北说的话，抬起头看着他，落入眼帘的是一张蒙着一层雾的脸，雾气弥漫，拉开了原初悦和孟江北的距离。

原初悦指尖掐进了掌心，她抖着声音喊：“孟江北？”

“嗯？怎么了？”

“你是孟江北？”

“对啊，不然呢？”

巨大的恐慌感铺天盖地地席卷而来，原初悦在整个即将崩塌的精神世界里努力找回一丝清明，不行，她不能让大家意识到这里面的秘密。

手机屏保的照片瞒不住。

今晚和孟江北一起度过了化装舞会的事情更是瞒不住。

程侑和孟江北还都在一个社团，这事儿也瞒不住程侑。

原初悦深吸一口气，缓缓开口道：“孟江北，其实有一件事情我一直在瞒着你。”

原初悦迅速组织着语言，脑中构想的脉络渐渐清晰，她快速地将自己想好的借口一个一个地抛了出来。

“我吧，一直在利用你。

“但是现在我觉得不能再对不起你了，我要向你道歉。”

“我用了你的照片当手机屏保，还邀请你来化装舞会，这一切都是因为——”原初悦稳住心神，努力让这个借口听起来更具有说服力，“我喜欢程侑，但他一直对我爱搭不理的，所以我才想要利用你去刺激程侑。”

“程侑？”孟江北眯了眯眼，“小程哥哥？”

所以并不是他以为的“小成哥哥”，而是程侑的程吗？

“没错，我喜欢程侑。”原初悦一鼓作气，给孟江北鞠了个躬道歉，“对不起！但我发现你是个好人，我不想再利用你了，希望这件事不会让你造成误解。”

“所以，你并不喜欢我？”孟江北艰难地吐出一句话。

原初悦沉重地点了点头。

孟江北感觉有一道雷劈了下来，神思恍惚之际，他甚至怀疑原初悦之前表现出来的“面孔遗忘症”都是骗他的，他强装镇定地问道：“那除了这两件事，还有别的吗？”

别的？

原初悦快速地回想了一下，摇了摇头：“没了。”

孟江北挤出一个僵硬的笑容：“那可真是太好了，之前以为你喜欢我，我还有点困扰呢。”孟江北又问，“我能问你一下，你是从哪里找来的我的照片吗？”

原初悦没有隐瞒：“论坛里一个扒数独社F4的帖子里面翻出来的。”

“好的，我知道了。我还有事，先走了。”

孟江北落荒而逃，逃到一个无人的角落里，他吹了好一会儿冷风，神智才慢慢恢复，他拿出手机点进校园论坛。

那个帖子还挺火热的，孟江北没花多久工夫就将帖子找了出来。孟江北迅速浏览了一圈，很快就发现帖主把他和程侑的照片放反了。电光石火之间，孟江北想起自己和原初悦的几次交集。

原初悦拉着他去小区咖啡厅问他喜欢什么样的女生，当时他刚好从程侑家里出来，还穿着程侑的衣服。

原初悦向他“表白”，地点也是在程侑家门口。

原初悦对他的态度时好时坏，他一开始还以为是小迷妹的小伎俩。

……

孟江北越想越恼羞成怒，所以这一切都是他在自作多情吗？而且原初悦也并不是什么“花心小萝卜”，而是因为想要利用他来气程侑，她自始至终都很专情，只不过专一的不是他？

原初悦还说他是个好人！

去他的好人！

竟然拿他来刺激程侑！

孟江北怒火中烧，智商却渐渐上线。

不对劲……

原初悦要是喜欢程侑，应该约程侑来化装舞会的。程侑并不在舞会现场，原初悦约了他并不能起到什么刺激作用。这事儿要是拐弯抹角地落入了程侑耳中，只会让程侑误以为原初悦多情别恋，适得其反。

孟江北回忆起原初悦之前的反应，也并不知道倪宁宁和原初悦说了些什么，但是以原初悦的反应速度和个性，并不像是会站着不动让倪宁宁动手的人。

除非……她受到了什么刺激，没空去理会倪宁宁。

什么刺激呢？

孟江北又想起原初悦之后连着两遍喊他的名字，似乎是为了确认什么……

电光石火之间，孟江北觉得自己摸到了事情的真相。

难道，今天晚上原初悦一直以为他是程侑？后来她意识到自己认错了人！不想暴露自己的病情，也不想让程侑误以为她喜欢他，才想出这么拙劣但又是最合适的理由？

孟江北看着面前倒映着灯光的湖水，在清冷的夜里冷哼一声。

他想这么多做什么呢？

孟江北觉得自己今晚已经犯蠢犯得够多的了，他不想再把时间浪费在这件事上，准备起身回家，却因为坐得久了，脚微微发麻。孟江北正舒缓小腿的酸麻之际，身后传来了两个女生的交谈声。

孟江北坐的位置偏僻，并不容易被发现，身后又恰好是一条小道。

“我们这样做真的好吗……”

“怕什么，又不会出人命。”

“可是……这么冷的天，把原初悦关在服装室里，会不会冻出什么问题来啊？”

“服装室里不是有备用的服装吗？那么多衣服，她又不傻。”

声音渐行渐远，两个女生都没有注意到自己身后慢慢站起一个面无表情的男生。

孟江北一脸麻木。

又是原初悦。

老天是不是存心想要整他，这种女孩子之间使坏的事怎么偏偏就让他听见了。

世道险恶。

冷风吹过，孟江北裹紧了自己的衣服，垂着眸子看不清眼底的神色。他低头掏出手机打了个电话，过了许久那边才被接通，传来略带疲惫的嘶哑男声。

“阿侑，你认识原初悦吗？”

“认识。”

“认识到什么地步？”

程侑有些好奇孟江北的追根究底，但还是老老实实地回道：“我去国外上大学之前和他们家是邻居，算是从小一起长大的。”

哦，青梅竹马啊。

孟江北将这四个字在心里嚼了一遍，像吃了柠檬一样酸溜溜的。

这个青梅竹马藏得可真够深的。

孟江北懒得废话，直接开门见山道：“你的小青梅被人整了，现在被关在学校大礼堂后面的服装室呢，你要不要来英雄救美一下？”

程侑立刻问：“你怎么知道？”

孟江北翻了个白眼：“正好在学校这儿，一不小心就听到了。”

程侑干净利落道：“那正好，你顺路去把她放出来吧。”程侑顿了顿，又补了一句，“我现在在外面有点事，拜托你了。”

孟江北还来不及拒绝，程侑就又开口：“对了，上次你说的那个几千人的大项目，策划写好了吗？”

哪壶不开提哪壶。

孟江北黑着脸：“项目黄了。”

程侑也没追问：“那就先这样，挂了。”

程侑不给孟江北说话的机会，匆匆挂了电话。

孟江北：“……”

孟江北给温宇飞打电话：“老温，给你一个英雄救美的机会……什么，和女朋友在外面约会没空？”

孟江北气呼呼地继续拨第三个电话：“崔晓童，你的伯乐现在遇到事儿了！”

崔晓童那边有些嘈杂，好一会儿孟江北才能听见他的声音，他喜滋滋地道：“我在外面呢。对了孟神，上次你拜托我找人设计的那些衣服，已经做好了，赶明儿我给你送过去啊。”

孟江北：“……”

孟江北：“送你了。”

“不行啊，上面用你的名字设计出来的Logo，我穿着不像样。我跟你保证，这批成衣效果肯定特别好，保证你穿了走出来就是人群里最亮的那颗星。先这样，我有事先挂了。”

“嘟嘟——”

孟江北拖着沉重的步伐，磨磨蹭蹭地走出了林间小道。在岔路口左右徘徊，他正犹豫之际，那边走来一个有些熟悉的身影——戴着熊猫面具和熊猫发箍的“熊猫哥”。

两人狭路相逢，面面相觑。

孟江北想起之前在礼堂门口原初悦和“熊猫哥”相谈甚欢的场景，动了动嘴，开口喊了一句：“你……”

一个字刚吐出来，“熊猫哥”就像见了鬼一样，转身撒腿就跑。

孟江北：“……”

孟江北想，这原初悦人缘是有多差，好好的一个英雄救美的机会是个人都推脱。

深秋的夜已经很凉了，时不时一阵风吹过，孟江北打了个哆嗦，本来还有些犹豫，看了看天色，便认命地叹了口气往服装室走去。

服装室并不难找，孟江北没花多少工夫就找到了服装室，门把手上不知道被谁插了一根铁棍。

孟江北整理了一下心情，甚至准备好了说辞，要是原初悦问他是谁，他就说是学生会的，落了个东西到服装室来拿。

孟江北想好的措辞并没有派上用场，他推开大门，里面静悄悄的，原初悦抱着自己的双肩包靠坐在角落，整个人缩成一团，沉沉睡去。就连孟江北推开铁门时门与地面摩擦发出的“吱呀”声都没能叫醒原初悦。

心还挺大，这种地方都能睡得着。

孟江北走到原初悦面前蹲了下来，想要叫醒原初悦，却看见原初悦卸过妆之后藏不住的黑眼圈。孟江北咬了咬牙，狠了狠心伸手去推原初悦，手还没碰到原初悦的肩膀，原初悦就感觉到了温暖源，自发地缠了上去，伸手抱住了孟江北的胳膊，还偏头在孟江北胳膊上蹭了蹭，嘴里呢喃着什么。

孟江北：搞什么！知不知道什么叫作男女有别！

孟江北扯了扯，没扯出来。他看了一眼原初悦睡得香甜的侧脸，扯了半天扯出了一身的汗，总算是将手扯出来了。

是的，只扯出了手臂，他的衣服还落在原初悦怀里。

孟江北叹了口气，弯腰将盖着自己衣服的原初悦背了起来。原初悦睡得相当踏实，轻轻呼出的气息扫在孟江北裸露在外面的脖子上，痒痒的。

孟江北认命地背着原初悦往外走。

夜深了，整座校园陷入了沉睡，路上安静得只能听见孟江北的脚步声，也不知过了多久，孟江北突然听见了另外一个声音。

低低的少女声音，带着点啜泣，风一吹，声音就被吹散了，零零碎碎地落入了孟江北耳中，撞进了他的心房。

“我这么好，为什么……都不喜欢我呢？”

孟江北身体一绷，随即又放松下来，他看着夜空的月色，晃了晃脑袋，轻声感慨：“今晚月色真好。”

原初悦已经很久没有睡过这么舒服的觉了。

深秋的阳光，透过窗帘缝调皮地洒了进来，原初悦睡到自然醒，睁眼看见的就是阳光洒在自己手心的一幕。她惺忪着睡眼伸了个懒腰，正想要好好感受一下这难得的舒适惬意，手臂却碰到了一个软软的东西。

原初悦侧头去看，发现自己身边躺着一个看起来约莫六岁的小男孩，那小男孩睡得正香甜，咂巴着嘴也不知道梦见了什么好吃的。

不对……

原初悦立马清醒，扫视了一下四周的环境，这装修风格，这床……不是她的房间啊！

原初悦的视线落在了床上方悬挂着的一张照片上，那是一张婚纱照，穿着婚纱的新娘和穿着西装的新郎甜蜜地站在一起看着镜头。

原初悦：“……”

这该不会是……

原初悦的智商在这一刻严重滑坡，她惊恐地想着，该不会自己这是一觉睡到十年后了吧？十年后她的孩子都这么大了吗？所以墙上挂着的是她的婚纱照？

那孩子他爸呢？她为什么一点印象都没有？

原初悦翻身下床，连鞋子都来不及穿，光着脚在房间里转了一圈想要找到一个能看日期的东西。原初悦本来想要找部手机，却没有找到，只在床头柜上找到一个小小的电子台历。

电子台历上分明写着——2032年11月27日。

原初悦：“！！！”

房间外传来什么动静，原初悦想也不想，无意识地抓起电子台历就往房间外跑，正好撞见穿着家居服的孟江北端着咖啡从厨房里走出来。

孟江北皱着眉头看着原初悦，视线下移落在原初悦的光脚丫上，下意识就开口道：“你怎么光着脚不穿鞋？”

这亲昵的语气和家常的责备，难道面前这个男人真的是孩子他爸？

原初悦颤抖着尾音问：“现在是哪一年……”

孟江北：“你是睡傻了吗？还有，你能先把鞋子穿上吗？”

原初悦拿起电子台历怼到孟江北面前：“难道现在是2032年……”

孟江北无语地看着原初悦，开始琢磨难道是昨晚自己背原初悦回来的时候，不小心让她的脑袋被门夹了？

什么乱七八糟的2032年。

孟江北拨开原初悦怼到他脸上的电子台历，仗着身高优势轻而易举地就将电子台历从原初悦手里抢过来。他扫了一眼电子台历上的时间，挑了挑眉。

那个幼稚鬼，以为把台历上的时间往后挪个十三年，他就真的变成十八岁了吗？

所以说小孩就是天真愚蠢。

孟江北想起昨儿晚上，自己不知道原初悦的家在哪儿，原初悦睡得又跟头死猪一样，他一时鬼迷心窍就将原初悦背回了这个家。

他背了一路有些累了，本来是把原初悦放到客厅的沙发上，准备歇会儿再把她搬到房间里去睡，谁知团团在一边咋咋呼呼，指责孟江北不懂得怜香惜玉，让一个女孩子睡客厅。

孟江北也是一时不爽就跟团团较真了起来，说谁怜香惜玉谁就把原初悦背回房间去。

团团的好胜心轻而易举就被激了起来，他动着自己的细胳膊细腿，竟然真的要去搬原初悦。孟江北起初还作壁上观，但看原初悦被团团一折腾皱着眉头不太舒服的样子，就紧急喊停了团团，向团团展示了什么叫作力量的差距，将原初悦抱到了房间。

孟江北出来的时候，团团就冲上来不服输地要跟孟江北掰手腕。但团团不傻，提出他用两只手孟江北只能用两根手指的要求。

结局自然是团团惨败，团团叫喊着五局三胜，孟江北累了一天不想和团团纠缠下去了，扔下一句“等你十八岁了再来挑战我吧”，就去洗洗睡了。

他没想到，这个小屁孩竟然会做出这么幼稚的行为，将电子台历的时间给改了。孟江北正要解释这个电子台历时间有误，就听见原初悦期期艾艾地道：“房间里的照片，拍得还挺好哈。”

孟江北沉默了一瞬，脑电波在这一刻诡异地和原初悦的频率对上了。

原初悦有“面孔遗忘症”，看不清楚照片上的人是谁，只能判断出那是一对新婚夫妇，而昨晚团团似乎跑去原初悦的房间睡了，再加上原初悦一醒来就问自己是不是2032年……

孟江北想要翻白眼。

这原初悦是不是时空穿越的电影看多了？以为自己一觉醒来老公孩子都有了？孟江北腹诽着，余光瞥见原初悦一副紧张兮兮的模样，已经到嘴边的解释被他给咽了回去。他整理了一下自己的表情和语气，从玄关拿过一双拖鞋扔到原初悦面前，一边偷偷观察原初悦的表情，一边假装漫不经心地道：“既然你已经醒了，那收拾一下准备出门吧。”

“出门？”

“怎么，昨天说好的去民政局你给忘了？”

这回轮到原初悦沉默了，这事儿实在是太令人震惊了。她想了好久才艰难地开口道：“不是，这都2032年了，孩子也这么大了，咱们俩还没领证？”

孟江北在这一刻领会了“人生如戏”的真谛，打通了“戏精”的任督二脉，演技上线还有点绰绰有余，他神色淡淡地道：“你是不是又后悔了，想跟我打失忆牌？本来呢，这事儿我也是不想办的，要不是你软磨硬泡，我也不会同意。现在你要是后悔了也行，复婚这事儿咱们就算了，我就当你没提过。”

原初悦：“……”

这句话的信息量太大，原初悦一时有些难以承受。

所以不是领结婚证，而是第二次领结婚证，这中间还夹着一个离婚证？

孟江北开始给自己加戏：“这么多年我也累了，当初谈恋爱是你要谈的，结婚也是你要结的，不管是后来的离婚还是昨天的复婚，也都是你提出来的，原初悦，你还想要怎么样？”

原初悦：“……”

原初悦被这突如其来巨大的信息量给整蒙了，下意识地脱口而出：“你是小程哥哥？”

孟江北的脸唰地黑下去了。

什么叫搬起石头砸自己脚？孟江北算是体会到了，他咬牙切齿，正想要教原初悦做人，那边房间一个小炮弹就冲了出来，直扑原初悦的怀抱。

“悦悦，你醒啦！”

原初悦还沉浸在之前的打击中，眼神有些涣散，团团伸出肉乎乎的小手在她面前晃了晃，手腕上系着的金葫芦闪着金色的光泽。

“我是团团啦！”团团知道原初悦的病，体贴地自报家门。

原初悦恍恍惚惚地想，她儿子的名字怎么跟团团一模一样？原初悦盯着团团手腕上的金葫芦看，这个金葫芦也挺眼熟。

孟江北安排的剧本被团团打乱，他也懒得再演下去了，将电子台历塞给团团，警告了团团一句：“以后不准乱改时间，把日期给我调回2019年。”

孟江北说着，意味不明地看了一眼原初悦。原初悦神志渐渐回笼，慢半拍地反应过来这一切都是自己搞出的乌龙。

原初悦咽了咽口水，脸唰一下就红了，她强装镇定：“哦，是团团啊，这是哪里？”

“这是我家。”团团三言两语交代了一下事情的经过，“昨天晚上是我哥哥背你回来的，你睡得太香了，我们也不知道你家在哪里，就让你睡我家啦。”

团团说着，趁机“安利”了一拨“他家肥水”，指着孟江北热情地介绍道：“那就是我跟你说过的宇宙无敌好的哥哥！”

孟江北并没有被团团的马屁拍得心花怒放，他一方面好奇团团看起来和原初悦很熟悉的样子，一方面正准备随便编造一个身份把原初悦打发走。但他还没来得及开口，团团就已经抢先一步出卖了他：“他叫孟江北，文学系的，听说还是数独社的主力社员哦！”

孟江北：“……”

孟江北想把这个小屁孩扔出去。

他终于想起来为什么第一次见面就觉得团团有些眼熟了，之前在医院他看见原初悦抱着一个哭哭啼啼的小屁孩，那个小屁孩可不就是团团。

冤家路窄。

被点明了孟江北的身份，原初悦越发尴尬了。

无论是昨晚的事情，还是刚刚发生的乌龙，都让原初悦在意识到面前这个人是孟江北之后，感觉浑身都不自在。

她怀疑，孟江北刚刚故意戏弄她是为了报复昨晚的事情。

但是原初悦又没有立场去指责孟江北，毕竟是她弄错在先，更何况她面对孟江北还理亏。

原初悦待不下去了，她往门口走，都没注意到自己是同手同脚的状态：“那什么，谢谢你们昨晚收留我，那我就先回去了……”

孟江北看着原初悦同手同脚的紧张模样，这副样子和前两天晚上走夜路的某人身影重叠在了一起。

孟江北抿了抿唇，鬼使神差地开口：“先吃个早饭再走吧。”

原初悦错愕地回头。

孟江北给自己找补：“待会儿和齐逸声他们比赛，你不是也要去吗？正好吃完早饭一起去。”

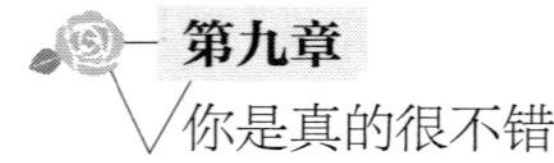

第九章 你是真的很不错

全国大学生数独挑战赛的含金量不低，每年的世界数独锦标赛的中国参赛队伍中有一小部分队员就是从全国大学生数独挑战赛里挑选出来的。

数独社是东齐大学的王牌社团，所以学校对全国大学生数独挑战赛也很看重，都指望着数独社能获得不错的成绩，学校也好发通稿趁机宣传一拨。而在这个关键时刻，齐逸声却对挑战赛的保送名额提出了疑问，考虑到齐逸声之前是数独社的主力队员，学校也不能对这个质疑置之不理，在征求过数独社和齐逸声两方的意见后，决定举办一轮比赛，以团体赛的方式决定最后的保送名额。

比赛的地点定在社联办公楼二十九号楼，学校特地空出来一个小型机房。原初悦和孟江北到的时候，双方的人已经到得差不多了。机房已经布置完毕，六台电脑三三成一列，背对背摆置着，而两方选手各坐一边，阵营泾渭分明。

温宇飞之前特地交代过，考虑到这次比赛的特殊性，并没有让太多社员过来，以免让齐逸声抓住把柄，说他们仗势欺人。所以数独社这边商议之下决定，除了温宇飞，就只让参加团体赛的三个人过来，现在除了游望基本上都到了，和温宇飞他们隔桌相望的自然就是齐逸声那边的选手。

奇怪的是，齐逸声那边只坐了两个人，还有一位选手没有就位，但是看齐逸声的样子，一点都不慌张。

严格来说，原初悦并不算数独社的人，但是组织这次比赛的是社联的李老师。直觉告诉原初悦，这个叫作齐逸声的人或许和“打假比赛”一事有关联，所以原初悦征求了一下李老师的意见，以李老师助手的身份来观摩这次比赛。

李老师站在机房的正前方，万年不变地穿着条纹Polo衫，十分好认。李老师旁边坐着一个戴着金丝边眼镜的中年男子，是李老师专门请来的裁判，名叫尤烨，是C市数独协会的成员，和李老师是多年好友，这次也是应了李老师的请求特地来帮忙当裁判。

眼看定好的比赛时间就要到了，游望还没有到场，李老师看了眼腕表上的时间，催促道："数独社这边的人到齐了吗？齐同学，你那边的人呢？"

温宇飞也有些着急，他之前就给游望打过电话，奈何电话一直占线中，联系不上游望。

"李老师，我这边的人马上就要到了。不过要是我这边人到齐了，数独社那边的人过了时间还没来的话，是不是就判我们赢？"

说话的是一个穿着灰色卫衣的男生，原初悦站在李老师身后，眯着眼打量着那开口的男生。她看不清这男生的面容，但是穿着打扮都很清爽利落，自来卷的头发看着毛茸茸的，他的声音听起来富有朝气，是那种元气满满的少年音，不看长相光听声音就足够让人对他产生好感。他双手交叠撑着下巴，歪了歪脑袋看了一眼温宇飞，原初悦看不清他的长相，但是依稀能感觉到他是在笑。

温宇飞握紧了拳头，扯了扯嘴角道："齐逸声，你是不是忘了我也是个数独玩家。"

齐逸声张了张嘴，做出一副恍然大悟的表情，笑了笑道："啊，不好意思，你太久没参加过比赛了，我差点都忘了你也会玩数独呢。"

温宇飞眸子暗了暗。

原来他就是齐逸声啊，原初悦情不自禁地又打量了一眼，正好齐逸声调整了一下坐姿，脸往原初悦这边侧了侧。灯光下，原初悦发现齐逸声左耳耳垂闪过一道光，细细一看，才发现他左耳戴着一枚小小的钻石耳钉，并不明显但很精致。齐逸声大概是感觉到了有人在偷偷打量他，微微一侧头就和原初悦的视线对上。原初悦不避不让，齐逸声脸上的笑意更浓，还冲原初悦眨了眨眼。

原初悦面无表情地想，戴耳钉还喜欢向陌生的女孩子眨眼示意，看来是个明骚的少年。

只不过是短短两句话的交锋，机房里却充斥着浓浓的火药味。原初悦想起自己之前问崔晓童有关齐逸声离开社团的事，崔晓童却言语含糊避而不谈。思及此，原初悦对齐逸声就更好奇了。

一个退了社团的人，却对社团拿到挑战赛保送名额一事提出了疑问。

怎么看，怎么都觉得齐逸声对数独社不怀好意。

眼看就要到十点，两边都差一个人尚未到场，齐逸声依然不慌不忙俨然游刃有余的模样，而温宇飞再也忍不住了，正要向李老师告知由他上场顶替，机房的门再一次被推开。游望站在门口，逆光而立，看不清他的表情，只听见他压低了嗓音闷闷地道：“对不起，我迟到了。”

原初悦眯了眯眼，打量着门口的身影。

原初悦并不知道温宇飞决定的参赛人员是哪几个，不过看温宇飞对这次比赛的重视，选出来的必然是数独社的实力选手。

几个人名在原初悦脑海中划过。

程侑，不可能。

徐诺？徐诺个性内敛，平日里也没什么存在感，原初悦对这个人的印象也并不深，但是徐诺的个头也有一米八，看门口这个身影，顶多一米七几。

原初悦心里有了定论，看来这人是游望。

温宇飞松了口气，冲游望挥了挥手：“游望，你怎么不接电话？算了，先比赛再说，快过来。”

游望站在门口没有动。

齐逸声好整以暇地看着游望，意味深长道：“没有迟到，你来得刚刚好。”

李老师催促道：“既然来了，就先过去吧。”

游望终于动了，在原地踌躇了几秒钟，脚下一转，往齐逸声那边走了过去。

温宇飞愣住了，心里隐隐有一种不祥的预感，不可置信道：“游望，你去那边做什么？”

齐逸声笑了，伸手搭上游望的肩膀，笑眯眯道：“报告李老师，我方三名队员已到齐。”

游望低着头，沉默的姿态表明了他的立场。

“游望！”

李老师沉默地看着面前的闹剧，他管理学校社团这么多年，哪能看不明白眼前这究竟是怎么一回事。都说学校是象牙塔，李老师却觉得，学校是社会的缩影，世间百态学生们都要提前历练。

挖墙脚这个事儿，屡见不鲜。

李老师开口了："游同学，我最后确认一遍，你是代表数独社这一方，还是齐逸声那一方？"

游望终于开口了，声音嘶哑："李老师，我已经申请退出数独社了。社长，申请表我已经放在401训练室你的座位上了。"

游望这一番话，已经彻底表明了自己站在齐逸声这一方。

孟江北垂下眼眸，嘴角勾出一抹嘲讽的笑。

他并不觉得意外，在温宇飞要开口之前，他上前一步拍了拍温宇飞的肩膀，抢先开口道："李老师，我们这边人也到齐了，开始比赛吧。"

温宇飞扭头看向孟江北，想要说些什么。孟江北笑了笑，问道："老温，你刚说过的话，这么快就忘了？你也是个数独玩家。"

温宇飞攥紧了拳头，将那满腔怒火咽了回去。

双方选手都已到场，李老师率先开口道："按照我们之前的商议，这次比赛的结果直接决定了今年全国大学生数独挑战赛的保送名额归属，我再一次确认，你们是否都同意？"

双方都点了点头。

李老师便将主导权交给尤烨。尤烨上前，简单介绍了一下规则："本次比赛为轮转接力赛，共十二题，每道题目分值均为十分。比赛时长三十分钟，每隔两分钟题目顺时针移给下一位选手，已提交的题目不得重新作答。题目全部正确作答的前提下，每提前一分钟获得十分的加分。"

这次轮转接力赛的规则和之前同启元大学友谊赛的规则大同小异。

裁判确定双方对规则都没有异议后，请双方选手入座。

韩录有一点近视，但是日常生活很少戴眼镜，今天特地戴了一副银边眼镜，衬得整个人越发高冷如冰山上的谪仙，不食人间烟火。眼镜倒映着电脑屏幕上的幽幽蓝光，他紧抿着唇，右手按上了鼠标。一旁的孟江北气定神闲，在操控电脑的时候，还抽空瞥了一眼最左手边的温宇飞。

温宇飞显得很紧张，不知道是因为天气太干，还是别的什么原因，他的嘴唇有些干裂。他舔了舔唇，一抬头正好看见齐逸声在他正对面的电脑前坐了下来，齐逸声还冲他笑了一下，温宇飞按住鼠标的手抖了一下。

原初悦站在温宇飞的身后，若有所思。

原初悦注意到，自从进了机房，温宇飞右手的拇指和食指一直并在一起，食指指腹在拇指指甲上摩挲着，这应该是他紧张状态下的小动作。而现在，温宇飞连鼠标都没有办法好好握住。原初悦想了想，从背包里翻出一把水果糖，是出门的时候团团塞给她的，她挑出香瓜口味的递给了温宇飞。

温宇飞坐得身板挺直，原初悦突然伸出手递过来一颗糖，他身体一哆嗦，下意识要躲开，原初悦却强行将那颗糖塞进了他的手心里。

温宇飞去看原初悦，她却已经转身往李老师的方向走去。在经过孟江北的时候，孟江北身体往后一仰，长长的手臂一伸，冲她张开掌心。

原初悦不明所以地看向孟江北，孟江北却很固执，冲她努了努嘴。

原初悦突然会意，也抓了一颗糖递给孟江北，孟江北这才心满意足地放行了。原初悦踌躇了一下，又将一颗糖放在了韩录面前。

韩录不动如山，假装没有看见。

而那边温宇飞低着头看着掌心的水果糖，他抿了抿唇，轻轻剥开水果糖的糖纸，小心翼翼地将那颗小小的白色糖果含进了嘴里。

很甜。

糖分的摄入，让温宇飞紧绷的那根弦松了下来。

他应该相信自己，相信他的队友们。

他并不是一个人在战斗。

尤烨让六位选手登录了数独在线 PK 平台，进入了同一间 PK 房间。尤烨身为房主，从数独题库里随机挑选出了十二道题目，点下了开始按钮。

六台电脑在同一时间，屏幕上都出现了三秒倒计时的字样。

为了不影响他们作答，除了尤烨，原初悦和李老师都安静地坐在机房的角落。角落放置着一个大大的显示屏，显示屏此刻对应着六台电脑投影的画面。

显示屏一分为六，实时转播现场的作答情况。尤烨抽取题目的时候，考虑到最终选出来的队伍能够得到挑战赛的保送名额，所以设置的难度系数调到了高级，也是对他们实力的一个考验。

题目是从数独题库里抽取出来的，题型五花八门，基本上囊括了数独的所有题型。这也要求选手除了掌握标准题型，对其他题型的数独题也要有所了解，必须在短时间内判断出目前题目的题型和解答方法。

三十分钟看起来很长，但是真要做起题目来，每一秒钟都可能是决胜的关键。

孟江北活动了一下手指关节，舌头卷起那颗水果糖，清脆的一声响，他咬碎了糖果，口腔里弥漫着水果的清香和甜腻。

草莓味的，还不赖。

孟江北扯了扯嘴角，按下鼠标，比赛正式开始。

无论是孟江北，还是齐逸声，都代表了东齐大学数独社的顶尖水准。

原初悦看着电子屏幕上几人的答题速度，几乎没有任何停顿。她估量了一下，觉得三十分钟对于他们来说也许多了点，不出意外，在规定的时间内他们都能完成这一轮题目。这也就意味着，想要赢得这场比赛，那就必须分秒必争。

安静的机房里，气氛一时有些紧张，耳边只能听见清脆的键盘敲击声。无论是坐在电脑前面的参赛选手，还是围观群众，无疑都提着一口气。

原初悦盯着面前的电子屏幕，看久了有些眼花，太阳穴也突突地疼了起来，她捏了捏眉心，等再抬起头来，发现自己已经跟不上他们的做题速度了。

同时想要跟上六个数独高手的做题思路那是不可能的，原初悦花了三秒钟做出抉择，将大部分注意力集中在右上角的那一块答题界面上。

那是温宇飞的答题界面。

原初悦有些好奇，身为数独社社长的温宇飞，数独水平如何。

一旁的李老师摸出手机给尤烨发了个微信。

李：怎么样，你觉得谁会赢？

尤烨站在两排电脑的中间，摸出了手机。

鱿鱼：目前还不好说，前面几道题的难度系数并不高，很难拉开差距。

鱿鱼：你们学校的孟江北实力相较其他人要出众一点，但这是团体赛，很难靠一个人就赢得比赛。齐逸声那边三个人的水准都不差，两方的差距其实看不大出来，这种团体赛有时候考验的就是临场发挥还有运气。

鱿鱼：啧，要是比的个人赛，我觉得孟江北这边胜算更大一些。

鱿鱼：不过你也别担心，依我看，无论哪一边赢了，今年的挑战赛你们学校都能拿个好成绩。

鱿鱼：你们学校的数独社，真不愧是人才济济啊。

李：唉。

鱿鱼：别得了便宜还卖乖，叹什么气？

李老师摇了摇头，把手机收了回来。

一想到数独社，李老师就头大，人才是多，但是麻烦事儿也多啊，一不小心就“身败名裂”了。

原初悦并不知道身边李老师的烦恼，比赛时间过半，她的表情却越来越严肃，视线从温宇飞的答题界面上移开，快速扫了一下其他几个人的进度，又落回到了温宇飞的界面上。

原初悦默算了一下。

现在已经过去了十五分钟，一共十二道题目，双方已经提交完成的题目都是八道，从这个速度来看，双方似乎势均力敌。

但是这个“势均力敌”的假象，马上就要被打破了。

原初悦这个念头刚在脑中闪过，齐逸声那边又完成了一道题，目前进度变成了八比九。如果只是这样，那还不算太糟糕，然而……

原初悦抿了抿唇，看向了温宇飞的方向。

温宇飞虽然胖，但是坐得腰背挺直，从原初悦的角度，她能看到温宇飞放在鼠标上的右手，他的右手小拇指贴着鼠标的一侧，现在似乎有些抖。

手抖，这是紧张的表现。

温宇飞紧张了。

温宇飞显然也注意到了场上比分的改变，每个人的电脑屏幕上都会显示双方的做题进度。

温宇飞手上这道题已经做了一分半钟了，可是他卡在了其中一个格子上，有些不确定该填四还是填八。

时间一分一秒过去，温宇飞这边还是没有进展，他额头的汗滑了下来，却没有空去擦。汗水滑过温宇飞的睫毛，他眨了眨眼，觉得眼睛有些花。

温宇飞最终填了个四。

原初悦无声地叹息。

她似乎高估了这个数独社社长的数独水准和心理素质。

数独社输了。

李老师用怜悯的眼神看了一眼脸色灰败的温宇飞，宣布道：“那么按照之前商议的结果，这次全国大学生数独挑战赛的保送名额由齐逸声一方获得，如果没有异议，我会把这个结果报给学校。”

齐逸声站了起来，脸带微笑，礼仪周全：“那就麻烦李老师了。”

李老师对齐逸声点了点头。

齐逸声是去年团体赛优胜队伍中的一员，如今他退出了数独社，并向学校争取保送名额，学校于情于理都要接受他这个质疑。而现在，齐逸声的队伍里又加入了原数独社的一名大将游望，今天的比赛又赢过了数独社，李老师觉得把今年挑战赛的保送名额交给齐逸声也能放心。

无论是数独社，还是齐逸声，只要能取得挑战赛的胜利，都是为校争光。

李老师和尤烨交谈了几声，就收拾东西离开了。

齐逸声朝温宇飞走了过去，向温宇飞伸出手，笑容里带着一丝意味深长："比赛第一，友谊第二。"

温宇飞抬起头，冷漠地看了一眼齐逸声，挥手拍掉他伸过来的手掌。齐逸声也不生气，耸了耸肩道："今年的保送名额，我就收下了。"

齐逸声回头招呼道："杨朔、游望，走了。"

游望跟上了齐逸声，在路过温宇飞身边时，温宇飞却出其不意地抓住了他的手臂，低沉的声音没有一丝起伏："为什么要这么做？"

游望紧抿着唇，抬头看了一眼门口的齐逸声。齐逸声笑了笑，并不意外，开口道："既然如此，我回头再找你，你们慢慢聊。"

原初悦站在门口，沉默地看着面前这一幕。

齐逸声路过门口时，又冲原初悦眨了眨眼。原初悦面无表情地看了回去，齐逸声朝她伸出了手，她还没来得及躲开，就有人抓住了她的胳膊往后一扯。

孟江北将原初悦扯到自己身后，皮笑肉不笑地看着齐逸声。齐逸声一拍手，歪着脑袋看向孟江北身后的原初悦，伸手指了指自己的头发，示意道："头发上沾了东西。"

原初悦去摸，果然摸到了一团毛絮，大概是从外面进来的时候粘上的。

齐逸声冲原初悦挥了挥手，也不期望得到原初悦的回应，就大摇大摆离去。机房只剩下数独社三人、游望和原初悦。

温宇飞站了起来，游望个子瘦小，温宇飞长得壮个子又高，站在游望面前衬得游望越发像个小可怜，活像是校霸欺负弱小同学的场景。

温宇飞冷冷地看着游望："我之前还道齐逸声只不过找来了个杨朔，怎么也凑不出三个人。但看他的样子胸有成竹一点也不着急，原来是把牌压在你这儿了呢。"

游望脸色有些难看，张了张嘴想说什么，但几次都没能开口。

温宇飞不傻，事情都这样了，他怎么可能猜不出齐逸声使的手段。亏他之前还琢磨了很久，齐逸声除了杨朔还能从哪里找来个数独高手，他猜来猜去，却猜不到就是自己身边的人。

游望握紧了拳头，低着头一字一顿地道："从今天开始，我就不是数独社的人了，申请书我已经交给你了。如果没什么事，我就先走了。"

温宇飞被游望的态度气笑了。

为什么有人在做出这种背叛的事情之后，还能表现得这么理直气壮？

温宇飞不明白，游望为什么会变成这样？

游望要走，温宇飞闪身挡在了他的面前，压抑着自己的怒火："你到底为什么要这么做？"

游望却不回答，抬起头看着温宇飞："我已经退社了，不再是数独社的人，你是以什么立场来问我这句话。我又凭什么要回答？"

"你！"

温宇飞气急，一直沉默没有表态的韩录却在这个时候开口了。他语速并不快，却戳破了游望的那层遮羞布。

"我听说，齐逸声签约了 GK 公司。"

GK 公司？这和游望背叛数独社加入齐逸声的队伍有什么联系？

孟江北却明白了韩录话里的意思，他皱着眉头道："GK 公司和'合页数独'这两年来一直打擂台，我倒是听说 GK 想要培养属于自己的一支战队，甚至还和娱乐公司合作，想要打造出明星选手。但是一直都没有什么动静，我还以为 GK 放弃了这个计划，现在齐逸声签约了 GK，难道……"

"没错。"韩录眸光闪了闪，"不出意外的话，齐逸声应该是这支战队的队长。"

身为队长，向公司推举几个队员也是顺理成章。

温宇飞脸色阴沉。

数独，对于一些人来说，是信仰，是热忱，是追逐的光，是奋不顾身；而对于有些人来说，却是出名的工具，是不择手段。

温飞宇的视线顿时变得锋利，像刀子一样甩向游望："你要加入 GK？"

游望勾了勾唇，既然被戳破了，那就没什么好隐藏的了，他抬头和温宇飞对视："没错。"

"为什么？"温宇飞恨铁不成钢，"你数独实力这么强，努力一把加入数独协会也不是不可能，为什么要加入 GK 这种公司？"

游望露出嘲讽的笑："为什么？因为 GK 能让我出名，能让大家的眼里除了我没有别人。"他说着，视线在孟江北和韩录身上扫过，嘲讽之意更浓，“能让大家在比赛结束之后，讨论的不再是什么程侑、孟江北，而是我，游望！”

温宇飞错愕道：“你……”

游望打断温宇飞的话：“今天的这场比赛，你本来是想让徐诺来的，就因为他拒绝了这次比赛，你才让我上场。在你眼里，我就是个替补对吗？”

温宇飞没想到游望会有这种念头，他紧抿着唇试图和游望分析：“徐诺更适合参加这种团体赛，更何况上次和启元的友谊赛他和老孟、韩录配合得也很好……”

“所以呢？”游望讥讽道，“最终他们不还是没有赢过启元？是我，最终是我拿下了第三局，你们才能拿到胜利！可结果呢？大家谈论的都只有程侑和孟江北！程侑做了什么？输给了顾禾。孟江北又做了什么？他最终不还是没有拿下第二局吗？在这个社团里，是不是只要有他们在，你们就看不到我？为什么论坛里铺天盖地的都是他们？难道我的实力不足以让大家看到我吗？我并不比他们差多少！”

游望的情绪在这一刻歇斯底里地发泄出来，温宇飞这才知道，原来游望的心里是这么想的，他对大家的怨恨有这么深。

温宇飞不知道该怎么开口。韩录向来是个话少的，再加上原初悦在场，他并不想引起太多原初悦的注意力，万一原初悦对他太过关注一不小心提起那天他撸猫或者舞会的事就糟糕了，所以他只开口说了一下 GK 的事情抛砖引玉就没再说话了。

至于孟江北，自然也没有这个闲情逸致去劝慰游望。他双手抱胸，冷笑着看着游望。

说了这么多，还不是为自己叛逃数独社找理由？

气氛一时有些凝重紧张，仿佛只要有一点火星就能轻而易举地炸了大家的情绪。

而就在这时，一道悦耳清亮的女声响起。

“程侑，二十岁，曾拿下中国数独锦标赛、世界数独锦标赛U18组冠军……

“孟江北，二十岁，曾拿下世界数独锦标赛 U18 组冠军、团体赛冠军，拿下世界数独锦标赛‘数独竞速王’称号……

“韩录，二十一岁，亚洲数独锦标赛 U18 组冠军，拿下当年亚洲数独锦标赛‘数独难题王’称号……

“徐诺，二十三岁，连续获得三年中国数独锦标赛‘标准数独王’称号……

“游望，二十三岁，中国数独锦标赛‘荣耀数独王’称号获得者……”

原初悦顿了顿，清冷的嗓音不急不缓地进入每一个人耳畔中：“据不完全统计，三个月内，东齐大学校内论坛，提及程侑五十八次，出现频率较高的词——没什么存在感，高冷，神出鬼没，长得好像很帅。

“提及孟江北三百零五次，出现频率较高的关键词：长得帅，想嫁。

“提及韩录二百零三次，关键词是：冷漠，冰山。

“提及徐诺四十次，关键词——数独社。”

“提及游望……”原初悦一字一顿地吐出接下来的话，“一百九十四次，关键词——数独高手，长得不怎么样，但是数独好像很厉害。”

孟江北挑了挑眉，安静地看着原初悦，等着她接下来的话，果然原初悦并没有说完，做出了总结性发言。

“其他几个人被提及的次数是多，可是这并不是他们靠数独水平得来的关注，大家对他们的颜值长相关注度远远高于他们的数独实力。而大家一提及你，都会提到你数独很强。相比之下，你靠自己的数独实力得到了大家的关注和认可，还有什么不满意的？我觉得你已经很强了。”

原初悦说得真心实意。

“如果非要说出个胜负，你输就输在那张脸。在这个看脸的世界，你靠自己的实力抢来了关注，难道还不够吗？”原初悦说着，指了指孟江北，“就拿他来说，如果要做到让大家一看见他第一时间想起的不是‘啊，他长得很帅’而是‘他的数独也太厉害了吧’，以他目前的数独实力还远远不够。而在这一点上，你已经轻而易举地赢过他了。”

孟江北：“……”

游望：“……”

说得好像很有道理的样子……

孟江北深深地看了原初悦一眼。

游望张了张嘴，想要说出什么话反驳原初悦，可是原初悦说得有理有据，他竟不知如何反驳。游望现在的心情就好像本来放了一把火正烧得轰轰烈烈，突然天降暴雨，不甘心地灭了。

游望想扔下一句狠话再走，可是一对上原初悦那清澈透亮不含一点阴霾的眼睛，什么话也说不出口了，跳过“撂狠话环节”，十分没有气势地转身走了。

温宇飞泄了一口气，跌坐回椅子上，孟江北上前拍了拍他的肩膀。

孟江北并没有什么安慰人的经验，但是眼下韩录是个锯嘴葫芦，原初悦之前说了那么多话显然也不是个会安慰人的，劝慰的重任可不就落在他的肩上。

孟江北努努力，绞尽脑汁才搜刮出一句话："不然，我让韩录给你唱一首《我是真的很不错》吧。"

韩录："？？？"

孟江北一句话，让所有人的视线都集中在韩录身上。

温宇飞一脸消沉，齐逸声挑事在先，游望背叛在后，他现在难过得都快说不出话来，哀怨地看着韩录。

原初悦若有所思地打量着韩录。

她想起了那天傍晚，撅着屁股扒拉灌木丛想要撸猫的白衣少年。有那么一瞬间，她的恶趣味与孟江北不谋而合，她微笑着开口："或许温学长更喜欢听《学猫叫》。"

人前泰山崩于前而面不改色的冰山酷男韩录抖着声线开口了，他侧着身子摆了一个僵硬的舞姿，双手竖起大拇指："真的很不错，我是真的真的真的很不错……"

韩录一开口，温宇飞再也没有心情去难过了，他只想捂着耳朵从这里逃出去。

荒腔走板的歌声回响在寂静的机房里，绕梁三日久久难以散去。

齐逸声的出现，处处透着蹊跷，不过倒是给了原初悦调查"打假比赛"一事提供了一个新思路。

齐逸声退社的理由原初悦暂时打听不到，但是他退社的时间点，原初悦没多大工夫就从别人口中打听出来了。齐逸声是暑假之前，也就是六月份申请退出了数独社。

数独社是东齐大学的王牌社团，走的是精英社团的路线。数独社人员流动不大，每年招新进去的人少，但是相对来说，退社的人也少，除了部分社员大四毕业才会迫不得已离开社团。而像齐逸声这种，只不过才刚刚大三就申请退社的情况更是少之又少。再加上齐逸声现在做的事情，针对挑战赛保送名额提出了疑问，只要有点脑子的人都能够看出来，齐逸声和数独社绝对不是"和平分手"，里面的猫腻大有文章。

原初悦又去跟李老师打听，发现收到数独社"打假比赛"的匿名举报时间是今年七月份，只不过当时李老师没有在意，直到开学的时候也就是九月份再一次收到了同样的匿名举报，他才重视起来。

其实原初悦之前一直在琢磨这件事，究竟是什么人才会匿名举报社团打假比赛？

伸张正义的人，偶然间发现数独社“打假比赛”一事看不过去便捅到了学校，希望学校严肃处理。

针对数独社的人，想要利用“打假比赛”这个事情来抹黑数独社的名声，将数独社拉下马。

齐逸声……

退团的时间和匿名举报的时间合得刚刚好，从他对温宇飞和数独社的态度来看，也十分有动机干出匿名举报这件事儿。

原初悦思考了一宿，越想越觉得这个匿名举报的人就是齐逸声。

那么，齐逸声是因为发现数独社有“打假比赛”的事情才会申请退社的吗？

原初悦坐在自习室角落的位置，苦苦思索这个问题却想不出什么头绪，索性翻出崔晓童发给她的数独社比赛视频来看。

崔晓童是个细心的人，视频和上次发给她的那些照片一样，按照“时间 + 事件描述”的标题，分门别类地存了下来。

崔晓童入社三年，保存下来的视频时间跨度也差不多是三年。数独社参加的大大小小比赛不少，无论是社团内部的分组对抗，还是各大高校之间的友谊赛，又或者是含金量较高的市级比赛，镜头都记录了下来。

视频里的人脸落在原初悦眼中就像是自动打上了马赛克，她分不出谁是谁，视频看得有些艰难，只能依靠裁判宣布最终结果说出的人名才能勉强区分出谁是谁。

原初悦索性列了个表，将视频里记录的每场比赛的结果都列了出来。这项任务工作量不小，且又繁杂，原初悦耐着性子做下去。等视频刷完大半，她转了转脖子松松筋骨，一抬头却发现窗外已经黑了。

这间自习室的位置偏僻，一向没什么人会过来，原初悦来的时候教室里就只有一个人，原初悦进来后两人各坐在教室的一角互不妨碍，默契地保持着自习室的安静，四周静得只能听见键盘敲击和笔头与纸张摩擦的声音。

原初悦一直专心致志地刷着视频做记录，倒也没注意自习室其他的动静。她捏了捏眉心休息了一下，等抬起头却发现那原本坐在自习室第二排左侧的人不见了。

“你在找我吗？”

身后传来一个声音，原初悦下意识地回头，却瞧见右后方的座位上坐着一个人。那人手中捏着一个魔方，原初悦回头的工夫，他正好将魔方的最后一个色块还原。见原初悦回头看他，他冲原初悦咧嘴一笑，露出一口雪白的牙齿，笑起来的时候右嘴角下方还有一个小酒窝。

原初悦礼貌地冲他点了点头，正要回头，余光却瞥见那人左耳似乎在灯光下闪了一下。

原初悦抿了抿唇，想起了什么。那人又自来熟地开口了：“咦，你在看数独社的比赛视频呀？怎么，你也是数独爱好者吗？”

原初悦不动声色地将笔记本电脑给盖上，视线漫不经心地在他左耳耳垂上转了一圈，又落回到他的脸上。

自来卷，钻石耳钉，少年音，动不动就笑得露出牙齿……

齐逸声单手撑着下巴，冲原初悦眨了眨眼：“怎么，不认识我了？昨天我们才见过的呀。”他说着，声音低落了下来，嘟着嘴似乎有些难过，“我可是一眼就认出你来了呢。”

“齐逸声。”

齐逸声眼睛一亮，笑眯眯地看着原初悦：“之前在数独社没有见过你，怎么，你是今年才进数独社的吗？”

原初悦不答反问，试探地问道：“之前？你之前是数独社的成员吗？”

齐逸声满不在乎道：“之前是，不过后来退社了。”

原初悦“哦”了一声，没有继续说话了，反倒是齐逸声等了好一会儿，又忍不住凑上前开口问：“怎么，你不好奇我为什么退社吗？”

原初悦当然好奇，但是她又不傻，以她现在和齐逸声的关系，齐逸声为什么要跟她谈论这么私密的话题？

原初悦瞥了他一眼，慢吞吞地道：“你不是数独社的成员，却还惦记着挑战赛的保送名额，从这点来看你应该很在乎挑战赛的成绩。而你是去年挑战赛团体赛冠军队伍的一员，按照规矩，只要你还在数独社里，保送名额的参赛队伍里肯定会有你的位置，而你却退出了数独社。大概率是你犯了什么错被数独社开除了。”

“我犯了错？”齐逸声的表情一瞬间变得狠戾，但他马上又收敛起了情绪，只不过嘴角挂着的笑容却带上了一丝嘲讽的意味，“是啊，是人就会犯错，犯了错就要接受惩罚。”

若说原初悦之前只有三成把握，现在关于匿名举报的人，她足足有了八成把握。

原初悦还要继续试探下去，齐逸声却换了话题，脸上的笑容更盛：“不过真没看出来，原学妹舞跳得好，还对数独感兴趣，难怪能拿下孟江北。”

拿下孟江北？

这是什么意思？

原初悦拧着眉头看向齐逸声：“这和孟江北有什么关系？”

“今年的校庆舞会我也去凑了个热闹，刚好就看见原学妹和孟江北在台上挑战舞蹈。谁不知道孟江北讨厌跳舞，却为了原学妹上场，要说你们俩只是普通的同学关系……”齐逸声暧昧地笑了笑，故意说半句含半句，然而就是这样的说法更容易让人想入非非。

齐逸声的这番话，却让原初悦脑海里情不自禁地浮现出孟江北笨手笨脚跳舞的场景。当时她一门心思地以为孟江北是程侑，还想着程侑这么聪明原来也有不擅长的事情。

原初悦细细品了一下记忆里孟江北的“舞姿”，跳成这个程度，的确也不像是喜欢跳舞的样子……

原初悦正色，压下这段记忆，纠正齐逸声的说法：“你想多了，我们就是普通的同学关系。”

齐逸声还要说些什么，却被突然响起的手机铃声打断。

原初悦手机屏幕亮了起来，她一接通电话，那头就传来团团带着点哭腔的声音。

“悦悦，我难受。呜呜呜……”

原初悦脸色一变：“你怎么了？”

电话那端的团团颠三倒四说了一通，说来说去也离不开“难受”两个字。原初悦有些心急：“你现在在哪儿，我去找你。”

“我在家……”

原初悦连忙收拾了东西，跟齐逸声说了声再见，就急匆匆奔赴团团的家。

原初悦赶到团团家时，正好在门口撞见孟江北背着团团打开门出来。

孟江北熟悉的声音传来：“团团有些发烧，我送他去医院。”

原初悦本来还有些怕认错人，一听孟江北的声音，连忙点头：“我跟你一起去。”

孟江北不太放心校医院的医疗水平，打了车送团团去最近的儿童医院挂了急诊号。医生给团团打了退烧针，团团的状态才好了起来。小孩子的免疫力差，再加上这几天团团着了凉自己又不注意，所以才会突然发起烧来。

孟江北取了药，一番折腾后，几人从医院出来已经是十点多。

孟江北看了看时间，道：“时间不早了，你先回去吧。”

之前孟江北忙着缴费拿药，所以团团一直被原初悦抱在怀里。孟江北探身想要把团团抱过来，谁知团团睡得昏昏沉沉的，下意识地在原初悦脖颈处蹭了蹭，小手环着原初悦的脖子，抓得紧紧的。

孟江北去掰团团的手，顾及着团团还在生病，又不敢用力，僵持了好一会儿也没能成功地把团团从原初悦怀里给抱出来。

原初悦有些心疼团团，小声地对孟江北道：“他好不容易才睡着，不然我先把他抱回家再走。”

原初悦怕吵着团团，声音压得低。而孟江北因为之前想要把团团抱过来的动作，离原初悦很近，一侧头和原初悦对上视线，两人之间的距离隔着不过两个拳头远。

孟江北干咳一声，拉开和原初悦的距离：“也、也行吧。”

孟江北又看了一眼原初悦，原初悦出来得急，笔记本电脑也一并带了过来，粉红色的双肩包塞得鼓鼓囊囊的，看起来颇有些重量。

自从舞会结束后，孟江北原本是打定主意不理原初悦的，就连今晚一路上孟江北都没和原初悦说上几句话。他的余光在原初悦的双肩包上瞟了瞟，终于还是忍不住了，一声不吭地抢过原初悦的包，动作有些粗鲁，但是避开了团团。

原初悦诧异地看了一眼孟江北：“我背得动……”

孟江北虎着脸：“你这个包颜色太辣眼睛了，我不想看。”

这什么逻辑，背在自己身后就看不见了？

“那你可以走在我前面啊……”

“废什么话，快走。”

孟江北一马当先，走在前头，一米八几的大高个背着一个粉嫩嫩的双肩包，右手还拎着一袋药，看起来……还有些居家？

原初悦晃了晃头，甩掉这个奇怪的念头。

夜色朦胧，原初悦的五官似乎都被月色给柔化了，看着无比乖巧。她怀里的团团因为生病，小脸看起来有些白，闭着眼的他瞧起来真是个脆弱的小可怜。

孟江北本来在前面走，忍不住回头又看了眼这一大一小，嘴里嘀嘀咕咕："近朱者赤，近墨者黑，就连这睡着了还扒拉着别人不放手的小动作都一模一样。"

那天夜里，原初悦也是这样扯着他衣服不松手的。

"你在说什么？"

"没什么。"

原初悦觉得这气氛太安静，她不由得想起了之前齐逸声的那番话，忍不住问："我听说你很讨厌跳舞？那前几天的舞会，你为什么会参加？"

哪壶不开提哪壶！

非要戳他的痛脚吗？

孟江北恶声恶气地道："谁说我不喜欢跳舞的？造谣！我最喜欢跳舞了，不然你以为我跟你上场是为了什么，其实我是看中了那台游戏机！"

啊……原来是为了游戏机啊？

原初悦心情莫名有些低落，她也说不清自己这股低落的情绪从何而来，还是忍不住又问了一句："那你为什么要和我一起跳，也可以找别人啊……"

孟江北为了把自己从这件事情里撇清楚，可谓无所不用其极，甚至不惜暴露自己的硬伤，他理直气壮道："那别人带不动我啊！"

原初悦："……"

那……确实是很难带得动。

有理有据，原初悦，信了。

孟江北画蛇添足，又强调了一句："要不是因为你舞跳得好，我才不会答应你呢。"

原初悦："……"

行吧。

原初悦面无表情地道："既然你这么喜欢，那有空一起跳舞。"

孟江北抽了抽嘴角。

不，他没空。

原初悦把团团送回了家，费了一点工夫才把团团从她怀里给扒拉出来。

等原初悦一看时间，已经快十二点了。

团团烧已经退了大半，睡在床上盖上被子，看起来小小的一团。他的手在空中虚抓了几下什么都没抓到，原初悦干脆上前把他的手塞进被子里，也不知是不是被子的重量困住了团团的手，他小嘴嘟了嘟，总算是老实了下来。

原初悦蹑手蹑脚地从房间里走出来，孟江北坐在客厅的沙发上，闭目养神，手边放着粉嫩嫩的双肩包。

原初悦做贼似的绕过孟江北想要去拿自己的包，谁知手刚碰到包带，孟江北突然就睁开了眼。

四目相对，姿势有些尴尬。

原初悦琢磨着自己跟孟江北有“共舞之情”在先，又有“带娃看病之谊”在后，两人怎么着也算是朋友了，不说话也不合适。她站直了身体，主动开口：“天还挺黑。”

孟江北冷淡地“嗯”了一声，他现在要树立酷哥人设，势必让原初悦意识到不是什么人都能随便跟他搭话的，也一定要让原初悦看清楚他对她一点意思都没有！

“今儿都辛苦了。”

“嗯。”平时别人跟韩录说话，韩录似乎就是用“嗯”字诀。

“团团如果有什么情况，你要是忙不过来可以打电话给我。”

“嗯。”自己现在的表情够不够冷淡，是不是嘴角还要往下耷拉一点，孟江北开始仔细地回忆韩录往日里的表情。

“舞会上得到的那台游戏机，我放在家里了，你要是想玩，下次我带过来。”

“嗯。”孟江北调整好了表情，又开始琢磨自己的坐姿，要怎么坐才能坐出一种“我是真的很不在意你，放在平常我都懒得搭理你，今儿就是心情好才勉为其难听你说几句”的感觉。

原初悦瞥了孟江北一眼：“你是不是不想和我说话？”

“嗯……嗯？”

原初悦抓紧了手中的书包带：“那……那我先回去了。”

客厅的窗帘并没有拉上，透过窗户能看见窗外的万家灯火大半都灭了下来，学校里倒是有路灯，不过这一块是老校区，设施都较为陈旧，路灯的光看着也有点黯淡，再加上今晚夜色浓，星星都被不知道打哪儿飘来的厚厚的云层给遮住了，显得夜更深了。

新任酷哥坐不住了。

孟江北有心想要挽留原初悦，虽然团团家里只有两间卧室，但是他在客厅睡沙发将就一晚也没什么问题。

这个念头刚在孟江北脑海里闪过，又被他快速否定。

原初悦是他什么人，他凭什么要为了原初悦去睡沙发委屈自己？

要么把原初悦送到校门口，学校虽然是老校区，但好在有地理优势，校门口哪怕是晚上也还是比较好打车的。

男生嘛，在某些事情上总归是要绅士一些的。但是孟江北转念一想，自己这番“绅士行为”会不会被原初悦误解，万一她认为自己对她有意思怎么办？

原初悦可不知道孟江北的这点小心思。

她本来以为自己和孟江北好歹也算是朋友了，毕竟人家孟江北还答应她一起去化装舞会了呢。但是孟江北今儿又说了，参加化装舞会只是为了游戏机，如果别人比她舞跳得好，他就找别人了。

并不是因为她是原初悦，孟江北才答应她的邀约。

原初悦想到这点，心里有些不爽，不爽之余竟然还有一点失落。

人家都不把她当朋友了，这一路过来态度也是冰冰冷冷的，话都没说上几句，原初悦又不傻，看出来了孟江北疏离的态度。

原初悦为人处世，向来是你退一尺，行，那我就退一丈。这些年来她积攒的主动和热情，大多都用在程侑身上了，虽然也没有见什么成效。

原初悦说了声再见，也不等孟江北回应，就自顾自背起书包离开了。

之前从医院回来的时候，因为跟孟江北一起，原初悦还没感觉到夜色有多黑。如今一个人下了楼，她望着面前寂静无声的校园，抿了抿唇有点犹豫。

东齐大学绿化做得很好，可是白日里看起来生机勃勃的绿植，到了晚上被昏黄的灯光一照，就显得有些阴森。尤其是原初悦前几天刚经历过“神秘痴汉尾随事件”，心里就悄悄打起了鼓。

就在原初悦犹豫的工夫，距离她最近的一盏路灯，灯光闪了闪，就像是回光返照一样，突然大亮了一下，然后彻底地暗了下来，再也没有亮起来。

路灯坏了。

这突如其来的插曲无疑让原初悦的不安越发强烈。

原初悦在楼门口踌躇了许久，好不容易给自己鼓足勇气准备迈步，却听见身后传来匆忙的脚步声。原初悦被吓了一跳，猛地回头就对上了孟江北的视线。

孟江北看着原初悦明显有些惊慌的表情，抿了抿唇，若无其事地移开了视线，开口问："你怎么还没走？"

原初悦冷静下来，孟江北还没有换衣服，让她能够判断出来人是谁。

原初悦显然也有些尴尬，但是她总不能告诉孟江北，自己一朝被蛇咬，怕黑还怕被人尾随。她迅速转移话题："你怎么下来了？"

孟江北摸了摸鼻子，淡淡地开口："哦，突然想起有点事，需要去社团活动室一趟。"

原初悦小心思活跃了起来，社团活动室在学校的另外一头，顺路！

"好巧，那我们一起走吧！"

孟江北假装没看见原初悦突然明亮起来的表情，为了和原初悦划清界限表明他和原初悦真的不熟，也没回应原初悦的话，他就扔下原初悦自顾自往前走了，余光却偷偷打量着路灯下的影子。他在心里默数了三秒，谁知三秒还没数完，就看见那个小小的黑影动了起来，往自己这边靠近。

孟江北勾了勾唇，又压了下去。

两人一前一后地走着，谁也没有说话，虽然夜色还是一样的浓，但是原初悦的心却安定了下来。

昏暗的校园小路上，路灯将他们的身影拉得很长很长。走过一个拐弯，在前后两盏路灯的照耀下，两人的身影发生了些微变化，原本平行的影子在光影的神奇作用下重叠交缠在了一起，看起来就像是一对情侣亲昵地抱着，附耳轻声呢喃着什么。

走到这条路的尽头，拐个弯前面就是社团活动室所在的大楼了。

走过这栋大楼，原初悦只需要顺着这条路再走个五六分钟就能到达学校的东门，那里比较方便打车。

孟江北停了下来，抬着头看着大楼那亮起的灯光若有所思。

孟江北当然不是真的为了什么事来活动训练室，这只不过是个借口罢了，可是他万万没有想到，都这个点儿了，402 活动室竟然还亮着。

孟江北在脑海里排除了几个人选，皱了皱眉，神色有些不豫。一个念头在心头转了一圈，他抬起头脚步匆忙地往 402 活动室走去。

402 的门锁本来是电子锁，但是和启元的友谊赛过后，温宇飞以不方便管理为由，死缠烂打让孟江北对电子锁进行修改，在电子锁的基础上又装了一把普通的钥匙锁。

孟江北是不需要钥匙的，所以唯一的一把钥匙就落在了温宇飞手中。

原初悦也没想到这个点儿了数独活动室竟然还有人，她在心里盘算了一下，最近比较大型的比赛也就挑战赛。挑战赛这个月底才开始报名，按照往年的赛程安排，就算是初赛也要等到十一月底，这还有一个多月的时间，虽然说已经可以开始着手准备起来，不能荒废每天的练习，可是也不至于到挑灯夜战到十二点多还不回去的程度。

原初悦想要调查“打假比赛”的事情，自然不会放过任何一个可能的线索。她思量了一下，跟着孟江北上了楼。

整个四楼除了402还亮着灯，其他的教室都黑漆漆的，只有走廊开着几盏夜间照明灯。402在四楼的尽头，孟江北上了楼才听见身后有人跟着，他回头却发现原初悦不知为什么也跟了上来。

孟江北张了张嘴想要说些什么，最终还是什么都没有开口，只当作原初悦不存在，继续往402走去。

孟江北停在了402门口，却没有开门进去。

402靠走廊的一边有两扇明亮的大窗户，其中一扇窗户拉上了窗帘，另外一扇不知道是不是里面的人马虎，只拉了半边。孟江北站在门口，透过那扇窗户往里面看，虽然看不到教室的全景，但目光所及正好能看见教室的中间坐着一个人。

为了方便，402教室放了一台投影仪，现在投影仪被打开，教室前方的白色幕布拉了下来，从孟江北的角度，正好能看见那投影的内容。

孟江北并不陌生。

原初悦也不陌生，毕竟昨天她才刚刚看过这场比赛。

原初悦没有想到，温宇飞竟然会弄来这段比赛视频。

没错，此刻402教室里，坐在那儿一遍一遍地刷着比赛视频的人就是温宇飞。

原初悦站在孟江北身后，看着教室里的场景，她默默叹了口气，想起昨天的那一幕。

游望的背叛，比赛的失利，无疑给了温宇飞很大的压力。哪怕后来韩录忍辱负重，不顾自己冰山酷男的人设，和孟江北一唱一和耍宝献唱《我是真的很不错》，凭借着自己“优秀”的唱功缓解了现场的压力，但是温宇飞笑得仍旧很勉强。

原初悦理解温宇飞的感受。

他是觉得自己拖了后腿。

原初悦全程观看了比赛，不可否认，温宇飞确实拖了后腿，且不说孟江北和韩录，他的实力和游望之间都差了许多。

原初悦之前没怎么在乎这个事情，数独社是精英社团，里面的数独高手比比皆是，她本来以为温宇飞身为数独社的社长，数独实力就算比不上程侑等人，应该也算是数一数二的。

可是从昨天的比赛来看，温宇飞的数独实力确实有些不够看。原初悦当时还以为是游望的背叛给温宇飞带来了太大的负面作用，温宇飞没有调节好自己的心态才发挥失常。

原初悦在这个时候想起了自己今天下午看的那些视频和做的记录。

当时她没有在意，现在回想起来，这三年里温宇飞似乎很少参加比赛。

原初悦又想起了比赛之前，齐逸声那夹枪带棒满含深意的话——“啊，不好意思，你太久没参加过比赛了，我差点都忘了你也会玩数独呢。”

原初悦若有所思，她探着脑袋看着教室里的场景——温宇飞面前的桌子上放着两三个空了的咖啡杯，看来这个比赛视频他已经看了有一会儿了。白色幕布上比赛已经到了终点，温宇飞看着投影仪上显示的比赛结果，双手抱头趴在桌子上。

窗外的两人听见教室里传来什么东西捶着桌面的声音，力道很大，那一下下的捶击显露出了拳头主人内心的不甘和愤懑。

孟江北垂着眸子，半个身体站在阴影当中，脸上没什么表情。

温宇飞又有了动作，起身准备离开这儿。孟江北和原初悦就站在窗外，温宇飞只要一转身就能看见他们两人。原初悦还没来得及反应，一只手抓住了她的胳膊，另一只手捂住了她的嘴巴，将她推了几步，身后什么东西被撞开，然后原初悦就感觉自己被推进了一个房间。

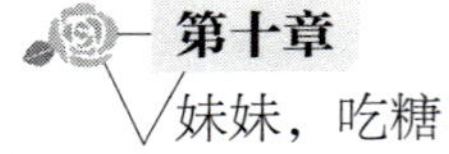

第十章
妹妹，吃糖

原初悦眨了眨眼。

孟江北是贴着原初悦站着的，房间里很暗，两人离得这么近，原初悦也只能看见孟江北脸部的轮廓。

原初悦不合时宜地想着，好像大家都说孟江北长得很好看，是数独社的门面担当。

能有多好看呢？比程侑和顾禾还好看吗？

原初悦盯着孟江北的脸使劲瞧，却怎么也看不清他的五官。鼻尖传来一股淡淡的香味，还挺好闻，原初悦嗅了嗅，分出一点心神去想这究竟是什么香味。

有点像是留兰香，又有点像是薄荷。

门外传来温宇飞的脚步声，听那动静，他把402的门关上后离开了。

脚步声渐远，直到听不见了，孟江北才松了口气，回过神来却发现原初悦一双眼亮晶晶地盯着自己，掌心暖暖的、痒痒的，是原初悦呼出的气息。

孟江北触电般地后退一步。

“你……”

“你……”

两人同时开口，又默契地同时止住了话，漆黑的房间，暧昧的气氛弥漫开来。

原初悦的心跳不争气地跳快了一拍，脸好像也有些发烫，她也不明白自己为什么突然有些紧张。

难道这就是传说中的……做贼心虚？

对！

她和孟江北方才躲在窗外偷看温宇飞的行为可不就是“做贼”。

原初悦为自己的紧张找到了理由，捏了捏自己的衣角，没话找话道：“温学长好像走了？”

孟江北觉得右手掌心有些痒，方才的感觉仿佛还遗留在上面。他视线飘忽，突然不敢和原初悦对视，哪怕房间这么暗，原初悦根本看不见他的眼睛，他“嗯”了一声。

两人傻乎乎地站着，灯的开关就在他们身后，但谁也没想着去把灯打开。

原初悦继续没话找话：“温学长还挺勤奋，这么晚了还在复盘比赛。”

孟江北又“嗯”了一声。

“温学长应该不会杀个回马枪再回来吧？”

“嗯。”

原初悦说不下去了，她想了想，决定再一次道别：“那……我就走了？这次是真的要回家了！”

“嗯。”

原初悦凭着记忆里的路线，往门口走去，却撞上了一堵肉墙。

孟江北刚刚后退一步，好巧不巧正好堵在了门口。

“那……你让让？”

孟江北忙不迭让开，原初悦连忙跑了出去。呼吸到外面冷冽的空气，她拍了拍脸，整个人冷静了下来。原初悦也不敢再多想，一溜小跑往学校外跑去。

好一会儿，孟江北才从黑暗的房间里走出来，他紧紧攥着右手，脸上面无表情，耳后根却染上了一抹红。

原初悦又花了半天刷完了视频，整理出了完整的记录。

Excel 表格里，列出了每一场比赛对应的时间和结果。从这张表格展现出来的数据来看，东齐数独社的实力真的很强，不只是个人，而是整体实力都很强悍。

三年的比赛大大小小一共列出了四十六场，刨除数独社内部举办的对抗赛，一共有十七场，战绩也很好看，十七场十五胜二负。

原初悦细细整理了一遍，数独社每个人或多或少都有过参赛纪录，除了一个人——温宇飞。

究竟是温宇飞在这三年来没有参加过比赛，还是崔晓童给的视频里恰好没有温宇飞参加过的比赛记录？联想起齐逸声的那番话，原初悦觉得第一种情况的可能性更大。

原初悦看着手中的名单，这份名单是根据输了比赛的结果列出来的，每个人的名字后面还跟了输掉的比赛信息，有些人只有一局，有些人却有三四局。原初悦斟酌再三，还是把温宇飞的名字加了上去。

她总觉得很可疑。

原初悦上完上午的课程，本来打算去看一看团团的情况，谁知刚下课就接到了爸爸的电话。原父远在D市，这次来A市出差，工作行程很忙，好不容易抽出了一个中午的时间，约原初悦出去吃个饭。

父女俩唠了几句，原辛挂电话之前又说了一句："对了，我把你哥哥也喊上了。"

原初悦抓着手机的手紧了紧："哥哥也去吃饭吗？"

原父那边的手机有些杂音，"吱吱"的电流声过后，是原父略带不满的声音："那臭小子，不想去也得去。"

原父把地址发给了原初悦，原初悦稍微收拾了一下，就打了辆车急匆匆奔赴地点。

原初悦赶到包间的时候，包间里已经坐了两个人，穿着西装温文尔雅的中年人正对着坐在他对面的少年说着什么，少年一脸面无表情，无论中年人说什么都无动于衷，他的这个态度无疑是火上浇油，激怒了中年人。

原初悦进去的时候，正好听见她爸爸压抑着怒火的声音："顾禾，你这是什么态度！"

顾禾把玩着手中的玻璃杯，浑不吝地扯了扯嘴角："什么态度？蹭吃蹭喝的态度呗。要不是看你选的这个餐厅价位还不错，我才懒得过来吃。"

原父正要发火，余光却瞥见了进来的原初悦。他眉头紧皱，好不容易才收敛起轻易就被顾禾激起的怒火，冲原初悦摆了摆手："小悦来了，快来坐。"

原初悦突然有种近乡情怯的感觉，扯了扯衣角，小心翼翼地挨着顾禾坐了下来，跟顾禾打招呼："哥哥……"

顾禾低着头，一点余光都没分给原初悦。原父又忍不住了，开口教训：“你是怎么当哥哥的，妹妹跟你打招呼你没听见？”

顾禾往后一靠，挑了挑眉：“你是让我来认亲，还是让我来吃饭的？不吃，我就走了。”

“顾禾！你妈妈是怎么教你的，年纪越大越混账！”

“不劳你操心，我妈教得很好。怎么，小时候没有尽过父亲的责任，连过年都几乎没有在家待过。现在我们都成年了，又开始想起来扮演你的慈父角色了？未免晚了些吧，收起你的那颗慈父之心吧。”

“我好歹也是你父亲！”

“父亲？不好意思，我现在姓顾不姓原。”

一顿饭吃得鸡飞狗跳，不大的包厢里充斥着浓浓的火药味，人前温文尔雅的原父在顾禾面前就像是天干物燥的火药，顾禾随便几句话就能点燃引线。

原父炸啊炸也就习惯了，炸到后来他的心情诡异地平静了下来，开始履行自己身为“爸爸”的义务，过问了一下子女的近况。

“全国大学生数独挑战赛也快要开始了，听说你今年和程侑约好了一起参赛？”

顾禾懒洋洋地应了一声。

原父皱了皱眉：“既然打算参加比赛，那就好好比。程侑是个好孩子，你跟他多学学，也能提高一下自己的数独水准。”

“怎么，怕我丢了你原大师的脸面？啧，还是你觉得，你的儿子应该是程侑，不应该是我？”顾禾懒洋洋道，“可惜了，这儿子又没法换。”

“你这又是什么混账话！”原父喝了一口茶水，压抑住怒火，说着正事，“数联很看重今年的大学生数独挑战赛，想从里面挑选出几个种子选手好好培养，争取在下一届世锦赛成年组中也能拿个好成绩，你一定要好好表现。我听说，今年挑战赛的规则相比往年有了些变化，不过你和程侑都不参加团体赛，这些规则的变化对你们来说应该没什么影响。”

原父说着，像是想到了什么，又看了一眼原初悦：“听说你们学校的数独社实力也很不错？去年大学生数独挑战赛团体赛冠军就是你们学校获得的，程侑好像也进了你们学校的数独社吧？”原父想了想，“你们学校好像也有几个不错的选手。今年挑战赛的保送队伍名单这两天就要出来了，东齐还是去年的参赛队伍吗？”

原初悦觉得在这个场合谈论一些数独社和齐逸声之间的瓜葛也不太合适，只能含糊道：“出了点问题……”

好在原父也就是随口一问：“瞧我这问得，你又不了解数独，这些消息你应该也不关注。”

原初悦将到嘴边的话咽了回去。

原父的电话响了起来，他看了一眼来电显示皱了皱眉，匆匆嘱咐兄妹俩：“单我已经买了，我有事先走了。你们俩继续吃，从小你们俩兄妹感情就好，这下又在一个城市上大学，顾禾，你没事多关心一下你妹妹。”原父匆匆离开包间去接电话。

顾禾听着父亲的那番话，嘴角勾起一道嘲讽的笑。

瞧瞧，这就是他爹，从小忙着工作根本不着家，对他们的记忆怕是还停留在十几年前。

感情好？幼年的时候可以说得上是兄妹情深，但是之后……呵呵。

顾禾垂着眸子，笑容更加刻薄。看他对原初悦的态度，父亲还能说得出两人感情好？

顾禾对此并不意外，自打他有记忆起，父亲这个角色一直只存在于别人的口中，他和原初悦一年见父亲的次数恐怕一个手指头都能数得过来。说实话，八年前父母离婚，顾禾也觉得是在情理之中，顾禾跟了母亲，干净利落地改了姓，原初悦则跟了父亲。

原父一离开，包间里没了之前剑拔弩张的火药味，气氛反而更加尴尬了。原初悦有些坐不住，视线不由自主地老是往顾禾那边瞟。顾禾倒是稳坐如山，自顾自吃着饭，权当包间里只有自己一个人，看都不看原初悦一眼。

原初悦稳了稳心神，觉得自己不再是个孩子了，应该拿出大人处理事情的成熟态度，她把面前的一盘菜往顾禾那边推了推：“多吃点，我记得哥哥最喜欢吃鱼了。”

顾禾的筷子径直越过那道松花鱼，夹起了旁边的爆炒鱿鱼。

原初悦不抛弃不放弃：“哥哥不参加今年全国大学生数独挑战赛的团体赛吗？”

顾禾没理她。

原初悦绞尽脑汁地想着顾禾感兴趣的话题：“龙琪琪最近怎么样了？”

顾禾终于有了反应，他抬起头漫不经心地看了原初悦一眼，道：“原大师说的话，你不用放在心上。”

原初悦内心狂喜，顾禾这是在安慰自己吗？

顾禾接下来的话却给她泼了冷水：“没什么‘从小感情就好’，你也不用为了他拎不清的一句话，想要跟我演什么兄妹和睦的戏码。”

原初悦的一颗心拔凉拔凉的。

顾禾拿起纸巾擦了擦嘴，拿起自己的东西自顾自就离开了。

原初悦怔怔地坐了一会儿，不死心地又跟着跑出了包间。

顾禾今天穿着灰色的卫衣，戴着一顶棒球帽，倒不是很难认。原初悦刚走出餐厅大门，就看见顾禾站在马路的对面。

顾禾面前站着一个扎着羊角辫的小女孩，小女孩手里的冰激凌掉在了地上委屈地哭了起来。顾禾半蹲在她的面前，揉了揉她的脑袋，小声宽慰着什么，右手在包里掏了掏，掏出一把糖果放到小女孩的手里，小女孩这才破涕为笑。

原初悦咬着唇。

记忆里的一幕和眼前的一幕重合，幼年的顾禾咧着嘴露出缺了一颗门牙的牙齿，冲她笑：“妹妹，吃糖。”

原初悦觉得委屈，她忙不迭地低下头揉了揉眼睛，试图压下泪意。

她都这么努力了，是不是做得还不够好？

为什么……为什么大家都不喜欢她呢？

原初悦失魂落魄地离开这个路口，没有注意到马路那边的顾禾突然抬头，神色复杂地往自己这边看了一眼。

顾禾收回视线，摸了摸小女孩的羊角辫，语气轻柔：“吃了糖，就要开心一点呀。”

“你这样看我做什么？”

程侑拧着眉头看着坐在他对面的孟江北，总觉得孟江北的眼神怪怪的，看得他有些不自在。程侑想了想，试图给孟江北这个奇怪的眼神找理由：“最新的游戏我马上就通关了，等通关完，我就把游戏卡借给你。”

换而言之，孟江北不要再这样继续盯着他看了。

孟江北“啧”了一声，如程侑所愿地移开视线，嘀咕：“看你一眼又不会怎么样。再说了，我是那种小气的人吗？就为了一张游戏卡至于这样吗？所以你说的‘马上’到底是什么时候？”

“两天差不多了。”

孟江北往后一靠，双手背在脑后，说道：“你说你，每天都待在家里也不出门，学校也很少去，我要是想见你一面还得来你家里。”

程侑笑了笑没说话，手中动作不停，继续泡茶。

孟江北：“老温现在可想你了。”

“为什么？”

“喏。”孟江北努了努嘴，“还不是为了挑战赛的事儿，齐逸声拿走了个保送名额，他就急得跟什么似的，好像我们没有保送名额就进不了决赛一样。”

孟江北想了想，还是没有把温宇飞大半夜还待在教室里复盘比赛这事儿给说出来，话到嘴边绕了一圈，他改口道：“你瞧着吧，我琢磨着过几天他又会来找你，求着你去参加团体赛。”

程侑不是很在意：“不是还有你和韩录吗？”

孟江北明白，程侑这个人看起来很好说话，没什么脾气，像一个软柿子，实际上脾气却倔得很，一旦他决定的事情别人轻易无法动摇。孟江北也就是随口说说，根本没打算帮温宇飞做说客。

程侑泡好了一道工夫茶，推到孟江北面前：“尝尝。”

孟江北伸手接过，程侑又道：“最近你很忙？”

孟江北品了一口茶：“还好，怎么了？”

程侑略有些苦恼：“这几天我在微信上找你，你很少回我，我还以为你很忙。”

孟江北：“……”

孟江北干笑一声。

那不还是因为原初悦！任谁原本以为自己有了个合心意的小迷妹，结果掀开牌发现人家小迷妹是认错了人，都会对当事人有点心怀芥蒂吧。

孟江北也不是对程侑有什么意见，只是需要一点时间来消化一下这份尴尬。

程侑哪壶不开提哪壶，又提起了原初悦：“上次的事情，谢谢你了。”

孟江北想了一会儿，才明白过来程侑指的是原初悦被关在服装室的事，他笑得有些勉强：“毕竟是你的青梅竹马，四舍五入也就是我的朋友了，朋友有难帮一下也是义不容辞。”

孟江北小口小口地喝着茶，余光瞥见程侑的手，不知是客厅的灯光作用，还是青花瓷花纹的衬托效果，有那么一瞬间他觉得程侑的手好看得有些惊艳。

都说有些女孩子比较喜欢手好看的男孩子，难道原初悦也是这样？

孟江北调整了一下喝茶的姿势，漫不经心地打量了一下自己的手。

不比程侑差多少，也挺好看的嘛。

孟江北沉浸在自己手的“盛世美颜”之中，一恍神没有注意程侑的话。

程侑喝了一口茶润了润嗓子，道：“小悦有时候有些死脑筋，一条路走到头，哪怕撞了南墙，她也不会想着回头。”

孟江北酸溜溜地想，不愧是青梅竹马，程侑还挺了解原初悦的。孟江北这么想着，话到嘴边忍不住开口了：“是有点死脑筋，还不服输。有些人每天看起来怼天怼地什么都不怕的样子，实际上睡着了还暗搓搓地要扯着别人的衣服不松手。”

程侑诧异地抬起头看了一眼孟江北，想起了什么，道：“你跟小悦还挺熟。”

“不熟不熟，你俩比较熟。”孟江北话到嘴边顺口就说出来了，“毕竟你们才是青梅竹马，谁不知道原初悦喜欢的是你呢。”

程侑愣了一下，嘴角的笑容淡了几分，他摇了摇头。

孟江北：“你不知道？”

“不是……”程侑斟酌着语句，“我的意思是，她并不是你想象中的那种喜欢我。”

程侑说着，试探地看了一眼孟江北，想起自己听到的那些消息，开口道：“前阵子的化装舞会，你和小悦一起参加了？我听说，这化装舞会最容易成双成对……”

孟江北立马打断程侑的话：“不是你以为的那样！”

程侑道：“我觉得你们俩其实挺般配。还记得我们之前看的一部老片子吗？好像是叫《飞侠小白龙》。你不觉得小悦有点像里面的小白龙吗？大家都以为她和二皇子是天造地设的一对，其实最适合她的反而是盲侠。”程侑想了想，补了一句，“现在不是很流行欢喜冤家的 CP 吗？”

孟江北急于撇开他和原初悦的关系，想也不想就开口道：“我又不瞎！”

孟江北默默地在自己心里又强调了一遍——

没错，他瞎了才会喜欢原初悦。

程侑有些哭笑不得："你这么激动做什么？"

"那还不是因为你乱说话！"孟江北坐不下去了，火烧屁股似的跟程侑道别，"我觉得你是在家里待久了，才会胡思乱想有的没的，有空出来去社团里转悠转悠，让老温陪你唠唠嗑。我还有事先走了，游戏卡记得给我。"

孟江北熟门熟路地在程侑家小区逛了一圈，却发现原本走的那条路在修被围了起来，他没办法，只得绕了个圈从另外一条路走。

隔天晚上，温宇飞又发微信给孟江北，说有个好消息要宣布，在 402 开个小型会议。

孟江北赶到402的时候，402已经坐了三个人，除了温宇飞和韩录在场，程侑竟然也到场了。

孟江北有些惊讶，坐了下来开口道："老温，我觉得你是个做销售的人才。"

温宇飞连日以来终于露出了一个开怀的笑容，他摸了摸下巴，一扫之前的萎靡，喜滋滋地道："怎么，你终于又发现我的闪光点了？"

孟江北朝程侑努了努嘴，意思不言而喻。

韩录坐在一旁，依旧保持着他冰山酷男的人设，手里捧着一本书继续散发冷气。

温宇飞拍了拍掌："好了，既然人都到齐了，那我就宣布好消息了。今年全国大学生数独挑战赛的章程出来了，和往年有所不同，特别是团体赛，有一个对咱们来说特别好的消息——"

温宇飞说着，卖了个关子，看着众人的表情。

但注定让他失望了。

韩录一如既往地冷漠脸；程侑也不是个捧场的人，淡淡地看着温宇飞；孟江北却若有所思，脑中灵光一现，总觉得自己抓住了什么。

温宇飞"啧"了一声，觉得捧哏难求，他索性说了出来："今年的团体赛，从三人改成了四人，最重要的是，要求四人团队里至少有一个女生！你们也知道，这几年数独比赛里，出众的女性选手很少，尤其是去年，数独锦标赛进入决赛的五十名选手内，只有七名选手……"

温宇飞絮絮叨叨了一大堆，后面的话孟江北都没听进去，看着温宇飞喜气洋洋的模样，他心沉了下去。

温宇飞："以我的想法，今年咱们数独社可以出两支队伍参加团体赛，老孟、韩录、程侑和路书瑶组一组，其他想要参加团体赛的再在学校里找个女选手组一组。我倒是要看看，齐逸声那边打算怎么办。"

孟江北抿了抿唇："老温，你联系路书瑶了吗？她同意参加团体赛？"

温宇飞想当然："我之前给她发过消息了，但她还没回我。不过，这还用想吗？队伍里有你们三个，她肯定不会拒绝呀。"

毕竟，谁不想赢呢？

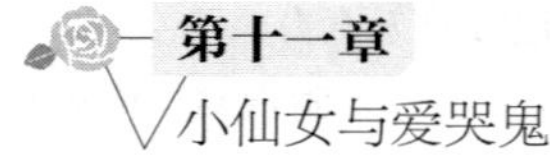

第十一章 小仙女与爱哭鬼

“心宽体胖”这个词用来形容温宇飞再合适不过。

温宇飞属于乐天积极派，管理一个社团并不是一件容易的事情，尤其是数独社每个人在数独这一圈子里都算是小有名气的选手。对于他们大部分人来说，数独意味着他们的骄傲，骄傲的少年处在一起难免会有些磕磕碰碰，而温宇飞却能掌控社团成员之间的平衡，将社团打理得井井有条，可见这个人确实有几分本事。

温宇飞热爱数独，仿佛有无限的精力可以用来放在数独这件事上，无论是平常的数独练习，还是社团的管理。他对每一个成员都真心以待，不愿以最坏的恶意去揣度他们。所以哪怕有游望的前车之鉴，温宇飞也没有把路书瑶想象成游望那样。

孟江北看见温宇飞这个反应，心沉了下来，冷不丁就想起了温宇飞半夜坐在活动室一遍一遍复盘的场景。

孟江北明白，哪怕平日里温宇飞看起来大大咧咧什么都不放在心上的样子，在他的内心里，也藏有一片阴暗，那是温宇飞还未愈合的伤痛。

孟江北狠了狠心，提醒温宇飞道：“那如果路书瑶不愿意呢？”

温宇飞愣了一下：“不愿意？她为什么会不愿意？难道她不想参加团体赛？”

韩录翻页的动作一滞，若有所思地看了一眼孟江北，接过他的话：“或许她不愿意和我们一起组队。”

温宇飞想不明白：“那社团里其他人的综合实力也比不过你们啊！”

孟江北戳破了那层虚假的膜：“我昨天看见路书瑶和齐逸声在一起，”

他顿了顿，不给温宇飞抱有侥幸心态的机会，“有说有笑，看起来其乐融融。”

温宇飞脸白了下来。

孟江北说出自己的猜测：“按照齐逸声做事的风格，之前我们比赛，游望故意迟到，等到开赛前一分钟才到达现场，根本不给我们换人的准备。我怀疑，这次他也会用这一招，先让路书瑶稳住我们，等到参赛名单报上去路书瑶再在最后一刻临时反口。这样一来，我们恐怕就没有足够的时间去找女性队员。当然，这只是我的猜测，也是最坏的结果。”

程侑想起了什么，眸子闪过一道暗光，开口道：“齐逸声之前找过我。”

一语惊起千层浪。

活动室另外三个人的视线齐齐落在程侑身上，程侑薄薄的唇没有什么血色，不慌不忙地道：“是在你们比赛之前，他当时说……”

程侑回忆了一下，模仿齐逸声的语气道：“我有秘密武器，只要你加入我们一组，绝对能拿到今年团体赛的冠军。”

程侑摊了摊手：“不过，我拒绝了。”

所以齐逸声才会找到游望。

所以齐逸声早就得知了今年数独挑战赛的团体赛新增的这条规则，并一早就布局了？

温宇飞神色灰败，明显已经相信了孟江北的猜测，但仍心存顾忌：“可万一路书瑶并没有这份心思……”

程侑倒是干脆：“不管她有没有，我们只要不考虑和她组队，那就算齐逸声真撬了她的墙脚，对我们也没有什么影响。”话既然说到这儿了，程侑干脆多说了几句，脸上的神情有些疑惑，“说起来，一开始我就很好奇，路书瑶的数独水准只能算一般般，为什么你们把她定为第一人选呢？”

程侑并没有针对路书瑶的意思，只不过对他来说，路书瑶的水平，他的确还看不上眼。如果程侑再猖狂一些，哪怕他当众说“恕我直言，在座的都是辣鸡”，大家也会觉得理所当然。

温宇飞心里哪怕对路书瑶产生了怀疑，但这个时候他还是忍不住站出来替他的社员说了一句：“在咱们学校，路书瑶已经算女选手里的顶尖水准了。”

程侑拧了拧眉：“可小悦的数独明显比她厉害得多啊，你们不知道吗？”

温宇飞：“小悦？”

电光石火之间，孟江北脑海里闪过一个人的侧影：“你是说原初悦？”

哪怕是无时无刻不在努力维持自己冰山人设的韩录，脸上也闪过一丝惊讶之色。

“是啊！我记得小时候原伯父还夸过小悦有他的风范，只不过后来不知道为什么小悦就不怎么玩数独了。”

“原伯父？你说的原伯父该不会是……”

程侑一语惊起千层浪：“原辛。怎么，你们不知道小悦的父亲就是原辛吗？”

众人愕然：“这我们怎么会知道？”

程侑理所当然道：“这很难猜到吗？毕竟他们都姓原呀。”

众人：“……”

听起来好像很有道理的样子。

温宇飞也想起了自己第一次和原初悦见面的场景。

那时候……原初悦似乎只花了四分钟就解开了 402 大门上孟江北设下的数独密码锁！他捶了一下桌子，幡然醒悟。

是了，这么重要的细节，他怎么就没有注意到呢！

原初悦打了个喷嚏。

团团忧心忡忡地看着她：“该不会我感冒好了，你又感冒了吧？”

团团边说边伸手想去拿原初悦的电脑，振振有词地道：“我前几天生病就是因为我学习太努力了。悦悦，你要多注意身体，少看电脑多休息呀。”

原初悦瞥了团团一眼：“学习太努力了？也不知道是谁大半夜不睡觉，还给我发微信。”

团团理直气壮地道：“就是因为学习到大半夜，所以才给你发微信。”

团团试图去拿原初悦的电脑，原初悦轻巧地躲开了他，团团撇了撇嘴：“电脑有什么好玩的嘛。”团团凑过脑袋看了一眼电脑上的画面，更不高兴了，“你就是因为要看这个才不跟我玩《华容道》的吗？同样都是一到九，九个数字，你凭什么看不起我的《华容道》？”

原初悦轻轻弹了团团一个脑瓜嘣：“你可别小瞧这九个数字，光这九宫格，就有很多不同的玩法呢。”

团团嘴里嘀嘀咕咕，不死心地又看了一眼，对视频里的人评头论足：“看来玩数独的人长得都不怎么样嘛。”团团想了想，又补了一句，“当然，我哥哥除外。”

原初悦翻了个白眼，懒得搭理团团。

视频是她好不容易才从网上找出来的，里面比赛的人正是温宇飞。

崔晓童发过来的比赛视频里没有温宇飞的比赛记录，原初悦越想越不对劲，千方百计地从崔晓童那里套来了话。

温宇飞这几年确实没有参加过比赛，在崔晓童的记忆里，温宇飞参加的最后一个比赛还是崔晓童刚入社那年，那时温宇飞才大二。

崔晓童印象也不是很深刻，只记得那是由本地电视台举办的一场数独比赛，含金量并不高，噱头倒是比较足，打出的宣传语是类似于这种“数独美少年之间的才华碰撞”，请来的数独选手都是年轻好看颇受女孩子欢迎的那种。

当然了，那会儿温宇飞还没有胖成现在这个样子。

这期比赛录成了一期节目，还在本地电视台播放过，所以原初悦才能够从网上找到资源。

原初悦是皱着眉头把这个比赛视频给看完的。

与其说这是一场比赛，倒不如说这是一场作秀。比赛大部分时间都是一些恶俗的游戏环节，美其名曰帮数独选手释放天性，真正的比赛镜头只有短短几分钟。

比赛的形式是团体赛，规则也和正式比赛差不多，每三分钟题目轮换到下一位选手手中，只不过不采用积分制，正确率高的一组获胜，同等正确率的情况下用时少者获胜。

东齐这一方出的三个人，其中一个就是温宇飞，其他两个人的名字原初悦并不认识，想来应该是已经毕业了的数独社成员。

东齐的对手是三个金发碧眼的外国少年，看主持人介绍是留学生，其中一个人的名字，原初悦倒是有些眼熟——凯撒。

原初悦记得，顾禾取得世锦赛U18组个人赛亚军的那一届比赛，第三名就是一个叫作凯撒的法国男孩。

比赛的结果，东齐惨败。

按照崔晓童的说法，这次比赛结束后，温宇飞就接任成了数独社的社长，并且从此以后再也没有参加过数独比赛。

原初悦越想越觉得这事有些蹊跷。

并且按照李老师所说，他收到匿名举报的事情之后，曾找来温宇飞谈过这事情，但温宇飞却一口否认，断言这是诬蔑。

这一切……似乎太巧合了。

齐逸声和温宇飞有摩擦，齐逸声举报数独社有人打假比赛，温宇飞输了电视台那场比赛后就再也不打比赛了。就连上次和齐逸声的比赛，也是因为游望临阵倒戈相向，温宇飞没办法只能参赛。更重要的是，那场比赛中，温宇飞的实力和其他人相比明显存在着差距，这种实力的他，是怎么当上社长的？

原初悦有个大胆的猜测。

难道……温宇飞才是那个打假比赛的人？而他为了隐藏自己的真实水平，才会这么多年来避开各种比赛。

团团看原初悦陷入了沉思，忍不住问：“悦悦，你在想什么？”

原初悦下意识道：“人遇到什么事情，才会放弃自己最爱的东西？”

团团皱着眉头，有些不懂。

原初悦托着下巴，若有所思。

人，会因为什么放弃自己的骄傲？

大概是因为骄傲变了质，染上了其他的阴霾。

“嗡——”

手机振动，原初悦低头去看，发现是温宇飞发来的微信消息。

一口吃不成大胖子：原学妹，方便来一下 402 吗？

原初悦赶到 402 的时候，大门紧闭，透过窗户能看见教室里坐着四个人。原初悦敲了敲门，没有人回应，她蹙着眉头给温宇飞打电话，却显示关机。

怎么回事？把她喊过来却晾着她？

原初悦正百思不得其解，教室里的几个人却各怀鬼胎。

温宇飞背对着窗户，挺直着腰板动都不敢动，僵着脖子催问道：“怎么样，人来了吗？”

韩录利用余光瞥见门口的身影，低声道：“来了。”

程侑有些不解，但仍然配合着他们，不往门口看：“我们为什么一定要这样做？”

温宇飞：“当然是为了测试原学妹的数独水平了！”

程侑拧眉：“这还需要测试吗？”

温宇飞：“你说她数独很厉害，可是你上一次看她做数独是什么时候？”

程侑回想了一下："大概八年前吧。"

温宇飞："所以这八年里，你根本不知道她数独水平是进步还是退步了？"

程侑点头。

温宇飞磨了磨牙。

整整八年！

而且稍微有点含金量的数独比赛，都没见过原初悦的身影，程侑却信誓旦旦地说原初悦数独比路书瑶还厉害，温宇飞默默地吐槽，程侑不要仗着自己好看，觉得他说什么别人都会相信他！

以防万一，温宇飞决定测试一下。

孟江北摆弄着面前的笔记本电脑，在键盘上快速敲击了几行代码，屏幕上就飞出了一个窗口，正是和 402 大门数独密码锁关联的窗口，对大门密码锁所做的一切操作，都会在这个窗口一五一十地显示出来。

孟江北问："要设置什么难度系数？"

温宇飞一点都不客气："骨灰级难度！"

孟江北瞥了温宇飞一眼："你也不怕她把你变成骨灰。"

温宇飞想起第一次见面原初悦一脚踹开大门的样子，抖了一下，咬了咬牙坚持没有改口。

另一边，原初悦在门口等了一分钟左右，发现教室里的人似乎都没有注意到门口的动静。她等得有些不耐烦了，又怕错过什么重要的事，犹豫了一下，她手指一动点亮了大门口的电子屏。

一失足成千古恨。

原初悦被温宇飞缠上了，就温宇飞这个体格，她哪怕想当温宇飞不存在都做不到。

原初悦目不斜视地往前走，温宇飞在一旁跟着絮絮叨叨，存在感十足。

"原学妹呀，这可是为校争光的好机会啊！你就算不相信我，也该相信老孟啊，以他们三个的实力，再加上你，那简直就是王者队，神挡杀神。你看你人长得这么好看，数独又这么厉害，藏着掖着干什么呢。我觉得吧，现在的年轻人都太浮躁了，太容易膨胀了，是时候让他们见识什么才是真正的才貌双全。"

原初悦停下脚步："温学长，你知不知道什么叫作'明明可以靠脸吃饭，却非要靠才华’。”

温宇飞眨眨眼，假装听不明白：“明明是谁？既然可以吃双份饭，她为什么只吃一份饭呢？”

原初悦捏了捏拳头：“那你知不知道‘明明’除了靠脸和靠才华，还可以靠拳头吃第三碗饭。”

温宇飞有些㞞：“吃三碗会不会太多了？”

原初悦又不可能真的对温宇飞动手，只能再一次强调：“温学长，我之前就已经表态过了。我不擅长数独，更不会去参加比赛。”

温宇飞之前被原初悦威胁得有些气短，听了原初悦这一番话，他立马状态又回来了，振振有词地道：“原学妹你说的这是什么话，你就算想拒绝我也不要找这个借口啊。什么叫作‘不擅长数独’？你这个水准要是还叫作‘不擅长数独’，那我岂不是连数独叫什么都不知道？原学妹你这就不厚道了，跟谁学不好，非要学那什么‘不知妻美刘某东，普通家庭马某腾’。”

八分钟就解开了一道骨灰级难度系数的数独题，就算是原初悦超常发挥，也很能证明她的实力了啊！

原初悦摊手：“这种难度的数独题，给孟江北他们做也只要六七分钟吧。不拿孟江北来说，顾禾和程侑八岁的时候做这种难度的数独题也只要不到八分钟。”

温宇飞下意识就道：“那你也不能和他们比啊。”

毕竟，孟江北、顾禾和程侑三人几乎可以代表目前数独界年轻一辈的顶尖水准。

温宇飞一时也没反应过来自己这话说得有什么不对，只敏感地察觉到原初悦的态度有所变化。原初悦扯了扯嘴角，露出了疏离的笑容：“我觉得温学长说得很对，所以我还是那句话，我是不会参加数独比赛的。”

温宇飞还想继续发挥他三寸不烂之舌的威力，原初悦直接堵住了他的话：“温学长有空关心别人，倒不如对自己多上上心。我听说温学长这几年一心管理社团，就连比赛都很少参加了。按照你所说的，挑战赛是一个很大的平台，你难道就不想去试试吗？”

温宇飞一时哑口无言，眼睁睁地看着原初悦消失在自己的视线里。

原初悦知道自己不应该因为温宇飞一句无心的话就影响了情绪，可是她控制不住，耳边仿佛一直回响着那句话。

似乎是温宇飞说的，又似乎是其他什么人的声音。

原初悦停下了脚步，她突然很想去看看小橘。她回转脚步，毫不犹豫地往教职工住宅区那边走。

现在是下午四点半，距离吃晚饭还有一段时间，住宅区十分安静，小橘在这个点儿一般喜欢趴在住宅区西南角后面的小坡上晒太阳。原初悦熟门熟路地往后坡走，全然不知那里已经有人了。

孟江北站在拐角处，手里拿着的手机显示通话中，耳朵里还塞了个耳机。他百无赖聊地半蹲在路边，催促道："到底好了没有？"

电话那头传来小猫有些不耐烦的叫声。

孟江北又催："韩录？"

好一会儿，韩录才勉为其难地开了尊口："再等一下。"

孟江北愤愤道："就这一次，下不为例！以后我们还是保持普通同学的关系吧。"

电话那边的韩录难得多说了几个字："晚了，我们已经绑在一条贼船上了。"

孟江北翻了个白眼："你要是想撸猫，买一只回家养着不就好了？非要跑学校里来撸那只橘猫，死活还要连累我给你望风。"

上次原初悦的事情给韩录打了个预防针，韩录思来索去，放弃撸猫是不可能的，只能找个知情人来替他望风了。

孟江北，无疑是最好的人选。

毕竟，没有什么关系能比得上互相抓住彼此"黑点"的塑料兄弟关系。

韩录道："我就喜欢挑战高难度的。"

孟江北翻了个白眼，以韩录这种天生就招猫狗嫌弃的体质，路边随便跳出一只猫对他来说都是高难度吧。

孟江北正翻着白眼，余光就瞥见原初悦迎面走来，他连忙进行表情管理，刚调整好表情，突然又想起自己蹲在这儿，原初悦就算看见了他也认不出他是谁啊。

费什么劲儿啊。

想是这么想，孟江北还是调整了下自己的表情。他现在半蹲在路边，要是突然站起来未免显得有些刻意了，所以他微微调整了一下自己的姿势，努力让自己看起来哪怕蹲也蹲得英姿飒爽、风流倜傥。

原初悦的确没有认出孟江北来，自从确诊了“面孔遗忘症”以后，她就点亮了“目中无人”技能，直接就从他面前走了过去，心中却在腹诽，路边似乎蹲了一个傻瓜。

孟江北白摆了半天造型，谁知原初悦眼神都不给他一个。他看着原初悦的背影，丝毫没有意识到自己现在的表情有点像个看负心汉的怨妇。

孟江北没心情拗造型了，撑着膝盖就想站起来，却不料方才蹲太久了，小腿有些麻。他脚下发软，一时没有站稳，竟往前扑了过去。

“呃！”

孟江北差点摔了个脸着地，幸好最后关头他及时反应过来，伸手撑住地面。但是手机就没这么幸运了，直接被甩了出去，耳机插头也因为这一动作被粗鲁地甩了出来。

“喵呜——”

“孟江北，你怎么了？”

手机通话里传来韩录和猫咪的叫声。

没错，外放。

原初悦听到身后的动静，停下脚步回头，看见的就是孟江北双手撑着地面“一言不合做俯卧撑”的狼狈姿势。

原初悦眯了眯眼：“孟江北？”

孟江北：“……”

不，我不是，你认错人了！

原初悦替自己刚才的“目中无人”找补，先下手为强：“你今天看起来平平无奇，差点没认出来呢。”

孟江北：“呵呵。”

后坡，三人一猫，空气里弥漫着诡异的气氛。

原初悦坐在草地上，抱着小橘有一下没一下地撸着，小橘娇声叫着，主动地把自己的脑袋往原初悦掌心送，热情得与方才判若两猫。

而韩录表面上冷眼旁观毫不在意，背地里却不知道吃了多少个酸柠檬。

而孟江北则在暗地里和自己较劲。

他觉得自己今年命犯原初悦，明明他打定主意和原初悦保持距离，可偏偏事与愿违，三番两次在她面前出丑。

小橘被撸得舒服，伸出爪子又去扒拉韩录的包，那里面放着许多精致的逗猫玩具。原初悦看了一眼韩录，韩录本想继续冷眼旁观。

韩录内心腹诽：哼，方才你对这些玩具爱理不理，现在我就要让你高攀不起！

韩录只“冷”了三秒，就主动伸手把背包里的玩具倒了出来。小橘眼巴巴地望着其中一支逗猫棒，又回头蹭了蹭原初悦。

韩录内心滴血地看着原初悦拿过了逗猫棒同小橘玩了起来，嘴里还客气地道：“你们开心就好。”

快乐是别人的，他什么都没有，还要赔出去一支逗猫棒。

韩录看着小橘欢快地扑着逗猫棒，越看越眼馋，忍不住主动开口道：“好歹我们以后也是队友了，你能不能跟它好好说一说，让我也撸一撸？”

原初悦摇晃逗猫棒的动作停了下来，淡淡地道：“我就不去拖后腿了，你们加油。”

韩录不解，他本来以为以温宇飞那死缠烂打的功力，应该早就说服了原初悦加入他们的队伍，可是听原初悦这句话的意思，似乎并不是这样。

韩录：“为什么？你的数独实力很不错。”

原初悦扯了扯嘴角：“哦，是吗？那你还真是有眼光呢。”

孟江北注意到原初悦的小表情，若有所思。

那天原初悦解开数独密码进了402，温宇飞激动得险些当场落泪，毫不犹豫地向原初悦发出邀请，当时原初悦的表情就是这个样子。

仿佛被人揭开了伤疤，踩中了痛脚。说不上气急败坏，反而有点心灰意冷。

孟江北突然不想看到原初悦脸上这个表情，他起身抓起韩录的背包，将里面的玩具全都抖了出来，钩住韩录的肩膀：“我们先走了，你慢慢玩。”

听说撸猫能让人心情愉悦。

孟江北忙了一圈，拎着一盒团团钦点的炸豆腐回教职工住宅区的时候，脚下一个拐弯，鬼使神差地就往后坡走去。

朦胧的夜色里，少女不见了踪影，只有那只猫还在和一个毛线团较着劲儿。听到脚步声，小橘露出防备的姿态，见来人是孟江北，它才放松了下来，放弃了毛线团踱着猫步慢慢靠近孟江北，在他脚边绕了几圈，似乎是在估量着这个人值不值得它撒个娇卖个萌。

孟江北蹲下来，伸手揉了揉小橘的脑袋，小橘犹豫了一下没有躲开。

孟江北觉得手下的毛发似乎有点湿。

孟江北嘀嘀咕咕："以前怎么就没看出来，她是个爱哭鬼呢？"

"喵呜——"

"我觉得悦悦最近心情不是很好。"

吃早饭的时候，团团突然凑到了孟江北的身边，没头没脑地来了这么一句。孟江北啃着面包，给了团团一个眼神，并顺手把团团趁机扔到他碟子里的煎蛋给夹了回去："说话归说话，不要趁机夹带私货。"

团团耷拉着嘴角，有一下没一下地戳着煎蛋："我是说真的啦，小橘最近心情很好，以前摸都不让我摸的，我这两天放学路上遇到它，它竟然还主动蹭我！一般情况下，只有悦悦陪小橘玩了很久之后，小橘才会愿意让我摸啦。而小橘最近这么开心，那就说明悦悦最近经常去找小橘。根据我对悦悦的了解，悦悦只有心情不好的时候才会频繁去撸猫。"

孟江北挑了挑眉："小朋友，你知道得还挺多？"

团团挺了挺胸膛，有些嘚瑟："那可不，毕竟悦悦是我看着长大的！"

孟江北毫不留情地戳破团团小朋友吹的牛皮："你今年才六岁。"

团团"哼"了一声："就算不是，那悦悦也是我看着她出院的，四舍五入就等于长大了！"

孟江北嘲讽："你这四舍五入，入得有点多……"他顿了顿，后知后觉地抓住了团团话里的重点，"出院？"

团团意识到自己说漏了嘴，连忙转移话题："反正我就是知道，悦悦最近很不开心！"

团团一激动，声音就情不自禁地尖锐了几分，孟江北近距离遭受了"高音攻击"，双手举起做投降状："是是是，她不开心，那我也不开心呢！"

团团狐疑地看了孟江北一眼："你怎么也不开心了？"

孟江北张了张嘴，却说不出什么。

是啊，他怎么就不开心了？

孟江北眼前浮现了原初悦坐在自家门口红着眼哭泣的一幕，下一秒，哭泣的女孩儿又变成了程侑，程侑用极其理所当然的语气道："可小悦的数独明显比她厉害得多啊，你们不知道吗？"

你们不知道吗？

对不起，他不知道。

那些属于程侑和原初悦的过往，孟江北统统不知道。

孟江北突然觉得胸口有些闷，他站了起来：“我先去上课了。”

孟江北走到门口，一回头就瞧见团团正悄悄摸摸地试图把碟子里的煎蛋往垃圾桶里倒，他挑眉，冷声道：“倒一个，晚上给你补两个。”

团团悻悻地端着碟子缩了回去。

温宇飞觉得，最近一定是水逆。

402 活动训练室内，温宇飞召集了孟江北、程侑及韩录三人商量挑战赛的事情，教室里气氛低迷。

温宇飞率先打破沉默，道：“我刚刚得到消息，齐逸声果然把路书瑶的名字给报了上去。”

韩录问：“我们不是还有原初悦这块王牌吗？”

说起原初悦，温宇飞一脸绝望。

因为他发现原初悦是比程侑还难啃的一块骨头，程侑至少还有顾禾这个突破点，可是原初悦油盐不进、软硬不吃，任他说得天花乱坠她都不为之所动。

温宇飞累了，他叹气道：“能用的那才能叫王牌啊。”

孟江北沉默地坐在一旁，对于这个结果并不意外。

温宇飞向程侑求救：“程侑，咱们社团的存亡就指望你了！你有没有什么办法能说服原初悦？”

温宇飞的想法很简单。

程侑知道原初悦数独很厉害，还知道原辛就是原初悦的父亲，这不就说明程侑很了解原初悦？

程侑皱着眉头：“小悦这个人偶尔是有些死脑筋，这点跟他哥哥倒是很像。”

程侑每每都是不鸣则已，一鸣惊人，每次一开口都扔下一颗炸弹。

温宇飞抓住重点：“等等，你说哥哥？”

程侑：“是啊，顾禾是小悦的哥哥，怎么，你们不知道吗？”

众人：“……”

不，我们是真的不知道。

一个姓顾，一个姓原，他们怎么会想到顾禾是原初悦的哥哥啊！

等等，那这个意思是不是说，顾禾是原辛原大师的儿子？这么说起来，原大师似乎是离过婚的……

温宇飞咽了咽口水，艰难道：“原初悦还有没有别的哥哥姐姐……你一次性说个清楚。”

程侑很认真地想了想，摇了摇头。

孟江北一直冷眼旁观，电光石火之间，突然想起了什么。那天他目睹原初悦在家门口哭的时候，原初悦似乎提到了什么“哥哥”。

孟江北张了张嘴想问些什么，却终究还是没有问出口。

没有人关注到孟江北这不自然的神态，温宇飞现在急于想要启用原初悦这张“王牌”，急吼吼地问道：“你说原初悦跟顾禾很像，这是怎么一回事？”

程侑无奈地笑了一下。

这并不是什么不能说的秘密，程侑和顾禾纠缠了这么多年，数独论坛上关于“G 和 C 的恩怨情仇”之类的帖子不知凡几。尤其是八年前顾禾缺席青少年数独挑战赛的决赛，从此拒绝和程侑同台比赛之后，论坛里关于他们两个人的猜测五花八门。

程侑并没有隐瞒：“之前顾禾一直拒绝再和我一起比赛这件事情，你们应该都有所耳闻。”

温宇飞点了点头。

说起来，他当初就是拿着这个筹码才说动了程侑加入了数独社。顾禾在启元数独社，只要程侑加入了东齐数独社，只要温宇飞暗中操作一番，也不是没有机会让两人在比赛台上对上。

温宇飞去年就是这么想的，可谁知去年顾禾竟然拒绝参加友谊赛。而最后一场，程侑没等来顾禾便宣布弃权，让东齐数独社输了那场友谊赛。

程侑：“说起来，我最后一次见小悦玩数独，也是在八年前那场比赛。那场比赛之后，不仅顾禾变了，连小悦好像也变了。”

温宇飞追问：“现在你和顾禾也算握手言和了，那你有没有办法说服原初悦？”

程侑摇了摇头。

会后，孟江北忍了又忍，终究还是没忍住喊住了程侑。

孟江北斟酌着语气道：“程侑，顾禾和原初悦兄妹感情怎么样？”顿了顿，他画蛇添足地补了一句，“我没有别的意思，就是想着能不能帮老温说服原初悦，你是不知道最近老温发际线又后移了不少……”

“八年前，顾禾和小悦是世界上关系最好的兄妹俩。”

孟江北调整好自己的状态，等着程侑接下来的话。

“八年后，顾禾似乎变得愤世嫉俗起来，就连他最宠爱的妹妹也变成了陌路人。”

孟江北迟疑道：“你是说，他们现在关系并不好？”

程侑耸了耸肩：“你既然问出这个问题，应该是看见了什么，对吧？”

孟江北没想到程侑这么敏锐，他正犹豫着要不要告诉程侑，他目睹了原初悦坐在家门口痛哭的一幕，好在程侑也没有继续追问下去，转而道：“你喜欢小悦，对吧？”

程侑这人不管什么时候都是云淡风轻的样子，哪怕戳破别人的小心思也是用“今天早上吃了一个煎鸡蛋”一样稀松平常的语气。

孟江北像一只被踩中了痛脚的兔子，下意识就是否认三连：“我不是，我没有，别瞎说！”

程侑笑了笑，这次的语气比之前还要肯定：“你是真的喜欢上小悦了。”

“你又在说瞎话了！”孟江北心里憋着一口气，下意识就道，“而且，原初悦明明喜欢的是你。”

孟江北自己都没有意识到自己这番话充满柠檬味。

程侑却没有和孟江北就这个问题纠缠下去，他只是说出自己的判断，至于孟江北承不承认，这就不是他关心的事情了。

程侑继而道：“在你眼里，小悦是怎么样的一个女孩？”

孟江北愣了愣，偷偷地在心里想出一长串的形容词——

偶尔迷之自信，自信到连自己喜欢的人的照片都搞错了，还光明正大地将其用来当自己的手机屏保。

爱哭鬼，偷偷坐在自家门口哭，还和路过的野猫吵了起来。

幼稚，自己不开心了，还跑去鬼屋欺负鬼屋的工作人员。

固执，为了舞会，哪怕只是一个伴舞的角色，也会在练舞室练到深更半夜。

胆子小，害怕的时候走起路来会同手同脚，明明害怕得要死，还死要面子强装镇定，看起来可怜又好笑。

有些小迷糊，竟然会因为一个被团团故意往后调了的日历，就以为自己一觉醒来睡到了十年后，还信了他说结婚离婚的鬼话。

……

程侑没能等到孟江北的回答，自顾自地接上自己的话：“那你知道小悦在我面前是怎样的一个女孩吗？”

程侑笑了笑：“聪明而又理智。哪怕一时想不开做出不理智的行为，也会立马调整好自己的状态。你觉得，喜欢一个人，能够做到无时无刻不在对方面前保持理智而又完美的状态吗？聪明的人，在喜欢的人面前会偶尔犯糊涂；沉默寡言的人，在喜欢的人面前会情不自禁变得话多；时刻保持自己形象的人，会在喜欢的人面前紧张到忘记翻衬衣的领子。

“有点喜欢，那可以是理智。”

“真喜欢上了，那就是……”程侑用了一个不像他会用的形容词，“时时刻刻走在崩人设的路上。”

“江北，你觉得你崩人设了吗？”

孟江北崩人设了吗？

孟江北觉得他没有，他总结了一下自己过去的二十年，坚持走在同一个人设的道路上，丝毫不动摇不懈怠，得到了大家的认可和支持。

众所周知，他孟江北的人设一点都不花里胡哨，朴素自然而又简单明了，那就是——帅。睁着眼的时候帅，闭着眼的时候帅，走路的时候帅，躺着的时候也帅，他的帅气是与生俱来的，举手投足之间不经意间就会散发出帅气和魅力。人家香妃天生异香能吸引蝴蝶，故称之为香妃；而他孟江北天生帅气能招蜂引蝶，故称之为帅哥。

孟江北仔细地回忆了一下这段日子，很好，丝毫没有损毁他的帅气。

思及此，孟江北坦然了。他就说嘛，他怎么可能会喜欢上原初悦！

孟江北没想到，程侑瞧着万事不放在心上，风光霁月的，竟然也蔫儿坏地说出这种瞎话。啧，果然世风日下、人心不古，这世上像他一样人美心善的好人已经不多了。

孟江北越琢磨越觉得是这个理儿，于是他开心了，决定晚上回去多给团团加一个煎蛋当夜宵。他昂首挺胸准备去学校门口的小超市买点鸡蛋备着，却在刚踏出西门的时候猛地往回缩了一步。西门口，原初悦正从另外一条路走了过来。

孟江北不确定原初悦有没有看见自己，他愣了一秒，自我反省了一下自己做贼心虚的心态。

凭什么啊？

更何况原初悦指不定没认出他来呢。

而且就算认出来也不能怎么样啊，大家就是普普通通的同学关系嘛。

孟江北迅速调整了下心态，扯了扯自己的衣服，迈着六亲不认的步伐重新从西门走了出去。他抬起头，用睥睨众生的视线扫向原初悦，而那边原初悦却突然招了招手——不是冲他孟江北，而是冲另外一个方向。

“原学妹，这里！”

崔晓童依旧穿得花里胡哨极具个人特色，特色到原初悦一眼就认了出来。原初悦快步走到他的面前，道：“崔学长，没等太久吧？”

“没有没有，我顺路去拍了几张照片，那我们现在过去吧？”

原初悦点了点头。

孟江北眯着眼看着这一幕。

呵呵，约会？

原初悦这段日子看了数独社许多的比赛视频，而列出来的名单中，温宇飞高居榜首。她越想越觉得温宇飞十分可疑，所以打算先重点调查一下他，想要调查温宇飞，自然绕不过两年前那场本地电视台举办的数独比赛。

那次数独比赛东齐出了三个人，除了温宇飞，其他两个人去年都已经毕业了。其中一个出国留学现在远在大洋彼岸，还有一个叫作陈曦的学长毕业后自己创业，和朋友在本地开了一家网络公司。温宇飞对当年的比赛避而不谈，甚至这两年都不参加比赛，原初悦想要弄清缘由，除了问温宇飞，还有一个办法就是去找陈曦。

崔晓童一贯自来熟，擅长社交，数独社的人和他关系都不错。原初悦本来是抱着试探的心态，问问崔晓童和陈曦还有没有联络，没想到得到了肯定的答案，崔晓童前段时间还和陈曦一起吃过饭。

原初悦便以全方面收集社团素材为由，拜托崔晓童帮忙联系一下陈曦。崔晓童不疑有他，很干脆地就应了，三人约了在学校附近的一家川菜馆吃午饭。

原初悦和崔晓童到的时候，陈曦已经到了。

陈曦戴着一副金丝边眼镜，一副搞学术的长相，好在发量多，暂时还没有中年脱发的危机。陈曦跟崔晓童打了声招呼，又看向原初悦，笑了笑：“其实说起数独社，最了解的还是阿飞。我当年差不多都是边缘人物了，也拿不出什么有用的素材。”

崔晓童道：“陈学长就别谦虚了。”崔晓童转头对原初悦道，“陈学长当年还没退社的时候，在咱们社团的实力可是这个。”他说着，比了个大拇指的姿势，“当年社团里好多人都是奔着陈曦学长来的，大半个社团成员可都是陈曦学长的迷弟。说起来，温学长也是陈曦学长的狂热粉。”

原初悦看了崔晓童一眼：“我看出来了，陈曦学长的迷弟确实很多。”

面前就正好也有一个。

崔晓童没读出原初悦眼神里的意思，娓娓道来：“你别看现在数独社是咱们学校的王牌社团，其实在八年前，数独社熬不下去本来都打算申请解散了，还是陈曦学长以大一新生的身份，接下了社团社长的位置，重新招兵买马。”

原初悦眸光闪了闪。

她越发觉得自己和崔晓童搞好关系是明智之举。

崔晓童是社团的老人，知道得多，为人又八卦，最重要的是，话也多。原初悦和他聊天经常能有意外之喜，从他口中能听到一些她费尽心思也难以调查到的消息。

就比如现在——数独社八年前差点解散？

这么久远的消息，原初悦单凭自己可打听不到。

不过……陈曦八年前就进了数独社？这个念头刚在原初悦脑海中闪过，她就立马得到了答案。

陈曦不仅在东齐读了本科，还继续读了研究生，再加上毕业的这一年，这么一来的确是八年。

崔晓童说起陈曦，简直停不下来：“陈曦学长是真的厉害啊！当年数独社的人都退光了，到陈曦学长接手的时候，都达不到社团最低的人数要求，可是他仅凭一己之力，就把数独社给救活了啊！原学妹你不玩数独可能不知道，七八年前数独还十分冷门，国内稍微大型专业一点的比赛都没有几场，还是这几年才稍微火了起来，比赛也陆陆续续多了起来。那些年玩数独的人也就只能自己玩玩，想要比赛的话就只能找朋友约上几场，啧，哪儿像现在这么好啊，不仅线下比赛多了起来，网络平台的比赛都有了，想要比赛也不用全国各地跑了。”

陈曦无奈地笑道：“哪有你说得这么夸张……”

崔晓童：“一点都没有夸张！要是没有陈曦学长，数独社现在也不知道成什么样子了。”

陈曦扶了扶额：“我也就是运气好。说起来，还是阿飞比较厉害，数独社刚交到他手上，就发展成学校的王牌社团了。”

“温学长是很不错啦，但也是因为陈曦学长基础打得好。”崔晓童想了想，决定适当做出让步，“你们两个都很厉害！”

原初悦在这时插了个话：“所以……数独社的前任社长是陈曦学长？”

崔晓童连连点头，道：“陈曦学长可是当了六年数独社的社长。”崔晓童说着，故意压低了声音对原初悦道，“当初陈曦学长放弃出国深造，而选择本校保研，我有理由怀疑是陈曦学长放心不下咱们社团。”

原初悦点了点头。

的确。

按照常理，研究生忙于学业，很少会分心思在社团这方面。陈曦成了研究生，却仍然没有离开数独社，继续接手社长的工作。要知道，社长的工作还是很繁杂的，尤其是像数独社这种，还得经常组织一些数独比赛，更是麻烦。

恰在这时，凉菜上来了，陈曦连忙趁机打断崔晓童的话：“好了好了，我都已经是社团的‘过去时’了，现在我们还是多谈谈社团的‘现在时’吧。全国大学生数独挑战赛马上就要开始了，今年社团打算派谁上？”

崔晓童撇撇嘴：“学长，你还不知道吧……其实，唉……”

崔晓童吞吞吐吐，有些犹豫要不要把这些糟心事拿出来跟陈曦说。

“怎么了？”

崔晓童慢吞吞地道：“齐逸声退了社团，又拉上了游望，向学校提出抗议，把挑战赛的保送名额给拿走了。”

陈曦皱了皱眉：“齐逸声？”

原初悦不动声色地观察着陈曦的表情，道：“是的，我当时看了他们的比赛，齐逸声似乎对温学长很不友好的样子。”

“他们还……”陈曦像是想要说些什么，却又咽了回去，最后叹了口气，什么都没说出口。

原初悦若有所思，陈曦果然知道些什么。

原初悦故意透露一些细节，试图让陈曦多说点什么。

“其实当初温学长本来是打算让孟江北、韩录和游望上场的，但是谁也没有想到游望临场倒戈，站到了齐逸声那一边。当时事态紧急，再加上齐逸声步步紧逼，温学长就自己上了。后来输了比赛，我感觉温学长好像也很自责的样子……”

陈曦眸光闪了闪：“你是说，阿飞上场比赛了？”

不知道是不是原初悦的错觉，她竟然从陈曦的这句话里听出了一点欣慰。

原初悦组织了一下语言：“是啊，温学长这两年难得参加比赛，除了这次，大概就是两年前电视台举办的那场了，只可惜都输了。”

陈曦的嘴角本来还上扬着，听到原初悦这番话不自然地扯了扯：“当年的比赛……”

原初悦一颗心提了起来。

崔晓童却在这个时候开口，他爽朗的声音沉了几分，本来带着笑意的脸都有了几分凝重：“等等，你是说，游望是在比赛的时候临时倒戈的？”

原初悦愣了愣，点了点头。

崔晓童脸色阴沉。

温宇飞并没有交代太多，毕竟无论是齐逸声，还是游望，都曾经是数独社的主力选手，做出这种事来大家心里多多少少有些意难平。温宇飞终究还是给游望留了点面子，只告诉大家游望退了社。大家想得简单，没有把游望退社和齐逸声联系到一起。

崔晓童咬了咬牙：“游望怎么能这样？”崔晓童其实很聪明，原初悦这句话在他脑海里过了一遍，他很快就想清楚其中的关键，“所以说，是齐逸声早就和游望商量好了，临时坑了我们一把？他还敢对社长说那种话，什么叫作‘难得参加比赛，还两次都输了’？”

不是，崔晓童是不是误会了什么？这话只是她顺口说出来想要套陈曦的话啊。

原初悦还没来得及解释，崔晓童就愤愤不平地道：“我就知道，他到现在还把当年电视台举办的那场比赛输了的锅甩给了社长。呵，当年他倒是也想去参加那场比赛露个脸呢，可惜也没轮到他。”

原初悦抬眼。

当年那场比赛还有齐逸声的事儿？

陈曦揉了揉眉心，却在这时掐断了这个话题：“过去的事儿就别说了，都饿了吧，我们先吃。”

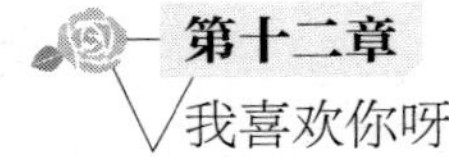

第十二章 我喜欢你呀

原初悦最终还是没能从陈曦口中套到更多的信息。

陈曦工作有些忙，饭才吃到一半就被电话急匆匆地叫走。原初悦和他交换了一下微信，只能遗憾地目送他离去。陈曦走后，两人都有些食之无味，原初悦还惦记着崔晓童之前说的那番话，状似无意地把话题往回引，问："崔学长，齐逸声和社长的关系一直不好吗？"

崔晓童戳着筷子，撇了撇嘴："倒说不上不好，有些人就是……怎么说呢，天生气场不和看不对眼吧。"

原初悦试探着问："那是因为两年前那场比赛，齐逸声没上场，所以才记恨上场比赛的社长了吗？"

"要这么说也可以，多多少少也算是吧。咱们本地电视台当年影响力还蛮大的，专门搞了一期数独比赛，大家自然都想上。"崔晓童撇了撇嘴，"反正那场比赛之后，齐逸声就对社长更不对付。啧，比赛嘛，自然是有输有赢的，更何况当时社长他们的对手实力也很强，赢了自然是皆大欢喜，输了也不是什么罪大恶极的事吧。"

崔晓童想起了什么，犹豫了一下才压低了声音凑到原初悦的耳边道："我觉得齐逸声之所以一直针对社长，有可能是因为当年那场比赛，陈曦学长本来是想让齐逸声上场的，后来不知道发生了什么，临时让社长上了。"

原初悦眸子闪了闪。

两人头靠头地说着悄悄话，丝毫没有注意到餐厅的角落里有一双眼正虎视眈眈地瞪着他们。

孟江北鬼使神差地跟了上来，接着在餐厅门口徘徊了大半个小时才下定决心进来吃饭，又阴错阳差地错过了陈曦离开，就只看见原初悦和崔晓童在“含情脉脉”地吃饭。

是约会吧？

一定是约会吧？

崔晓童这个人，从里到外都花里胡哨的，孟江北早该想到，打从一开始崔晓童就表现出了对原初悦的好感。他磨了磨牙，怎么原初悦这个人一点都不挑的？审美一下子从程侑跳到了崔晓童，这跨越的不是一点半点，几乎是整个银河系啊，也不怕步子跨得太大劈了叉。

而那边，饭局已经到了最后，两人收拾东西准备散场。

崔晓童随口问了一句：“你待会儿还回学校吗？”

“有点事要去一趟杜雷大剧院。”

“杜雷大剧院？”崔晓童想起了什么，眼睛一亮，“你是要去看许初学长的巡回舞剧吗？”

原初悦有些惊讶：“怎么，你也知道？”

“许初学长可是我们艺术学院之光啊！听说这个舞剧票不多，超级难抢的，我们艺术学院的同学抢票抢疯了都抢不到！”崔晓童叹了口气，“我也好想去啊，但是没抢到票。”

原初悦迟疑了一下。

在调查数独社这件事上，崔晓童的确是帮了她很多忙，原初悦也能看出来，崔晓童对数独社的热爱。要是最后让崔晓童知道，她能成功地调查清楚数独社“打假比赛”这事儿，他在其中起到了举足轻重的作用……

原初悦突然有点愧疚感。

她想着包里揣着的两张VIP票，没忍住开口了：“其实我有两张票，但是就我一个人去看……”

崔晓童眼睛一亮。

原初悦斟酌着道：“不然，你给孟江北打个电话，问他去不去？”

崔晓童一时没明白过来：“这关孟江北什么事？”

还没等原初悦回答，崔晓童一拍掌：“哦对，前段时间校庆舞会的神秘大奖是被你们俩拿了。”

崔晓童激动得直接拿出手机给孟江北拨了个电话，嘴里还道：“不过既然是两张票，你之前为什么不邀请孟江北去看？”

原初悦扯了扯嘴角，没说话。

孟江北也不知道是抽哪门子风，她又不傻，怎么可能感受不到孟江北的疏离，她才懒得热脸贴冷屁股。

电话拨通，与此同时，苹果手机自带的系统铃声响起，那边孟江北手忙脚乱地去拿手机，却不经意间碰倒了手边的水杯，服务员连忙上前：“先生，您没事吧？”

那边的动静引来了崔晓童的注意，崔晓童回头，惊喜道：“巧了，不是？孟江北你也来这儿吃饭啊！”

孟江北：“……”

孟江北默默按下挂断键，艰难地扯出一个笑：“是啊，好巧。”

崔晓童这桌结了账，索性凑到了孟江北那边。原初悦跟在一旁不说话，崔晓童迫不及待地道：“你今晚有空吗？”

咋的，难不成要约上他三人约会？

孟江北这么想着，嘴上却道：“没空。”

崔晓童喜出望外地道：“那今晚许初学长主舞的舞剧，你岂不是不能去看了？”

话一说完，崔晓童就意识到自己这样未免显得有些幸灾乐祸，连忙收敛了一些，咳了一声：“那可真是太可惜了。”

许初？舞剧？

孟江北觉得这两个字眼有些熟悉，他看了一眼在一旁冷眼旁观的原初悦，电光石火之间想起了什么。

难道是那两张票？是今晚的票吗？原初悦是想带着崔晓童一起去看，但又不好意思吞掉属于他的那张票，所以才来问一下他？

孟江北已经完全忘记了当初自己是多么嫌弃这票，直接连票带游戏机一起给了原初悦。

话到嘴边，孟江北顺势就一转：“不可惜，我今晚没空，就是原本打算要去看舞剧的。”

崔晓童：“……”

崔晓童脸上的失望之色太明显，一米八几的大高个露出了吃不到罐头的可怜小猫咪的表情，原初悦一时不忍，开口道：“不然，我把我的票给你吧。”

孟江北：“？？？”

啥意思，让他和崔晓童两个大老爷们去看舞剧？

崔晓童哪儿能接受原初悦这份好意，心痛地连忙拒绝：“算了算了，还是你去看吧。”

原初悦一边把票从包里掏出来，一边道：“没关系的，你去吧。”

“这可是你得来的奖品，你去吧。”

孟江北面无表情地看着面前两人旁若无人地推来让去，怎么回事？搞得他像一个棒打鸳鸯的恶人，孟江北一时冲动，开口道：“既然你们都不想去，那把票给我吧，我喜欢坐得宽敞一点。”

崔晓童：“……”

原初悦：“……”

孟江北一抹脸，也说不上为什么就是觉得没意思，心里不得劲，扯了扯嘴角露出一个僵硬的笑容：“哈哈哈，我开玩笑的，我晚上有别的事了，这票就留给你们两个去看吧。”

孟江北说完，挥一挥衣袖不带走一片云彩。

“你现在这副表情就像是扔了肉包子去打狗的小可怜。”

韩录毫不客气地吐槽孟江北，后者翻了个白眼，立刻吐槽回去：“你现在就像是被猫吃干抹净的怨妇，哦不好意思，我说错了，不是‘像’，是‘就是’。”

孟江北看了一眼韩录手中空了的猫罐头，又看了一眼一溜烟跑走只看得见一个屁股的橘猫，暗示之意十足。

韩录发起死亡凝视攻击，孟江北毫不畏惧：“你要是再这样看我，以后你就自己一个人来吧。一个大男人撅着屁股在这儿拱猫的场面也不多见，正好让这些没见过世面的人开开眼界。”

韩录：“……”

韩录认输，一边用逗猫棒试图去吸引小橘，一边果断地转移话题：“挑战赛怎么办？”

“这是身为社长该操心的问题，还是说你打算接任成为下一任社长？”

“你觉得社长能说服得了原初悦吗？”

“对不起，站在你面前的既不是温宇飞，也不是原初悦，你应该去问当事人。”

韩录皱眉：“你吃了火药？”

“我要是吃了火药，一定会留一份跟你一起分享，不用谢，谁让咱俩是兄弟。”

韩录下了结论：“你一定是吃了火药。”

孟江北：“呵呵。”

韩录卖力地挥舞了半天逗猫棒，小橘始终不为所动。他难免有些泄气，停下来歇了歇，又道：“我觉得程侑说得没错，目前学校没有哪一个女生的数独实力能赢得过原初悦，就连路书瑶也不行。你不是和原初悦关系很好吗？你觉得她为什么不肯和我们组队参加比赛？”

孟江北的表现就像一只奓毛的猫，他怒道：“造谣是犯法的，老韩你不能知法犯法！谁说我和原初悦关系好了？谁说的？”

“你和原初悦关系不好，还会一起去参加校庆的化装舞会？”

“我那是看她一个人可怜，日行一善！”

“啊？不是你主动上前拉她的吗？”

“谁、谁说的？你看到了吗，你就胡说？”

韩录闭上了嘴。

他的确看到了，可是他不能说。

孟江北站了起来，拍了拍手道：“我饿了，老韩走，我请你吃晚饭。”

中午被原初悦气得，他都没怎么吃。

孟江北决定化悲愤为食欲：“听说东方大厦新开了一家牛蛙火锅，走，我请你！”

从东齐大学去东方大厦的路上，正好经过杜雷大剧院，孟江北坐在出租车上，看着窗外那金碧辉煌的大剧院，一想到某些人，就情不自禁地哼了一声。

恰在这时，车载广播里女主播悦耳的声音传入耳中。

“……钟山路段的杜雷大剧院发生火灾，请各位注意安全……”

孟江北骤然听见这句话，瞳孔一缩，下一秒大喊出声：“师傅，停车，我要下车！”

“师傅，停车，我要下车！”孟江北又重复了一遍，语气太急迫，出租车司机下意识地靠着路边就停了下来。车子刚一停下，孟江北就拉开车门冲了出去，韩录拦都没来得及拦。

韩录没办法，只能一边跟出租车司机道歉，一边掏出手机结账。

出租车司机倒是无所谓，只不过看着孟江北离去的方向，多嘴地说了一句：“我看你朋友这怕不是要去杜雷大剧院吧？这广播里可都说了杜雷大剧院着火了。这年轻人这么急，难道是有认识的人刚好在附近？欸，那也不用这么鲁莽吧，消防员都出动了，应该没事的啦……”

出租车司机絮絮叨叨，韩录扫了二维码付了车费，也顾不上和他唠叨，急忙追着孟江北而去，热心的出租车司机还不忘在后面大声喊：“年轻人，小心点啊！”

孟江北感觉自己快要喘不过气来了。

耳边似乎有风呼啸而过，磨炼着他的听觉，在那呼呼的风声之中，有一种节奏感极其强烈的声音越来越清晰。

怦——

怦怦——

那是他自己的心跳声。

听不见四周的其他声音，只有风声伴随着剧烈的心跳声。

孟江北张开嘴大口大口地呼吸着，拼尽全力地往前方跑去，他也不知道自己为什么会这样，可是脑海里一直有一个念头在催促着他——快点，跑快点，要再快点。

孟江北看着前方全力奔跑，脚下一个打滑，不知道踩到了什么，因为奔跑而加剧往前摔去，整个人在地面滑行了一小段距离才停了下来。

手肘和膝盖传来痛意，衣服好像都被磨破了，脸颊不知道是不是被石子划到了也有些疼，孟江北疼得吸了一口气，但他来不及去看自己的伤口，爬起来连灰尘都顾不上拍去，迈着步伐又奋力地往前跑去。

不能停。

孟江北不知道自己跑了多久，他的世界一瞬间涌入了无数的人群和嘈杂声，他睁着眼，看着眼前原本极具艺术感的大剧院此刻变得一片狼藉，圆形的屋顶冒着浓浓的黑烟，那火光照亮了黑夜。

消防员出警迅速，很快就拉起了一条安全隔离带。训练有素的消防员们背着装备，英勇地冲入了火场。在水枪的作用下，火势得到了有效控制，但是情况看起来还是有些糟糕——至少在孟江北眼里，极其糟糕。

孟江北推开人群，想要冲进去，却被守在隔离带的警察拦住。警察看到孟江北这副样子下意识一惊：“这位同志，你怎么了？”

“里面的人……”孟江北张了张嘴，却发现自己的声音因为剧烈的运动而变得十分嘶哑。他一发出声音，甚至有一股血气压抑不住地上涌。

警察耐心地道：“大剧院里的人大部分已经撤离出来，我们正在派人进去搜救剩余人员，你不用太过担心，也不要冲动。”

孟江北茫然地抬眼看了看周围乱糟糟的景象。

数不清的人聚集在这儿，有死里逃生后的庆幸，也有翘首以盼的焦急。

对了，打电话！

孟江北连忙去掏手机，却因为手有些抖，掏了好半天才把手机给掏出来，他憋着一口气迅速拨出那个烂熟于心的号码。

“嘟——”

“您好，您所拨打的电话暂时无人接听，请稍后再拨。”

孟江北抖着手又去拨崔晓童的电话，却得到了一样的回答。

孟江北的右手手指有点控制不住地抽搐，他握紧拳头，捏了捏手指，又张开来，再一次滑动手机屏幕拨出了原初悦的电话。

接电话。

拜托，请接电话。

孟江北不敢听声音，双手捧着手机，眼睛眨也不眨地盯着手机屏幕，看着屏幕上拨打电话的界面，在心里默默祈祷着。

韩录慢几步赶了过来，步履匆匆地奔到孟江北身边，紧蹙着眉头：“你怎么了，突然跑了过来？还有，你怎么变成这样……”

韩录在看见孟江北手机界面上显示的名字时，声音戛然而止。他目露诧异，看了一眼孟江北，孟江北脸上的焦急藏都藏不住。

韩录突然想起和启元比赛那天，他们站在台上，孟江北忽然露出极其风骚的笑容，还说了一句什么。

韩录想了一会儿才想了起来。

哦对。

“那是你没见过可爱的迷妹。”

韩录觉得自己明白了什么，他闭上嘴巴，没再打扰孟江北，安静地等在一旁。

孟江北手机电量告罄，屏幕闪了闪，彻底关机。

而大剧院那边有了新的情况，一身狼狈的消防员背着人跑了出来，只来得及跟队友交代一句：“大剧院三楼还有人。”便又急匆匆转身冲进去。

救出来的是个女孩子，消防员一把她放下，孟江北身边就冲出一个男孩子，一把抱住了女孩。女孩“呜哇——”一声哭了出来，死死抱住男孩子，哭得上气不接下气。男孩手忙脚乱，只顾着拍着女孩子的背，一遍一遍道："没事没事，没事了哈……"

陆陆续续又有几个人被救了出来，孟江北死死地盯着每一个被救出来的人的脸，终于在十分钟后，他看到了自己期望的那个人。

因为长时间的"紧迫盯人"，孟江北的眼睛有些酸涩，视线模糊起来。他擦了擦眼睛，却不经意间碰到了脸颊上的伤口，疼得"咝——"了一声。正是这股疼痛，让孟江北突然冷静了下来，他盯着消防员身旁的那人。

原初悦一张小脸变成了花猫，蹭上了许多灰尘，一道一道的。她表情镇定自若，一点都看不出慌张，衣角有被烧焦的痕迹。她紧紧抿着唇，在消防员的搀扶保护下走了出来。

原初悦无意识地在人群中扫了一圈，有许许多多成双成对的人抱在一起，庆幸劫后余生。消防员送出原初悦后，又转头进了大剧院。原初悦下意识地拉了一下，手伸到半空中又缩了回去，她的手垂了下来，明明站在人群里，却一个人孤零零地站在那里，像是与世界隔绝。

于人群中，孟江北和原初悦的视线对上。

原初悦一双大眼睛亮晶晶的，孟江北却从其中看出了镇定背后的慌乱和茫然。原初悦只和孟江北对视了一眼，又移走了，他却没来由地心里一酸，还有点疼。

她应该是慌张的吧。

她被救了出来，却发现身边没有一个认识的人。

哦不，或许有，可是在这个混乱的时刻，她一个都认不出来。

要是这个时候，他能让她认出来该有多好。

孟江北冲到了原初悦的面前，双臂一展，用力地把她抱住，他觉得怀里的女孩儿在发抖。他张了张嘴，想要说些什么，可头脑一片空白有些词穷。他只能更加用力地抱住原初悦，企图借助这个力道表达自己的心情。

下一秒，孟江北不仅词穷，身体还腾空了。天旋地转之际，孟江北竟然还分了一分心神去想，原来那天半夜在小道上，原初悦打电话说的那番话不是完全的虚张声势啊，她搞不好真的能拿一个女子组拳击冠军呢。

韩录亲眼见证了原初悦一个熟练的过肩摔，将孟江北摔倒在地。

韩录："……"

原初悦警惕地看着孟江北，就像是看一个乘人之危的色狼。

而在这时，崔晓童越过层层人群挤了过来，焦急道："原……咦，孟江北，你怎么也在这儿？”

刚刚太混乱，崔晓童和原初悦在大剧院里被人群给冲散了。

原初悦抿了抿唇，看了一眼孟江北。

这是……孟江北？

韩录也在这时默不作声地走上前来，将孟江北给扶了起来。崔晓童看到韩录出现，又惊讶了一下：“韩录，你也在？”

崔晓童看了看韩录，又看了看孟江北，迟疑道：“孟江北这是怎么了，怎么这么……”他想了一下，才把“乞丐”这个词咽了回去，换了个委婉的词语，“这么狼狈？”

孟江北看到崔晓童和原初悦站在一起，只觉得刺眼得很，面无表情地道：“我哪里狼狈了？”

韩录默默无言地拿出手机切出了前置摄像头，怼到了孟江北面前。

孟江北：“……”

孟江北看着镜头里狼狈的人，“轰——”一下脑袋炸了。

孟江北看了看韩录，韩录默默地冲他点了点头；他又看向原初悦，原初悦神色复杂地回望着他。

孟江北只觉得自己浑身上下都疼得厉害，他的脑袋有些晕，迷迷糊糊之际，他突然就想起了程侑那句戳他心窝子的话——你崩人设了吗？

他崩人设了吗？

他现在哪里还帅了？他的帅气荡然无存！

孟江北抖了抖唇，突然觉得腿软得有些站不住。

“我……”孟江北舔了舔唇，声音嘶哑，带着点不可置信，晕乎乎道，“我真的喜欢上原初悦了？”

韩录一脸的“果然如此”。

原初悦：“……”

原初悦心停跳了一拍，沉默地看了一眼狼狈的孟江北，又淡定地移开了视线，落在一旁的垃圾桶上。

这个垃圾桶，长得还挺别致。

崔晓童状况外地挠了挠头：“不是，孟江北这是摔坏脑袋了？”

韩录面无表情地看向崔晓童，摇了摇头，诚恳地道：“不，他这是把脑袋给摔好了。”

原初悦睡得并不踏实。

梦里的她被困在一片火海当中，周围影影绰绰地站着许多人，耳边有无数的声音，嘈杂喧闹，听不清在说些什么。她茫然地去看，有无数人从她面前走过。她伸手去抓，那些人转身后，却都是一张张看不清面容的脸，她惊骇地缩回了手。

原初悦突然听见有什么人在喊她，她环顾四周，一个穿着消防制服的人突破烈火的包围走到了她的身边，拉着她往前方跑去。她不由自主地跟着跑，也不知跑了多久，眼前视线豁然开朗，再也没了烈火，也没了看不清面容的人群。

消防员停了下来，松开了拉着原初悦的手，她心里空落落的，下意识地伸手去抓。这次她抓到了一个人的袖子，在那人回头的一刹那，四周突然涌来浓雾，遮住了那人的面容。

“我……”

“你。”

声音越来越清晰，近得仿佛就在耳边。

“我真的喜欢上你了。”

刹那间，阳光照射了进来，像是有一股无形的力量，大力地吸取着那浓雾。雾气迅速散去，露出了那人的真容。在即将看见那张脸的时候，原初悦却猛然醒了过来。

窗外阳光透过窗帘缝照射进来，调皮地在被子上跳着舞，原初悦茫然地坐在床上，大口大口地呼吸着。

是梦……

那一定都是梦吧。

原初悦无意识地抓紧了被子，丝滑的被套被抓出了褶皱。就在这时，手机铃声打破了房间里的寂静，原初悦吓了一跳，这才回过神来，手忙脚乱地从枕头底下翻出手机。

“喂？小悦？你昨天托我找的人，我已经找到啦。”

原初悦慢了半拍才反应过来：“真的吗？”

“是啊，我们课题组有个学姐两年前刚好在电视台实习，跟的就是那个节目。”

“这可真是太好了，能帮我约你学姐出来吃个饭什么的吗？”

“行啊，没问题，我那学姐人挺好的，我跟她约个时间，回头告诉你。”

原初悦挂了电话后，又坐在床上愣了好一会儿，才拍了拍自己的脸努力让自己清醒一点。她从床上爬了起来，光着脚走到了浴室，捧着冰冷的水扑脸，她抬头望着镜子里的人，给自己打气。

胡思乱想些什么呢。

赶紧调查出数独社“打假比赛”的真相才是正事，好不容易才有点思路，她一定要趁热打铁！

原初悦回了学校，趁着课间的工夫又去了一趟社联办公室拿了些资料。她进宣传部办公室的时候，余光瞥见走廊另一头的办公室进了两个人。

原初悦没太在意，也没怎么仔细去看，只觉得那人进门的时候，似乎身上有什么东西闪了一下，有点刺眼。

原初悦抱着资料往回走，为了省时间，她抄了一条近路。从社联办公大楼通往教学区，有一条林间小道，这里栽种着许多树木。原初悦急匆匆往外走，看见另一边隐约露出了几个身影。因为地形和环境的原因，这边的遮挡物也比较多，不仔细看的话都发现不了那边的人影。原初悦没想着偷听人家讲话，本打算绕到另一边离开，却耳尖地听到了一个名字，就是这个名字让原初悦不由自主地停下了脚步。

“温宇飞，听说你们还没有凑齐四个人？哎呀，那这次挑战赛，你们该不会赶不上了吧？不过你也不必太担心，有我们在，挑战赛的冠军终归还是属于东齐的，只不过你们数独社嘛，啧。”

一声“啧”意味深长。

原初悦下意识地就停了下来，迅速找了棵粗壮的树躲在后面。她眯了眯眼看着那边的情形，迅速分析那边几人的身份。

既然提到了温宇飞，那那个胖得十分有特点的胖子必然就是温宇飞了。而对温宇飞这么有敌意的人……原初悦注意到说话那人耳垂上的钻石耳钉，有了结论。

是齐逸声。齐逸声身边还站了一个女孩子，打扮得平平无奇，原初悦对她不感兴趣，但还是猜测出了她的身份。

大概是路书瑶。

原初悦想起自己之前在社联办公室门口看到的那几个身影，大概就是齐逸声他们。

应该是去社联填写挑战赛保送需要的资料。

温宇飞对齐逸声的挑衅早就习以为常，他眯了眯眼看了齐逸声一下，视线又落在了一旁的路书瑶身上。路书瑶低着头躲避他的视线，他扯了扯嘴角，有些失望。

温宇飞嘴唇抿成了一条直线，觉得特别没意思，绕过齐逸声就要走。齐逸声却往旁边挪了一步，挡住了他的路。

齐逸声挑眉，一脸桀骜不驯："怎么，温社长对我们这两个前任社员就没有什么想说的吗？就算我们现在不是社团的人了，参加比赛也都是为了学校的荣誉，温社长就不鼓励鼓励？"

"哦，那你们加油。"

齐逸声双手抱臂，摆出一个极具攻击性的笑容："我听说温社长最近想要说服那个叫……哦对，叫原初悦的学妹加入数独社，但是好像人家并不想加入呢。"

正在偷听的原初悦眉头一皱，怎么这事儿还牵扯到她了？原初悦正腹诽，余光瞥见另一头的树后露出了两个身影。

她了然，看来经过这条路的人还挺多的嘛，不止她一个人在这儿偷听。

齐逸声顿了顿，意味深长道："也对，有这么一个社长，人家不想加入也是理所应当。"

齐逸声这句话触到了温宇飞的底线，温宇飞沉声道："你到底什么意思？"

齐逸声耸了耸肩："我能有什么意思？只不过是实话实说罢了。一个实力不济还喜欢抢比赛机会的社长，一个三番两次让社团丢掉荣誉的社长……"

"齐逸声！"

"怎么，恼羞成怒了？我说的这些，可都是实话啊。当初要不是某些人争着抢着要上电视台表演，我们能输掉那场比赛吗？那可是任浓学长大学生涯最后一场比赛，他明明抱有那么大的期待，结果却输掉了比赛！如果当初是我上场，结果必然不会是这样，我拼尽全力也不会让比赛输掉！"

温宇飞握住拳头："你以为当初如果是你上场，结果就会不同吗？"

"为什么不会不同？"齐逸声眯了眯眼，"就算对方有凯撒，可是我们这边也有任浓学长和陈曦学长，他们俩之间的默契度是别人所比不了的。若是个人赛有可能会输，但是团体赛的话，只要队友的实力不拖后腿，就绝对不会输！我敢说我的实力不会拖他们后腿，你敢说吗？"

温宇飞深吸一口气，想要说些什么，却涨红着脸一个字也说不出口。

齐逸声嘲讽道："怎么，不敢说了？当年的比赛就是因为你，才输掉的，如果是我，如果陈曦学长选择的是我，我们肯定会赢！这一切都是因为你，当年输掉了电视台那场比赛，输了任浓学长的信任和期待；而现在又输掉了和我的比赛，输了数独社的荣誉。温宇飞，这一切都是你的错！”

齐逸声上前一步站在温宇飞面前，伸手戳了戳他的胸膛：“温宇飞，你难道就没有一点愧疚之心吗？”

齐逸声正要继续戳，却有人伸出手抓住了齐逸声的胳膊。齐逸声愕然回头：“陈曦学长？”

在场三人谁都没有注意到突然多出了一个人，除了在一旁偷看的原初悦。原初悦有些诧异，她本来以为那人也是路过的学生，没想到竟然是陈曦？

陈曦沉着一张脸：“当初让阿飞上场比赛是我做的决定，就算是比赛输了，那也是我的选择、我的失误，和阿飞又有什么关系？”

齐逸声抿了抿唇，有些愤怒：“陈曦学长，就算是这样，你也要替温宇飞说话吗？”

陈曦：“而且阿飞之前有一句话说得很对——当初就算是你上场，结果也不会有什么不同。”他顿了顿，哑着嗓子补了一句，“还可能会更糟糕。”

“阿飞，走。”说完，陈曦头也不回地走了。

温宇飞愣了愣，回头看了一眼一脸愤怒不甘的齐逸声，抿了抿唇跟上了大步离去的陈曦。

原初悦看完了这一场闹剧，叹了口气。

事情好像越来越复杂了呢，不过看在场这些人的反应，当年那场比赛果然有内幕。

原初悦悄悄离开了这片是非之地。走之前，她又回头看了一眼陈曦出来的地方，那里原本站着两个人，陈曦出来带走了温宇飞，剩下的那个人还站在原地没有动。原初悦看了过去，两人视线对上，那人愣了愣，似乎要和原初悦打声招呼。原初悦却不感兴趣地又收回了视线，自顾自走了。

和陈曦一起过来找温宇飞，结果陈曦带走了温宇飞却忘了他，又被原初悦忽略的孟江北：“……”

孟江北咬了咬牙，气呼呼地往另外一个方向走。

男生宿舍楼，孟江北的舍友们正在呼朋唤友“开黑”，冷不丁宿舍门就被推开，他们发现好久不见的孟江北竟然出现在了这里。

孟江北开门见山道：“上次老二帮我拿的快递呢？”

老二抓了抓头：“你让我扔掉的那个快递吗？啊，我塞你柜子里了。”

孟江北直接拉开柜子的门，翻了一下拿出那个快递，扭头就要走，被老二喊住："欸，你这就走了吗？就只是特地赶回来拿个快递啊。"

"嗯。"

"到底是什么东西啊？我上次不小心打开了，好像是衣服……给兄弟我看看呗？"

孟江北抱住了快递，果断地拒绝："不行！"

"主题：你们有没有觉得，咱们学校男生最近的审美观很迷……"

1L【楼主】：如题。

2L：什么？咱们学校的男生还有审美观这玩意儿？

3L：什么？咱们学校男生的审美观不是挺好的吗？团结而又统一，走在路上看见的男生夏天白色短袖加短裤，秋天灰色卫衣加牛仔裤，心情好了穿件格子衬衫，心情不好穿件条纹衬衫。极符合咱们学校的校训——察己则可以知人，察今则可以知古。

4L：楼上的，这和校训有什么关系？以及，楼主竟然还对咱们学校男生的审美观抱有期待？是不是新生啊？

5L：察穿衣则可以知学校……

……

23L【楼主】：我不是新生啦，虽然我知道咱们学校男生的审美观一直不咋的……但是抛去审美观不说，咱们学校男生的平均颜值还是很能扛的，全靠颜值把审美穿衣拉低的分给撑了上去。所以说有颜任性，像某个社团里的F4，平常随便穿穿走在校园里也是赏心悦目的。我前几天还跟外校的小姐妹吹嘘来着呢，人家不信以为我吹牛，我一怒之下邀请她来咱学校。我琢磨着F4除掉那个F，剩下的随便拉出来一个怎么着也不会让我小姐妹失望，但我万万没想到……

……

35L：楼主，我好像知道你在说谁了……其实他随便穿穿，哪怕是直男必备的条纹格子衫，也是好看的啊！我之前还琢磨着以他的审美，应该什么衣服都能扛得住，但我还是太过天真了……

……

46L【楼主】：最气的是，我的小姐妹只看了个他的背影就嘲笑我了啊！都不给我留一个去看他正脸的机会，哪怕她看了正脸再来嘲笑我，我也不至于意难平啊！

……

53L：所以只有我觉得，他最近的穿衣风格有点像求偶期的孔雀吗？花枝招展的……

……

60L：嘤嘤嘤，我错了，我之前还跟舍友说，希望M同学能换一下穿衣风格，平时多注意拾掇一下自己。我真是吃多了被门夹了的核桃，脑袋坏掉了……一人血书，求M回归之前的直男穿衣风格！

61L：二人血书！

62L：三人血书！

……

韩录退出论坛，默不作声地看了一眼孟江北，孟江北挑了挑眉：“看我做什么？”

韩录想了想，问：“你最近有没有收到过什么奇怪的东西？”

“比如？”

“比如血书？”

孟江北嘲讽：“都什么年代了，还血书？”

韩录闭上了嘴，决定不提醒他了。反倒是一旁的温宇飞幽幽地来了一句：“我看你穿得像封血书。”

孟江北穿着一件连帽卫衣，卫衣上面印着熊熊烈焰，左胸膛部分的火还扭曲成了十分有艺术的样子，粗粗一看便能看出来是一个“孟”字。

温宇飞补了一句：“还是烧着的血书。”

孟江北意味深长地看了一眼温宇飞，面对他的挑衅十分冷静：“身为‘爸爸’，我决定宽容我可怜的‘儿子’一次。”

就连韩录都看出了温宇飞的不对劲。

他吃了熊心豹子胆了，竟然敢主动挑衅孟江北？

孟江北看了韩录一眼，解惑道：“陈曦学长昨天来了一趟，跟他谈了一次。”

“陈曦学长来了？”

“嗯，大概是齐逸声干的那些事儿被陈曦学长知道了。”孟江北冷冷地笑了一声，“人家陈曦学长难得回学校一次，结果就目睹了自己心爱的学弟被人堵在学校的小树林里劈头盖脸地骂了一顿，结果还不敢反驳。陈曦学长知道自己心爱的学弟如今这么‘出息’了，表示十分欣慰。”

韩录对当年的那些事情并不怎么了解，但并不影响他猜出事情的大概经过，他皱眉问：“齐逸声又找社长了？”

温宇飞没说话，孟江北弹了弹手指，冷冷道：“是啊，最近还有什么事情值得齐逸声在老温面前耀武扬威的？无非就是拿挑战赛的资格说事儿。”

说起这个，韩录顺嘴提了一句：“那原初悦呢？”

“她？她很好啊。”孟江北说得十分坦然，“马上就有一个大帅哥去追她，她应该兴奋得快要睡不着了。”

韩录：“不，我不是问这个。”

孟江北：“我知道啊，我只不过是觉得我们同属于一个团队，我有义务让我的队友们知道我最近的生活状况。”

韩录：“也包括感情状况吗？”

孟江北点了点头。

韩录：“……”

他知道孟江北行为处事十分风骚，但是没想到竟然骚得这么理所当然，令人猝不及防。

本来还郁郁寡欢的温宇飞听到孟江北和韩录这番对话，愣了一下，反应慢半拍道：“等等，你难道要追原初悦？”

温宇飞挠了挠头，有些不解：“这还需要追吗？原初悦都用你照片当屏保了，你一开口那不就是皆大欢喜、双宿双飞了吗？”

孟江北用慈父般的眼神看着温宇飞：“过去的事就不要再提，大人的事小孩也不要去管。”

韩录看了看手机，站起身来：“我待会儿还有课就先走了。”

临走到门前，韩录又回头：“要是有什么消息就告诉我，需要帮忙也知会一声。”他顿了顿，道，“我有一种直觉，这次我们的队友会是原初悦。”

温宇飞觉得韩录是在安慰自己，毕竟原初悦表现出来的态度是那么的抗拒。

韩录走后，温宇飞还惦记着孟江北的感情状况，好奇地问道：“你和原初悦……”

孟江北继续慈爱地看着温宇飞：“不然，我们来谈谈昨天陈曦学长和你都聊了些什么吧。”

温宇飞闭嘴了。

孟江北却不打算放过他：“老温，现在咱们这些年轻人，都不兴做好事不留名那一套了。有些事情你做了，也没必要再瞒下去，任由某些跳梁小丑一次又一次地拿那些事情来埋汰你。老温，别的人我不敢打包票，但是在我心里，当年的你不是狗熊，是英雄。”孟江北说着，摊了摊手，“毕竟，当牺牲者这件事，不是每个人都有胆量去做去承受的。”

温宇飞猛地抬头，嘴角神经质地抽搐了一下：“你知道多少？”

孟江北并不打算隐瞒：“你知道多少，我就知道多少。”

温宇飞脸色煞白：“你……怎么知道的？”

按照常理，两年前那场比赛发生的时候，孟江北才高三，还没有进入社团。

孟江北长叹了一口气：“陈曦学长毕业，离开学校之前找了我一次。”

孟江北现在才明白过来，大概是陈曦当年就料到了会有这么一出，齐逸声早晚会拿当年那事来挑衅温宇飞。有些事情，一个人承担，终归是没有两个人承担来得轻松。

温宇飞半张着嘴，嘴唇抖了抖，终究还是什么都没有说出口，沉默着。

“老温，没必要再瞒着这件事了。要是这件事不被某些人一而再，再而三地提，你就算瞒到死，我也不会管你。但是，既然现在有些人将它拿出来当作筹码威胁你，也是时候让这些筹码失效了。”孟江北像是想起了什么，顿了顿道，“而且从现在的情况来看，就算你不想说，恐怕也有人会帮你说出来。

“有些人自以为掌握了筹码，想将利益最大化，却不知自己走了一步错棋。他自以为掌握了‘真相’，拿着这‘真相’想要利用社联来给自己牟取利益……这算盘，怕是要落空了。”

“是你？”

孟江北勾了勾唇，眼底一片柔和：“是某个费了这么久工夫才摸到一点门路的人。”

温宇飞作死的心又适时冒了出来：“老孟，你现在笑得好恶心。”

孟江北：“……”

孟江北："老温，你能平安无事地活这么久，全靠这世界上好人多。"

孟江北拍了拍温宇飞的肩膀，不想继续和他废话："行了，你自己多想想吧。"

孟江北离开了402，走出大门前，摸出手机发了条微信。

你在做梦吗：老程，我决定去追原初悦了。

你在做梦吗：别多想，就是想通知你一声。

程侑：加油。

你在做梦吗：对了，之前跟你提的那个几千人的大项目，策划我已经弄好了，改天跟你详谈。

程侑：好的。

程侑：随时准备着。

孟江北收回了手机，拐了个弯，却和上楼的崔晓童撞到了一起。

崔晓童先是神色尴尬，毕竟前天晚上他也算得上是半个当事人，听到了孟江北说喜欢原初悦。

崔晓童的视线落在孟江北的衣服上，尴尬的表情瞬间被惊喜所替代。

"你穿上这些衣服啦！

"我就知道你穿起来肯定很好看！

"以后你肯定是人群里独一无二最靓的崽，忽略谁也无法忽略你的英俊和帅气！"

孟江北勾了勾唇，心安理得地接受了崔晓童这番"彩虹屁"："你说得很对。"

崔晓童自己夸完还不够，顺手又把慢了自己几步落在后面的原初悦给拉了上来："原学妹，你看他这样穿是不是更加英俊逼人了？"

原初悦突然被拉了出来，看着眼前穿衣风格和崔晓童一样夸张亮眼的孟江北有些蒙，迟疑了一下，才从孟江北脸上贴着的创可贴判断出了他的身份。

她试探着道："你怎么穿成这样了？"

孟江北状似无意地点了点自己胸口的"孟"字："不觉得很特别吗？"

孟江北主动点明了自己的身份，又假装无意地问道："你们这是一起过来的？"

崔晓童自然地回道："对啊，我本来约了原学妹吃饭，结果落了东西在训练室，所以干脆一起来拿了再去吃饭。"

孟江北眸光闪了闪。

一起看舞剧，还一起吃饭？

这两人最近走得还挺近？

孟江北疯狂地暗示：“正好，我也还没吃饭。”

崔晓童拿不准孟江北是什么意思，只是随口客套了一句：“那……一起？”

孟江北一口应下，不给崔晓童拒绝的机会：“好啊！”

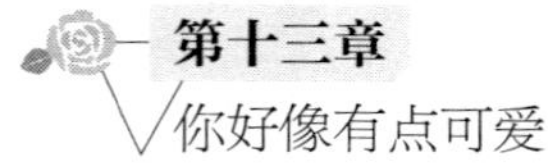

第十三章 你好像有点可爱

孟江北预想中的“三人修罗场”的场面最终还是没能实现。

到了饭店坐下来刚点完菜，崔晓童就接到了导师的电话，急匆匆被召唤走了。临走前，他还语焉不详地跟孟江北偷偷说了一句：“你和原初悦要好好聊一聊哦，时间可不多了。”

崔晓童表情意味深长，孟江北琢磨了一下，觉得他这是在挑衅自己。

什么叫好好聊一聊？崔晓童这是觉得就算让他们两个单独相处吃饭也对他造不成任何威胁吗？

什么叫时间可不多了？难不成崔晓童这是在向自己宣战，表明他马上就要追到原初悦了？呵，天真！

孟江北觉得崔晓童动机不纯！

要是让崔晓童知道自己这一句话让孟江北脑补出了这么多，他一定会大喊冤枉。

天可怜见，他只是想为社团贡献出自己的一点力量，想约原初悦出来吃个饭，帮社长劝一劝她加入挑战赛队伍啊！事出突然，他被导师临时喊走了，便想着不要错过这个吃饭的机会，干脆让孟江北劝一劝原初悦。

而且他也没说错啊。

本来时间就不多了，马上就要到挑战赛报名的截止时间了呀！

孟江北不知道崔晓童的“用心良苦”，只认定了崔晓童“其心可诛”。

孟江北正襟危坐，觉得自己要抓住这个机会好好表现，势必让原初悦意识到自己不仅在长相方面胜过崔晓童，并且全方面都能碾压他。

原初悦想要给自己倒杯水，孟江北闻风而动，迅速拿起一旁的水壶：

“放着我来！”

原初悦眼神在糖醋排骨上扫了一下，孟江北立马用公筷给她夹了一块，贴心地放到了她碗里。

原初悦又看了一眼韭菜炒鸡蛋，孟江北迅速又给她添了一筷子。

原初悦扫了一眼香菜豆腐羹，孟江北贴心地装了一碗。

原初悦撂下筷子，冷静地看了孟江北一眼。

孟江北心里咯噔一下，发热的头脑瞬间冷静了下来。他试图做最后的挣扎，举了举手中的公筷，底气却不怎么足：“我用的公筷……”

原初悦没说话，继续看着孟江北。

孟江北心里发虚，抿了抿唇道：“我老眼昏花，把你的碗看成我的碗了，咱俩换个碗吧。”

原初悦无奈道：“不然，不吃了吧。”

孟江北垂下眸子，没说话。

原初悦又看了他一眼，一时没忍住又开口多解释了一句：“其实这家菜我不是很喜欢吃，这里的菜口味偏甜，而且我也不怎么喜欢吃香菜。”

孟江北迅速生龙活虎了起来，还不忘给自己的竞争对手崔晓童上眼药水：“这家店是崔晓童推荐的，他平时很喜欢来这儿吃，而且他超级喜欢吃香菜。我们之前聚会烧烤的时候，他问老板要了几串烤香菜！”

孟江北矜持道：“其实我也不喜欢吃这里的菜，而且我也很讨厌香菜。”

孟江北来了一招完美的甩锅大法，他想起来什么：“不然，我们去吃学校门口的烧烤吧，就上次我们去的那家。”

原初悦下意识地接了一句：“你不怕再肿成香肠嘴了吗？”

孟江北：“过去的事就不要再提了好吗？”

他的帅气逼人，他的风姿绰约，难道这些在原初悦的眼里都不如那香肠嘴来得印象深刻吗？

原初悦说完，自己也愣了一下，本来紧抿着的嘴角微微放松了一些。

其实让她和孟江北两个人单独吃饭，她也是有些别扭的，尽管她努力给自己做了心理建设，还是无法自然地和孟江北相处。

但是说完这句话后，原初悦脑海里不期然地就浮现了一张脸，模模糊糊的，看不清五官，唯独那张香肠嘴，肿得十分引人注目。

不知为何，原初悦心里突然就放松了一些。

原初悦微微笑道：“既然你都不怕，那就去吃烧烤吧。”

崔晓童挑的这家饭店离学校不远不近，走路也只要二十分钟的时间，两人一合计，索性也懒得打车，直接步行回学校。

这家饭店在学校附近的一个大型综合性商场里面，商场分A、B两栋，中间夹着一个月牙形的人工湖，灯光映着湖水景色倒也美不胜收。月牙湖旁边铺了木质的人行栈道，颇有几分情趣，附近的居民和学生在这里吃过饭都喜欢来这木栈道走一圈吹吹风消消食。

而人多了，自然就会有闻“商机”而动的人过来这里。

原初悦和孟江北刚走上木质栈道，就有一个扎着双马尾的小姑娘挽着一篮子花冲了上来，甜甜地开口：“哥哥，给姐姐买朵花吧。”

孟江北咳了一声，余光偷偷瞥原初悦。原初悦脸上的表情不变，他琢磨了一下，决定用这件事疯狂暗示一下原初悦，掏出钱包道：“多少钱一朵？”

小姑娘笑得更甜：“十块钱哦。”

孟江北一翻钱包，嗯，里面没钱。

小姑娘笑容不变，示意了一下篮子旁边挂着的二维码：“支持微信和支付宝哦。”

孟江北掏手机，一按，手机没电自动关机了。

小姑娘一颗赤子之心心地善良，也不拆孟江北的台，继续保持微笑：“小哥哥，我觉得你穿得跟朵花儿似的，不如把你自己送给小姐姐吧。”

孟江北道：“我觉得也行。”

孟江北趁热打铁，鼓足勇气，努力让自己看起来云淡风轻，像是随口开了一句玩笑：“那你看看你要不要呗？”

孟江北觉得自己实在是太㞞了，在崩人设的路上一去不复返了。他眼神游离，不敢看原初悦的眼睛，只敢盯着她的肩膀看。

风儿吹过，湖面泛起涟漪，孟江北的发丝也随着风轻轻飘动。他轻轻眨着眼，长长的眼睫毛扇动着，原初悦的心跳突然停了一拍，莫名觉得有些慌乱，甚至不知道该怎么回答这个“要不要”。她握紧了拳头，又松开了，有些手忙脚乱地从背包里掏出钱包，果断转移话题：“不然，我给你买朵花吧。”

不等孟江北开口，原初悦已经手脚利索地完成了银货两讫，从小姑娘手里接过一朵娇艳欲滴的红色玫瑰花，一把塞进孟江北怀里。

孟江北：“……”

孟江北看着怀里突然多出来的那朵玫瑰花，一时鬼迷心窍地问：“这是你第一次送别人花吗？”

原初悦：“不是。”

孟江北：“……”

原初悦：“第一次是给我妈妈送康乃馨。”

孟江北换了个说法：“那这是你第一次给同龄男生送花吗？”

原初悦这回没说话。

孟江北握着那一朵玫瑰，想了想，也行吧，四舍五入都是送花了。这还是原初悦第一次给男生送花呢，占了“第一次”这个名头，听起来就很不一样。这么一想，他又开心了起来，有些美滋滋地飘了。

于是在月牙湖的木质栈道上，成双成对的男男女女中，仔细去看，能发现里面最与众不同的一对。

其他的一对对都是女生手里拿着玫瑰花一脸娇羞，有那么一对是男生捧着玫瑰花，一脸的美滋滋。

直到到了烧烤摊，孟江北在前台租充电宝的时候，鬼使神差地问道：“老板，我给你微信转账，你能给我兑点现金吗？”

老板很干脆，一边把钱给他，一边顺口问道：“要现金干啥，现在不都手机支付吗？”

孟江北挠了挠头，“嘿嘿”笑着没回答。

万一人家只收现金呢，他这是有备无患。

孟江北又跟老板提要求：“老板，能不能给我一个瓶子，装点水？”

老板觉得这也不是事儿，拿了一个空矿泉水瓶就给孟江北了。孟江北喜滋滋地把玫瑰花插了进去，原初悦忍了又忍，觉得仿佛又回到了当初第一次来这个烧烤摊的场景。

那次孟江北戴着一顶十分别致的帽子招摇过市，也是她忍不住开口劝孟江北摘下来的，说起来，那顶帽子现在还在她衣柜里呢。

这回原初悦又忍不住劝了一句：“要不，还是扔掉吧？”

孟江北哪儿能扔掉啊，直接拒绝道：“不行，我要把它带回去。”

“带回去？”

“嗯哪，给崔晓童瞧瞧。”

他必须让崔晓童意识到，崔晓童在这场爱情争夺战里，已经红牌出局了！

原初悦：“……”

那行吧，男人的心思她不懂。

原初悦看着孟江北喜滋滋又带着点嘚瑟的样子，莫名觉得自己的心情也变得好些了。

孟江北，好像还有点可爱？

脑中刚闪过这个念头，原初悦就被自己吓了一跳。

她疯了吗？竟然会觉得一个大男人可爱！

原初悦拍了拍自己的脑袋，一定是自己饿昏了头，才会冒出这么可怕的想法。她立马要来了菜单，一口气往下划拉了十几串烤肉串。虽然肉串还没吃到肚子里，但是点了四舍五入就等于吃了。原初悦放下心，这样她就不会再冒出那种可怕的想法了吧。

吃串的工夫，孟江北中途去了趟卫生间，原初悦正和面前的麻辣鸡翅奋斗时，一个人影突然就盖住了她。有个陌生的声音在她耳边响起，小心翼翼带着点试探。

“那个……”

原初悦抬头，面前这男生穿得一点都不花里胡哨，看来不是孟江北。

男生有些羞涩，但还是鼓足勇气道：“我能加一下你的微信吗？”

原初悦：“？？？”

原初悦放下手中的烤鸡翅，拿起纸巾优雅地擦了擦嘴：“这个……”

男生期待地看着她。

原初悦指了指孟江北放在桌面上没拿走的手机：“你该不会以为我是一个人来吃烧烤的吧？”

男生一时之间没懂原初悦的意思，依然在等着原初悦的下文。

原初悦抬了抬下巴，鬼使神差地冒出一句：“我有男朋友了。”

男生窘迫，一张脸涨得通红：“打扰了！”

男生灰溜溜地逃走，原初悦长吐了一口气，正打算继续啃着鸡翅，孟江北的手机屏幕就亮了起来。原初悦本来没在意，奈何孟江北的微信提示没有关，每次有新的微信消息进来，手机屏幕就会亮一下，她只不过是瞥了一眼，就一不小心看到了消息。

一口吃不成大胖子：我突然想起来，你白天说的那番话。

一口吃不成大胖子：你不会是打算为了社团牺牲自己吧？

一口吃不成大胖子：你说你要追原初悦？

一口吃不成大胖子：难道是打算用美男计，牺牲自己劝她加入我们的挑战赛队伍？

……

手机屏幕暗了半分钟，再一次亮起。

崔小王八：你和原学妹吃得怎么样啦？

崔小王八：你有没有好好劝她参加挑战赛啊？

原初悦：“……”

原初悦再一次放下手中烤鸡翅的签子，抽了张纸巾细细地擦拭着自己的手指，她视线落在桌子上装有玫瑰花的矿泉水瓶上。

玫瑰花红得就像孟江北今天穿着的那件卫衣胸口上“孟”字的颜色。

原初悦面无表情地盯了一会儿，一抬手，将那矿泉水瓶打翻。

恰好这时，孟江北喜滋滋地拿着一朵玫瑰花一路小跑了过来，站定在原初悦面前，丝毫没有注意到矿泉水瓶被打翻了。

他一脸矜持道：“礼尚往来，这朵花就送你吧。”

原初悦接过玫瑰花，孟江北脸上的喜悦就要压抑不住了。下一秒，他看见原初悦扶起那倒了的矿泉水瓶，将他买来的那朵玫瑰花插了进去，又将矿泉水瓶递给了孟江北。

原初悦一脸诚恳：“你今天穿得跟朵花儿似的，我的那朵玫瑰花配不上你，还是你买的这朵比较配。”

原初悦说完，弯腰捡起自己买来的那朵玫瑰花：“我还有事，先走了。”

不等孟江北说话，原初悦就快步离开。

路过一个垃圾桶，原初悦撇了撇嘴，哼了一声，冷酷无情地将那朵开得正艳的玫瑰花扔了进去。

原初悦觉得孟江北这人实在是用心险恶、无耻之极，竟然想得出用美男计。

她回去后琢磨了一宿，从一开始的愤愤不平到后来的心如止水。

是了，数独社一直以来不就这个作风吗？之前还举办了什么“只要你赢了，就能带走他”的垃圾活动。好在她聪明机智，才没有被这种小伎俩给蒙骗。

哼，她就说孟江北这个人怎么奇奇怪怪的，一会儿给她摆冷脸，一会儿又贴上来说喜欢自己，敢情打的是这个主意。

原初悦已然将自己那一瞬间的心动抛到脑后，想明白过后，隔天在学校里又“偶遇”孟江北时，她的态度如同冬风一般冷冽，目不斜视地与孟江北擦肩而过。

孟江北一愣，检查了下自己今天穿的衣服。

绿色的，十分显眼，就连路过的同学们都情不自禁地朝他行了注目礼。

胸口的地方也有“孟”字的标志，一看就是和昨天的衣服是同一系列的，十分好认。

孟江北一琢磨，难不成原初悦还没有发现他这个独特的身份标志？他觉得这样不行，于是今儿一整天，孟江北都在找各种机会在原初悦面前晃悠，势必要让原初悦形成一看见这种类型的衣服就想到他的条件反射。

当原初悦第十三次在拐角又一次和孟江北“巧遇”之际，孟江北还表演得十分浮夸，拿着手机头也不抬地装作打电话：“嗯，我是孟江北。”

对于孟江北这番举动，原初悦没有多想，而是冷着一张脸喊道：“孟江北。”

孟江北见原初悦认出自己了，这才心满意足地挂了电话，摆出一副“我才看见你”的表情：“这么巧？”

原初悦冷漠道：“不巧了，我们今儿都‘巧遇’十三次了。”

孟江北心里一合计，更开心了。

原来原初悦认出他来了啊！孟江北美滋滋地想，看来这衣服还是有点作用的，改天再下个订单，连冬天的衣服一并多买几件。

孟江北整了整衣服，将昨天通宵看的《骚话大全》在脑海里过了一遍，他信心满满地吐出一句：“才十三次而已，我掐指一算，我们还能再巧遇个三万次。”

孟江北在心里快速地盘算了一下，他们现在才二十岁，按照活到一百岁来算，还有八十年，每天见一次面的话，大概是两万九千多次。孟江北做了个主，直接添了个零头凑了个整，想必原初悦也不会介意。

孟江北说完又觉得不妥。

按照早上出门、晚上回家来算，一天怎么着最少也得见两次。

于是，孟江北又改口了：“如果你希望的话，六万次也不是不可以。”

原初悦：“……”

这人是不是昨晚烧烤吃多了被烟熏坏了脑袋？

一般人完全无法理解孟江北的这个梗，虽然原初悦不是一般人，但是也没办法理解，她直接戳破孟江北美得冒泡的幻想：“你就算再来个六十万次，我也不会答应你的。”

孟江北只听进了前半句话：“六十万次？这有点难度，不过我可以努力努力。”

原初悦无语。

原初悦一想起昨天晚上的鲜花和那天火光下的告白，本来风平浪静的心湖就像被扔进了一颗石子，搅起了滔天海浪。

这人怎么回事？怎么能这么厚颜无耻呢？真以为他的美男计能对她奏效吗？他随随便便几个动作、几句话就能让她心动吗？开什么玩笑，不知道“面孔遗忘症”的威力有多大吗？

原初悦本来还以为自己挺冷静地和孟江北说话，丝毫没有意识到自己的语气中夹杂着一丝愤怒。

“就算你再努力，我也不会去参加挑战赛的！”

孟江北一愣：“挑战赛？这和挑战赛有什么关系？”

原初悦冷笑：“你来找我，还说出那么多奇奇怪怪的话，不就是为了想哄我参加挑战赛吗？”

“不是，什么叫奇奇怪怪的话，我可没有说过奇奇怪怪的话！”

孟江北心里有一种不祥的预感，但是事出突然，他一时之间没办法捋清这其中的原因，而显然原初悦并不打算给孟江北时间去捋清思路，她抛下狠话，就退场了。

“呵，男人！为了这点事竟然甘愿出卖自己的灵魂，孟江北，我对你太失望了！”

简简单单的一句话，却蕴含着强大的力量，那股力量直击孟江北的少男心，让他呆愣在原地。等他反应过来，原初悦已经干脆利索地退场了。

孟江北：“？？？”

什么情况？原初悦怎么就开始对他失望了？

失望的原初悦没走多远，就接到了朋友的电话。

“小悦，我约了我学姐今晚吃饭，一起来呀？”

“行，地址发给我。”

原初悦如约到场，她们约的地点是一家装修颇有情调的小清新网红餐馆，主打的都是一些精致的江浙菜。

谨慎起见，原初悦在餐厅门口打了个电话：“我在门口，你在哪儿呢？”

原初悦看见靠窗的座位有个女孩起身，冲她挥了挥手，她才放心地坐了过去。

女孩是原初悦高中的同桌周颖，关系一直不错。之前聊天的时候，周颖提过他们学校很多学长学姐大一开学就会开始去电视台实习。原初悦也是抱着试试看的态度，让周颖帮忙打探打探，没想到还真有意外之喜。

周颖联系到的学姐两年前在本地电视台实习过，听她的意思，刚好还跟过温宇飞参加的那档数独比赛节目。

三个年龄差不多的女孩，凑到一起很快就熟悉了起来。学姐也是个外向活泼的性格，聊了一会儿，原初悦就趁势将话题引到了当年那场数独比赛上。

学姐回忆了一下："我大一的时候去电视台实习，跟的栏目组的确是做了一档与数独有关的节目。我记得那一期节目收视率还不错，毕竟请来的选手都是年轻好看的那种。毕竟，天才美少年这种人设不管放在什么时候都是很讨喜的，更何况那次来的几个选手质量确实不错，都是名牌大学的学生，长得也好看，听说其中几个还曾拿过奖。"学姐笑了笑，"其实我之前是不怎么懂数独啦。那时候数独也不是特别火，我记得当时电视台说要做这一期节目的时候，带我的老师私下还跟我吐槽，做这样一期节目太冒险了，一开始他们本来是不打算做的。"

"那后来呢？"

"嗯，我记得好像是当时有个公司直接投了一笔钱当冠名商，点名要做这一档节目。"学姐说起这个，脸上浮现了八卦的兴奋表情，压低了声音道，"后来我才知道，那个冠名商的儿子也参加了这档节目，而且长得还超级好看。哎呀，有些人真的是生来就赢在了起跑线上，长得好看，脑子又好，家世也好，我们当时都戏称他为太子爷。不过冠名商金主爸爸是真的很宠这个太子爷，不仅花钱投资让栏目组做了这期节目，还全程看了太子爷的比赛。啧啧，有个有钱又宠人的爸爸可真好。"

一提到帅哥，周颖也适时地热情了起来："是啊是啊，我以前还以为玩数独的都是戴眼镜的书呆子，后来才知道数独界好多帅哥。小悦，你学校里不就有好几个帅哥吗？好像还有个什么数独社 F4！"

原初悦撇撇嘴，不是很想提这个 F4："还好吧，都是大家吹出来的。"

学姐喝了口饮料道："当时我们部门里有一个老师也是数独迷，我们几个女孩子看不懂数独只知道'舔颜'，那个老师就在一旁说我们肤浅，还说这档节目做得其实挺有水准的，找来的选手都是当时数独界有名的几个年轻选手。”学姐笑了笑，“我记得当时我们还开玩笑吐槽说，要是万一冠名商的儿子所在的那一队输了，金主爸爸会不会一怒之下撤资不投了。”

原初悦隐约抓住了点什么：“那个冠名商的儿子所在的队伍最后赢了吗？”

学姐眨了眨眼：“当然是赢啦，金主爸爸一开心，又给电视台投了一大笔广告。可惜我只是个实习生，我听说因为这个事儿，他们年终奖都丰厚了不少呢。”学姐开玩笑说道，“所以他们都很庆幸当时输的不是太子爷那一组。”

原初悦还想打听点什么：“那当时的比赛，胜负差距明显吗？”

学姐想了想，摇了摇头：“过去太久啦，而且我当时又不懂数独，只觉得很厉害。”

原初悦有些遗憾。

学姐想起了什么，又道：“不过当时那个数独迷老师说了一句‘挺可惜的’，他的意思大概就是势均力敌吧？要是碾压性的胜利，数独迷老师也不会说可惜了。”

原初悦心里有了个猜想。

根据陈曦、齐逸声他们的表现，那场比赛绝对有猫腻。温宇飞自告奋勇地参加这次比赛，输了比赛之后，齐逸声一直觉得是温宇飞的错，而且齐逸声还曾向社联举报数独社打假比赛。

联系今天学姐说的这番话，原初悦做了一个合理猜测——

会不会是当初那个冠名商想要儿子赢得比赛，私下搞了什么手段，比如收买东齐这边的人故意输掉比赛？

原初悦眸光闪了闪。

如果真是这样，一切就说得通了。

问，男人会因为什么事情出卖自己的灵魂而惹得女人生气？

在线等，挺急的。

孟江北将这几天来自己和原初悦做过的事情、说过的话仔仔细地细掰开来琢磨。他不懂，他只不过是意识到自己对原初悦的心意，怎么就叫出卖自己的灵魂了？难道喜欢一个女孩子就叫出卖自己的灵魂了吗？

自诩爱情高手实则爱情小白的孟江北十分苦恼，哪怕他穿得再花里胡哨，恨不得在脸上写上“我是孟江北”五个大字，原初悦也对他视而不见冷眼旁观。孟江北愁得缩在了 402 这个小天地里，开始苦苦思索缘由。

女人心，海底针。

他真的好累哦。

温宇飞也很累，距离全国大学生数独挑战赛团体赛报名截止日期不到三天，而他们的队伍还缺少一名关键性的女性队员。

孟江北提高了 402 数独门禁的难度系数，温宇飞解不开，只能在门外持之以恒地敲门，敲得孟江北越发心烦意乱，只能起身把他放了进来。

两人见面后，默契地长叹一口气。

温宇飞问道："你和原初悦怎么样了？"

孟江北揪着头发："她最近都不搭理我了。"

温宇飞拍了拍孟江北的肩膀，语气沉重："为难你了，我知道你都是为了我们社团。"

"别瞎说，我这是为了我自己，和社团有什么关系。"孟江北下意识地反驳，话一说完，电光石火之间他抓住了什么。

等等，原初悦当初是怎么跟他说的来着？

——就算你再努力，我也不会去参加挑战赛的。

难道……

温宇飞满面愁容："你说原初悦喜欢什么样的？就只剩三天了，不然我们让韩录和程侑也试试？程侑为人正派，搞不好不会同意；韩录倒是可以劝一劝……"他话还没说完，不经意地回头，就看见孟江北露出一副玉石俱焚的凶狠表情。他一哆嗦，连忙改口，"啊……我的意思不是说你不正派，也不是说你的魅力不行，我只是保险起见……"

在孟江北凶狠眼神的压迫下，温宇飞的声音越来越低，索性闭上了嘴，做了个给嘴巴拉拉链的动作。

孟江北愤怒了。

他就说面对这么帅气的他的追求，原初悦为什么会说出"我对你太失望了"的话，敢情问题的症结在这里啊！

就连温宇飞都认为他孟江北的追求别有所图，那原初悦呢？温宇飞能想到的事情，原初悦那么聪明伶俐怎么能想不到？

搞不好她想得更多！

思及此，孟江北愤怒地开口："老温，我对你实在是太失望了！"

温宇飞："？？？"

凭什么啊？

温宇飞想要开口质问，却在孟江北犹如实质的怒火的镇压下，委委屈屈地闭上了嘴。他撇了撇嘴，好半天才小声道："可是挑战赛团体赛的报名截止时间快到了，要是原初悦真的不加入我们可怎么办？"他声音低了下去，越说越没信心，"这么多年也没听说她参加过什么比赛，搞不好她是真的不怎么喜欢数独，我们这么逼着她参加挑战赛是不是有点强人所难……"

孟江北还沉浸在自己一番拳拳之心被人误解的悲痛之中，听见温宇飞这番自言自语，想也不想就反驳道："不会的，原初悦很喜欢数独，我虽然还不知道她为什么抗拒参加比赛，但这并不是强人所难。"

温宇飞半张着嘴，露出了一副看起来有些蠢的疑惑表情，嘴角还有一颗急得上火冒出来的燎泡。

孟江北瞥了一眼，明白挑战赛临近温宇飞的压力也很大，暂时收起自己破碎的少男心，耐着心解释了一番。

"程侑说过原初悦很厉害，但是他对原初悦数独水平的了解还停留在八九年前。而根据上次我们试探原初悦数独水平时，程侑的表现，他对她的水平一点都不惊讶，这说明了什么？说明了至少在程侑看来，原初悦的水准并没有落后，甚至还有提升。数独这项数字游戏，天赋是一方面，但是后期的积累和不断的练习更为重要。而这么多年来，原初悦的数独水准都没有退步，这意味着什么？"

温宇飞迟疑地问道："她背着我们偷偷练习？"

孟江北："……"

孟江北翻了个白眼，原初悦就算想练习，还用得着偷偷背着他们吗？他懒得跟温宇飞纠结这个问题，顺着话道："差不多吧，你觉得一个人要是讨厌数独，能这么多年来一直都保持高水准的数独水平吗？"

温宇飞想了想："万一原初悦就是特别聪明呢？就像那种平时上课不认真、课后也不学习，但是每次考试都能拿高分的学神。"

孟江北并不吝啬自己对原初悦的夸赞："你说得很对，原初悦这么聪明，的确是有可能做到这种地步。不过……"他又拿出一个证据，"如果真的是不喜欢数独的人，你觉得她能够做到每周都花三天时间来数独社全程观摩我们练习，不仅从来不打瞌睡，兴致来了还会自己偷偷拿一份题目做吗？"

温宇飞惊道："这你都知道？"

孟江北矜持一笑。

温宇飞仔细地琢磨了一下："老孟，所以每次社团内部做对抗练习的时候，你都在偷看原初悦吗？难怪我发现最近这段时间你做题的速度明显没有以前快了！"

孟江北争辩："哪有，别胡说，我最多也就偷看了那么几次！"

温宇飞琢磨出了不对劲："等等……你不是因为想要靠美男计劝原初悦参加挑战赛才追求的她吗？怎么会……难道说你真的喜欢上她了？"

温宇飞被自己的猜测吓到了。

孟江北耸了耸肩，十分坦然："我当然是因为喜欢原初悦才追的她啊。"

温宇飞表示自己受到了惊吓。

孟江北贴心地给了温宇飞时间让他去消化这个事实。十多分钟后，温宇飞又凑了过来，道："老孟，所以最近校园论坛上关于你'孔雀开屏'的说法，并不是无凭无据咯？也对，原初悦长得这么好看，你的确是应该开一开屏。"

孟江北："等等，什么叫作'我孔雀开屏'？"

温宇飞本以为孟江北要炸了，可没想到孟江北只不过愤怒了一秒，就诡异地平复了下来，还露出一副赞同的表情："说得也没错，就孔雀的颜值，勉强配得上我吧。"

温宇飞："……"

温宇飞怀疑，孟江北的脑袋可能真的坏了。

原初悦基本已经肯定，两年前电视台举办的那场数独比赛，温宇飞在其中扮演了一个负面的角色。

"打假比赛"自然是为了利益，而输掉了比赛，"名"已经丢了，剩下的就只剩下"利"了。

人为财死，鸟为食亡。

原初悦犹豫着要不要把自己调查的结果通知社联的李老师，脑海里却突然浮现那天半夜温宇飞独自坐在空荡荡的教室，对着投影幕上的比赛视频痛哭流涕的画面，久久难以拂去。

这样一个人，会因为钱财利益去打假比赛吗？

原初悦不知道。

原初悦正犹豫的时候，没有想到陈曦会来找自己。

陈曦约了原初悦在学校附近一家咖啡厅见面，原初悦用自己惯用的办法，在门口打了个电话，确认了陈曦的位置。

两人点了个下午茶套餐，陈曦率先开口道：“这个点约你出来，不知道有没有打扰到你？”

原初悦忙说没有。

陈曦扶了扶眼镜道：“我也就不废话了，我听说小飞他们有意想要邀请你一起参加挑战赛团体赛，但是你……似乎并没有这个意愿。”

原初悦没想到陈曦也是来当说客的，而且毫不虚与委蛇，直接开门见山，她抿了抿唇，没有说话。

陈曦继续道：“我能不能冒昧问一句，你为什么不愿意呢？”

原初悦仍然用之前拒绝温宇飞的理由：“我数独水平实在是一般般，就算参加比赛也是拖他们后腿，就不去凑这个热闹了。”

陈曦微笑地看着原初悦，并没有回话，很显然，这个理由并不能够让陈曦满意。

原初悦又道：“而且我对数独真的是一点兴趣都没有，更没想法去参加任何和数独有关的比赛。”

陈曦捧起面前的玻璃杯，他的手很好看，手指修长，骨节分明，配着玻璃杯令人看着赏心悦目，他淡淡地笑道：“哦，是这样吗？‘有一盆猫’小姐。”

原初悦听到这个称呼，猛地身体一震，抬起头看向陈曦，眼神满是防备。

陈曦无奈地笑了笑：“对不起，我并没有任何恶意。”

陈曦的长相算不上出众，但是气质温润，尤其是笑起来的时候，很容易就让别人对他心生好感。原初悦虽然看不清陈曦的长相，但是他所展现出来的感觉，哪怕他说出了“有一盆猫”这个称呼，也很难让原初悦对他心生恶意。

“我并不是有意调查你，只是因为工作的需要，‘合页数独’上有名的几位选手的资料，我都看过一点。无论是你的 ID，还是你的实力，实在是令人过目难忘，所以我一不小心就记住了一点。”

原初悦眯了眯眼，仍旧没有说话。

陈曦为了表明自己的诚意，只得继续道：“忘了自我介绍了，我现在在‘合页数独’公司上班。”

原初悦记得，之前崔晓童说过，陈曦毕业后没有找工作，而是直接和朋友们创业开了个公司。

原初悦迟疑道：“‘合页数独’是你开发的？”

陈曦纠正道：“当初开发团队共有五人，我只不过是其中一人。”

原初悦万万没有想到，如今几乎数独界人人都在玩的“合页数独”竟然是陈曦开发出来的。她迅速回忆了一下“合页数独”的发展史，这个数独APP两年前异军突起，后来联合了数独协会，举办了一场网络数独大赛，从此奠定了它在数独界的地位。

如果说陈曦是“合页数独”的创办人，那么他知道原初悦在“合页数独”的ID和资料，也就不奇怪了。

陈曦道：“你的数独水准，在整个‘合页数独’里面也是名列前茅的，所以你之前所说的‘一般般’，实在是太过谦虚了。如果‘合页数独第一届网络数独大赛’的季军的数独水平都是拖后腿的话，那这个‘后腿’未免也太荣幸了。”

陈曦话里的深意，直接反驳了原初悦之前说出的两个理由。

如果说原初悦真的没兴趣也没想法去参加任何数独比赛的话，那么她为何会参加网络数独大赛？

原初悦仍垂死挣扎：“这个季军的含金量有些水分，毕竟是第一届，许多数独高手都还在观望，没有参赛。”

陈曦笑吟吟地看着原初悦，他这个态度反而让原初悦连想好的说辞都说不出口了。原初悦懊恼地闭上了眼，叉起一小块布丁，泄愤似的一口咬下。

陈曦条理清晰，说出来的话让人无法反驳：“数独水平上乘，在多数人还在观望网络数独大赛的时候就上场试水，原学妹，你的这两个理由未免太过敷衍。你喜欢数独，却不参加任何一场线下数独赛，国内外的线下数独比赛都没有见过你的身影。而当初还只是一个名不见经传的网络小比赛，就引得你去参加了。原学妹，我是不是可以大胆地猜测一下，你之所以参加网络比赛，是因为披着马甲，谁也不知道你马甲下的真实身份。你不想让别人知道你还在玩数独，可又实在是按捺不住内心对数独的蠢蠢欲动，才参加了网络比赛。有个词用来形容你，我不知道合不合适，那个词叫‘技痒’。”

原初悦放下叉子，眼神复杂地看了陈曦一眼。

面前这个男人，聪明而又犀利，难怪当年在学校时能将数独社起死回生，还收获了一众迷弟。

原初悦被陈曦说得哑口无言，正打算破罐子破摔耍赖时，陈曦却又换了个话题，开口问："原学妹，你当初是因为什么和数独结缘的呢？"

原初悦想起了什么，表情一僵，再一次沉默了。

陈曦没等来原初悦的回答，也不介意，自顾自道："我身边有很多玩数独的朋友，有些是从小开始玩起，有些人是半路出家，等到上了大学才接触数独这个数字游戏。有些人天生聪慧，仿佛是为数独而生，轻而易举就能达到别人努力练习都达不到的水准；有些人靠着努力和汗水，才能艰难地跟上同伴的步伐。

"数独这个圈子呢，说大不大，说小也不小，有些时候我觉得周围玩数独的人实在是太少，各大比赛上喊得出名字的人其实就那么几个；但有些时候我又觉得玩数独的人越来越多了，我在论坛上结识了不少志同道合的好朋友，天南地北遍布各地。和我一起开发'合页数独'的几个朋友就是当年泡论坛时认识的，我有时候甚至觉得数独早晚有一天能够成为国民游戏。虽然目前还远远没有达到那个标准，但是只要有时间，有人去做这件事，早晚有一天这个目标便能够实现吧。"

陈曦说着笑了笑，整个人仿佛都在发着光，熠熠生辉。

"现在数独发展的环境比不上一些正统脑力竞技活动，无法将数独当成正式的职业，大部分人还是把它当成了一种爱好。有些人步入了社会，生活的压力迫使他们放弃了这个爱好，而有些人从始至终都在为数独而奋斗。玩了一两年就放弃的，和坚持了二三十年都还在数独圈奋斗的，你能说得清他们哪个更热爱数独一点吗？我觉得这是说不清的，时间短暂并不代表他们不热爱数独，而能一直坚持在这个圈子里不离开的，只能说明他们比前者更幸运一点。我只知道，无论时间长短，他们对数独的热爱都是一样的，都是不可磨灭的。这是我们数独人和数独之间的缘分，谁也无法斩断。"陈曦看着原初悦，"我是幸运的，我希望你也是幸运的。"

原初悦放在桌面上的手缩了缩，她垂着眸子，视线看着眼前的杯子。白色瓷杯里的水清澈见底，纯净而又无暇，她冷不丁道："那温宇飞呢，你觉得他是幸运的吗？"

"阿飞？"陈曦愣了一下，没想到原初悦会在这个时候提到温宇飞的名字，他反应了几秒，像是想起了什么，低头笑了一下，自言自语道："这家伙，什么都被他料到了，啧。"

陈曦声音太低，原初悦一时没有听清楚：“嗯？”

陈曦笑得更加温柔，轻声道：“阿飞呀，他当然也是幸运的。他知道自己在做什么、想要什么，他比我们大多数人都有勇气。”

原初悦却误解了陈曦的意思，拧着眉头道：“你说他有勇气？”

陈曦坦然道：“当然，不是每个人都有勇气去背负一场输掉的比赛。”

原初悦露出微微诧异的表情，听陈曦这个意思，还挺赞同温宇飞打假比赛的？陈曦看到原初悦这副表情，也不隐瞒，索性问道：“你拒绝加入社团参加挑战赛，是否有阿飞这个原因？如果这也算一个原因的话，看来我有必要和你解释一下了。”

陈曦组织了一下语言：“你调查到哪一步了？”

原初悦这下子连诧异的表情都不想给了。

面前这个男人……真的是聪明得可怕，竟然什么都料到了。

原初悦问：“你知道我在调查这件事情？”

陈曦浅笑：“很难猜吗？你以拍摄宣传视频资料为由混入数独社，又问晓童要了那么多先前比赛的资料，还想方设法通过小童联系到我……”陈曦意味深长道，“我可不觉得你花了这么多工夫联系一个早已经毕业了的前任社长，就只是单纯为了宣传社团。更何况，那天吃饭的时候，一提到比赛的事儿，你表现出来的认真态度是无法隐藏的。”

既然陈曦都这么坦白了，原初悦也没必要隐瞒，事情都已经调查得差不多了，她也想听听陈曦这边怎么说。

“没错，有人向社联举报数独社‘打假比赛’这件事，老师那边不想把这件事闹得太大，所以才让我偷偷调查一下事情的缘由。没有自然就皆大欢喜，如果真有，及时处理免得造成更大的影响。”原初悦组织了一下语言，说出自己的调查结果，“当年电视台举办的那场数独比赛，你们是故意输的吧。你们一个对手的爸爸是那期节目的赞助商，他赞助了那次节目，是不是也找到了你们，顺手也‘赞助’了一把，条件是你们必须输掉这次比赛。”

原初悦本来以为陈曦会否认，没想到陈曦却一口应了，还对她露出了赞赏的目光：“你的确很聪明。”

原初悦心沉了下去，等待陈曦的下文。

陈曦慢条斯理地道：“你说的大部分都对，不过有一点你却说错了。当初不是赞助商找到了我们，而是我们主动找了他。”

陈曦语出惊人，饶是原初悦做好了准备，迎接这“黑暗”的真相，也被他这句话打得措手不及。

“你是说，你们主动找到了那个赞助商？”

陈曦勾了勾唇，笑容却有些无奈：“没错。”

“所以，是你们主动打了假比赛？”

她还以为……还以为至少温宇飞是被迫被利诱的！

陈曦有自己的骄傲，自己主动把过去不堪的伤疤重新揭开展露在他人面前，笑容变得苦涩：“是。”

原初悦不可置信道：“你们为什么要这么做？”

陈曦低下头，声音低沉了几分：“不然你以为，我们的创业基金是从何而来？”他捧起水杯，将里面的小半杯水一饮而尽，把往事缓缓道来：“其实……那场比赛，原本被选定打假比赛的人，应该是我才对。”

陈曦对数独有着超乎常人的坚持，他想让更多的人知道数独，更多的人能够不因为外界因素而不得不抛弃数独。陈曦接手了数独社团，可是他意识到这还远远不够，于是陈曦冒出了一个对于当时还是一个学生的他来说有些大胆的念头。

他想要成立一个数独机构，一个让人们随时随地都能享受数独对战的平台。

陈曦有能力，有志同道合的朋友，却没有资金。

他们没日没夜地做出了一个方案，四处拉投资，可是没有人看好他们的项目。在他们快要绝望的时候，那个老板出现了，他愿意拿出一笔资金投资他们这个项目，因为他的儿子也是个数独迷，他想要儿子开心。不过他有一个条件，就是想组织一场比赛，让儿子赢得这次比赛。

这可真是，成也萧何，败也萧何。

陈曦犹豫了很久，最终决定接受这个条件。

温宇飞得知了这件事，主动找到了那个老板的儿子，劝说他玩个人赛不如玩团体赛，温宇飞成功了。于是打假比赛的压力便从陈曦一个人的身上，分摊到了三个人的身上。

原初悦说他们这是打假比赛，并没有错，他们的确是打了假比赛。但是他们没有放水，而是尽自己最大的努力完成了这场比赛。

齐逸声说导致那次比赛输了的罪魁祸首是温宇飞，也没有错。因为的确是温宇飞拉低了团体的水准，让他们输掉了这场比赛。

陈曦说就算齐逸声上场，比赛的结果也不会变，也没有错，因为他们只能输掉那次比赛。就算没有温宇飞，陈曦也会在比赛过程中“意外失误”。

陈曦至今还记得温宇飞的那番话。

当时温宇飞满不在乎地站到了他面前：“反正我数独水平差，带上我，输掉这次团体赛也是理所当然。我可以输，但是你们不能输呀！这次比赛输了，他们也只会说是我的问题。”

温宇飞不想让陈曦蒙上这层污名，所以他自告奋勇，打了一场早就注定结局、但每个人都拿出了自己全部实力的假比赛。他也看准了人心，有他“争抢比赛资格”在先，其他人都会理所应当地把输掉比赛的锅赖在他头上。

温宇飞的数独水平在社团里不是最强的，可是他对社团发展的心，是其他人都比不了的。

陈曦长叹一口气，眼底隐隐闪着一层水光：“他是全世界最好的温宇飞。”

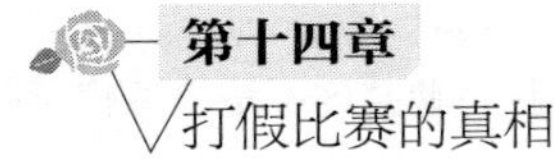

第十四章 打假比赛的真相

原初悦没有想到事情的真相会是这样。

温宇飞打假比赛了吗？他打了。

温宇飞打假比赛了吗？可他又拿出全部的实力完成了这次比赛。

陈曦目送着原初悦离去，转头就接了个电话。电话那头的人不知说了什么，陈曦失声笑了一下，无奈道：“人刚刚才走，你让我说的我都说了。放心，一字不漏，不仅把当年的真相和盘托出，连你写的那些鸡汤台词我都全文背诵了出来，孟大编剧。呵，那段和数独结缘的话，酸是酸了点，不过写得不错，我认同了。”

孟江北在电话那头笑：“谁不知道咱们陈曦学长过目不忘，当初一道数独题只要扫一眼就能记住，社团举办的盲填数独活动，第一名永远都是陈曦学长的。”

陈曦：“打住，好汉不提当年勇，你在这儿拍我马屁也没有用。啧，你这家伙揣摩人心的本事还真是有一套，她下一句想说什么都被你给料到了。不过说起来，当年的这些事情你该知道的也都知道了，为什么不自己对她说出这个真相，还要托我来说？”

孟江北：“这不是因为你是当事人嘛，当事人说出来的分量总比我这个局外人重得多。”

陈曦摆明了不信孟江北这番托词：“嗯？原学妹可还没走远，不如我把她喊回来再聊聊？”

孟江北只得讨饶：“别别别。”

陈曦试探道：“你讨厌她？”

孟江北下意识地反驳：“哪能啊！”

陈曦了然：“哦，那就是喜欢。”

不讨厌那就是喜欢，陈曦的想法简单粗暴，却一针见血。

孟江北没否认，他的声音带上了一丝郁闷：“老温这不是快急疯了吗？我这是善解人意替人分忧，这事儿要是还没进展，估计他真的能干出让韩录、程侑施展美男计的事儿来。”

陈曦“咦”了一声：“那老温为什么不找你？”

孟江北不吭声了。

陈曦调侃：“所以你急了，才拜托我来？啧，不过这么好的机会，你为什么不自己上场表演呢？体现你睿智的一面，这可是加分的大好机会啊！”

孟江北嘀嘀咕咕：“我倒是想呢。”

关键是，原初悦现在认定孟江北是为了挑战赛的事情才对她示好，要是孟江北亲自上场来这么一出，不就坐实了原初悦的这个想法吗？

陈曦故意揶揄孟江北：“你是没看到，在我说出那番话之后，原学妹看我的眼神都不一样了。嗯，大概就是‘这个人不仅长得好看，原来还这么聪明啊’的眼神。”

孟江北：“……”

我信了你的邪，原初悦有“面孔遗忘症”，根本不知道你长什么样子好吗？

孟江北面无表情地道：“陈曦学长，以后没什么事就别联系了吧。”他顿了顿，不放心地又加了一句，“你工作那么忙，以后也别大老远来学校了。”

陈曦终于忍不住，大笑出声。

听着手机里传出放肆的笑声，孟江北冷漠地挂了电话。

两年前，“合页数独”还只是个鲜为人知的APP，谁也不看好它。谁也没想到两年过后，“合页数独”会发展成如今这么大的规模，不夸张地说，“合页数独”开创了数独界的新时代，在推广数独这一件事上作出了不可磨灭的贡献。

原初悦没想到，温宇飞“打假比赛”一事，竟然会和“合页数独”的创立扯上千丝万缕的联系。

之前还不确定温宇飞是否真的为了钱才去“打假比赛”，今天和陈曦开诚布公推心置腹地谈了这么一次，原初悦已经彻底搞清楚“打假比赛”一事的来龙去脉了。

可是现在，对于是否把这件事上报给社联，原初悦更犹豫了。

原初悦在社联办公楼门口徘徊了很久，都没有下定决心走进去。正在她犹豫之际，一只手冷不丁地拍上了她的肩膀，吓了她一大跳。

“你在这儿干什么呢？”

说话的是一个穿着条纹 Polo 衫的男人，原初悦调整了一下自己的表情，一时之间判断不出这人的身份，没有贸然开口说话。

男人冲原初悦招了招手：“正好，我有事要找你，来办公室谈吧。”

原初悦低低地应了一声，低眉顺眼地跟着男人进了办公大楼。在他掏出钥匙打开 305 大门之时，原初悦突然开口：“李老师？”

李老师没有多想，回头“嗯”了一声。

原初悦这才放下心来，但听见门被推开的声音，她的心又提了起来。

等等，李老师找她干什么？

难不成是询问她调查数独社“打假比赛”一事的进展？原初悦忐忑不安，一时之间有些拿不准该怎么说。

不然……就推说还没有什么进展？

这个念头刚在原初悦脑海中闪过，李老师就示意她：“为什么愣着，坐呀。”

原初悦抿了抿唇，依言坐在了李老师对面的沙发上。

李老师问：“关于数独社的事……”

原初悦下意识地开口：“我还在调查！”

李老师挥了挥手：“不是问那个事，我指的是你给数独社做的宣传视频，你发给我的那份我已经看了，做得很不错。我打算把它加进社联宣传视频里面，但是还缺一部分内容，你看看你方不方便尽快给我。”

原初悦松了一口气：“嗯？什么内容？”

李老师比画一下：“就按照其他社团的来，前面加一段集锦，大致就是采访一下大家都是为什么而加入这个社团。”

原初悦回忆了一下崔晓童给她的视频资料：“好像有他们进社团时的采访视频。”

李老师大喜：“那就更好了。”

宣传视频要得急，原初悦没带电脑，直接去机房刷卡开了一台电脑。

崔晓童给的视频资料实在是太齐全了，原初悦翻了一会儿就翻出了李老师想要的内容。

那是数独社团招募社员时面试的视频，崔晓童能耐大，近五年的视频他都搞到了。前两年的视频画面像素不是很高，模模糊糊的，大概是手机录制的；后三年的视频画面明显清楚多了，大概是崔晓童本人用专业设备录制的。

数独社虽然人少，但是五年下来也有一百多人，李老师让原初悦在宣传视频前面加一段社员采访集锦，自然不可能把每个人都剪上去，时长根本不够。

原初悦琢磨了一下，决定取个巧，将大家面试的视频一并放在同一个画面，声音再经过后期的处理，营造出一股众志成城的热血氛围。她又加了点切换特效进去，将历任社长、副社长当初的面试视频从整个大画面里跳了出来。

电脑屏幕上播放着温宇飞当初面试社团的画面。

那会儿温宇飞还不像现在这样胖，面庞清秀，三年前的他还很青涩，对着镜头腼腆地笑，全然没有现在这副“死猪不怕开水烫”的模样。

一个画外音响起，有点像陈曦的声音：“同学，你为什么想来我们社团呢？”

镜头里，温宇飞的表情有些呆：“因为……这里是数独社，不是围棋社，也不是街舞社？”

画面安静了几秒，画外音才再次响起：“那你加入我们社团是因为喜欢数独吗？”

温宇飞点了点头。

“你为什么喜欢数独呢？”

温宇飞挠了挠头，略带稚嫩的脸庞露出一副费解的表情：“喜欢就是喜欢呀，这还需要理由吗？”温宇飞掰着指头道，“我喜欢数独，喜欢大家一起做数独的感觉。数独这么有意思，值得被更多的人喜欢。我想呀，要是能让更多的人都了解数独、喜欢数独就好啦。这样以后，在我说我喜欢数独的时候，会有人惊喜地说：‘哎呀，你也喜欢数独？巧了，我也喜欢呀！’嗯！就是这样，数独是很有魅力不错啦，但是我觉得它更大的魅力在于，能让都喜欢它的人聚集在一起哦。和喜欢的人一起做喜欢的事，是多么美好呀！”

视频的最后，温宇飞对着镜头腼腆地笑：“数独社团就是这样的存在吧。”

原初悦听着耳机里温宇飞的声音，等了好一会儿才关掉视频播放器。

原初悦将最后的成品发到李老师的邮箱，才收拾东西走出了机房。看着天边的灿烂晚霞，她耳边突然就响起陈曦那番话。

“原学妹，你当初是因为什么和数独结缘的呢？”

“我是幸运的，我希望你也是幸运的。”

原初悦握紧了拳头，脚下一转，她往与回家的相反方向走去。

402 活动室里，温宇飞拉着孟江北、程侑和韩录又在开小会，他面前摆着一台笔记本电脑，电脑屏幕上是挑战赛团体赛的报名页面。

团体赛报名的截止日期是今天晚上的七点，而现在已经六点半了。

大家谁也没有说话。

好半天，温宇飞才勉强扯出一个笑容，控制着鼠标移到了页面右上角的叉上，努力让自己看起来很轻松：“其实无所谓啦，不就是一个团体赛，团体赛比不了的话，我们还可以参加个人赛嘛。以你们的水准，我觉得今年挑战赛的前三名搞不好我们都能包下来，区区一个团体赛而已，不用在意。”

话是这么说，但是在座的各位心里都清楚，个人成绩虽然能说明一点问题，但是团体赛成绩才是大家评论一个学校社团的主要标准。

尤其是东齐数独社这两年大热，大家已经习惯了每年在挑战赛团体赛上拿奖的三人都是出自数独社的了，从来没有想过还有其他的可能。

温宇飞看起来淡然，但是握住鼠标哆嗦的手已经出卖了他真实的情绪。

孟江北动了，他伸出手按住温宇飞的手，制止了温宇飞关掉页面的动作，沉着声音道：“再等一会儿。”

温宇飞苦笑：“等什么？等盖世英雄脚踏七彩祥云来救我们吗？可是至尊宝也是男的啊……”

“嘀嗒——”

是电子锁被解开的声音。

原初悦轻轻推开门，却没有走进来，而是倚在门边，抬了抬下巴道：“七彩祥云是没有了，小白鞋将就一下？”

孟江北松开温宇飞的手，没什么仪态地又懒散地坐了回去，嘴角却勾起了一抹笑。

温宇飞不可置信地看着门口逆着光的原初悦，慢半拍地才回味过来她话里的意思。原本的强颜欢笑融入了真正的喜悦，他的眼睛越睁越大，脸上的惊喜怎么也藏不住，就像是要喷发的火山。

原初悦咳了一声："至尊宝是没有的，嗯……小仙女了解一下？"

温宇飞宣布，从今天开始，他就是原初悦小仙女的"死忠粉"了！

他激动地站起身，想冲过去给原初悦一个喜悦的拥抱。在他冲到她面前时，卫衣上的帽子却被扯住了，孟江北轻而易举就制止了他的动作，云淡风轻地道："报名时间快截止了。"

"哦，对哦！"一语惊醒梦中人，温宇飞又忙不迭走了回去，唯恐原初悦后悔，连忙道："小仙女，你的信息给我一下！"

原初悦嘴角抽搐了一下，这家伙还真是从善如流，叫得十分顺口呢。

事实证明，温宇飞是瞎操心了，原初悦既然决定踏出这一步，就不打算再收回来。几人终于赶在七点之前提交了团队赛报名信息。

程侑笑了笑，冲原初悦伸出手："以后我们就是队友了。"

程侑穿得平平无奇，原初悦并没有认出面前这人是谁，抿着唇正琢磨着如何反应时，就见孟江北一个拳头轻轻捶在了程侑的肩膀上，道："程侑，难道我们就不是你的队友了吗？"

程侑？

原初悦矜持地回以一笑，正打算握住程侑的手，就见另外一个人截了和，直接一把握住了她的手："他说得没错，以后我们就是队友了！"

程侑被截和了也不生气，了然地往后挪了一步。

原初悦的视线从孟江北身上那件亮黄色卫衣胸口上绘着的"孟"字挪到他的脸上，扯了扯嘴角，轻不可闻地"哼"了一声，将手用力地从孟江北手中抽了回来。

原初悦今儿穿得略少，一路从外面走过来，手有些冰凉，而孟江北手心微热，她哪怕抽回了手，也觉得手背上残留着孟江北肌肤的温度。她手垂在身后，用力地在衣服上蹭了一下。

花里胡哨的，一看就不是个好人，哼！

原初悦目不斜视地与孟江北擦身而过，挨着程侑坐了下来，等她看向程侑时，又是端庄典雅的淑女模样。

孟江北心里酸溜溜的，坐到了原初悦对面的位置。

韩录假装看不见这隐藏在平和假象下的修罗场，接过温宇飞的笔记本电脑鼓捣了一下，声音清冷："今年挑战赛和往年有所不同，除了团体赛人数从三人改成了四人，而且要求至少有一位女性成员以外，赛制也有一点点改变。"韩录把电脑界面投影到正前方的白墙上，继续道，"最重要的一点是，今年的挑战赛和'合页数独'有限公司有合作。'合页数独'之前只开发了手机APP，但是今年研发出了PC端的数独游戏。初赛和复赛不需要到固定的比赛地点参加，只需要在规定的时间内进入PC端'合页数独'的官方房间即可。当然，这也是有条件的，首先需要拥有一个经过实名认证的ID，其次还需要配备摄像头，在比赛过程中保证摄像头全程开启。"

提到"合页数独"，原初悦下意识地看了一眼温宇飞，却发现温宇飞没什么反应，聚精会神地听着韩录讲话。

如今网络化、智能化已是大势所趋，挑战赛和"合页数独"合作，大家并不觉得意外，相反，这对于数独的推广来说，其实是一个很好的消息。

韩录继续道："个人赛的赛制和往年相比没什么太大的变化，我们现在主要关注一下团体赛的赛制。和往年一样，团体赛选拔的标准，除了团体赛的成绩，还要考量每位成员个人赛的成绩。今年因为初赛和复赛都是在网上进行，所以初赛和往年一样，都是所有的参赛队伍同时做同一道题，按照正确率和答题速度来进行评分。而复赛则有所不同，今年的复赛采用了积分PK制，无论是团体赛还是个人赛，都会由系统随机匹配对手，赢了得一分，输了不扣分。

"当然，对于报名团体赛的队伍来说，他们在团体赛所获得的积分和个人成绩积分自然不可同日而语。个人赛的成绩只是作为一个考量的标准，在纳入最终的积分时，个人赛的积分会乘以0.3的系数。在这个基础上，今年的团体赛还出了一项额外的规定，就是团体中的每位成员的个人赛成绩都有最低的标准，也就是说，四个人当中，哪怕只有一个人没有达到个人赛的积分标准，就无法进入下一轮的比赛。"

韩录环视一周，声音依旧平稳得没有一丝起伏，原初悦却从这平稳的语调中听出了一丝骄傲。

"当然，我相信我们四个是不存在因为个人赛积分不够而无法进入下一轮比赛这种情况的。"

韩录一向走的是"冰山酷男"的人设，往日里话也不多，在外人面前一直是一张面瘫脸，没有什么表情变化，能用一个字回答就绝对不会多费口舌说出第二个字。

原初悦这还是第一次听韩录一口气说这么长的句子，他的声音就如同他脸上的表情一样，清冷而自持，但是用这种声音和语调节奏讲述比赛的规则，却意外合适。

韩录敲了敲桌子：“个人赛的题型和规则我就不赘述了，反正干就是了。团体赛初赛和复赛的规则已经出来了，都是采用的字母关联赛的规则。相比较轮转接力赛而言，我个人认为字母关联赛更能考验团队的配合能力。今天是十二月十五号，团体赛的初赛定在一月八号，我们还有大半个月的时间可以来磨合练习。”韩录勾了勾唇，嘴角的弧度难得有一丝变化，又以迅雷不及掩耳之势回落了下去，垂着眸子势在必得道，“今年挑战赛团体赛的冠军，仍然属于我们东齐数独社。”

温宇飞一拍桌子，激情澎湃道：“没错！”

他拍完桌子，又猛地转头看向原初悦，率先鼓掌道：“从今天起，原学妹你就是我们数独社的一员了，大家鼓掌欢迎！”

众人：“……”

不是，比赛的规则都介绍完了，黄花菜也都凉了，你现在才想起来要欢迎新社员会不会太晚了？

众人一时无语。

孟江北斜睨了一眼看原初悦就像看救苦救难的观世音菩萨的温宇飞，视线绕了一圈又落回到原初悦身上，终于也拍了拍手意思一下。

程侑迟疑了一秒，也鼓了下掌。

韩录面无表情地鼓了下掌。

原初悦：“……”

这尴尬而又流于形式的欢迎仪式她可不可以不要。

距离比赛还有二十来天，韩录快速地制订了练习计划发给了每个人，大家表示时间方面都能配合得上。时间已经很晚了，温宇飞又拉了个团体赛的微信小群，于是大家就散伙了。

原初悦一直盯着程侑，在程侑离开自己视线范围之前连忙跑到他的面前，露出温柔娴雅的淑女笑容：“小程哥哥，我们一起回家吧。”

程侑抬头看了一眼角落里装模作样来回路过的孟江北，觉得有些好笑，开口道：“不了，我还有点事先不回家，你先回去吧。”

程侑直白地表示自己和原初悦不同路，原初悦试探道：“那我等等你？”

程俏用微笑的表情表示拒绝。

原初悦抿了抿唇，依旧端着笑道："那我就先回去了。"

程俏："没想到有一天我还能够和你一起参加团体赛，小悦，我很开心，我相信顾禾也会很开心。"

在程俏提到"顾禾"后，原初悦脸上的笑容有些勉强。

程俏又意味深长道："当然，我相信某人会更开心？"

原初悦福至心灵，扭头往后一看，正好看见某个穿得花里胡哨的人正第十三次路过，迎着风顺着光，胸口的"孟"字更加鲜艳了呢。

孟江北若无其事地移开视线。

原初悦："……"

原初悦回头，看见程俏嘴角挂着的笑，突然觉得有些心虚。她迅速整理了一下思绪，开口道："我和孟江北没什么。"

原初悦冷静了下来，以为程俏是因为上次她和孟江北一起参加化装舞会的事情才误会了他们两个之间的关系，再加上孟江北最近为了哄她参加挑战赛不惜使用美男计，程俏要是真的误会了那可就麻烦了，她必须解释清楚。

原初悦解释道："我和孟江北就是普通的同学关系，上次化装舞会也就是恰好遇到了，绝对不是因为事先约好的！"

程俏显然并不在意原初悦的解释，他耐心地说道："小悦，我希望你对待感情能和对待数独一样，数独方面你走出来了，在感情方面，希望你也能认清自己的心。"

"我认清了呀，小程哥哥，我是真的喜欢你。"

程俏却笑了："你知道我喜欢什么样的女孩子吗？"

原初悦当然知道。

长头发，温柔淑女，善解人意，聪明伶俐，能够和程俏有共同的话题，不会因为任性而让他为难。

没等原初悦回答，程俏又道："那你觉得你是这样的女孩子吗？"

原初悦急了："我当然是！"

程俏却道："不，你不是。"他顿了顿，以一种不容置疑的口吻道，"而且我也不是你喜欢的人，在我面前，小悦你永远是冷静而又大方的，我说了不，你就不会再纠缠下去。可是真喜欢一个人，怎么可能时时刻刻维持这副冷静的姿态呢？你从来都没有当着我的面说过喜欢我，就因为我说过我喜欢矜持的女孩子。”

原初悦急忙反驳：“我明明说过……”

程侑摇了摇头：“你没有。”他顿了顿道，“如果你是指一年半前还有友谊赛这两次的话……一年半前，你突然长时间蹲守在我家门口，难道不是因为我刚回国，你听说我有可能在国外交了女朋友的原因吗？至于友谊赛那次，我不知道你是又听了什么风言风语。”

原初悦想要开口反驳，却想起了什么。

难怪上次程侑会说“你是又听说了什么”之类的话。

那次，她的确是以为倪宁宁喜欢程侑，并要发起追求，才会在“互帮互助小组”的成员鼓励下向程侑袒露心意，并想约他一起参加化装舞会。

可是……这也并不代表她的心意不是真的呀？

程侑语重心长道：“你喜欢我，或许只是想把我当成一个收藏品。小悦，在你真正喜欢而又最适合你的人面前，你不可能是这么冷静而又克制的。你不是机器人，你是有血有肉的人，你会犯傻，会难过，会不开心，会任性。”

程侑摸了摸原初悦的头。

原初悦愣住了。

这是十岁以后，程侑第一次主动和她近距离接触。

程侑的目光澄净而又深沉，看向原初悦的视线不掺杂一丝杂质。

“小悦，我真的希望你能认清自己的真心，能开心地做你自己。”

原初悦感受着头顶的重量，恍惚地想，这感觉好像是小时候哥哥摸她脑袋的那种感觉。

再一次被程侑直白地拒绝，甚至还质疑自己的真心，原初悦却没有想象中的伤心难过，反而有点迷茫。

认清自己的真心？

她的真心不就是喜欢程侑吗？

与程侑分开后，原初悦并没有直接回家，而是去了小橘猫常待的后坡。小橘猫见到她很开心，一改往常的高冷姿态，凑了过来亲昵地蹭着原初悦的裤腿，娇声“喵喵”叫着。

原初悦坐了下来，顺手摸了几下小橘猫的脑袋。它舒服得四肢都伸展开来，翻了个滚，露出了软乎乎的肚皮。

美貌与智慧并存的原小仙女并没有花太多时间用来伤春悲秋，她对于感情一事永远都是被动的，从她追了程侑这么多年都没有结果这事就能看出来。难得主动的两次，也因为外在因素的影响，积极了几天也就不了了之了。

原初悦一手摸猫，一手掏出了手机，点开了应用商城，时隔多日重新下载了“合页数独”APP。

原初悦已经快一年没有登录合页 APP 了，她登录进去后，系统送了她一个老玩家回归大礼包。她匆匆扫了一眼页面，变化并不大，和她走之前玩的版本相差无几，无非就是开了一个团队赛的公共练习房间，应该是用来给“合页数独”PC 端和挑战赛的合作造势。

【世界】焦糖味儿瓜子：瞧我发现了什么？@一只菜鸟@有一条霸王龙这两个人竟然在团体赛练习房间公然虐菜！有没有管理员管一管，有他们在很影响我练习的积极性啊！

【世界】玉门关关：我听说菜鸟大神今年也报名参加了挑战赛团体赛，最关键的是没有用学校的保送名额，这也就意味着……

【世界】炒花菜：还好我只决定参加个人赛，为参加团体赛的同志们点蜡。

【世界】只为风月：点蜡。

……

原初悦余光一扫，发现世界频道开始疯狂地点起蜡来，她的视线落在其中的一个 ID 上，手握紧了手机。

难怪程侑今年也会参加团体赛。

微信消息在这时蹦了出来，是温宇飞拉的微信小群。

一口吃不成大胖子：小仙女，你有合页 APP 的 ID 吗？要是没有赶紧注册一个哦。

原初悦琢磨了许久，才回了消息。

阿喵喵喵呜：有，我叫“有一盆猫”。

一口吃不成大胖子：咦，这个 ID 似乎有点眼熟。

一口吃不成大胖子：这是我们练习的安排，最好是大家都有时间的话来 402 面对面练习，实在没空的话，也可以开个语音练习房间。

一口吃不成大胖子：你们先互相加一下合页好友，也不一定非得在安排内的时间练习，有空的时候就算四个人约不齐，也可以先约一两个先熟悉一下团体赛的节奏。

原初悦觉得温宇飞说得很有道理。

虽然同是玩数独，但是个人赛和团体赛的差别还是挺大的，原初悦先前接触过的都是个人赛，对团体赛没怎么关注过，上一次了解团体赛的赛制还是在东齐和启元的友谊赛上。

原初悦切回合页 APP，随手点进了团体赛的练习房间，想要先熟悉一下团体赛的规则。

团体赛一轮的比赛时间大概为半个小时，半个小时说长不长，说短也不短。原初悦手指如飞地点击着手机屏幕，一旁的小橘猫等了许久都没有等来爱的抚摸，不满地“喵喵”叫着，起身绕着原初悦走了一圈，伸出爪子扒拉了一下她的衣服，却没能得到任何回应。

小橘猫懊恼地趴在了原初悦的身旁，有一搭没一搭地晃着尾巴。尾巴晃悠了一会儿，小橘猫却突然僵住，毛奓了起来，突然四肢离地腾空而起，尖叫了一声往一旁的草丛蹿了过去，快到原初悦只看到一个虚影。恰在这时，比赛也刚好落幕，原初悦来不及看比赛结果，握着手机回头，恰好看见有两人踩着路灯昏黄的灯光走了过来，其中一人穿着亮眼的黄色衣服，胸口的“孟”字龙飞凤舞。

原初悦眨了眨眼，视线从孟江北胸口上的“孟”字滑到他身边那个冷着一张脸、手里还拎着一袋东西的少年身上。

袋子里的东西露出一个角，经过原初悦的判断，那是一根逗猫棒。

身旁站着孟江北，手里拎着逗猫棒，还顶着一张冰山脸，很好，看来这人就是韩录了。

韩录没想到会在这个点遇到原初悦，下意识地看向孟江北，孟江北疯狂对他施以眼神暗示。

韩录：“……”

韩录觉得做人好难，他怀念当初和孟江北只是普通社友关系的日子。

韩录艰难地开口，提了提手中的袋子：“我来找小橘庆祝一下。”

原初悦睁大眼睛，等待着韩录的下文。

韩录：“提前庆祝我们在今年挑战赛中再次夺冠。”

袋子晃动，原初悦依稀能听见罐头碰撞的声音。

原初悦挑了挑眉，三人大眼瞪小眼，韩录再也找不到话了。借着衣服的遮挡，孟江北悄悄地用手肘捅了一下韩录，韩录挺直身板，面无表情地道：“在这个欢庆的时刻，我希望能和小橘猫单独庆祝，你能行个方便吗？”

原初悦：“……”

她以前怎么就没发现，韩录还挺有说单口相声的天赋呢？说不定他平日里在人前表现出的一本正经沉默寡言的样子，就是为了掩饰这一点？

韩录现在无比庆幸自己养成了不管面对什么都一副面瘫脸的习惯，轻易不会被别人看见他的真实情绪。

原初悦犹豫了一下，回头看了一眼草丛里的小橘猫。小橘猫大半个身体都藏在草丛里，圆滚滚的屁股对着他们，瞧着手感十分好。这个画面让原初悦觉得异常眼熟，仿佛在哪里见过，原初悦下意识地回头看了一眼韩录，电光石火之间，很久之前的一个画面挤进了她的脑海。

嗯，这个屁股……

原初悦决定给韩录一个机会：“正好有些晚了，我先回去了。”她顿了顿，不放心地又提醒了一句，“你也……稍微克制一点。”

原初悦怕自己走了之后，韩录热情得过火，听说这种平日里冷酷的人真正热情起来能要了人命。

孟江北轻咳了一声：“那我也不打扰你们一人一猫的世界了，先走了。”

留下韩录一个人迎风而立，良久，他动了，从袋子里掏出罐头，又拿出一根逗猫棒，卖力地吸引仍旧保持屁股朝外姿势的小橘猫，嘴里嘀嘀咕咕道：“哼，我就说这个孟江北不怀好意，竟然主动要求陪我来看猫，敢情打的这个主意。”

数独社 F4 的冰山代表韩录面对小橘猫的时候，展现了冰山底下的另外一面：“喵喵，来吃罐头呀，今天是很好吃的三文鱼罐头哟，喵呜——”

喵呜声被风吹散在夜里，原初悦和孟江北两人一前一后走在夜色里，两人谁也没有说话。原初悦在前面走得急，像后面跟着一个猛兽一样；孟江北看起来怡然自得，仗着自己腿长，十分轻松地跟上了原初悦的速度，始终保持着两米不到的距离。

原初悦觉得孟江北就是故意的。

不知道为什么，她有些心烦意乱，脚下的步伐乱了起来，一个不慎踩到右脚松开的鞋带，整个身体一悬空往前摔去。身后的孟江北下意识就往前扑，伸手拉住了她的手腕。

原初悦可太了解这个发展了，按照电视剧里的设定，不出意外，她会和孟江北来一个亲密的接触，不是孟江北搂住她的腰原地转圈圈，就是孟江北当了她的人肉垫子，两个人嘴对嘴亲上。

原初悦不可能让这样的事情发生。

孟江北这个人可太坏了，就冲孟江北企图用美男计诱惑她参加挑战赛这一点，原初悦就决定要和他保持如银河系一样远的距离。

原初悦靠着自己常年练舞柔软的身姿，借助孟江北拉着她手腕的手，借力使力，成功地稳住了身形站稳了。孟江北却被原初悦一推，脚下一个踉跄屁股着地。

原初悦抬了抬下巴，高傲道："你走路怎么这么不小心？"

怎么回事，这人怎么还恶人先告状呢？

孟江北恨死了"情人眼里出西施"效应，竟然觉得这样子的原初悦还有点小可爱。他脑海中再次闪过一个闷骚的梗，张口就来："我摔倒了，需要小仙女的……"

原初悦企图用眼神杀死孟江北。

孟江北话到嘴边拐了个弯："我需要小仙女陪我玩个游戏才能起来。"

一回生二回熟，有些事一旦开始了，就再也无所顾忌了。孟江北起初还有点羞耻心，但现在耍起赖皮来已经没什么顾忌了。他也不起身，借着摔倒的姿势盘腿坐在地上，抬头望着原初悦："是你把我推倒的，你要负责。"

原初悦细细品了一下这句话，觉得孟江北是在耍流氓。

在原初悦开口拒绝之前，孟江北从随身的小包里掏出一个家伙，摆在面前，冲原初悦挑眉："敢不敢玩？"

那是一个从外观上看起来像古代用来装饭菜的盒子一样的木盒，中间有一个像拱门一样的提手，孟江北将盖子打开，露出它的真面目——一左一右都是九乘九格子的华容道。

和普通的华容道不一样，华容道的棋子上面雕刻着的是字母，而且每个字母的棋子个数也不一样，有些一个字母有两个棋子，有些有三个棋子。

孟江北又拿出另外一个小方盒，将其打开，里面是一个九乘九的数字华容道。

孟江北将小方盒里的棋子倒了出来，闭着眼随意摆放进小方盒，睁眼道："咱俩一人一边，谁先把这个大盒子里的字母华容道摆成小方盒里的数字华容道一样的格局就算赢。"

原初悦了然。

字母和数字是对应的。

原初悦指出这个游戏的漏洞："可是这个游戏的答案并不是唯一。"

字母华容道里，不同的字母有着不同的棋子个数。

孟江北并不在意："所以只要格局摆放一样就行，拼的就是速度和记忆。玩不玩？"

原初悦鬼使神差地没有拒绝："玩。"

孟江北："我赢了就起身。"

原初悦扯了扯嘴角，也盘腿坐在孟江北的面前，开始赛前挑衅宣言："那你的屁股今天怕是要和这里的石板粘在一起了。"

夜越来越深了。

皎洁的月光照耀着校园小道，洒下一片银色的光辉。石子路上，一对人儿盘着腿面对面坐着，中间摆放着制作精巧的木质华容道。夜风吹过，吹乱一绺长发，原初悦随手一撩，将那散下来的长发拨至耳后，月光和灯光的交相辉映下，显得少女精致的五官越发引人心动。

孟江北忙里偷闲，抬头打量了一眼眉头紧蹙、严阵以待的原初悦，他自己都没有注意到，此时他嘴角扬起的弧度是多么温柔。

原初悦觉得有些棘手。

这个游戏说起来规则十分简单，无非就是对着现有的数字华容道，按照一样的格局拼凑出对应的字母华容道，答案并不唯一。为了提高难度，数字华容道他们只能记忆十秒，便被收了起来，直至游戏结束。

这已经是他们之间的第四局了，前三局原初悦都大获全胜，但是她并没有很开心，因为随着游戏一局一局地进行，她发现自己赢得越发艰难。

第一局，她能轻松地拉开和孟江北的差距，她拼出正确的答案后，孟江北的华容道还看不出什么眉目。

第二局，原初悦拼完后，孟江北的华容道大半已经被拼了出来。

第三局，原初悦前脚收手，孟江北后脚就跟着完成了比赛。

随着游戏时间越来越长，原初悦的大脑越来越清明，双手动作飞快，一边在脑海里回忆着之前记忆的数字华容道，一边快速扫描字母华容道各个字母现有的棋子数量，和数字华容道一一匹配试图得到正确答案。木头碰撞的声音在这个寂静的夜里并不清脆，反而有些厚重。

这个城市十二月的天已经很凉了，原初悦穿着粉红色的长款羽绒服，因为长久地在户外待着，风一吹，她情不自禁地打了个哆嗦。

孟江北余光瞥见原初悦打哆嗦，手上动作更快，这次不过三分钟，他就拼出了答案，比原初悦快了那么几秒。

原初悦不信邪，拿过一旁的数字华容道仔细地比对，黑着脸承认孟江北这一局赢了。

原初悦玩得兴致正高，道：“再来！”

孟江北却摆了摆手，将华容道收到包里，站了起来，低头看着原初悦道：“不玩了，说好了我赢了就起来的。”

原初悦一脸不开心，孟江北隔着厚厚的羽绒服，抓着原初悦的手臂将她拎了起来：“想玩啊？下次再陪你玩。”

原初悦却傲娇起来：“也并不是很想玩。”

孟江北笑了笑，道：“我当初刚接触团体赛的时候，就天天玩这个游戏。不过玩多了，后来也就腻了不想玩了。”

原初悦若无其事道：“哦，这个对练习团体赛有帮助？”

孟江北却不承认，一摆手道：“反正都是游戏，管他有没有用，随便玩玩呗。”

原初悦眸光一闪，不说话了。

孟江北将包甩到肩上：“很晚了，送你回去？”

原初悦下意识就要拒绝，一扭头就看见不远处黝黑寂静的林间小道，脑海里浮现出上次并不是很美妙的走夜路回忆。

原初悦：“……”

原初悦强调：“这条路过去离教职工公寓楼也很近，走过这条路咱们就分道扬镳，我也不用你送！”

原初悦觉得自己可能有“走夜路遇到事”的体质，她本以为今晚自己身边有个看起来人高马大挺像回事儿的孟江北在，怎么着也不会再遇到什么变态跟踪狂之类的，可是她万万没有想到，她还是太天真了。她没有遇到，别人却遇到了。

这条小路走到一大半，借着还算明亮的月光，原初悦看见五米开外的树林里有两个人在推推搡搡，她还听见一个女孩子的声音，带着点哭音。

“你走开，不要过来！”

女孩子这么哭喊着，推了一下另外一个人。那人默不作声，被推开又扑了上去试图抱住女孩子。

论坛里说的跟踪狂，原来是真的！

原初悦看到这样的场景，脑海里立马浮现出这个念头。她本来还将信将疑，以为自己上次遇到的只是意外，这样看来，上一次是她运气好才成功逃脱。

原初悦回想起自己上次经历过的担惊受怕、惶恐不安，看着面前“惨遭跟踪变态狂毒手”的女孩子，心中顿时一股豪气冲天。她又看了一眼旁边的孟江北，心中快速地计较了一番。

孟江北武力值不明，但是他们人多啊。而且看影子，那个“跟踪变态狂”也不过一米七五的个头，体格也不强壮，光从身高上来看，孟江北就足以碾压他。

原初悦给自己加油打气，余光瞥见那“变态跟踪狂”就要得手抱到那女孩时，她再也无法坐视不理了，冲了过去。那“变态跟踪狂”正好背对着她，他下盘不稳，原初悦一脚就将他给绊倒。趁着他被绊倒还没回过神来之际，原初悦将女孩子护到自己身后。

“变态跟踪狂”摔得有些疼，龇牙咧嘴地爬了起来：“你这人怎么回事？”

原初悦与之对峙：“怎么回事？我才要问问，你这人是怎么回事吧！”

原初悦看着孟江北也走了过来，底气更足：“我告诉你，你再做这种事，我就要报警了！”

“报警？你神经病吧？”

男人一脸凶神恶煞，步步紧逼地靠近原初悦。原初悦感受到了威胁，在男人走到她面前，伸出手似乎要抓她的时候，她下意识地反手一拧，直接将男人的手拧到背后。她又趁势踢了一下男人的膝盖，男人脚下一软，右腿跪地。

原初悦压制住男人，恶狠狠地道：“还想动手？你这人做了什么事心里没点数吗？”

孟江北站在一旁，好整以暇地看着面前这一幕。

啧，明明上次怕得走路都同手同脚了，今儿反倒张牙舞爪了起来。见识过之前的原初悦，又和现在的模样对比，孟江北觉得有点好笑，还有点……怪可爱的。

疑似“变态跟踪狂”的男人是个花架子，轻易就被原初悦压制，还吃痛地大喊大叫了起来：“你这人究竟是怎么回事？快给我松手，松手！小雪！”

被原初悦护在身后的女孩子本来一直没什么动作，听到男人喊出了她的名字，她神色挣扎了一下，终究还是不忍心，推开了原初悦扑到了男人的身边："松手，你要对我男朋友做什么？"

原初悦一个猝不及防就被推开，孟江北眼明手快地扶住了她。她站稳了身形，有些不解："等等，男朋友……"

叫小雪的女孩子说起话来声音又快又尖："对啊，他就是我男朋友，有什么问题吗？"

原初悦："可是你刚刚明明让他不要碰你……"

"男女朋友吵架那不是常有的事情吗？"夜色下，小雪并不能看清站在原初悦身后的孟江北的脸，道，"怎么，你难道和你男朋友就不吵架吗？"

孟江北一本正经，抢在原初悦之前回道，还套用了小雪之前那句话的句式："对啊，我们就是不吵架，有什么问题吗？"

原初悦："……"

原初悦给了孟江北一记手肘重击，孟江北强装镇定，默默将那一口老血咽了回去。

原初悦不是无理取闹的人，自己误会了人家，还把那男人打成这个鬼哭狼嚎的样子，她默了默，见小雪半天都没能把她男朋友扶起来，便主动上前想要搭把手。

那男人也是好面子的，自己被一个女孩子打成这个鬼样子，一张脸涨得通红，拒绝了原初悦的好意，在小雪的搀扶下，一使劲就站了起来。

小雪还要再说些什么，那男人丢了脸面，已经不想在这个地方待了，闷声道："我们快走吧。"

原初悦目送着两人远去，他们没走多远，男人一个踉跄，又摔倒在了地上。原初悦心怀愧疚，上前想要帮忙，而那个叫小雪的女孩子因为和男朋友吵架本来就一肚子怨气，现在男朋友又受伤丢脸，便将怨气都发泄在原初悦身上，用力推了一下她。

这条路旁边正好靠近学校的天鹅湖，这个点儿天鹅已经不知道游到哪里去了，只剩下清澈的湖水在夜风的吹拂下泛起一圈圈涟漪。

孟江北慢了原初悦几步，正好看见原初悦被小雪一推，而她的身后就是湖水。他目睹这一幕，瞳孔一缩，想也不想就往前一扑，试图拉住原初悦。

然而孟江北想象中的画面并没有发生，原初悦身形摇晃了一下，立马就稳住了，余光瞥见一个庞然大物朝自己扑了过来，她下意识就往旁边一闪。脚下的路有些滑，孟江北没能止住自己的动作，因为惯性影响往前扑去。

“扑通——”

深秋的夜里，有人落水了。

孟江北落水之前，看见了原初悦精致的脸上露出慌忙无措的神情，还有她身后那繁星点点的夜空。

被冰冷的湖水包围之际，孟江北恍恍惚惚地想起自己不久之前刚说过的一句话——

“我这辈子最烦的就是跳舞，我孟江北就算是从学校的天鹅湖跳下去，也不会去跳舞。”

不想，一语成谶。

看来，目标真的不能随便乱立啊。

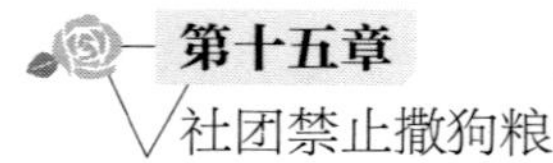

第十五章 社团禁止撒狗粮

“听说了吗？前天大半夜，学校的天鹅湖有一对情侣跳湖殉情了。”

宽敞明亮的402训练室里，整理出了四张桌子一字排开，每张桌子上都摆放着一台笔记本电脑。此刻四台电脑的屏幕上都显示着合页APP的比赛页面，喜庆且亮眼的“胜利”字样在屏幕中间跳动着。

原初悦等人正打算等待系统匹配对手继续下一局，坐在一旁默默旁观战局的温宇飞就忍不住插了句嘴，打乱了他们的训练节奏。

韩录和程侑还没有什么反应，原初悦下意识看了坐在她左手边的孟江北一眼。孟江北接收到她复杂的眼神，抿了抿唇，敲着桌子开口，略带沙哑的声音响起：“老温，你身为社长，难道不知道‘训练室内严禁八卦’这条社规？请你以身作则。”

温宇飞惊道：“咱们社团什么时候多了这么一条社规了？”

孟江北理直气壮地道：“刚刚。”

温宇飞：“……”

行吧。

温宇飞其实也不想在训练的时候打乱他们的思绪，奈何无论是孟江北还是韩录、程侑，虽然平常看起来都是一副要么懒懒散散，要么与世无争对什么都不在意的样子，但是一旦训练起来，一个个都狠得像个机器人，浑身上下充斥着“我是一个没有感情的做题机器，谁不让我做题我就不让谁好过”的气场。他倒是不担心其他三人，就是担心这么高密度、高强度的训练节奏吓到了原初悦。

现在的原初悦在温宇飞眼里，那就是名副其实的小仙女大宝贝，需要他用心用爱去呵护去保护，坚决不允许任何一点外在因素动摇了她参加挑战赛的决心。

更何况，原初悦这两天的训练表现，对于温宇飞来说简直就是意外之喜，刷新了他对原初悦数独实力的认知。

温宇飞原本只想着，原初悦的实力能比路书瑶高一点就已经很好了，再加上孟江北三人的水平，想要拿到冠军并不是什么难事。然而现在，他意外地发现原初悦的实力比他预计的还要再高那么一些。不说路书瑶，就算是和孟江北等人比，原初悦的水准也差不了多少。昨天的训练可能还存在一点差距，然而今天原初悦很快就能跟上其他三人的节奏，让温宇飞喜出望外。

这样一个大宝贝，竟然是他们社团的成员，这可真是太好了！

温宇飞双眼放光地看着原初悦，仿佛在看举世无双的珍宝。而原初悦本人却因为“跳湖殉情”的事有些神不守舍，这表情落在温宇飞眼里，就变了个味道。

太辛苦了！都这么辛苦了，还强忍着不说，小仙女这么辛苦需要休息一下才行！

温宇飞当仁不让地担起了这个重任，要说女孩子喜欢什么，他还是有点研究的，眼下最适合的无非就是八卦。

温宇飞难得强势了一回：“休息十分钟，我们来聊一下‘情侣跳湖殉情’这件事……”

孟江北纠正：“‘情侣’是真的，但是‘跳湖殉情’一定是假的。”

原初悦继续纠正：“‘跳湖’是真的，但是‘情侣殉情’肯定是假的。”

温宇飞狐疑地问道：“你们怎么知道？”

两人双双不说话了，好在温宇飞没有继续追问，继续道：“我看了一下，训练安排有几次都是晚上八九点才结束的，你们几个以后走夜路小心点，尽量绕开天鹅湖、情人湖什么的。万一又遇上了什么人跳湖殉情，你说你们救还是不救？不救说不过去，救了，天这么冷，万一感冒了怎么办？马上就要比赛，这……”

温宇飞絮絮叨叨着，孟江北忍不住打了个喷嚏。

韩录往旁边挪了挪，还好心地拉了一把程侑，道：“你感冒了？”

孟江北：“当然没有！”

韩录若有所思：“你的声音与昨天相比好像变得更嘶哑了。”

就连程侑也在一旁帮腔："好像是有点。"

韩录看向一旁的原初悦，问："原学妹，你觉得呢？"

原初悦面无表情地回望着韩录　当然，比起"面无表情"，韩录是不会输给任何一个人的。

原初悦抽了抽嘴角，指了指自己的太阳穴："我觉得他可能是脑子进太多水，感冒了。"

孟江北："……"

韩录意有所指："进的是湖水吗？"

原初悦寸步不让："这我就不知道了，要不让他匀你一点？"

孟江北不满，嘟嘟囔囔："喂　你们俩能不能给当事人我一点面子？"

程侑又道："我觉得他的脸好像也有点红。"

温宇飞也开始打量："好像是真的欸！"

一时之间，训练室四个人都盯着孟江北看，孟江北皱眉："你们能不能收起动物园看猴子的眼神？再这样我就要收费了。"

韩录下了结论："像煮熟了的鸡蛋，原学妹，你去摸摸烫不烫手？"

原初悦现在肯定韩录是在针对自己："为什么是我？"

韩录从容不迫："你不觉得男人摸男人的脸这件事，看起来有点奇怪吗？"

原初悦扫了一眼，温宇飞点头表示赞同，就连程侑也几不可见地点了点头。

原初悦冷静地开口："我觉得你最近话有点多，有点像三姑六婆。"

韩录直接开口："我更喜欢'媒婆'这个词。"

原初悦："……"

很好，比起脸皮，她永远赢不过这群臭男人。

孟江北忍不住了，摇摇晃晃地站了起来："喂，你们……"

话还没说完，他又晃了一下　这次直接倒了下去。

原初悦指着倒地的孟江北道："很好，不需要再看了，直接送去校医院吧。"

原初悦也不知道发生了什么，搞到最后，剩了她一个人留下来给孟江北陪床。

医生下了定论："高烧，输个液打个退烧针应该就没什么问题了。"

原初悦看着安静地躺在床上的男人，默默感慨，这人可真是厉害啊，都烧到快四十摄氏度了，今儿还能硬挺着做了两个多小时的练习。

这个点儿校医院的人并不多，放了六张床的病房里空了五张，只有孟江北一个人躺着在输液。他的脸还有些烧红，眼睫毛微微颤动着，仿佛就连睡觉也睡得并不安稳。原初悦坐在一旁看了一会儿，又确认了一下输液瓶里剩下的药水量，闲来无事便拿出手机打算继续刷会儿题。

题才刷到一半，突然有一只手凑了过来抓住原初悦挨着床边的手。那手的温度有点高，吓了原初悦一跳，她下意识就要挣脱，视线落在一旁的输液架上，好不容易才控制住自己的冲动，憋着一口气扭头看孟江北。

孟江北不知何时醒了，半睁着眼看着原初悦，睡眼惺忪，脸上还有两片因为高烧引起的红晕。他直勾勾地盯着原初悦看，也不说话。

原初悦顾及着孟江北正在输液，也不敢太用力去挣扎，试图让他松开她的手："你在干什么？能不能松开我？"

孟江北突然一撇嘴，嘀嘀咕咕："你为什么对我这么凶？"

原初悦："……"

孟江北越说越委屈，声线低了，听着有些软绵绵的，染上了一丝不可言说的暧昧意味，语调微微拖长，像个委屈的小孩子："我去拉你，你还推我；我去救你，你还闪开。大家都说是情侣跳湖殉情，可是哪里来的情侣，明明只有我一个人掉进了湖里，你就不能坐实一下这个谣言吗？"他顿了顿，又改口，"算了，湖水太凉了，你还是别掉进去了。"

原初悦忍不住强调："我本来就没事，你要是不多此一举想来救我，你也不会掉进去。"

孟江北嚷嚷："我都掉进湖里了，你现在还和我说这个！原初悦，你没有心！以前的原初悦多好啊，会扯着我的袖子问我喜欢什么样的女孩子，会教我跳舞，会用星星眼看着我说'你真棒'。"

原初悦："我什么时候露出星星眼了？孟江北，你现在是发烧，不是喝醉了。你要搞清楚自己现在的状况！"

孟江北纠正："我没喝烧！"

原初悦："……"

原初悦得出结论："我觉得你不仅是发烧了，还喝醉了。"

孟江北："我现在很清醒！"

原初悦决定不和一个糊涂的人计较："那你知道我们今天训练最后做的那道题字母 G 代表哪个数字吗？"

孟江北费劲地想了一会儿，果断道："我忘了。"

"你看，你果然是……"

孟江北打断她的话："我现在只记得我喜欢你。"

原初悦："……"

原初悦下意识又挣扎了一下，却发现抓住她手腕的那只手力道大得可怕。就连手上的温度仿佛都烫得灼人，她试图让自己冷静下来，再一次强调："你果然是喝烧了。"

"我没有。"

"你有。"

孟江北委屈巴巴道："你这人怎么这样呢？"

原初悦开始讲道理："你不是喜欢我，你只是想要用美男计骗我加入挑战赛。"

孟江北这个发高烧的人比原初悦的逻辑还要清楚："那你现在都加入挑战赛了，我为什么还要用美男计？"

原初悦："……"

原初悦试图找回一点场面："所以我说你喝烧……不，是烧糊涂了！"

"我不是。"

"你就是！"

孟江北不说话了，睁着一双因为发烧而显得有些湿漉漉的眼睛望着原初悦。原初悦一开始还能保持冷静，过了大概几秒，被看得有些不自在了。她试图转移视线，然而就在视线刚移开时，一阵天旋地转，她被孟江北给压在了床上。

"喂，你！"

原初悦刚要开口呵斥孟江北，就看见孟江北撑在自己的上方，表情严肃而又庄重，扑面而来的灼热气息让她说不出接下来的话。她分不清这灼热的气息是因为孟江北的高烧，还是因为自己的心理作用。

孟江北望着原初悦，她能从他的眼里看见自己的倒影和无措的表情。

孟江北一字一顿道，气场全开，霸总气息十足："我、没、有。"

原初悦竟然被孟江北唬住了，一时之间说不出话来，只能眼睁睁地望着孟江北离自己越来越近。

他要干什么？

原初悦说不清自己现在是什么心情，像是有些害怕，还有些……期待？

复杂的情绪淹没了她的理智，在孟江北的鼻头蹭上她的鼻头之际，她下意识地闭上了眼。想象中的柔软唇瓣并没有贴过来，原初悦撞进了一个滚烫的怀抱，灼热的鼻息喷洒在她的脖颈处，还能听见小兽一般的低低呜咽声。

“我真的没有，我说的都是真话。”

原初悦睁开眼，看着白色的房顶，好半晌才伸出手主动回抱过去。她拍了拍少年的背，声音低不可闻。

她妥协了：“那……那就算你没有吧。”

孟江北这高烧来势汹汹，去得也快，只休息了一天，他就像个没事人一样，准时来 402 训练室报到。

他来得已经算早的了，可没想到有人比他更早。

孟江北到的时候，原初悦已经刷完了一轮题，正趴在桌子上小憩。深秋的阳光透过窗外的树叶洒了进来照在她的脸上，风吹树摇，阳光仿佛调皮地随着她的呼吸跳动着。

难怪她总自称小仙女。

嗯，的确是从天上下来的小仙女。

孟江北倚在门边得意地想，这是被他看中的小仙女啊。

孟江北换了个动作，轻微的声响让那边本来就睡得不沉的原初悦惊醒。她睁开眼看向门口，来人胸口的衣服上依旧绘着标志性的“孟”字。她瞬间坐直，扒拉了一下自己的头发，清了清嗓子：“你来了？”

“嗯，我来了。”

孟江北迈着轻松愉悦的步伐走向原初悦，拉开椅子坐在了她的旁边，又拉开背包的拉链掏了半天，才掏出一袋牛奶和两个粉丝包子，还冒着热气儿。他将早餐推到原初悦面前：“给，吃吧。”

原初悦：“这是什么？”

“爱心早餐。”

原初悦：“……”

这个人是不是脑子烧坏了，怎么突然这么直白了！

孟江北确实直白，笑眯眯地道：“都说追人要从送早餐做起，怎么样，这个早餐你喜不喜欢吃？要是不喜欢，我明天给你换别的。”

原初悦看着孟江北不说话，企图用沉默逼迫孟江北改主意，然而孟江北现在已经满血复活，决定以后再也不玩那些弯弯绕绕的，他直接道："是啊，你没想错，我就是在追你。"

原初悦动了动嘴唇，像是要说些什么，孟江北抢在她开口之前说道："别再拿什么美男计说事了，前天晚上你明明都承认了我是真心喜欢你的，我一颗真心可是经过官方认证的。而且……"孟江北狡黠又得意地笑了笑，"你还鼓励我追求你了。"

原初悦急得恨不得跳起来："我哪有！别瞎说！"

孟江北振振有词地道："你主动抱我来着，怎么不算鼓励了？"

原初悦："！！！"

啊啊啊，这人就不能像发酒疯一样，一觉醒来把什么都忘掉吗？

原初悦哑口无言，好半天才憋出一句话："马上就要参加挑战赛了，大局为重。"

"我懂，你可以先搞事业，等事业搞成了以后再来搞我。"

面对孟江北的直球攻击，原初悦又恼又羞，悲愤之下脱口而出："你怎么变得这么厚脸皮了！"

"大概是经过水深火热的双重锤炼之后，打造出来的厚脸皮吧。"

先是落水，后是高烧，要说是水深火热，也没毛病。

原初悦被呛得彻底说不出话来，大概是到了羞恼的临界点，竟然诡异地开始反弹，反而冷静了下来。她面色平静地一把夺过那袋"爱心早餐"，一口一口地吃了起来。

不吃白不吃。

咦，还挺好吃的。

原初悦吃着麻辣粉丝包子，突然想起和启元大学友谊赛的那天早上，孟江北以"香肠嘴"威逼利诱她帮他带早餐，她带的就是麻辣粉丝包子。

这到底是有心还是无意？

原初悦悄悄地瞥了孟江北一眼，正好看见孟江北正美滋滋地盯着她看，她立马眼观鼻，鼻观心，埋头吃包子。

孟江北单手撑着下巴，得意地想，自己可真有本事，能把不食人间烟火的小仙女从天上扯到人间。

瞧原初悦现在吃早餐的这副烟火气息，嗯，也很好看！

门外，韩录往后退了一步，拦住了跟上来的程侑。

程侑不解地问道："怎么了？"

韩录吸了吸鼻子："你有没有闻到什么味道？"

程侑："？？？"

韩录："一股恋爱的酸臭味。"

韩录透过窗户看见训练室里的场景，偷偷地想，他好歹也算半个媒人，这两人要是事成了，原初悦会不会感谢他？到时候他就可以顺势提要求，让原初悦助攻一下他和小橘之间的感情。

嗯，这个要求并不算过分吧。

人逢喜事精神爽，温宇飞解决了一件大事，这段时间走路都快飘起来了，然而他还没飘几天，发现有个人比他飘得更过分。

这个人就是孟江北。

温宇飞觉得孟江北这个精神状态很危险，身为社长，他得紧密关注各位社员的精神和身体状况。日常训练结束后，他喊住了孟江北。

"五天后就要参加初赛了，初赛那天上午是个人积分赛，下午才是团体赛，你觉得……你准备得怎么样？"

孟江北斜睨了温宇飞一眼："你是在质疑我的水平？"

温宇飞道："不……我只是觉得你最近有点不一样。"

"放心，我现在各方面状态好得很。"

温宇飞斟酌着语句道："你知道初高中为什么禁止早恋吗？"

因为早恋影响学习。

孟江北自然听明白了温宇飞的言外之意，扯了扯嘴角："不要把我的小仙女和那些凡夫俗子比，和我的小仙女谈恋爱，只会让人奋发向上。当然，别人已经没这个机会体会这种感觉了。"

温宇飞："……"

他真是瞎操心了。

温宇飞不放心地还是补了一句："这次团体赛意义可不一样。"

孟江北拍了拍温宇飞的肩膀："老温，我觉得你有点患得患失，太把齐逸声当一回事了。"

温宇飞干笑道："其实我这心总七上八下的，游望和路书瑶是社团的老成员，齐逸声都能撬动他们，你说原初悦和我们的感情又不深，齐逸声万一……"

孟江北纠正他的话："没有'们'。而且，我之前已经说过了，不要把我的小仙女和凡夫俗子比。”

温宇飞：“……”

温宇飞一咬牙，索性说出自己的担忧：“我还是怕齐逸声捣乱。”

“你现在担心得太早，就算担心，也要等到初赛成绩出来之后。”

温宇飞没明白：“为什么？”

孟江北不答反问：“你当初为什么动了心思想让原初悦跟我们一起比赛？”

温宇飞脱口而出：“当然是因为程侑……”

话还没说完，温宇飞就突然明白了。

是了，原初悦为人虽然高调，但是在数独方面十分低调。要是程侑不说，谁知道原初悦数独这么厉害？

温宇飞不知道，齐逸声自然也不可能知道。

齐逸声满心以为东齐大学女学生中数独最厉害的选手已经被他拉入了战队，已然胜券在握，还不知道原初悦这个杀伤力极大的秘密武器呢。

一想到原初悦这个秘密武器，温宇飞的心快速地跳了跳：“那初赛过后……”

孟江北意味深长道：“我说第三遍了，不要把原初悦和其他人比。”

孟江北指了指左心房的位置：“老温，你就把你这颗心，安安稳稳地收回去。”

一月八号，农历腊月十四，宜祭祀、会亲友，忌开市、安床。

全国大学生数独挑战赛初赛正式开始，因为这次比赛和“合页数独”合作，以往没什么人看的初赛，今年反而被许多闻风而来的广大数独爱好者所关注。

“合页数独”很看重这次合作，还专门搞了一个在线直播。当然，为了保证比赛的顺利进行，这个所谓的“直播”进行了延时处理，观众看到的画面比实际的比赛画面要延迟五分钟。

个人积分赛的比赛形式和团体赛略有不同，团体赛是系统匹配挑选出的两个队伍之间的对抗，而个人赛是所有参赛选手做同样的题。

个人赛分为两轮，第一轮二十分钟，每隔五分钟系统会放出一道标准数独题，共四道题，五分钟一过，会自动刷新题目，积分按照作答的正确性和速度综合考虑；第二轮三十分钟，共有六道变形数独题，规则同第一轮一样。

总体来说，初赛题目的难度系数整体不高，偶尔有一两道是高难度的题目，大部分都是中等难度的数独题。而到了复赛，题目的难度会拔高，为了进一步选出更优秀的数独人才。

一大早，原初悦等人就聚集在 402 训练室，社团中其他社员有参加个人赛的，各自找了地方坐下来比赛。而剩下一批没有报名参加比赛的则默契地聚集在了 401 训练室，暗搓搓地弄了一个大屏投影仪。

比赛还没开始。

402 训练室内，温宇飞看着坐在各自的电脑前调整摄像头的四人，深吸一口气，明明对他们很有信心，可是这个时候他还是紧张了起来。

“你们准备好了吗？”

准备好了吗？

这还用问吗？

当然是——时刻准备着。

四人谁也没有回答，温宇飞却从他们的脸上得到了答案。他长吐一口气，转身离开 402，将这片战场留给即将上场的战士。

温宇飞推开 401 的门，挥舞着拳头喊道：“给我时刻关注着，切到他们四个人的比赛界面！还有，记得要把比赛视频给录下来，咱们东齐，今年又要扬名了！”

雪白的墙上挂着的时钟划到了九点钟，四人面前的电脑屏幕上出现整齐划一的倒计时页面。

三——

二——

一——

原初悦深吸一口气。

“有一盆猫”重出江湖！

401 训练室里，安静得落针可闻。

比赛已进行到第二轮，温宇飞点开了原初悦他们几个所在的直播区域，大半堵白墙一分为四，分别显示着他们四个的作答画面。“合页数独”很看重这次的合作，在直播时还设计了一个大家共同参与的环节。直播间右下角的角落会弹出一个小小的邀请窗口，点进去会发现是一道题，没有报名参加挑战赛的观众，也可以通过这个方式一同做题。

当然，因为直播有五分钟的延时，所以大家拿到那道题的时候，选手们其实已经开始做下一道题了。但是这并不影响大家的热情，观众们一时兴起，也想看看自己和参赛选手之间的差距。

东齐数独社的社员们自然也是这么想的，他们还动了一点小心思，和孟江北、程侑、韩录几人没办法比，但他们可以和原初悦比啊！他们热情地邀请了温宇飞，温宇飞一脸意味深长地拒绝了。

社员们很快就明白了温宇飞那副表情背后隐藏的深意。

大家你看我，我看你，良久，终于有人出声了："我觉得我是个智障，同一道题，原初悦只要两分钟，为什么我三分钟都没能做完？"

"你不是一个人……"有人仰头垂泪，"我才二十岁，却承受着不该属于这个年纪的压力。天才那么多，为什么就不能算我一个？"

有人忍不住，扭头去问温宇飞："社长，你是不是早就知道了点什么，所以才不跟我们一起做题！"

温宇飞"呵呵"一笑："你以为当初我为什么千方百计想要劝服原初悦参加挑战赛？"

社员甲弱弱地道："我以为是因为她长得好看……"

温宇飞怒道："在你眼中，我就是这么肤浅的一个人吗？"

社员甲声音弱了下去："那些明星偶像组合不都这样吗？有'实力担当'，也有'门面担当'，我以为有了孟江北他们三个'实力担当'，原初悦理所当然就只能是'门面担当'了啊。"

社员乙反驳："有了孟江北他们三个，还需要别的人来撑门面吗？虽然原学妹是很好看……"

社员丙忍不住插嘴："还有没有天理了，长得这么好看也就算了，数独还这么厉害！社长，以后我们在社团的日子会很难过啊！"

温宇飞"哼"了一声："所以你们要更努力才行啊！"

对原初悦抱有这种表面认知的并不止数独社的这些人，自然也包括齐逸声。

齐逸声一开始并不关注挑战赛的初赛，尤其是上午的个人赛。他们身为保送队伍，只需要准备最后的决赛即可，更何况齐逸声参加过去年的挑战赛，对于和他水平相当的选手的实力心里都有点数，唯一让他觉得意外的是启元的顾禾也参加了团体赛。

齐逸声把大半的心思都放在有顾禾的这支队伍上，无论是他们的个人赛还是团体赛，他都守着直播看了一遍。

顾禾这支队伍自然不出意外地闯进了复赛，齐逸声神情凝重，这支队伍有些棘手，他并没有百分百的把握能够赢过他们。

游望找来的时候，齐逸声正在看顾禾这支队伍的团体赛视频录像。游望神色郁郁，低声道："挑战赛初赛的结果出来了，孟江北他们进复赛了。"

齐逸声并不觉得意外："初赛的题目难度系数并不高，以孟江北他们三个人的实力，就算是拖一个完全不会数独的队友，闯进复赛也并不是什么难事。"

"可是……"游望扯了扯嘴角，"他们的初赛积分排名第一。"

"第一？"齐逸声重重地按了一下鼠标，"第一名不是顾禾那支队伍吗？"

"只算团体赛积分的话，他们并列第一，加入每个队员的个人赛成绩积分后，孟江北那支队伍超过了顾禾他们两分。"

"不可能！"

孟江北三个人的实力就算再强，也不可能三拖一拿到第一啊。

齐逸声道："温宇飞他们找来的第四个队友是谁？不是社联的原初悦吗？那个原初悦不就是个长得好看点的花瓶吗？"

游望艰难地道："也许，是我们看走眼了这个花瓶。"

齐逸声立马关掉顾禾这支队伍的比赛视频："孟江北他们的比赛录屏呢？给我！"

一个小时后，齐逸声神色复杂，重重地合上了笔记本电脑。他往后一靠，长舒一口气："这个原初悦……"

齐逸声眯了眯眼，似乎在琢磨着什么。游望也不打断他的思绪，静静等在一旁。

良久，齐逸声开口问："你有原初悦的手机号码吗？"

游望点了点头，把原初悦的号码发给了齐逸声。

齐逸声略一思索，给原初悦发了条信息。

他绝对不会让温宇飞如愿以偿。

初赛大捷，一向抠抠搜搜的温宇飞开心不已，要自掏腰包请大家吃饭。原初悦看了看手机，拒绝了邀请："你们去吃吧，我有点事需要去处理一下。"

原初悦不难猜到，发送这条消息的人是谁。等她如约而至，到达校园西门的咖啡厅时，看到坐在靠窗座位的一个人朝她招手。

原初悦淡定地坐在了那人的对面，看着他左耳耳垂的钻石耳钉沉默不语。

那人旁边还坐着一人，原初悦淡淡地扫了一眼，便不感兴趣地移开了视线。

齐逸声旁边的游望看见原初悦这副不在意的模样，握紧了拳头。

齐逸声笑眯眯地道："原学妹，你还记得我吗？"

原初悦十分干脆："哦，对不起，我这个人记性不太好，长得太普通的人我一般记不住。"

齐逸声："呵呵，原学妹真是幽默。既然如此，我再自我介绍一下，我叫齐逸声。"

原初悦点了点桌子："你给我发那条短信想说什么？开门见山吧？"

短信的内容饱含深意，直接点明了自己知道原初悦进入数独社的目的，又委婉地告知自己是个知情人，希望能揭穿数独社某人的邪恶面目。

坐在这里见到齐逸声的那一刻，原初悦想，自己调查数独社"打假比赛"这件事大概可以落幕了。

齐逸声的目的也很简单，他想让原初悦退出这次挑战赛，而让她退出比赛，再也没有把温宇飞的"真面目"告诉她更简单有效的办法了。

齐逸声开门见山道："你一开始混入数独社就是为了调查'打假比赛'这件事，对吧？"

游望坐在一旁眼观鼻，鼻观心，安静地听着两人的"交锋"，并未开口。

原初悦挑了挑眉："哦？所以你是那个匿名举报的人？你现如今以真面目坐在我面前，这匿名举报就没有什么意义了吧？"

齐逸声："不管是不是匿名举报，总之我举报的事情并不是无凭无据，不是吗？数独社的某些人为了钱财利益'打假比赛'这件事确实是真的，我当初就是因为看不惯这件事才退出数独社的。原学妹，我看你也是喜欢数独的人，有人用数独来牟取个人利益，难道你不觉得气愤吗？"

原初悦不按常理出牌："不气愤，毕竟我一开始接触数独，并不是因为纯粹的喜欢，也是因为想要获得一些'利益'呢。"

齐逸声："……"

话都让原初悦堵死了，接下来让他怎么说！

齐逸声强撑下去："原学妹，听说你为了参加挑战赛加入了数独社。要是数独社爆出了社长当初为了个人利益'打假比赛'这件事，你觉得大家会不会因为这事从而怀疑到社团里的每一个人都和社长同流合污？”

“你这是在威胁我，要把事情搞大？”

“我只是想让原学妹做个明白人、聪明人。”

恰在这时，服务员将点好的咖啡送了上来，原初悦也不喝，将咖啡推到一旁表明自己的态度，开口道：“是做一个像你一样为了胜利而不惜撬墙脚的聪明人吗？”

齐逸声并没有因为原初悦点出这件事感到羞愧，反而觉得理所当然：“离开那一团糟的社团是明智之举。”

原初悦想了想，又问：“那加入一团糟的战队也是明智之举？我听说，那个 GK 公司之前也组建过一支数独战队，啧，只可惜那支战队实在是烂泥扶不上墙。就算 GK 拿钱让比赛对手放水，放出来的水都快装满战队所有人的脑袋了，比赛也还是赢不了。哦不对，他们还是赢过一次比赛的，那次是怎么回事来着？嗯，听说是把对方主力选手的手给打断了？”

齐逸声脸色有些不好：“那些都是过去式了。”

原初悦一摊手：“那就算温宇飞打假比赛，那也是过去式了。你为什么非要揪着这件事不放呢？做人这么双标不太好吧。”

话说到这个地步，齐逸声算是明白原初悦的立场了，他黑着脸：“所以你是铁了心要站在温宇飞那边？”

“不，我只是站在我想站的那边。”

齐逸声“呵呵”一笑：“既然这样，今天这杯咖啡怕是喝不成了。”

原初悦示意齐逸声去看桌面，她的那杯咖啡没动过。

原初悦又问：“齐学长，有个问题想要采访一下你，如果有一场比赛注定要输，你还会去参加吗？”

齐逸声想也不想就回答，嘲讽道：“必输的比赛还上赶着参加？傻瓜吗？”

“所以你只参加必赢的比赛？”

“这有什么问题吗？如果可以赢得胜利，谁会选择失败？”

原初悦笑了笑：“是啊，如果能够赢，谁会想要输呢？”

齐逸声放狠话：“原初悦，你明明是为了调查温宇飞‘打假比赛’的事才进了数独社，要是被数独社那些人知道的话，他们会怎么想？而且，你这样的行为，又该怎么和社联老师交代？”

原初悦挑眉，还没来得及说些什么，背对着齐逸声两人坐着的一人站了起来，慢吞吞地道：“和我交代？正好，有什么要说的就一起交代了吧。”

那人，竟是李老师。

原初悦冲李老师招了招手，李老师站起身来坐在了她的身边。

齐逸声脸色一变："是你约李老师过来的。"

原初悦慢悠悠地道："是啊！你向李老师匿名举报数独社打假比赛，而我自告奋勇申请调查'打假比赛'一事，现在咱们三个都在这里了，索性你把你知道的，我把我调查出来的，一并说出来。"

齐逸声咬了咬牙。

他之所以匿名举报，就是不想落人口舌，他并没有温宇飞"打假比赛"的确凿证据，若是贸然举报，温宇飞"打假比赛"的事情还没落实，就会传出他因为妒忌污蔑温宇飞的谣言。

然而事情已经到了这一步，齐逸声索性说开了："不错，我确实怀疑当年电视台那场比赛，温宇飞为了利益，故意输给了对方。"

原初悦敲了下桌子，接过齐逸声的话："嗯，我也调查了这场比赛，我很确定，温宇飞没有故意输给对方，完全是凭实力打的这场比赛。"

李老师脸上看不出什么表情，问齐逸声："你是说温宇飞故意输掉比赛？"

齐逸声一口咬定："没错。"

李老师："那他为什么会故意输比赛？"

齐逸声："自然是为了钱！"

李老师点了点头："如果是为了这个理由的话……那我认同原初悦的话，温宇飞并没有故意输掉比赛。"

齐逸声不服："李老师，你不能因为偏心就做出这样的判断……"

"偏心吗？"李老师看向一直沉默不说话的游望，"我为什么做出这样的判断，大概没人比游望更清楚。"

突然被点名的游望愣了愣，急忙道："'打假比赛'一事，我并不清楚。"

李老师笑了笑："'打假比赛'的事你是不清楚，可是优秀社员奖金的事，你应该比谁都清楚。"

游望一时拿不准李老师为什么会突然提起优秀社员奖金的事，手心微微有些出汗。他把汗水擦在洗得有些发白的牛仔裤上，稳了稳心神道："这和'打假比赛'一事有什么联系吗？"

"当然有。"李老师意味深长地看了面前两人一眼，"因为提供奖金的和被举报'打假比赛'的，是同一个人。"

大学奖学金的名目众多，除了国家给予的国家奖学金和助学金等，还有一些企业会拿出部分资金作为奖学金资助学生，一来是为了缓解一些学生的经济压力，二来也是为了在学生心目中留个好印象方便以后校园招聘。

在众多奖学金中，东齐大学有一项叫作“优秀社员”的奖学金。谁也不知道这奖学金是哪个企业提供的，只知道这笔奖学金是提供给学业优秀、在社团里表现也优异的同学。

游望已经连续两年拿到了这笔奖学金。

他一直留在数独社，一来是为了能让更多人看到他在数独方面的实力，二来也是为了能够拿到这笔奖学金。

是齐逸声承诺他，只要加入了GK公司，未来每个月都会发放丰厚的薪资，等战队成立，出去打比赛还能拿到奖金，他才决定离开数独社。

游望心惊肉跳，突然有种不祥的预感，这种预感在李老师接下来说的话中变成了现实。

“当初温同学百般强调，不要向大家说出这笔奖学金的来历。但是今天看到有这么多人误解他，我身为老师，只能食言而肥了。‘优秀社员奖学金’是温同学提议成立的，奖金也是他个人提供的，为的就是让更多的人能够有更多的时间投入自己喜欢的事情中，不必为了金钱而困扰。试问，能给出这种提议并坚持每年提供奖金的人，会做出为了钱‘打假比赛’这种事吗？”

听到李老师这番话，饶是原初悦也有些触动。

她调查过，也明白温宇飞“打假比赛”的苦衷，却不知道温宇飞还做过这样子的事。

齐逸声脱口而出：“也许温宇飞就是为了提供奖学金的钱，才做出‘打假比赛’的事情呢？”

齐逸声这话一说出口，就有些后悔了。

李老师“哦”了一声，深深地看了齐逸声一眼：“如果真是这样，那我就要怀疑温同学不只是‘打假比赛’，还长了一个‘假脑袋’了。”

很显然，李老师一语双关还自带押韵的幽默并没有被大家所接受，只有原初悦给面子地笑了两声。

原初悦笑完后，还一本正经地道：“嗯，我也怀疑。”

游望的牛仔裤被他抓出深深的褶皱。

如果说齐逸声对李老师这番话还存有疑虑的话，游望则已经完全相信了。

没有人比游望更清楚，温宇飞富二代的身份。

大一的时候，游望托了老乡帮忙，才得到一份在五星级餐厅当服务员的兼职。一天就能拿到五百块的工资足以让当时的游望喜出望外，但是他的喜悦并没有维持多久，在第三次去餐厅兼职的时候，他遇到了温宇飞。

当时，游望穿着白衬衫黑马甲的服务生制服，温宇飞西装革履，和他看起来像是两个世界的人。

这是一家上市公司举办的年会，直接包场了整个餐厅，游望还记得，上市公司的老板姓温。

两人遇到，都有些尴尬，温宇飞反应快，迅速移开了视线假装没有认出游望。

那天后，游望立马辞掉了这份兼职，辞完后他就后悔了。但好在，学校批给了他“优秀社员”的奖学金，解了他燃眉之急。

而现在，当初他的“庆幸”，却被李老师当面点了出来，游望没有觉得感激，只觉得难堪。他紧咬牙关，口腔充斥着一股淡淡的铁锈味。

游望感觉藏于心底的那团阴暗正在一点一点地膨胀，他幽幽地道：“所以，我应该感激温宇飞才对吗？”

游望语气低沉，面无表情的身体里却藏着惊涛骇浪：“所以人和人的差别为什么要这么大呢？有些人天生就是数独高手，只需要随随便便露出所谓的双手绝技就可以轻而易举地夺去所有风头；有些人什么都不用做，只需要长得好看便能得到大家的关注；有些人只需要虚情假意地拿出一点点钱，就要让我感恩戴德、痛哭流涕吗？”

原初悦抬了抬眼，面无表情地看向游望：“虚情假意？你对虚情假意是不是有什么误解？一个明明可以每天换一双AJ、顿顿吃五星级大餐的人，变得一块钱红包都要和好兄弟抠抠搜搜，请人吃饭都要趁着餐馆打折搞活动才厚着脸皮带人去，这样子叫作虚情假意？我看不出温学长的虚情假意，但看出了你的狼心狗肺。你弱你有理，呵，真是活久了，什么人都遇得到。”

李老师还要说些什么，原初悦却伸手拦住了他，扯了扯嘴角露出一个讥讽的笑：“算了，跟你们这样的人多说一个字，我都觉得我的智商在被扣费。我先走了，李老师。”

原初悦拂袖离去，李老师叹了口气：“年轻人啊。”

他摇了摇头，看了齐逸声和游望一眼：“没什么事，那我也走了。”

原初悦快走几步，在离店门不远处的拐角处，遇到了站在角落里面如死灰的温宇飞。

温宇飞低声道："你刚刚……是去见齐逸声了吗？他说了什么？"

温宇飞还记得孟江北说的那句话，如果要担心，至少也要等到初赛之后。所以在原初悦拒绝参加庆功宴之后，他不放心地跟了过来，目睹了原初悦和齐逸声等人"相谈甚欢"的一幕。

原初悦抿了抿唇，看着温宇飞这犹豫不安的样子，胸口憋着的那口怒气突然就泄了。她想了想，用一句话总结了她和齐逸声的谈话："齐逸声说你是个傻瓜。"

温宇飞："……"

这确实像是齐逸声会说出来的话，当然，齐逸声特地把原初悦约出来自然不可能就说了这一句话。温宇飞越想越觉得忐忑不安，他不敢去看原初悦："那接下来的比赛，你还会参加吗？"

原初悦答得干脆："为什么不参加？难道社长你要开除我吗？"

温宇飞喜出望外地抬头。

原初悦笑道："温学长，两年前电视台举办的那场比赛，他们都说你输了。"

温宇飞此刻的心情就像坐过山车，起起落落。原初悦这句话一说出口，他喜悦的表情凝在脸上，整个人都石化了。

原初悦又道："可是我觉得你没有输。"原初悦觉得有些事情也该说清楚了，省得又被某些人拿来做文章。她交代道，甚至想好了长篇大论的解释，"温学长，其实一开始我来数独社是为了调查'打假比赛'的事……"

温宇飞："我知道。"

原初悦话到嘴边，拐了个弯："你知道？"

温宇飞捂住胸口，还沉浸在坐过山车般的心情起伏的刺激中，恍惚道："是啊，你来的时机这么巧，前脚刚有人匿名举报数独社'打假比赛'，后脚你就来了，还各种找我们之前比赛的视频资料，很容易就能猜到吧。"

"你知道还同意让我进入数独社？"

"有些事情瞒也瞒不住，而且你相信我不是吗？"

"那万一我觉得你就是在'打假比赛'呢？"

温宇飞挠了挠头，好半天才憋出一句，重复道："但你最后还是相信我了，不是吗？"

原初悦："……"

原初悦面无表情地道：“齐逸声说得对，你果然是个傻瓜。”

不远处的咖啡厅里，气氛低迷，游望和齐逸声谁也没有说话。

游望死死地盯着面前的玻璃杯，良久才开口了：“能不能拜托GK公司的人帮我调查一件事？”

“嗯？什么？”

“原初悦去年休学时出的那场车祸。”

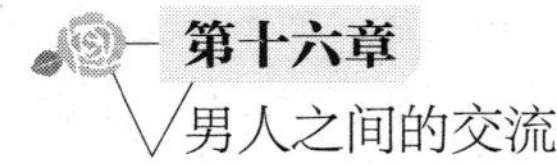

第十六章 男人之间的交流

原初悦是个人美心善的小仙女。

在温宇飞第一百三十五次表达这个观点时，孟江北终于受不了了，他决定和温宇飞来一次男人之间的交流。

孟江北道："没有人比我更清楚原初悦的好，虽然你说的都是大实话，但是当着兄弟我的面，这样三番两次地夸她是不是不太好？你再这样，我就要质疑你对原初悦是不是有非分之想了。"

温宇飞立马正襟危坐："兄弟，你怎么能这么想我呢？我对原学妹的感情，是无法用地球上现有的词汇来形容的！我这样夸她，你可以理解成这是一张'好人卡'。"

孟江北眯了眯眼："你知不知道'好人卡'是什么意思？"

"我发的可是顶级的'好人卡'，普通的'好人卡'根本没法比！"

孟江北哼了一声，不置可否，转而道："有空在这里给别人发'好人卡'，你还不如多费心思关注一下挑战赛。"

"这是自然！"温宇飞兴致勃勃道，"你是不知道，挑战赛初赛成绩出来后，论坛里都炸了。几乎整个论坛都在讨论原学妹，夸她不仅长得好看实力还这么强，这么厉害的小仙女以前怎么没有见过。"

孟江北翘起嘴角，仿佛人家夸的是他。

温宇飞也十分骄傲："这么好的小仙女，竟然加入了我们社团，还说会对我不离不弃，我真是太感动了，呜呜呜。"

孟江北纠正："不是对你不离不弃，是我。"

温宇飞挥了挥拳头，信心满满："我调查过了，今年挑战赛团体赛报名队伍比往年都要多，但是我们无论是在实力方面还是颜值都拿到了第一，真正做到了力压群雄！初赛我们拿到了第一，接下来的无论是复赛还是决赛，我们也要拿到第一！以你们的水准，也就启元顾禾那支队伍能一较高下。初赛我们比他们高两分，差距并不是很明显，所以你可不能骄傲自满……”

温宇飞还在絮絮叨叨，孟江北突然打断道：“顾禾？”

温宇飞：“是啊，今年顾禾也参加了团体赛。”

孟江北若有所思道：“顾禾的合页 ID 叫什么，你知道吗？”

温宇飞回忆了一下：“好像是叫‘菜鸟杀手’……哦不对，是叫‘一只菜鸟’。”

“‘一只菜鸟’吗？”

这个 ID，还真是耳熟呢。

“一只菜鸟”在合页 APP 上相当有名，他是合页 APP 的内测元老用户，混迹合页 APP 各大竞技场，以傲人的战绩得到了“菜鸟杀手”的称号。

当然，说他是“菜鸟杀手”并不是他专门针对菜鸟的意思，事实上，他对合页 APP 中的所有玩家一视同仁，只不过对刚入圈实力不强的菜鸟更具有杀伤力。试想，你兴致勃勃地进了一个 PK 训练房，发现对方晚了你半分钟才开始做题，结果还比你早三分钟完成作答，这个冲击力有多大？

“一只菜鸟”的名声，随着合页 APP 的发展壮大而越来越大。直到合页 APP 举办了第一届数独网络大赛，有人爆出了“一只菜鸟”就是顾禾后，他的名气达到了巅峰，可以说是如日中天的地步。

但可惜的是，“一只菜鸟”并没有拿下第一届数独网络大赛的冠军，而是止步第四名。

值得一提的是，当年的季军是“有一盆猫”。

孟江北之前并不关注这些，后来因为原初悦的关系才去接触了一点，知道了原初悦的合页 ID，自然也看了一些“有一盆猫”的比赛视频，其中就包括第一届数独网络大赛的前四强比赛。

孟江北清楚地记得，在四强决赛的第一场比赛中，“有一盆猫”对上了“一只菜鸟”。他还记得，当初“一只菜鸟”刚开场的时候就掉线了，直到比赛结束都没有再出现。大家纷纷表示可惜，若不是“一只菜鸟”掉线的话，那一年比赛的冠军必然是他的。

而更巧的是，“有一盆猫”也因为第二场比赛掉线，而只拿到了第三名。

孟江北起初以为这只是意外，但是现在联系上这两个马甲背后的人，他觉得……这可能并不是意外。

孟江北有一种直觉，原初悦起初拒绝加入挑战赛的缘由，就出在顾禾身上。

这对兄妹之间，究竟发生了什么？

挑战赛的复赛时间定在了初赛结束的五天后，复赛的规则比初赛更为详细，毕竟采用的是团队一对一对抗模式，所需要的时间也更长了，所以这次团体赛复赛的比赛时间共耗时三天。

经过初赛的筛选，进入复赛的队伍共有二十支，系统会将这二十支队伍一对一匹配，也就是说，原初悦这支队伍，在这三天内，一共要进行十九场比赛，和其他十九支队伍依次交手。

复赛的比赛形式依旧是字母关联赛，一轮比赛三十分钟，给每支队伍出十道题型不一的题目。这些题目中某些格子里给出的已有条件不是数字而是字母，不同题目中相同的字母表示相同的数字，需要选手们根据十道题目中这些字母的关联性做出判断，将题目解出。字母关联正确后，每道数独题有且只有一个正确的答案。

评分的标准，成功解出一道题计五分，在将所有题目都正确完成的前提下，每提前一分钟提交答案，可获得额外的五分加成分。

复赛举行的第一天，是一个阳光明媚的好天气，温宇飞早在前一天就将 402 里里外外都收拾得干干净净，就连窗户都擦得一尘不染。教室里的其他东西都被清空了，只留下最中间的四张电脑桌，他甚至还厚着脸皮去问电竞社借了四套专业的耳麦设备，以便他们之间的交流。

大家进来时看到这套设备都有些无语，但是韩录在这个时候又摆起了他高冷的人设沉默寡言，程侑对于这些事也不怎么会多费口舌，原初悦懒得说，只剩下孟江北开口吐槽，吐槽得还很认真：“我说，老温，你觉得这么小的训练室会不会委屈了这几套耳麦设备？我建议你应该想办法再找一个大的训练室，最好是像学校南操场那么大。这样我们四个人每个人坐一个角，才能体现这耳麦设备的价值。”

孟江北比画了一下 402 的大小：“现在这个训练室，哪怕我在角落里和原初悦说悄悄话，你站在门口都能听得一清二楚。就这样子的距离，还要用上这么昂贵的耳麦设备，我怕它们都要哭泣。”

原初悦瞥了孟江北一眼，用上她最近学来的饭圈语言：“求不拉踩，求别蹭热度。”

温宇飞认真地道：“给你们借来了你们就用！这是一种气势！”

原初悦他们之间已经配合训练了大半个月了，不说默契十足，但是配合起来基本没有什么太大的问题。

比赛快要开始的前十分钟，温宇飞离开了402，将这片地方留给他们四个，在窗外冲他们默默地比了一个加油的姿势。

孟江北嘴里说着嫌弃的话，但还是接受了温宇飞的好意，主动戴上了那套耳麦设备。合页PC的团队房间是自带队伍语音功能的，孟江北将语音功能打开，清了清嗓子道：“喂，听得清楚吗？”

孟江北低沉的声音顺着电流传入了原初悦的耳中，原初悦轻轻“嗯”了一声。

这耳麦还怪好用的，隔音功能非常不错，哪怕大家坐得这么近，也并不会听到他们说话的声音，只能通过耳机听到那边传过来的声音。

孟江北勾了勾唇，温宇飞这家伙也算有心。

孟江北道：“那就按照我们之前配合的那样，韩录负责根据已有的数字条件，将可以确定的空格先填写完成。我们剩下的三个人负责找出字母之间的关联，争取速战速决。”

大家并没有什么意见。

耳机里传来系统的“嘀嗒”一声响，复赛第一轮比赛，正式拉开帷幕。

系统随机匹配队伍，将匹配到的两支队伍拉入了同一个对战房间，孟江北随意扫了一眼对面的ID，发现并不眼熟，便没有在意。

系统会给半分钟的备战时间让选手们做好准备，同时从题库里随机抽取题目。

孟江北这边十分冷静，反倒是对面的队伍炸开了锅，房间里的聊天频道被对面的人刷了屏。

橘子要甜的：我们匹配到了东齐的队伍！

袋子不带：是孟江北啊啊啊！还有韩录！我是你们的颜粉！我们要是赢了，能给我祝贺的抱抱吗？我们要是输了，能给我一个安慰的抱抱吗？

一心向明月：是“有一盆猫”啊！！！我是“有猫病”后援会的会长啊！虽然目前这个后援会只有我一个人……但我一定会把它发扬壮大的！

栗子：？？？

栗子：我们是来比赛的吗？

栗子：这里不是粉丝见面会好吗？

栗子：所以……如果我能进决赛的话，你们能跟我们一起吃顿饭吗？

众人：“……”

这一届的数独选手，好像有点难带。

就在对面队伍以为不会得到回应的时候，当前频道再度刷出了两条消息。

cy：没有祝贺的抱抱，也没有安慰的抱抱，不过可以给你们我最高的敬意。

cy：我会全力以赴的，共勉。

众人：“……”

“A 为三。”

“C9。”

“F 代表的应该是四。”

“程侑，你那边呢？”

“第八道题和第十道题我已经作答完成，刚刚把空的格子也已经补上去了。”

“杀手数独我并不擅长，孟江北，第五道题给你了，我负责第六道题。”

“收到。”

另一边。

“……”

“……”

“……对面的都是变态吗？我们连字母都还没有关联出来，他们都已经做完两道题了！”

下午四点，孟江北一队已经斩获了五连胜，大家士气高昂，就连韩录也忍不住多说了几句：“今天最后一场比赛，让我们拿个六连胜吧。”

程侑的回答相当干脆：“好。”

在等系统分配对手的空当，韩录又道：“刚刚那道题原初悦干得漂亮，尤其是那道雪花数独，竟然只花了不到两分钟的时间就解出来了，实在是厉害。”

原初悦回：“比赛的时候还有空关注我花了多久解题，韩学长，看来这场比赛你游刃有余，我申请下一轮比赛让韩学长多分一道题。”

韩录：“……”

行吧。

三秒倒计时过后，两支队伍被系统拉入了对战房间，孟江北嘴角挂着笑，漫不经心地扫了一眼对面的ID，却在看见其中一个眼熟的ID时愣住了。他下意识地扭头看了一眼一旁的原初悦。

原初悦没什么表情，就连坐着的姿势似乎都没有变过。

难道，她是还没发现对方的ID？

孟江北来不及多想，就进入了备战的状态。

不知道是不是因为孟江北他们五连胜，系统匹配了实力相当的对手，就连这次挑选出来的题目难度和之前的相比也略有提升。

十道题目当中，只有两道标准数独题，另有一道对角线数独题、一道窗口数独题、两道杀手数独题、两道数比数独题和两道比例数独题。

韩录的脸色看不出什么变化，但是他的手却下意识地握紧了鼠标。

韩录最擅长解标准数独。

孟江北适时地开口：“韩录和程侑换一下，韩录跟我们一起找字母关联。”

比赛期间，并没有太多的时间可以用来浪费，尤其对手的实力和他们不相上下，孟江北并没有多说，大家也心知肚明，迅速按照新的安排各司其职。

程侑属于遇强则强的类型，尤其是对面有那个人，更足以让他热血沸腾。虽然表面上并不能看出什么来，但是程侑大脑转动的速度更快了，逻辑分析思维也更加迅速，孟江北和程侑配合得很不错。

程侑：“我觉得G代表了二。”

孟江北：“跟我的判断一样，K应该是一。”

两人谈论了半天，第三个人的声音都没有出现。

孟江北心沉了一下，开口提醒：“原初悦？”

原初悦握住鼠标的手明显抖动了一下，声线也有些抖：“嗯？”

“你看出来Q是哪个数字了吗？”

原初悦沉默了一秒，迅速回道：“抱歉。”

孟江北很冷静道：“三或者七，你再进行下一步的判断。”

“好。”

过了大约六七秒，原初悦才再次出声："Q 为三。"

"W 为七。"孟江北利索道，"韩录负责一和三题，我二、四，程侑五、六，原初悦七、八，谁先完成就继续九、十。"

"收到。"

孟江北做到第二道题，提交答案的空当顺势扫了一眼页面的左上角，上面显示对方队伍在五秒前提交完成了一道题。

孟江北没说话。

第二十三分钟刚过没多久，原初悦点了最后的提交按钮，她挺直了腰背，轻声开口道："对不起。"

她的声音又细又轻，队伍里的其他三人谁也没有说话，仿佛并没有听见这句低不可闻的道歉。

系统统计速度很快。

双方正确率都为百分百。

对方比孟江北这边快了将近十秒提交答案，奈何刚好踩着二十三分钟刚过的那条线，并没有得到额外的加成分。

双方战成平手。

房间即将解散时，一直安静的聊天频道滚动了起来。

一只菜鸟：打得不错。

原初悦手指动了动，刚在对话框里敲下握手的表情包快捷键，"叮——"的一声，系统提示房间解散。

复赛第一天，孟江北一队取得五胜一平的战绩，可以说是初战大捷。上次初赛结束后，温宇飞本来要请吃饭，但是因为原初悦去赴齐逸声的约，那次饭局最后还是没有聚成。

而今天，温宇飞表示说什么也要请大家吃一顿饭，不说太好，学校门口的港式茶餐厅也还是要吃的。

原初悦再一次表示了拒绝。

温宇飞有些紧张："难道齐逸声又找你了？"

原初悦本来心情有些低落，闻言没忍住失笑一声："不是……就是……"她斟酌了一会儿，说了个委婉的说辞，"女孩子一个月总有那么几天不开心不想见人。"

温宇飞："……"

温宇飞表示了解，遗憾地表示等复赛结束一定要请大家一起吃个饭，到那次原初悦可不能再拒绝。

几人散去，温宇飞想拉孟江北一起去吃个饭，却遭受了今天第二次的被拒。

温宇飞悲愤地问道："你又是为什么？难道也一个月有那么几天吗？"

孟江北很是理直气壮地道："不是，一个月有那么三十几天吧。"

温宇飞："……"

温宇飞心如死灰，挥了挥手："行了行了，就让我一个人安静地吃饭去吧。"

孟江北脚下一转，毫不犹豫地往一个方向走去。

教职工住宅区的后坡，孟江北果然看见原初悦坐在那里，小橘睡在她的脚边，有一搭没一搭地晃着尾巴。原初悦抱着双膝看着远方，不知道在想些什么，从他的角度看去，总感觉她的神情有些落寞。

孟江北故意发出动静，甩了甩手中的背包坐到了原初悦的身边。原初悦侧头，下意识地先看向他的胸口，等确定他胸口的衣服上有着熟悉的"孟"字，她的视线才落到他的脸上。

孟江北率先开口："怎么？在这儿反省呢？"

原初悦撇撇嘴。

孟江北打开背包掏出熟悉的华容道："前期赢得太顺利，千万不能飘啊，少女。今儿最后一轮比赛你都走神了，来，做个华容道，帮你找回状态。"

原初悦没有拒绝。

孟江北这次没有放水，拿出了自己的全部实力，一分钟内就结束了战斗。

孟江北移动最后一个棋子，按下一旁的铃时，原初悦的脸色有些难看，她将手指从华容道的木质棋子上收了回来，神色复杂地道："你之前是在故意放水？"

孟江北没有承认，活动了一下手腕："大概是因为这次超常发挥。"

原初悦："……"

"还玩吗？"

原初悦将华容道一推，一股浓浓的委屈突然涌上心头，闷声道："不玩了！"

孟江北也不勉强，又从背包里翻出两根棒棒糖，扔给原初悦一根，自己剥了一根塞进嘴里，双手撑着草地看着远方，硬生生把一根棒棒糖吃成了叼着烟的大佬架势。

原初悦看着手心的棒棒糖，半天没有动作。孟江北冷眼旁观了一会儿，又把棒棒糖抢了回去，三下五除二剥了包装，塞进了她的嘴里。

味蕾感受着甜蜜味道的袭击，原初悦突然觉得仿佛连风都温柔了一些。

原初悦吸吮着棒棒糖，含混不清道：“今天比赛的最后一轮，对不起……”

孟江北认真道：“你是该说对不起，毕竟老温借来了这么贵的耳麦设备，你竟然都听不见我们说话，太不应该了。明天比赛之前先跟耳机说声对不起吧。”

原初悦：“……”

孟江北：“你还应该对数独说声对不起。”

原初悦：“啊？”

“它好不容易盼来了你，于情于理，你都应该对它负责，对你自己负责。”孟江北调整了下姿势，面对着原初悦，“原初悦，做人呢，要像我一样一心一意，喜欢了就要全心全意地对待，怎么能在和它愉快地玩耍时，还分神去想别的事情呢？”

孟江北说着，又再一次拿起了背包，在里面掏了掏。这一次竟然把温宇飞借来的耳机都给掏了出来，还掏出了一本数独题册，他将这两个东西一并交给原初悦，努了努嘴：“喏，两个苦主都来了，你开始道歉吧。”

原初悦：“……”

孟江北一边观察着原初悦的表情，一边假装漫不经心地道：“如果可以，我还想把今天的比赛对手喊过来，比赛期间的失神，也是对对方的不敬。”

原初悦拿着数独题册的手指缩了缩，她垂下眸子，声音低沉下去：“或许，他根本不在乎。”

“怎么会呢？”孟江北“啧”了一声，“我看对面的人可是拿出了拼命的架势来应对这场比赛，你是没瞧见，尤其是那个叫‘一只菜鸟’的，一个人竟做了三道题。他要是对这场比赛不看重，怎么会如此拼命？”

“不，你不知道……”

“还是说，你以为对方掉线就是对这场比赛的看重？”

原初悦猛地回头看向孟江北，试图从他的脸上获取一些信息。可是她看了许久，都只能从他的脸上感受到认真的情绪。

原初悦像一只突然被戳破的气球，整个人都蔫了下去：“你都知道什么？”

“你想让我知道什么，我就能知道什么。”孟江北坐在一旁，指了指自己的耳朵。

原初悦没有说话，孟江北也没有继续追问，周围的空气仿佛都凝滞了。

夜色深了，月亮晃悠悠地爬了上来，原初悦觉得自己的心也晃悠悠的，像没有根的浮萍。孟江北又塞过来一支棒棒糖，浮萍仿佛一下子抓住了什么。

原初悦终于开口了。

“顾禾是我哥哥，我第一次做数独就是他教我的。”

原初悦到现在都不明白事情是怎么发展到这个地步的。

身为原辛的子女，他们一旦涉足数独圈，就势必要承受比其他人更大的压力。表现得好，别人只会说“不愧是原辛原大师的儿子（女儿）”；表现得不好，别人会流露出遗憾的表情说“原大师的儿子（女儿）怎么会这么差劲啊”。

而顾禾，无疑是优秀的。

原初悦想，自己大概就是不优秀的那一类，所以长期在外工作的父亲不关注她，就连一直在家的母亲也并不怎么在意她。

母亲从小就不喜欢她，原初悦一直觉得是因为自己不够好，所以她努力改变想要变得更好。虽然她并没有顾禾聪明，可是她愿意努力。母亲是著名的舞蹈家，原初悦便努力地学习舞蹈。可是哪怕她拿到了奖，捧着奖杯紧张而又期待地站到了母亲的面前，母亲的神色仍旧很冷淡。

在这个家里，只有顾禾这个哥哥对她好。

原初悦不得不承认，起初她学数独是为了“一己私欲”，顾禾喜欢数独，母亲喜欢顾禾，所以只要她学好了数独，顾禾和母亲会不会都能对她好。

原初悦还记得自己主动提出要跟顾禾学习数独的时候，顾禾露出了真心的笑容：“好呀，等以后我和你，还有阿侑，就可以一起组团参加挑战赛了，咱们三个肯定可以所向披靡。”

然而原初悦没有等到“所向披靡”的那一天。

原初悦十二岁那年，在中国数独锦标赛团体赛初赛举行的前一天，父母离婚了。

初赛的那一天，原初悦和程侑在比赛场地门口从天亮等到天黑，顾禾也没有出现。直到原初悦跟着父亲搬离了从小长大的家，她也没能见到顾禾。

大概就是从那时候起，所有人都变了。

原初悦吃完了棒棒糖，仍旧咬着那根棍子，将纸棍都咬得变了形。她含含糊糊地道："其实在父母离婚之后，我曾回去见过哥哥一面，但是哥哥说以后我们就不是一家人了，就不要再见面了。"

原初悦踏入数独这个奇妙的数字世界，是因为顾禾；离开这个数字世界，也是因为顾禾。

原初悦还记得那天顾禾站在她的面前，用一种她从未见过的冷漠表情说着再也不想见她的话，她委屈之下一时冲动说出一句话："不想见我吗？那以后万一在数独的比赛场上，你也不想见我吗？"

顾禾当时是怎么回的？

哦，她想起来了。

他说："那我就不玩数独了。"

简简单单一句话，却像一把刀子，将原初悦的一颗心扎得鲜血淋漓。

怎么会这样子呢？

为什么大家都不喜欢她呢？

爸爸妈妈是这样，哥哥也是这样，程侑也是这样。

一定是因为她不够好吧。

原初悦明白顾禾有多喜欢数独，因为顾禾这一句话，原初悦再也没有报名参加过任何数独比赛。

后来原初悦在机缘巧合之下知道了合页 APP，又知道了"合页数独"举办的第一届网络数独大赛。借着网络的遮掩，并不需要露出自己的真面目，她想，披着马甲参加网络大赛，就不会有人发现是她了吧。

抱着这份侥幸的心态，原初悦报名了。

"一只菜鸟"名气那么大，在决赛之前，有八卦人士根据各种蛛丝马迹在论坛里爆出了"一只菜鸟"就是顾禾，原初悦自然也看到了那个扒马甲的帖子。

决赛第一轮，她就对上了顾禾。

然后"一只菜鸟"就在万众瞩目中华丽丽地掉线了，将胜利拱手送人。

原初悦说不出自己当时是什么心态。

顾禾认出她了吗，还是这真的只是巧合地掉线？

原初悦不知道，但因为这事，她没有出席网络大赛之后的比赛。

白色的纸棍已经被咬得变形了，孟江北看不过去，把纸棍从原初悦嘴里抽了出来。原初悦咂了咂嘴，又无意识地吮起了手指头。

她本来以为将这些事情说出来会很难受，但是她终究还是低估了时间的魔力，现在说出来心里除了一些遗憾和低落，似乎也并没有太多其他情绪。

原初悦自言自语道：“顾禾到底知不知道是我呢？”

孟江北双手撑着草地，仰头看着头顶的星空，小橘趴在两人中间，舒服地发出“呼噜噜”的声音。

孟江北开口了：“想什么呢，他当然知道了。”

原初悦愣愣地回头，看起来有些傻里傻气，孟江北忍不住笑了一声：“初赛过后，咱们可是挑战赛的流量NO.1，无论是颜值还是实力，咱们都彻底碾压他们。你没看见论坛上讨论咱们的帖子有多火吗？尤其是你，都已经快被他们吹成‘数独第一美少女’了。顾禾他们既然参加了挑战赛，就算再自大的人，也得关注一下挑战赛相关的信息吧。哪怕顾禾不关注，那他的队友呢？我听说他那个长着一张娃娃脸的队友就很八卦。所以我觉得，之前那一场比赛，顾禾是不是技术性掉线我不知道，但是今天这一场，顾禾一定知道‘有一盆猫’就是你原初悦。再说回之前那场比赛，如果他真的是所谓的‘技术性掉线’的话，那就更值得深思了。一个不想再和你见面的人，会知道你在一个APP上的ID是什么吗？除非他一直在默默关注着你。”

孟江北望着原初悦，肯定道：“我跟你说，男人说的话都是放屁。什么叫作再也不想见到你？和你比完赛，他不还发了个握手的表情吗？不止这一次，以后的决赛咱们还要面对面比赛呢，他逃不掉的。”他说完，又补了一句，“当然，我说的话那都是真的！”

“啊？”原初悦傻乎乎地张了张嘴，孟江北觉得她现在这个样子简直可爱到冒泡，一时没忍住，伸出魔爪揉了揉她的脑袋。末了，他装模作样地咳了一声，将手收了回来。

“我看你的头发被风吹得有点乱，便想帮你理一下。”

孟江北睁眼说着瞎话，明明原初悦的头发被他揉得更乱了。

孟江北怕原初悦追究这事儿，趁她还没回过神来，连忙继续开口道：“有你这么一个可爱的妹妹放着不要，我觉得顾禾指不定在某个角落偷偷咬着小手帕哭呢。男人都是好面子的，他当时放了那种狠话，一时之间放不下面子，只能强行维持之前的人设，跟你划清界限。”

“会这样吗？”

原初悦无法想象顾禾咬着手帕躲在角落哭泣的画面，她抿了抿唇：“我觉得你说的话都是真的。”

“是吧。”

原初悦：“尤其是那句，男人说的话都是放屁。”

孟江北抽了抽嘴角。

原初悦：“顾禾根本不觉得我是一个可爱的妹妹。”

“可你就是很可爱啊，我觉得你可爱到爆了！”

孟江北认真地看着原初悦，原初悦心跳猛地快了一拍，她连忙挪开视线，心里却酸酸涩涩的，情不自禁地道：“你要是知道我是什么样的人，肯定就不会觉得我可爱了。”

“我知道啊。”

“不，你不知道。”原初悦试图用一本正经的表情来遮掩心底的酸涩，“社联的人都知道，我原初悦个性嚣张狂妄，尤其擅长翻脸不认人。我现在还认识你，指不定过几天我就不认识你了。”

原初悦越说声音越低。

孟江北斩钉截铁地道：“不可能，你肯定能认出我来的。”

原初悦勉强笑了笑，挥了挥手用一种开玩笑的口吻道：“男人说的话都是放屁，你就当女人说的话也都是放屁吧。”

孟江北却较真了起来：“不，我孟江北从不放屁。”

话音刚落，一股奇怪的气味弥漫开来。

小橘爬了起来，慢悠悠地往一旁走去，晃着肉乎乎的屁股。

孟江北这一队和顾禾那一队以积分并列第一的成绩双双进入决赛。

今年全国大学生数独挑战赛的决赛定于复赛结束后的第三天，在A市举行，复赛选出的九支队伍和去年前三名保送的队伍，一共十二支队伍会一同征战在决赛的舞台上。

因为和“合页数独”的合作，有了网络这个充满着各种机会的推广平台，今年挑战赛得到了有史以来最高的关注度。无论是数独界业内人士，还是广大吃瓜群众，都对这次挑战赛给予密切的关注。毫无疑问，能够在今年的挑战赛中脱颖而出的选手，势必会获得比以往任何一届更高的人气。

如此火的热度，意味着更多的挑战，也意味着更多的机遇。

GK 公司早就有涉足数独界的计划，意识到今年挑战赛不同于往常的热度后，GK 公司高层紧急开了个会议，觉得挑战赛后是推出他们公司新成立的数独战队的最好时机。

当然，这个好时机的前提是，战队的成员能够取得挑战赛的冠军。

齐逸声自然也明白这个道理。

有了 GK 公司的支持，齐逸声在学校附近租下了一套公寓，公寓被改造成宽敞明亮的大开间，方便他们进行日常的训练。

游望、杨朔和路书瑶三人之前在齐逸声的介绍下，也和 GK 公司签署了临时协议，只等他们在挑战赛一举成名后便签署正式协议，以偶像战队的形式被推出去。

四人聚在公寓里，得知 GK 公司马上就要推出数独战队这件事后都有些激动。

有了公司的支持，就意味着他们完全没有后顾之忧，他们没必要像其他的大学生一样，毕业后发愁未来的发展前景，他们完全可以全身心地继续投入数独比赛上。

相比其他三人的激动，齐逸声有些冷静，他拿出资料。

“去年挑战赛团体赛前三名分别是东齐、启元和宁大，启元自不必说，他们学校去年参赛的都是大四的学长，今年早已经毕业，今年报上去的是另外几人。虽然他们社员的实力很不错，但是启元并没有比较出众的女性选手，我觉得问题不大。宁大倒是有个厉害的女性选手，但是他们综合实力不行。”

齐逸声在那一张纸上画了几下：“我们要注意的是这三支队伍。”

“顾禾，就不用我多介绍了，合页 APP 上有名的‘菜鸟杀手’就是他；他的队友周霖也是这几年小有名气的数独选手；张子瑜，启元数独社的种子选手；龙琪琪，听说是个特长生，去年才开始接触数独，但是实力也不容小觑。”

“隔壁 C 市 C 大的战队，徐洁柔，去年世界数独锦标赛 B 队选手；秦江，去年挑战赛个人赛季军；周天祥，在今年中国数独锦标赛上得到‘标准数独王’称号的选手；唐擎，大一新生，数独新人王。”

“还有……”齐逸声敲了敲桌子，生硬地扯了扯嘴角，声音低沉，“这可是我们的大熟人。”

齐逸声圈起来的那一部分，孟江北等人的名字赫然在列。

齐逸声闭了闭眼："GK公司给我们设立的最低要求是挑战赛的前三名。"

经过齐逸声这么一说，方才还有些激动的三人热情都冷却了下来。

抛去其他几支队伍不提，齐逸声拎出来的这三支队伍的实力都不容小觑。

杨朔开口道："获得冠军有点难度，我建议我们把目标改成前三名。"

宽敞的公寓里陷入了一片沉默，安静得能听见墙上挂钟发出的"嘀嗒嘀嗒"的声音。

良久，齐逸声才开口了。

"前三名可以。

"但孟江北他们，必须输。"

402训练室，韩录在键盘上敲击了几下，点出一个页面，打了个响指："决赛的安排出来了。"

挑战赛的初赛和复赛都是采用网络答题加摄像头实名认证的方式，决赛自然不可能还采用这种形式。挑战赛的举办方经过和"合页数独"商谈之后，决定决赛采用线下比赛的方式。"合页数独"公司赞助相应数量的电子设备，抛除了以往纸质答题的模式，采用电子答题方式，同时会进行全网同步直播。

进入决赛的一共十二支队伍，举办方将十二支队伍分成A、B两组，在决赛现场进行当场抽签，A组与B组随机匹配进行1V1团体对抗，按照积分选出前四名的队伍进行最后的总决赛。

分组信息今天已经在官方网站上公布了出来。

孟江北一队被选入了A组，同在A组的还有顾禾一队。

程侑遗憾道："看来第一轮决赛遇不到顾禾了。"

被分在同一组也就意味着，第一轮决赛无法与同组的队伍PK。

温宇飞仔细地扫了一眼分组信息，扯了扯嘴角笑道："巧了，齐逸声他们被分在了B组。"

韩录："虽然比赛的题型还没有出来，但是按照历年的经验和当前各大赛事团体赛的比赛题型分析，不外乎就是轮转接力赛和字母关联赛两种形式。"

"万变不离其宗，无论是哪种形式，归根究底还是数独，只要是数独，我相信你们都能拿下。"温宇飞说道。

为了确保挑战赛的决赛顺利进行，举办方这次在郊区的奥林匹克体育中心租下了一整层的场地，请来了专业的人士布置场地，“合页数独”也提供了技术支持。场上的大屏调试、选手用到的答题设备以及直播安排，基本都是“合页数独”和举办方确认后精心布置的。

这次比赛阵仗巨大，观众坐满了观众席。举办方还请来了去年世界数独锦标赛的中国队带队老师许孟以及中国数独协会名誉主席田君来当主裁判，另外还从数独协会请了六位成员来协助裁判。同时，还请了有名的快嘴主持人苏秦来活跃气氛。

苏秦的夫人是数独女将第一人岑佩佩，无论是从数独的专业性，还是主持的灵活度来看，苏秦都是这次挑战赛的决赛最合适的主持人选。

虽然东齐数独社只有孟江北四人参加了这次团体赛，但是还有三人进入了个人赛的决赛，所以温宇飞租了一辆小型巴士，召集大家七点半在学校东门会合，统一前往比赛场地。

说来也巧，在进场的时候，孟江北四人正好和齐逸声他们走了同一个通道，验证件的工作人员看清双方递过来的证明后，笑道：“哎呀，你们都是东齐大学的呀？东齐可真是厉害，今年团体赛决赛都进了两支队伍。”

工作人员丝毫没看出来两方人马平和表象下的暗潮汹涌，在验完了材料，将号码牌发给他们时，还冲他们眨了眨眼：“我给你们安排了相邻的候场区哦，比赛都要加油呀。”

比赛场地是室内场所，呈同心圆的构造，中心的小圆是一个高高的平台，四周的阶梯观众席围绕着中心平台铺开，形成了一个大圆。

东南角的前排观众席用醒目的红色带子圈出了一大片区域，用作选手们的候场区。因为工作人员“善意”的贴心安排，孟江北一队和齐逸声一队正好坐在 A、B 两组的交界区，两队的座位紧挨着。

九点刚过，一段激昂的音乐过后，苏秦活力满满的声音响彻整个会场。

“亲爱的各位来宾、喜欢数独这个奇妙的数字游戏的观众朋友们，以及坐在等候区迫不及待地想要上场向大家展示一到九这九个数字能创造出无限可能的选手们，大家上午好！我是本次挑战赛决赛的主持人苏秦！”

苏秦说了一长段俏皮的开场白后，又顺势介绍了两位评委，节奏把控得又快又稳，丝毫不拖沓。他将话筒递给了田君：“接下来，让田主席为我们介绍一下今天第一轮决赛的比赛规则。”

田君接过话筒，也不寒暄，直接干净利索地介绍了起来：“今天的比赛方式是——障碍赛。”

障碍赛？

不只场上的观众一头雾水，就连候场区的选手们大多也是面面相觑。

什么叫障碍赛？他们也是第一次听说啊。

田君推了推眼镜，笑了笑：“大家应该也都知道，今年团体赛的比赛形式和往年相比有很大的不同。而最大的不同，就是在人数方面增加了一人，从往年的三人团体，增加成了四人团体。团体赛决赛的比赛方式，则是在这人数增加的基础上进行了一定的修改。往年的团体赛不外乎分为两种比赛方式——轮转接力赛和字母关联赛。

“大家应该也能看到，今年进入决赛的十二支队伍被分成了A、B两组，待会儿我们会当众抽签，从A、B两组各抽出一支队伍来进行对抗赛。选择出队伍后，会由许孟老师在题库里随机选择题目，从而决定这两支队伍是比拼轮转接力赛还是字母关联赛。”

“说到这里，你们一定很好奇，不是说今天的比赛是障碍赛吗？那么障碍究竟在哪里？”田君神秘一笑，“障碍，就在这第四人身上。

“按照往年的规矩，无论是轮转接力赛，还是字母关联赛，都是三人参加，今年自然也不例外。所以，团队里的第四人，就是这所谓的‘障碍’。

“在每次比赛开始前，团队必须推选出一名成员来当这‘第四人’。‘第四人’参与的项目类似于个人赛，系统会提供专门的题库，在团队三人进行他们比赛的同时，‘第四人’也同步进行他们的个人赛。

“‘第四人’每成功完成一道题目，都会对另一方的三人团体造成一定的‘障碍’。

“拿轮转接力赛来说，‘第四人’完成一道题目，便可以对对方三人已经填写的任意一个格子做任意修改，请记住，是任意修改。

“而字母关联赛，我们这次比赛提供的题库当中，字母并不是都具有正确的关联，这时候需要团队的‘第四人’完成他们的题目，来帮助队友进行字母关联的排查。

“今天比赛的规则就是这样，那么，祝大家好运。”

规则一出，候场区的选手们的神情都有些凝重，大家沉默不语都有些忐忑不安。

人类对于不熟悉的未知事物，都是抱有恐惧心理的。

苏秦接过话筒：“如大家所见，比赛场被划分成了六个区域，接下来就请许孟老师上场抽签。”

选手们都提着一口气屏气凝神地看着大屏幕上显示的结果，无论怎样，匹配到实力弱点的选手对他们来说都是优势。

舞台正前方的巨大显示屏上一点一点地显示出了抽签的结果——

“第一区域，A组章平队对B组宁小西队，比赛题型，轮转接力赛。”

“……”

“第四区域，A组顾禾队对B组许江江队，比赛题型，字母关联赛。”

“第五区域，A组孟江北队对B组齐逸声队，比赛题型，轮转接力赛。”

“……”

“抽签结果就是这样，请各位选手做好准备，选出队伍的‘第四人’，十分钟后上台开始比赛。”

冤家路窄，狭路相逢。

候场区A、B区的交界处，孟江北侧头，与齐逸声的视线不期而遇，孟江北扯了扯嘴角，笑得漫不经心：“真巧啊。”

齐逸声的笑容有些僵硬：“呵呵，是啊，真巧。”

哪怕对孟江北他们抱有再大的敌意和愤懑，但是对于他们的实力，齐逸声身为数独社前任社员心知肚明。决赛第一轮的第一场比赛就遇到了实力这么强劲的对手，对他们来说并不是一件好事。

上台的路上，韩录问：“谁来当这‘第四人’？”

程侑分析：“对于轮转接力赛来说，这个所谓的‘障碍’其实是一个心理战术。‘第四人’能够对对方已作答的格子进行修改，那么我猜测‘第四人’需要完成的数独题的难度相当高。”

孟江北赞同程侑的这个观点：“能够对对方造成障碍固然很重要，但是这个比赛更重要的是，尽快并且正确地完成轮转接力赛。”

韩录接话：“‘第四人’无疑是一个出风头的最好机会。”

三人对视一眼，默契地看向原初悦。

对于原初悦的努力和实力，这段时间内他们都是有目共睹的，将给对方添堵的这个好机会让给原初悦，他们也都能够放心。而原初悦，也需要一个合适的舞台，向大家展示她真正的实力和风采。

韩录说得真心实意：“论起添堵的本事，我投原初悦一票。”

程侑：“附议。”

孟江北：“加一。”

原初悦：“？？？”

孟江北这边做出了决定，而另一边的齐逸声一队也在讨论“第四人”这个事情。

游望看了看其他三人的表情，终于忍不住，低声说了一句：“这个‘第四人’，能让我当吗？”

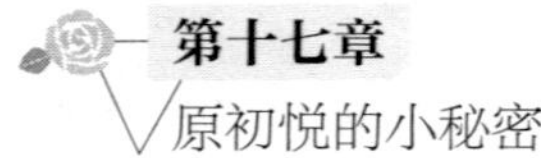

第十七章 原初悦的小秘密

“合页数独”为这次比赛能顺利进行做了万全的准备。

他们不仅为比赛准备了全套的电子设备，为了避免场外观众发出的声音对比赛选手造成影响，还准备了市面上效果最好的隔音降噪耳机。

正中央的比赛舞台被划分成六块区域，每块区域又被分成了红、蓝两块，呈中心对称的太极形状。每一块稍窄的那一头摆了一个座位，另一头则摆了一张圆桌是另外三人的座位。

在万众瞩目中，十二支队伍的选手依次登场，被选出的“第四人”坐到了太极窄头的那个座位，剩下的三人则坐到了另一头的圆桌座位上。

每一块区域都有一名裁判实施监督，田君和许孟作为总裁判，拥有自由穿梭每块比赛区域的权利。电子大屏幕上出现了比赛场地的俯视全景，苏秦则站在电子屏幕的正前方，慷慨激昂道：“比赛倒计时一分钟即将开始，请各位选手做好准备！”

自从确诊了“面孔遗忘症”之后，原初悦就很少参与人数众多的活动，尤其这次她不是观众，而是作为选手站在舞台的中央、视线的焦点，一眼扫过去，场内满满当当的都是看不清面容的人，她突然有些紧张，下意识地望向左侧。

今天是正式的比赛，在温宇飞耳提面命下，四人没有穿自己的常服，勉为其难地穿上受到大众吐槽的“火锅风”社服。

大概是觉察到了原初悦的目光，孟江北微微侧头，就和原初悦的视线对上了。两人隔着两米不到的距离，孟江北冲原初悦眨了眨眼，又高举双手夸张地挥了挥，原初悦移开视线，低头时颊边却漾起一个小酒窝。

原初悦戴上耳机，隔绝了外界一切声音，此刻她眼里的世界只有眼前这一方窄窄的电子屏幕。屏幕上出现了十秒倒计时的动画，她调整了下自己的呼吸，双手放上了桌面。

“十——”

“……”

“三——”

“二——”

“一——”

全国大学生数独挑战赛决赛第一轮第一场比赛，正式开始。

正如程侑猜测的那样，“第四人”的数独题目难度系数十分高。

至少在原初悦日常的训练中，她很少遇到难度系数如此高的数独题。显然，觉得题目难度系数极高的并不只是她一个人，其他十一位“第四人”在看见系统给出的第一道数独题后，脸色都有些难看。

苏秦在一边活跃气氛，拉着许孟道：“许老师，这次‘第四人’的数独题难度是怎样的一个水平？”

许孟意味深长道：“这次‘第四人’的题库是数独协会精心挑选出来的，就拿我来说，想要完成一道题，平均花费的时间大约为十分钟。”

众人哗然。

众所周知，轮转接力赛一轮时长为半小时，按照许孟给出的这个时间，满打满算“第四人”也只能给对方造成三个障碍。当然，这还是拿许孟的数独水准来做比较，而在场的选手都是大学生，又有几个的水准能比得上许孟的？

说句诛心的话，场内的选手们能够在半小时内完成两道题就已经算实力十分出众了。

原初悦此刻并不能听见场外的观众对于这次数独题的难度系数的讨论，她的世界一片清静，眼睛只能看见电子屏幕上的那道数独题。

这是一道标准数独题，虽然一眼扫过去平平无奇，但原初悦试探着分析了一下，觉得这道题并不简单。

并不能单靠逻辑解开这道题，无论是摒除法还是唯余法，都无法得到这道数独题的正确答案。

时间一分一秒过去了，原初悦面前的九宫格空着的格子却仍旧没有被填上。

她闭了闭眼，让自己冷静下来。

这道题难，更难的在于，比赛举办方并没有提供纸笔等辅助工具，他们只能在脑海里算出这道题的正确答案。

原初悦试图去做，却在填到第六块格子的第七个小格卡住了。

不对，答案不对。

原初悦果断地点了清除键，将她之前所填的格子全都清空。

原初悦的这一举动无疑引起了一些人的注意。

苏秦“咦”了一声，而摄像师显然也发现了原初悦的这一举动，将镜头凑近，大屏幕上出现了原初悦的答题画面。

苏秦指着屏幕道：“这位同学是按错了吗？在这么重要的决赛关头，犯下这种错误，太可惜了吧！”

许孟：“或许不是。”

苏秦虚心请教：“哦？许老师似乎有话要说？”

许孟笑道：“她的答案是错的。”

苏秦一脸迷茫：“啊！错了吗？刚刚我没有看到……不过，如果是错了的话，也没必要全部清空吧。”

许孟摇了摇头，解释道：“有些时候，与其花时间去回忆排查究竟是哪一步错了，还不如从头开始，尤其是难度系数很大的题目，需要花费大量的时间去回忆是从何时开始出错的。”

苏秦恍然大悟。

摄像师并没有给原初悦太多镜头，很快就切到了其他人的身上。

苏秦道：“看来其他人都很顺利呢。”

许孟：“今年挑战赛的参赛选手水平都很高，对于他们来说，无论是轮转接力赛，还是字母关联赛，想必之前都训练过很多次，应当是得心应手了。这个时候考验的就是他们的临场发挥能力，以及……”

许孟止住了话头，苏秦默契地接了上去：“‘第四人’发挥障碍的作用。”

许孟点头。

苏秦在这时又“咦”了一声，有些激动：“许老师，你看，有‘第四人’提交答案了！”

大屏幕正好切到游望的答题界面，他点击了提交按钮。

许孟挑了挑眉。

游望强行按捺住自己的激动，瞪大了眼睛等待着系统的判定。

三秒过后，系统提示——作答失败。

满场都是遗憾的哗然声。

按照比赛的规定，作答失败后，系统会从题库里筛选出另一道题让选手重新作答。

而这次失败明显给游望带来了不小的影响，他咬着唇，下意识地看了一眼另一头的原初悦。原初悦的神情没有任何变化，也没有注意到游望这边的动静。

游望努力让自己镇定下来。

他还没有输——

此时的原初悦正全神贯注地在脑海里构造数独的世界，浩瀚无边的脑内世界被划分成了九九八十一个格子，空中飘浮着无数个闪着光的数字，数字与九宫格发生激烈的碰撞。

就算是再难的数独题，都有它的软肋，只要找到这个软肋，一切数独难题都能够迎刃而解。

在哪里——

那个魔术格在哪里——

一个又一个的数字像飞蛾扑火一样撞上闪烁着星光的九宫格棋盘，在其中两个数字落入到两个格子里时，整个九宫格棋盘突然发出耀眼绚丽的光芒。

找到了！

原初悦精神一振，手上动作加快，迅速点击着电子屏幕。

只要找到了魔术格，一切的难题都能转化成可以轻易解答出的基础题。

原初悦手指如飞，在比赛刚过十一分钟时，她点击了提交按钮。

镜头再一次转向原初悦的作答页面。

一秒的系统判定时间很短，但是有时候又像一万年那么长。

原初悦眨了眨眼，电子屏幕跳转，系统提示她可以对齐逸声一队尚未提交的任何一道题做出任意一个格子的答案修改。

原初悦心中早就有了计划，她选择了下一轮即将转移到齐逸声手中的一道题，点击了确定按钮。

众人看到了原初悦所做的修改，又是一片哗然。

苏秦惊讶，因为有了前车之鉴，这次他不确定道：“这……应该不是她的失误操作吧？”

许孟露出赞赏的表情，扶了扶鼻梁上滑落的眼镜，笑道：“现在的年轻人，可不简单哪。”

一分钟后，原初悦修改的那道题落到了齐逸声手中。

这是一道完成度趋近于百分之百的对角线数独题，经过“第四人”修改的题目上方会有明显的红色标志，齐逸声看到这道题时神色一凛，他快速地扫视着这道题，企图找到原初悦修改的痕迹。

没有……

竟然没有。

不可能！

时间过了半分钟，齐逸声找了两遍都没有找到原初悦修改过的格子，他额头微微冒出一点汗，当机立断，迅速点了全部清除的按钮。

许孟关注着这边，叹了口气：“可惜了……”

原初悦的完成就像一个开始，之后陆陆续续又有“第四人”成功完成了第一道题。

然而这次题库挑选出来的题目难度系数实在是太高了，等到比赛结束，能够完成两道题的也才两个人而已。

其中一个人是原初悦，另一个就是游望。

虽然有系统能够做出判定，但是许孟和田君作为裁判，还是一一比对了每一组的答题情况。

田君宣布第一轮的比赛成绩——

“第四区域，A 组顾禾队胜；第五区域，A 组孟江北队胜……”

如果要给挑战赛决赛的第一轮比赛评个最佳选手的话，原初悦当之无愧。

比赛结束后，等待退场的时候，温宇飞忍不住冲了过去，笑得见牙不见眼，对待原初悦的态度更是殷勤。他冲原初悦比了个大拇指，觉得一个大拇指无法表达自己的诚意，又伸出了左手大拇指。

“原学妹，你真的是这个！别的暂且不说，就说你第一个障碍给齐逸声挖的那个坑，可真是绝了！”

原初悦的表情很是傲娇：“淡定，正常操作。”

温宇飞“嘿嘿”笑着：“第一轮比赛结束了，你们今晚就别练习了，回去好好休息，最后的决赛也肯定没有问题的！”

决赛共分为两轮，第一轮选出前四名的队伍进入第二轮的决赛。

按照今天的积分，进入最后决赛的四支队伍分别是孟江北一队、顾禾一队、徐洁柔一队以及齐逸声一队。

温宇飞已经彻底放下了一颗心，他也不想给孟江北他们太大压力，干脆道：“就冲你们今天的表现，就算拿不到冠军，你们在我心里也是第一！”

孟江北瞥了温宇飞一眼：“你对我们没有信心？”

“当然有！”

孟江北道：“那就不要说这些违心的话了，老温，做人要真诚一点。”

另一边，齐逸声快要咬碎一口牙了。

他们输了，而且输得还很难看，足足比孟江北他们晚了三分钟才提交答案。

快要下场的时候，齐逸声终究还是没忍住拦住了原初悦，他问：“那一道题……你究竟是改动了哪里？”

原初悦狡黠地眨了眨眼：“哦，你说第一道题呀……”

原初悦故意拖长了声音，吊足了齐逸声的胃口才慢吞吞地道：“我什么也没改呀。”

齐逸声失声道：“怎么可能！”

“怎么不可能？比赛的规定是可以做任意修改，谁也没有规定这个‘任意’不包括不修改呀。”

路书瑶担心地看着齐逸声，低声道：“逸声……”

齐逸声神色晦暗不明地看着原初悦等人离去的背影：“放心，这次比赛……他们赢不过我们的。”

游望站在阴影里，低垂着头，握紧了拳头。

如果不是原初悦……

不是她抢走了风头……

今天的比赛，他毫无疑问会是表现最亮眼的那一个。

一切都是因为原初悦。

路书瑶开口道：“没事，只要进了第二轮决赛，第一轮的积分就不作数了，我们就算第一轮是第四名，等到了下一轮还是同一条起跑线。”

杨朔却没这么乐观：“前面三队的实力太强了。”

游望突然道：“杨朔，你是不是有个室友是表演系的？”

杨朔愣了愣："是的。"

齐逸声却明白了游望的意思，他想起今天 GK 那边交给他的调查资料，里面有几行字可是相当有意思。

齐逸声道："听说他在 CV 界小有名气，十分擅长模仿别人的声音。"他看着原初悦的背影，勾出一抹阴恻恻的笑，"晚上约你室友出来吃个饭吧。"

路书瑶顺着齐逸声的视线看了过去，欲言又止，终究还是什么都没有说出口，低下头叹了口气。

原初悦没想到上完选修课后，在回家的路上会遇到"孟江北"。

她刚走到校园的主路拐弯处时，有人在她肩膀上拍了一下。她回头，视线落到了面前那人胸口的"孟"字上："嗯，孟江北？"

那人开口了："我想了想，还是有些话要对你说，你能不能跟我去一个地方？"

而另一边，孟江北收到了一条微信消息，来自路书瑶。

信息是一个地址。

第二条微信消息随后发了过来。

"原初悦有危险，速去。"

原初悦觉得"孟江北"不太对劲。

具体是哪里不太对劲，她也说不出，穿着打扮是一样的，声音似乎也是同样的，人应该还是相同的，可是给她的感觉有些微妙的不同。

"孟江北"拍了拍原初悦的肩膀，声音没有什么太大的情绪，说道："我想了想，还是有些话要对你说，你能不能跟我去一个地方？"

"孟江北"像是笃定了原初悦不会拒绝，还伸手去拉她的手。

肌肤触碰的那一刻，原初悦觉得有些不太舒服，她下意识地缩了缩。"孟江北"露出疑惑的表情看向她，表情坦然："嗯？怎么了？"

大概是她多想了吧？

原初悦摸了摸鼻子："去哪儿？你带路吧。"

"孟江北"一路上都没有怎么说话，现在已经晚上八九点了，东齐的选修课有一部分都是在晚上进行，这个点儿正是下课的时候，学校的主路上人也不少。但是"孟江北"也不知道是怎么挑的路，一路走过来都没见到什么人。

原初悦看着“孟江北”的背影，忍不住开口了：“你想跟我说什么？”

原初悦停下了脚步，“孟江北”打量了一下周围的环境，这里地方偏僻，基本不会有什么人过来。他酝酿了一下，才开口道：“关于明天的比赛，我有点事情想跟你说。”

原初悦歪了歪头：“比赛？明天不就是最后一轮比赛了吗？”

“嗯。”“孟江北”站在阴影里，声音低沉听不出任何情绪，“明天的比赛，我想要输。”

“输？”原初悦皱了皱眉，“你是什么意思？”

“孟江北”：“没什么意思，数独社有温宇飞那样子的社长，我实在是待不下去了。等这次挑战赛结束后，我就会退出社团。我的实力无论是韩录还是程侑都太了解了，要是放水太明显他们肯定会察觉到，所以想要输掉比赛，只能靠‘第四人’也就是你的配合。身为我的女朋友，你一定会帮助我的，对吧？”

原初悦：“？？？”

女朋友？

原初悦再一次仔细地打量“孟江北”，花里胡哨的卫衣，胸口标志性的“孟”字，一米八三的个子，匀称的身材……似乎没有哪里不对。

原初悦笑了一声，状似漫不经心地道：“也是，就冲我们今天第一轮决赛的成绩，哪怕最后的决赛拿不到冠军，我们的表现也足够精彩了。”

“孟江北”似乎松了一口气：“是啊，我们的表现已经足够精彩了，哪怕拿不到冠军也……”

原初悦打断“孟江北”的话：“之前那晚吃烧烤的时候，我送你的礼物你喜欢吗？有好好收着吗？”

“孟江北”不明白原初悦为什么突然绕回了礼物这个话题，但还是耐心地回道：“我很喜欢，毕竟是你精心挑选出来的，我一直好好保存着呢。”

原初悦“哦”了一声，听到“孟江北”的这个回答却心惊肉跳了一下。虽然心沉了下去，但她努力让自己冷静下来：“那五天后的第二轮决赛，你会戴上那顶帽子吗？”

“当然会。”

原初悦扯了扯嘴角：“那最好了，毕竟绿色的帽子可不好找。”

原初悦稳住心神，强装镇定道：“那就先这样，没什么事，我就先走了。”

“孟江北”在身后问：“那明天的比赛……”

原初悦却没有什么心思回答这个问题，急匆匆就要走，“孟江北”下意识就想去拉她。她想也不想，伸手就甩掉“孟江北”的手，动作粗暴，拒绝的意味十足。

“孟江北”愣了，似乎察觉到了什么：“你……”

眼下夜色渐深，周围又僻静得看不见别的人影，原初悦有些慌张，受到环境的影响，感觉到身后那个“孟江北”要追上来，她下意识就加快脚步跑了起来。

原初悦这个反应已经很能说明问题了，“孟江北”神色一暗，快步上前抓住了原初悦，伸手一推，就将她推到了墙壁上，牢牢地禁锢住她。

原初悦瞪大了眼睛，脑子已经乱成了一团糨糊，凭借着毅力才从那团糨糊里分离出了一丝清明。她咽下脱口而出的尖叫声，努力冷静下来：“你干什么？”

“孟江北”眯了眯眼：“我的女朋友要回去，我只是想送一送。”

原初悦咽了咽口水：“明天还要比赛呢，就不用送了吧……”

“那吻别总是要有的吧？”

“孟江北”说着，越靠越近，原初悦再也忍不住，伸手用力地打了过去。“孟江北”早有准备，在拳头落到脸上之前就往后退开一步躲开了，他笑了笑：“怎么能对男朋友这样子呢？”

原初悦红着眼眶看着他没有说话。

“孟江北”耸了耸肩：“我本来也不想这么做的……还好他们给了我两个解决办法，既然软的不行，那就只能来硬的了。”他说着，视线落到了原初悦的手上，“放心，我有分寸，最多让你休养个两三个月就能痊愈。”

手骨折了，就算再厉害，答题速度总会受到影响。

男人一步一步逼近，原初悦想要反抗，挥拳攻击过去，但是男女力量相差悬殊，再加上原初悦心慌意乱，就算有格斗技巧在这时也无法发挥出来，她的拳头被男人轻易给抓住。

“乖乖的，很快就好。”

感觉到握住自己拳头的手力量加大，原初悦想要缩回手却发现动也动不了。她睁大眼睛想要喊，这时一个黑影冲了过来，一拳就把那男人打倒。

孟江北喘着粗气，表情凶狠地瞪着那男人：“滚！”

男人嘴角溢出一丝血，他还想做出下一步的动作，却在看见孟江北身后角落里站着的人影时犹豫了。他低下头“啧”了一声，终究还是心不甘情不愿地走了。

孟江北回过头去看被自己护在身后的原初悦，脸上凶狠的表情还来不及收起：“你怎么样，没……”

话还没说完，一记拳头已经砸上了他的左脸，正中红心。

“我不知道你是谁，请你离我远一点！”原初悦红着一双眼，身体微微颤抖，色厉内荏地瞪着孟江北。

孟江北来不及去处理脸上的伤，看到这副模样的原初悦心中一痛。

齐逸声那个浑蛋！

孟江北想要去抱原初悦，却在看到她摆出抗拒的姿态时缩了回来。他慌张地从口袋里掏出手机，手指颤抖着点开微信界面。

“你看，是我啊，孟江北啊！这是我的微信，你看，我不是别人，我是孟江北！”

原初悦依旧防备地看着他。

孟江北只觉得像是有一只手用力地攥住了他的心脏，疼得无力呼吸。他咬了咬牙，接下来的话是用从心底抽取出来的力量支撑着说出来的。

“我是孟江北，是目睹了你把我的照片当成程侑的照片设成手机屏保的孟江北，是在 402 里玩舒尔特方格时输给你却逼着老温把偷拍的照片传给我的孟江北，是傻乎乎自作多情地以为你喜欢我的孟江北，是明明讨厌跳舞却陪着你去参加化装舞会的孟江北，是明明很喜欢你却要面子假装不喜欢你的孟江北，是装瞎子在你家门前路过的孟江北，是很喜欢很喜欢你想要你一眼就能看见我的孟江北，是穿得花里胡哨的孟江北，是、是喜欢你很久了的孟江北。”

原初悦抬起头看孟江北，之前不对劲的那些蛛丝马迹在这一刻连成了一条线，戳破了那层掩盖住真相的薄纸，她抖着唇：“你知道？”

孟江北顶着左脸上的瘀青，一脸认真道：“我全都知道。”

原初悦快速地眨了眨眼，轻声道：“哦，原来你全都知道……”

在面对那假孟江北时，原初悦还能强装镇定。然而现在，原初悦却发现自己再也无法假装了，孟江北那句“我全都知道”，就好像一个接一个的巨浪，凶猛地朝她拍打了过来。

第一个巨浪拍过来的时候，她还能坚挺着不倒下去。

然而接下来第二个……第三个……

原初悦坚持不住了，她心中藏了那么久的委屈、愤懑、不甘和惶恐，再也藏不住了，她也不想再藏下去了。

原初悦突然发起攻击，将孟江北压在了墙壁上，两只手死死地攥住了他的胳膊，让他无法动弹。

孟江北第一次知道，原来原初悦的力气也可以这么大。

孟江北刚想要开口，低头对上了原初悦的视线。她凶狠地瞪着他，大颗大颗的眼泪却掉了出来。

孟江北的胳膊被勒得很痛，可是他的心更痛。

原初悦……在害怕。

原初悦死死地瞪着孟江北，自己都没有意识到自己在语无伦次。

“你都知道，你们全都知道？

“为什么会知道呢？我明明掩饰得这么好，到底是哪里出错了呢？

“哦，一定是因为我不够好吧？就是因为我什么都做不好，舞跳不好，妈妈不喜欢我；数独做不好，爸爸也不喜欢我；到后来哥哥也不喜欢我，连一个病我都藏不好，我真没用。

“那个人是谁，他为什么会知道，为什么要针对我，是不是因为我很讨人厌？

“你都知道了，为什么还假装不知道逗我玩？说什么喜欢我，一定也是在逗我玩对吧？你也很讨厌我是不是？看我这样，你是不是觉得很可笑？

“我就知道，我果然不是一个会讨人喜欢的人。

“大家都不喜欢我才是应该的。

“我明明答应了爸爸，不会让这个病影响到我的生活，不会让别人知道原大师的女儿是个连人都认不出来的废物。原初悦应该是优秀又漂亮的天之娇女啊，怎么会有这样的污点。

“所以你为什么会知道？你告诉我，到底是我哪里做得不够好。”

“我知道了，这一定是我在做梦，我在做噩梦……”原初悦这时却诡异地平静了下来，她收回了手，絮絮叨叨着，“我知道了，是在做噩梦，我要回去躺着，等睡醒了，梦也就醒了……”

原初悦自言自语着，绕过孟江北就要走。孟江北突然有一个强烈的念头，要是在这个时候再不做些什么，以后就真的什么也不用做了。

在原初悦和他擦肩而过时，孟江北伸手抱住了原初悦，动作强硬不容置疑。

原初悦身体一僵。

孟江北紧紧地抱住了她，千言万语涌上心口，却一个字都说不出来，只能一遍遍地重复道：“你很好，你值得别人喜欢，认不出来人又有什么关系？”

原初悦扯了扯嘴角，声音嘶哑着道：“有什么关系？那我永远都认不出你也没关系吗？”

“你认不出我不要紧，我的眼神很好，看得很清楚也能看得很远，我认识很多做原创服装的朋友，我能够穿得更加花里胡哨。你不需要记得我的脸，你只要记住人群里最花里胡哨最显眼的那个永远都是我。你只需要站在原地，我就会奔向你，大声地告诉你‘我是孟江北’。原初悦，你可以不往前走，你也可以后退，但是请你走得慢一点可不可以？我会很努力很努力地跑向你，我会快一点，更快一点，总有一天我能够抓住你。

“你做不到的，我都可以做到。

“你只需要记住，有一个人叫孟江北，正在快马加鞭地奔向你。

“你能不能……再等等我呢？”

原初悦攥紧了拳头：“你抓不到的。”

孟江北语气坚决，深色的眸子闪烁着亮光：“不，我能，我可以。”

孟江北将原初悦送回了家。

一路上两个人都一言不发，原初悦回到家，就迫不及待地关上了门，将孟江北关在了门外。

原初悦明显的抗拒表现并没有让孟江北立马离开，孟江北在原初悦家楼下的绿化带的石阶上待了好一会儿，直到二楼卧室灯光灭了，他才扭了扭蹲得有些发麻的脚踝站了起来。他走出几步，突然朝着前方说了一句：“还不出来吗？”

前方拐角的阴影里走出一个人，他往前一步，灯光照亮了他的面容，赫然是白天才刚见过的顾禾。

顾禾神色淡淡地站在孟江北的面前，孟江北活动了下筋骨，开口道：“你跟了我们一路，就没话想说吗？总不能是恰巧路过吧？”

顾禾没说话，视线越过孟江北看向他身后的房子，那是原初悦的家。

孟江北扯了扯嘴角，道：“我觉得你这人有些奇怪，明明都说了什么再也不想见面的话，但我现在瞧着，你分明就很关心原初悦呢？无论是合页 ID，还是今天的事儿，都不应该是一个对原初悦漠不关心的人应该知道的事情。”

顾禾终于开口：“原初悦都跟你说了？”

孟江北的表情说明了一切。

顾禾垂下眸子：“时间不早了，回去睡觉吧。”

顾禾要走，孟江北开口喊住了他：“去年的网络数独大赛，你不是意外掉线错过了决赛，而是故意掉线的吧？”

顾禾没有隐瞒，回答得十分坦诚：“是。”

孟江北很肯定道：“你一开始就知道原初悦的合页 ID。”

顾禾露出无奈的神色：“没错，她从小到大都没怎么变过，就连 ID 也和以前玩笔友的时候的笔名一模一样。”

“她还交过笔友？”

顾禾像是想起了什么有意思的事情，笑了一下，嘴角的笑容带着一抹温柔：“是啊，小时候妈妈对她一直都不是很好，还不让我跟她一起玩……”顾禾没有多说，止住了这个话题，“她大概是想要交朋友，所以偷偷交了个笔友，还当我们不知道呢。她不知道的是，她交了五年的笔友其实是我。”

直到八年前，父母离婚，原初悦一夜之间失去了并不疼爱她的母亲、从小的玩伴哥哥以及不知名的笔友。

顾禾明白，这是一件很残忍的事情，可他在这份残忍中出了最大的力。

孟江北耸肩：“所以你能告诉我，为什么你们俩会变成这个样子吗？”

顾禾没说话，孟江北又道：“放心，我不会告诉原初悦。”

顾禾叹了口气，寻了路边的石凳坐了下来。看他的架势，孟江北知道，自己又多了一个了解原初悦的机会。

顾禾看着夜空的月色，开口了，语气带上了一丝惆怅。

孟江北本以为顾禾要说一段很长、的故事，可是真等顾禾开口了，三言两语也就讲完了。

“我不是一个称职的哥哥。

“因为家庭原因，小悦从小就是一个缺乏安全感的孩子，我本来以为我能够给她安全感，可是事情发生了，我却是那个懦夫。

“所有的事情就是这么狗血，她不是妈妈的孩子，是原大师的私生女。她妈妈在生她的时候难产死了，原大师将她抱回了家，我妈也就认了。

“我妈离婚那天我知道了这件事，我不知道该怎么面对她，所以我选择了逃避。我甚至把父母离婚的错都归咎于她的出现。

“有些东西一旦出现了裂缝，就算是时间也无法修补。我放不下过去，更放不下当初的懦弱对她造成的伤害。你说我无用也好，错也罢，现在我和她之间的状态，是我认为的最好的状态。”

顾禾没说的是，其实父母离婚之后，他曾经去找过原初悦一次。只不过父亲带着原初悦搬了家，顾禾没找到人，却被母亲给发现带回了家。

母亲什么话也没对顾禾说，只是沉默地在顾禾的房外坐了一晚。

顾禾明白了，在这件事情当中，原初悦是无辜的，可是母亲何尝又不是无辜的？原初悦受到了伤害，母亲受到的伤害又何曾少过？

顾禾想，如果从一开始，母亲不让他接触原初悦，不让他对她好，他要是听了的话，会不会现在就不一样？无论是他，还是原初悦，都能对这件事更容易释怀。

可是世上没有如果。

母亲想要和过去划清界限，顾禾只能做出选择，他选择站在了母亲这一边。

做出选择需要很大的勇气，时过境迁，母亲终于放下了过去，可是顾禾没料到，想要和原初悦和解需要更大的勇气，放不下的反而是他。

对原初悦说过的狠话，他放不下。

对原初悦造成的伤害，他放不下。

他没办法像个没事人一样，若无其事地站到原初悦面前，轻飘飘地说一句“我们和好吧”，就重新获得原初悦的喜欢。

顾禾做不到，所以他只能以最笨拙、最恶劣的态度告诉原初悦——离我远一点。

当你的哥哥，我不配。

孟江北身为局外人，没有资格评判顾禾的对和错，他沉默地听完了顾禾的这番话，开口问道：“你是怎么知道今天晚上会发生这件事的？”

顾禾抿了抿唇：“医院告诉我，前几天有人去调查了原初悦之前出车祸的事情。”

“医院？”

顾禾轻声道：“嗯，出车祸后，她在医院待过一段时间。”

顾禾说得含糊不清，电光石火之间，孟江北却明白了什么。

原初悦缺乏安全感，若是出了车祸醒来后发现自己得了“面孔遗忘症”

会怎么样？

大概……会疯的吧？

顾禾像是猜透了孟江北的想法，低着头解释了几句：“没你想得那么严重，小悦虽然缺乏安全感，但是有时候又很坚强固执。她是不会允许自己因为这个病一直堕落下去的，一开始的那段时间她确实有点心理问题，所以看了一段时间的心理医生，但后来她学会用别的事情来转移自己的注意力。”

“拳击？”

顾禾愣了愣：“你怎么知道？”

孟江北抿了抿唇。

原来那天晚上走夜路，原初悦强装镇定说的“拳击冠军”并不是随口编造的。

顾禾接着道：“这种事情，只要有心人去调查，很容易就会发现蛛丝马迹。”

孟江北深深地看了顾禾一眼。

是啊，有心人。

某些人原来一直在关心着原初悦呢。

顾禾假装没有注意到孟江北这个眼神，接着道：“呵，除了他们，谁会特地去调查这件事？齐逸声他们加入了 GK，GK 做过的那些臭名昭著的事……明知道 GK 做过这些事情，齐逸声还加入这样的公司，他是个什么样的人已经很明显了，他会做出这样的事情让人一点都不觉得意外。”顾禾顿了顿，又补了一句，“他们今天没有成功，怕是不会轻易放弃……我怀疑他们从中作梗，把小悦得病的事宣扬出去，想借此影响小悦比赛的状态。”

孟江北眸子暗了暗。

齐逸声他们的确可能做得出这种事情来。

顾禾该说的也已经说完了，起身道：“真的很晚了。”

“你不去看看小悦吗？”

顾禾垂眸：“看？不必了，最需要的时候我不在她身边，今后也不必有我了。更何况，你比我更合适。

“以后，她就交给你了。

“她并不像你们看到的那么聪明自信，也并不勇敢……”

孟江北打断道："小悦是个什么样的人，我希望未来靠自己去了解。"

顾禾低头笑了笑："那么，她就交给你了。"

她能遇上一个有勇气的少年，真好。

温宇飞忍了又忍，终究还是没忍住拉着韩录缩在402训练室的角落嘀嘀咕咕："我说，你们之间是有什么特殊的仪式吗？比如输掉一场比赛就让一个人剃掉光头什么的……"

温宇飞一边说着，一边拿眼神偷偷瞥向孟江北的方向。

韩录想了想："这大概是爱情的仪式吧。"

温宇飞："？？？"

温宇飞翻了个白眼："还爱情呢，女主角都不出现了。"

距离最后一轮决赛只有五天不到，原初悦却在这个关键时刻闹失踪，不仅不来402进行日常训练，甚至连手机都关机了。

原初悦已经失联整整一天了，约好的训练时间都快结束了，原初悦却仍然没出现。

温宇飞再也坐不住，急得冒火，暂时忘记了孟江北新发型给他带来的冲击，他拉着孟江北絮絮叨叨："原初悦该不会是又后悔了，不想跟我们一起比赛了吧？哎哟喂，我这是造了什么孽，先是认识了你，后来又是原初悦。这种心情就像是坐过山车一样，起起伏伏，赶明儿我是不是要去买个速效救心丸以备不时之需。哎，老孟，你怎么不说话？这不像你啊。"

孟江北抿了抿唇，拿起手机道："我去找原初悦。"

温宇飞追出去问："去哪儿找啊？"

"去她家。"

"去她家干什么？"

"找她跳舞。"

温宇飞："这都是怎么了？"

怎么回事，临近比赛了，一个两个都疯了不成？

温宇飞一脸迷茫地回头去看韩录，却发现向来泰山崩于前而面不改色的韩录脸色微微变了。他拿起手机，冲温宇飞晃了晃，语气冷冽："社长，我想我明白他们是怎么回事了。"

手机界面上，校园论坛里一个新鲜出炉的火爆帖子被顶了上来——

“惊！校园女神竟得了如此怪病！”

原初悦关了手机，在家里睡了一整天。

她本以为自己会睡不着，可事实上，她睡得无比安稳，都没有做噩梦。梦里只有一片白茫茫的雾，她在雾里独自前行，脚下的路看不到尽头。

昏昏沉沉之际，尖锐的门铃声骤然响起，将她从那漫无尽头的混沌中给拉了出来。

原初悦蒙了五分钟，而门口的铃声也响了五分钟。

原初悦最终还是败给了这恼人的铃声，趿着拖鞋下楼去开门，防盗门上的链子她并没有拿开，透过门缝去看门外那人。

那是一个光头。

一个穿着花枝招展、胸襟上还绣着“孟”字的光头。

原初悦一声不吭地打算把门关上，一只手却横了出来，挡住了门缝，她最终还是没狠心地把门给关上。

光头开口了：“开门。”

“是我。

“孟江北。”

原初悦垂下眼眸，神色淡淡：“哦，不好意思，我不认识。”

孟江北左手挡着门，右手在裤兜里掏了掏，掏出一个身份证：“这是我的身份证。”又掏出学生证，“这是学生证。”

最后，他还把手机扔给了原初悦：“手机里的微信信息你都可以查看。”

原初悦抿了抿唇没说话。

孟江北又道：“再说了，没有人像我一样，剃了光头还这么帅。”

原初悦抬眼看去，门口灯光下，那个光头亮堂堂的，十分醒目亮眼。

孟江北又装作漫不经心道：“从今以后，我就是这条街上最靓、最突出的崽了。”说完，他有些紧张地偷瞄了一眼原初悦，“我说过，我会让你一眼就能认出我来的。”

原初悦终于开口了：“你来干什么？”

孟江北努了努嘴，示意原初悦看自己背上的背包：“找你跳舞。”他顿了顿，又补了一句，“以前你答应我的，有空一起跳舞。”

原初悦最终还是把孟江北给放了进来，让他进了客厅。

客厅很宽敞，没有多余的摆设，连沙发都没有。客厅的正中央铺着地毯，光着脚踩上去毛茸茸的十分舒服。南边的电视墙上挂着一台七十寸的液晶电视，十分显眼。

孟江北从包里拿出之前校庆化装舞会得到的奖品游戏机，这是之前原初悦特地给他的，说什么舞会的门票她拿了，游戏机就给孟江北，两人两清了。

孟江北捣鼓了好一会儿，原初悦站在一旁冷眼旁观，看着电视上显示出游戏的画面。

孟江北深吸一口气，摆出沉重的表情："来吧！"

原初悦耷拉着嘴角，脚下动了动，终究还是跨出一步，站在了孟江北的身边。

一个小时后，孟江北像一条狗一样瘫在一旁苟延残喘，而原初悦站在客厅的中央旋转跳跃不停歇，大开大合地跳着舞，死死地盯着那宽大的电视屏幕，似乎要用尽全身的力量去跳舞。

三个小时后，原初悦终于停了下来，躺在了孟江北的身边，大口大口地喘着粗气，双眼无神地看着那水晶吊灯。不知是那灯光太刺眼，还是汗水进了眼睛难受得紧，一行清泪顺着原初悦的脸庞滑了下来，在即将掉到地毯之前，原初悦伸手擦掉了眼泪。

她坐了起来，胡乱地擦了擦脸，十分冷静道："你回去吧，四天后的决赛，我会准时到场的。至于这几天的练习，你帮我跟社长他们说一声，我就不参加了。比赛结束后，我也要离开社团了。"

孟江北没接原初悦的这句话，他也爬了起来自顾自道："不然我们再跳一轮吧。"

原初悦却主动拉住了孟江北的手："再跳几轮我的决定也是这样。"

孟江北回头认真地看着原初悦，一颗锃光瓦亮的脑袋在水晶灯的照耀下显得熠熠生辉。原初悦觉得这光头实在是刺眼，她移开了视线，在孟江北开口说话之前，垂着眸子，嘴角扯起自嘲的笑："昨天是我失态了，我已经忘了，也请你忘了吧，就当昨天那件事情没有发生，咱们俩也都没说过那些话……"

孟江北开口打断原初悦的话："对不起，我不能假装。"

原初悦咬了咬唇。

"我说的那些话，都是真心的。"

原初悦侧开脸，松开了拉住孟江北的手，谁知孟江北却反手攥住了她的手。原初悦扯了扯，没扯开，她深吸一口气，努力用一种轻松的语气道："没什么大不了的，我早就接受了我这个病，只不过是被人发现了而已，我能解决处理的。"

"你怎么解决？难道比赛结束后转学离开这里？"

孟江北一针见血，戳破原初悦的心思。

原初悦收起脸上的笑，看向孟江北："不然呢？你以为他们会放过我吗？我不傻，除了齐逸声他们，还会有谁千方百计调查我的事，还想要弄折我的手？无非想要我不能比赛罢了。他们之前没有成功，难道就会放弃了吗？呵，怕是我有病这个事早已经传遍学校了吧。你信不信我一打开手机，会有无数的人过来对我冷嘲热讽？孟江北你看，我就是这么不招人喜欢，从小是，现在也是。"

原初悦用力地将自己的手从孟江北的手里抽了出来："孟江北，逃避可耻，但有用。"

"错的不是你，是他们。"孟江北握紧了拳头，"他们犯的错，为什么要你来承担后果？

"原初悦，你要是不勇敢，那我来替你勇敢；你要是被冷嘲热讽，那我陪你一起抵抗冷嘲热讽。"

原初悦看了孟江北一会儿，错开了视线，轻声叹道："说得真轻松……"

原初悦推了孟江北一下："你回去吧。"

孟江北被原初悦扫地出门，他站在门口愣了一会儿，才拿出手机打开微信。微信消息被温宇飞刷了屏，他匆匆扫了一眼。

一口吃不成大胖子：这是怎么回事？

一口吃不成大胖子：是不是有谁想搞我们小仙女？是不是齐逸声他们！

……

一口吃不成大胖子：是不是真的？

一口吃不成大胖子：你和原初悦在一起吗？

……

一口吃不成大胖子：转告她，哥们儿挺她。

一口吃不成大胖子：我现在就去剃光头！你觉得再去弄个文身怎么样？

你在做梦吗：别瞎折腾了，剃了光头还这么帅的只有我一个。

孟江北刚发出微信，温宇飞的夺命连环电话就打了过来。他刚接通，电话那头温宇飞就火急火燎地道：“咋回事！”

孟江北拿开手机，给了温宇飞一分钟的发泄时间后，才凑近话筒：“行了，安静，听我说，你认识文学院的人吗？”

“认识啊。”温宇飞摩拳擦掌，“怎么，要写帖子反驳回去吗？”

孟江北想了想：“不，写几个帖子来黑我。”他顿了顿，补了一句，“最好是找一个羡慕嫉妒我对我成见很深的，告诉他，尽管写，自由发挥，不用给我面子。”

温宇飞：“你疯了？”

孟江北认真地道：“我没疯，我要和原初悦一起上热搜。”

孟江北挂了电话，又给程侑打了个电话。他还没开口，电话那头的程侑显然已经明白了什么：“几千人的项目？”

孟江北习惯性地挠了挠头，却摸了个空，脑袋上凉飕飕的怪不习惯的，他道：“嗯，几千人目前是不行了，先来个几十人的吧。”

程侑的回答和以往一样干脆利落：“好。”

电话那头程侑在键盘上敲了几下，好一会儿，孟江北才等到程侑的回复：“行了，连上跳舞机了。”

原初悦将孟江北扫地出门，却忘了让他把落下的游戏机一并带走。

原初悦盯着那游戏机看了许久，最终还是懒得再联系孟江北，让他回来拿走，也懒得去收，索性就让游戏机原封不动地连着液晶电视。她自己快速打开手机，也不去看消息，翻出辅导员的微信发了条消息请了几天假，就立马把手机给关机了，上楼继续去睡觉了。

有了孟江北这个前车之鉴，原初悦这次学乖了，将家里的门铃系统给关了，安安静静地宅了两天。

家里有米粮，原初悦厨艺算不上很好，但好在也能吃。

原初悦就这样吃了睡睡了吃，直到挑战赛决赛的前两天，她下楼倒水喝的时候，路过客厅，一瞥眼看见地毯上搁着的游戏机。她放下了水杯，摸了摸肚子。

最近好像有点胖了。

不然……

跳会儿吧？

原初悦打开电视，游戏机自动连上，出现了熟悉的跳舞画面。游戏机是自动连上 Wi-Fi 的，她随手点了个在线 PK 舞台，和网络上不知名的玩家开始了 PK。

两首歌刚跳完，正在等待第三首歌载入的时候，电视画面出现奇怪的抖动，鲜艳华丽的背景画面隐去，出现了一片雪花。

怎么回事？没信号了吗？

原初悦正要采取“拍电视”的措施，雪花画面没了，取而代之的是一堵白墙，一秒过后，一个光头少年出现在了画面里。

原初悦：“……”

原初悦还没来得及关机，光头少年开口了：“你好，欢迎来到‘两人公司’产品发布会，今天由我——孟江北来向大家介绍一下我们的新产品。”

什么鬼……

鬼使神差地，原初悦并没有关掉电视，而是任由电视画面里的孟江北继续介绍产品。

“今天要给大家介绍的，是我们公司的主打产品——照妖镜。这是一款基于数据库的人脸识别 APP，只要手机里装上这个 APP，对着人脸一扫，便能轻松获取对方的信息。因为保密性，目前产品还处于内测中，且内测名额只有一个，先到先得，某原姓小仙女可以插队。”

原初悦：“……”

原初悦动了动手指，再一次萌生了想要关掉电视的冲动，然而最后她还是没有采取行动，面无表情地看着电视。

她倒是要看看，孟江北还能整出什么幺蛾子来。

孟江北：“接下来，向大家展示一下我们的数据库资料。”

画面一切，一张大脸出现在镜头前，镜头晃动了一下，似乎是有人拍了拍镜头。

“喂喂喂？”那人后退了几步，镜头里终于能容纳下那张脸，那人对着镜头笑得像个弥勒佛，“开始了吗？记住要把我拍得瘦一点啊。”

“咳咳，我叫温宇飞，数独社 F4，是个风华绝代英俊潇洒的大帅哥，自愿成为‘照妖镜’人脸数据库提供者。在一个月以前呢，我是不相信这世上有人美心善的小仙女这种生物的，但是上天让我遇到了原初悦。我觉得，那就是救苦救难的仙女啊。她相信我，所以我也相信她，哪怕她认不出我这张精妙绝伦的脸。没关系，感谢照妖镜，帮助仙女认出我的脸！”画面里传来撕心裂肺的一声吼叫，“原初悦最强！没有‘面孔遗忘症’你就是天上的仙女，就算有了这个无伤大雅的脸盲症，你也是坠落凡尘的仙女。原初悦，欢迎来到数独社！很高兴认识你！就算老孟不让我说，我也要告诉你，我喜欢你，哥们儿的那种喜欢！嗷！老孟打人不打脸啊，知不知道！”

本来盘腿坐在地毯上的原初悦，突然挺直了腰背。

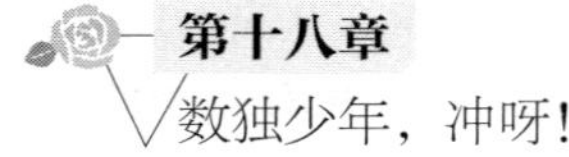

第十八章 数独少年，冲呀！

“我叫韩录，自愿成为‘照妖镜’人脸数据库提供者。”镜头里出现一张面无表情的脸，随后视频里出现了半分钟的安静。就在原初悦以为是网络卡了的时候，画面里又出现了声音。

“你好，我是重度毛绒生物爱好者，也是自带猫嫌狗厌体质者。如果你能让小橘亲近我一点，那我就勉为其难地承认……”韩录低下头，拳头抵在嘴边干咳了一声，一本正经道，“原初悦最强。”

“我叫程侑，自愿成为‘照妖镜’人脸数据库提供者。”程侑对着镜头笑得温文尔雅，“小悦加油，你是最棒的。”

……

“我叫徐诺，自愿成为‘照妖镜’人脸数据库提供者……”

“我叫韩睿，自愿成为‘照妖镜’人脸数据库提供者……”

“我叫倪宁宁，自愿成为‘照妖镜’人脸数据库提供者。”镜头里出现一个露出别扭表情的长发女生，“事先声明，我虽然自愿成为这什么破数据库提供者，但并不代表我就要和你成为好朋友。哼，我只是不想某些人走在路上有理由假装不认识我，顺便想借这个机会来嘲笑你罢了。你事事压在我头上，长得比我好看那么一点点也就算了，舞也比我跳得好那么一点点，气死我了，我难道就没有什么地方可以赢过你吗？我现在总算知道了，上天是公平的，让你长得好看、舞也跳得好，总要你付出一些代价的。啧，不过这算什么代价啊！总之，原初悦你给我记住，只有我有资格说你长得不好看又讨人嫌，别人这么说都是在羡慕嫉妒你！以后走在路上也不能装作不认识我！就算认不出我的脸，难道还认不出我的气质吗！”

倪宁宁盯着镜头，安静了三秒才突然小声道：“原初悦，你不知道我有多羡慕嫉妒你，你这么优秀又这么棒。我觉得以后我们还是可以做好朋友的……”倪宁宁突然变了脸，又凶巴巴地道，“哎呀，这个 APP 取的什么破名字，叫什么‘照妖镜’？我哪里是妖怪啦，麻烦改个好听点的名字行不啦！”

“我叫崔晓童，自愿成为‘照妖镜’人脸数据库提供者。原学妹，别人笑我太癫狂我笑别人看不穿，他们都欣赏不了我穿衣风格的美，只有你！原学妹，你拥有这世间最独特的审美观和最美丽的脸庞，别人都长得太丑陋了，记不住他们的脸并不是什么大事！他们不配不值得被你记住！嗯，除了孟江北。”崔晓童小声嘀咕，“最后那句是他逼我加上去的。”

……

“我叫……”

“我自愿成为‘照妖镜’人脸数据库提供者……”

不知何时，原初悦已经泪流满脸，泪眼模糊之际，画面里闪过一个人影，那人侧着身看着镜头，只看了一秒就移开了视线。

“我叫顾禾。”

仅仅只有四个字，再无下文。

原初悦再也忍不住，号啕出声。

402 训练室内，气氛沉默得有些诡异。

温宇飞看着孟江北等人像没事人一样自顾自地做着练习，忍不住了：“你们说，原学妹真的没事吗？”

孟江北表现得云淡风轻：“拜托，请对小仙女有点信心。”

只不过手中的笔一抖，一个“二”写成了“三”，出卖了孟江北此刻的心情。

“可是……”

温宇飞还想说些什么，“嘀——”的一声，门从外面被人打开，熟悉的身影站在门口，原初悦抿着唇看着众人：“我没来晚吧？”

温宇飞怔了几秒，突然蹦了起来，欣喜地道：“不晚，不晚！”

原初悦“嗯”了一声，放下背包坐到了熟悉的位置，四人对视一眼，谁也没有说话，默契地开始新一轮的练习。

开始之前，孟江北开口了，正色道：“之前也就算了，以后要是还无故缺席社团的训练活动，我就要对你做出惩罚了，就罚你……跟我剪一样的发型。”

原初悦：“……”

温宇飞听了直咂舌：“现在的年轻人，谈恋爱都这么狂野的吗？”

情侣 ID 他表示理解，情侣装他也赞同，但是情侣发型……

还有这么玩的吗？

这样玩，孟江北真的不会把自己玩死？

东齐大学近日多了一道“靓丽”的风景线。

以往数独社 F4 走在路上，十个人有七八个人会回头，两个为了孟江北，两个为了韩录，剩下的是团粉。现在他们走在路上，十个人有十个人会回头，他们的目标也很一致，都是——孟江北。

孟江北凭借着他花里胡哨的打扮，配着那锃光瓦亮的光头，成功地在数独社“流星花园”里 C 位出道，夺取了所有人的视线。

数独社“流星花园”表示，如果得到 C 位要付出这么大的代价的话，那么他们甘愿把这荣耀的王冠双手奉上。

凡是见识过孟江北现在这穿着打扮的少女们心都碎了，女生宿舍夜间的话题也成功地由各路明星八卦变成了对东齐男生审美观的讨伐。

校内灌水论坛的某个帖子也大爆了——“论M同学的审美是怎么练成的”。

经过高达三千多楼来自各大院系同志们的热烈讨论后，终于得出了一致的结论——

孟江北的穿衣审美，是受同社来自艺术系的崔晓童影响的。

孟江北的发型审美……那可能是为了掩盖他日渐稀少的发量。尽管光头也无法掩盖孟江北的帅气，但是东齐女生还是暗搓搓又新开了一个帖子。帖子的主题简单粗暴——募捐给 M 同学植发。

她们的口号也相当直白——你一块，我一块，赶明儿就能和 M 过一块；少喝一杯奶茶，圆校园男神一个梦。

甚至还有个大触亲手绘制出了一个 Q 版动态表情包。Q 版的孟江北扭着屁股，头顶上冒出一句话：“今年过生日不收礼呀，收礼只收植发套餐。”

挑战赛最后一轮决赛开始的前一天晚上，402 训练室内，日常的训练结束后，一直控制不住想看看原初悦状态的温宇飞提议让大家放松，假装无意间随手点开了舍友发给自己的一个链接，语气相当轻松愉悦：“我舍友说最近学校论坛里最火的帖子就是这个了，虽然咱们最近忙着比赛，但是也要紧跟时事，关心一下学校最近的八卦动向嘛。我特地攒着没看，带来跟你们一起分享哦。”

温宇飞余光瞥见，原初悦听见这句话时，手抖了一下。他假装没看见，一边说着，一边把投影仪连上了电脑，点开了链接。帖子标题后面跟着一长溜的火焰标志，表明了这个帖子火得一塌糊涂的地位。

众人的脑袋默契地往孟江北那边偏了十度，又整齐地转了回来，眼观鼻鼻观心，努力做好自己的表情管理。

温宇飞身为帖子的谋划人之一，强忍住笑：“嗯，八卦嘛，十有八九都是假的。没关系，我女朋友还发给我一个募捐链接，我们看看能不能捐点钱，就当为后天的比赛积攒人品！”

温宇飞点开了下一个链接，募捐的一楼赫然放着崭新出炉的Q版表情包。

众人：“……”

孟江北坐在那儿，一脸的“天凉了，这个世界该毁灭了”。

温宇飞再也无法管理好自己的表情，干笑几声道：“呵呵，现在虚假募捐消息也这么多，真是世风日下啊。”

一室沉默。良久，有人忍不住“扑哧——”笑了出来。

众人回头，却见原初悦笑得眉眼弯弯。

今天的日常练习后，又是孟江北和原初悦留到了最后。收拾东西的时候，原初悦看着孟江北那十分亮眼的光头，没忍住问出口：“你快生日了？”

孟江北收拾背包的动作一滞，嘴角无意识地上扬了，美滋滋地想，原初悦会主动关心他了？还知道他快生日了！

孟江北努力让自己看起来不要太过心花怒放：“是啊。”

原初悦问：“你有什么想要的礼物吗？”

孟江北云淡风轻地道：“送礼物这件事呢，主要还是要看心意。”

原初悦“哦”了一声，孟江北等了好一会儿也没等到下文，忍不住问：“你怎么知道我要生日的？”

“那个募捐帖子上不写着呢吗？”

原初悦突然笑了笑：“就那个表情包啊，‘今年过生日不收礼，收礼只收植发套餐’。”

孟江北：“……”

原初悦琢磨着："植发套餐好像挺贵的，不然我送你一顶假发吧。"

孟江北："……"

原初悦又问："你喜欢什么样的假发？"

孟江北："……"

孟江北磨着牙，一字一顿地道："我到底为什么剃光头，你心里能不能有点数啊！"

原初悦眨了眨眼："难道真的是因为中年秃顶危机提前来临？"

孟江北："……"

所以，他到底为什么会喜欢上原初悦？

她不是小仙女。

她是魔女。

孟江北没想到原初悦会主动约他出来。

原初悦约他在小橘常出没的教职工公寓楼后的小山坡见面，孟江北赶到的时候，原初悦正抚摸着小橘的肚皮。小橘一反往常见到韩录的态度，舒服地晃着尾巴躺平任摸。

孟江北坐到原初悦的身边，先是展示了一下自己胸口的"孟"字，又摸了摸招牌的光头，咳了一声道："找我干什么？"

原初悦从背包里拿出华容道，表情上看不出别的意思："今天的华容道还没比。"

孟江北有些不可思议："就为了这个？"

原初悦反问："不然还能为什么？"

孟江北不吭声了。接下来的华容道比拼，孟江北超常发挥，用实力碾压原初悦，表示他这会儿很不开心。

相当不开心！

原初悦挣扎了三盘，却一盘比一盘输得惨。她"啧"了一声，嘟囔："真小气。"

孟江北义正词严道："我要是放水是对你的不尊敬。"

原初悦扯了扯嘴角："本来还想着，我要是赢了，就送你一个礼物安慰一下你。"

孟江北竖起耳朵，脸上的表情由阴转晴，还装模作样地道："我又想了一下，咱俩这关系，也没必要分什么尊敬不尊敬的。"

孟江北迅速整理了一下华容道，正色道："再来一局吧，这次我要拿出我真正的实力了！"

原初悦："……"

孟江北之前说的果然没错，男人说话就是放屁。

孟江北意思意思挪了几下棋子，密切关注着原初悦那边的战况，等原初悦挪了最后一步的时候，他立马说道："我输了。"

敷衍的态度展露无遗，充分显示了男人的劣根性。

原初悦翻了个白眼，从背包里拿出一个包装精美的盒子扔给了他："呐，给你的。"

孟江北努力克制让自己的嘴角上扬得不要太过分，迫不及待地接过那盒子，手上动作却又小心翼翼："哎呀，不过年不过节的，送我礼物做什么？"

孟江北的好心情在看见盒子里的东西时，被一盆冷水给浇灭了。

那是一顶假发。

原初悦笑吟吟地道："送你的，生日礼物，生日快乐呀。"

孟江北：不，他一点都不快乐。

小橘显然对孟江北手中那顶假发十分感兴趣，伸出爪子就想要划拉一下，孟江北却眼明手快地将那顶假发塞回了盒子里，小心翼翼地护在怀里防止小橘捣乱。

小橘气呼呼地瞪着孟江北，伸出爪子不轻不重地抓了一下他的裤子。好在这个季节穿的衣服厚，小橘的爪子攻击并没有对孟江北造成什么伤害。

孟江北愤怒地看向原初悦，原初悦却歪了歪头，摆出一副纯良无辜的小仙女姿态："怎么，你不喜欢吗？"

她绝对是故意的！什么人美心善的小仙女，都是假象！

这就是个彻头彻尾的小魔女！

孟江北咬着牙，一字一顿地道："喜欢，喜欢死了！"

原初悦拍了拍手，说完就溜："礼物也送了，那我就先走了哈，你可以在这里和小橘分享一下收到礼物的喜悦。"

原初悦说着，又示意孟江北看一眼小橘。小橘还在费劲地扒着孟江北的裤子，试图染指被孟江北抱在怀里装有假发的盒子。

孟江北连忙挥了挥手，试图赶走小橘。

原初悦走出两步，又回头冷不丁喊道："孟江北。"

“嗯？”

“谢谢你。”原初悦站在月色里，笑得温柔，“我很期待你的‘照妖镜’。”

孟江北突然觉得有些不好意思，“啧”了一声：“咱俩客气啥。”

“论坛里说你的那两个帖子，也是你弄出来的吧。”

孟江北被戳破了也不否认，大方地承认：“是啊，我想和你一起肩并肩上热搜嘛，现在可好，咱俩都是学校里的大名人了……”

孟江北还在絮絮叨叨说着有的没的，原初悦又问：“那个数据库说明里，为什么没有你？”

孟江北摸了摸下巴，没吭声了。

良久，温柔的夜风吹来了孟江北的回答。

“那当然是因为……没有这个 APP，我也会让你认出我来呀。”

挑战赛最后一轮决赛召开的那天，是个阳光明媚的好日子。原初悦收拾妥当出门，却发现门口早就等着一个人。孟江北回头，晃了晃手中的袋子，笑得比阳光还要灿烂：“早啊，孟江北想问你，吃不吃早饭？”

原初悦一声不吭地拿过那袋早餐，翻开一看，粉丝包子和豆浆。她撇了撇嘴：“虽然我很爱吃，但是下回能不能换换口味？”

孟江北喜笑颜开地追上去：“孟江北表示收到！”

原初悦吸了一口豆浆，含含糊糊地问道：“今天为什么没有戴假发？是瞧不上我买的假发吗？”

孟江北：“……”

孟江北咬牙：“明天就戴！”

原初悦“哦”了一声，捧着还带着温度的豆浆杯子道：“要是真的不喜欢也没关系，我可以再给你买个新的礼物。”

“真的吗？真的还有新礼物吗？”

原初悦“呵”了一声：“看吧，你果然还是不喜欢我买的假发！”

孟江北：“不，我没有！”

“男人说话都是放屁！”

“我孟江北从来不放屁！”

“我知道你是孟江北了，能不能不要再强调？”

“不行，从此以后‘我孟江北’就是我的口头禅了！”

两人吵吵闹闹直到上了大巴车，温宇飞沉默地看着大巴车最后面角落里的两个人，忍了又忍还是没忍住拉过韩录：“我怎么觉得今天这两人之间的气氛好像不太对劲？”

韩录意味深长地看了他一眼：“不，你不是一个人。”

温宇飞忧心忡忡地道：“这两人这个态度，应该不会影响比赛吧。”

韩录耸了耸肩：“放心，爱情是盲目的，能够让人盲目自信。”

几人下大巴车时，正好看见顾禾一行的大巴车停在了旁边。

两行人从车上下来，正好狭路相逢。

温宇飞和启元数独社的社长华擎天那可是老交情了，当即冲他打了个招呼：“老华，你们数独社之前的表现很不错啊！”

华擎天带着队伍，冲天翻了个大大的白眼。

不就以一分之差拿下了第一吗？瞧温宇飞这小人得志的模样。

华擎天酸溜溜地道：“呵呵，你们表现得也很好啊。”

温宇飞在外人面前，尤其是华擎天面前，一向会装腔作势，他笑得矜持而又不失礼貌：“哪有哪有，就是运气好了一点而已。”

龙琪琪从华擎天身后钻了出来，冲原初悦打招呼：“呀，顾禾的妹妹也在呀，你上次比赛表现得可真不错！”

这里人太多，原初悦本来没有认出对方来，但是会用“顾禾的妹妹”这个称呼来喊她的，只有龙琪琪一个人。她下意识地看了一眼龙琪琪身边面色冷淡插着兜的少年，少年冲她的方向颔了颔首。原初悦侧头，发现自己身边的程侑也冲对方点了点头。

是顾禾。

孟江北漫不经心地看了一眼原初悦，往前一步拦在了她的面前，开口道：“顾禾表现得也很不错。”

孟江北一句话就点明了顾禾的身份，顾禾看了他一眼，开口了，声音清冷：“你也很不错。”

龙琪琪：“？？？”

怎么，现在是大型互夸现场吗？

龙琪琪犹豫了一下，迟疑道：“那……其实我觉得我表现得也挺好的。”

孟江北丝毫不觉得这“互夸现场”有多么尴尬，甚至想把这“尴尬”的气氛烘托到极致，他开口了：“既然这样，我们互相握个手庆祝一下彼此顺利晋级再说句吉祥话吧。”

众人：还能有这样的骚操作？

而且晋级结果都出来五天了，现在才庆祝会不会有点晚？

孟江北给众人打了个样，神态自若地冲顾禾伸出了手。顾禾深深地看了他一眼，他也不虚，任由顾禾看着他，两人僵持了三秒，顾禾终于伸出手握住了他的手。

孟江北张口就是一串吉祥话："祝你事事顺心，万事如意，身体健康，阖家欢乐。"

众人："……"

顾禾扛住了孟江北的骚操作，回道："那也祝你早生头发。"

孟江北面无表情地收回了手，又向龙琪琪伸出了手，轻轻碰了一下一触即离："祝你的男朋友以后能多说人话。"

温宇飞紧跟上孟江北的步伐，向华擎天伸出手："祝你年年有今日，岁岁有今朝，人如其名一柱擎天。"

华擎天："那我也祝你吃得好睡得香，多多保重。"

温宇飞："呵呵。"

于是在众目睽睽之下，这边变成了大型握手祝福现场。

轮到原初悦了，原初悦抿着唇，手试探地刚伸出，犹犹豫豫地又想缩回去，在缩回去之前，一只手抓住了她的手。

龙琪琪笑嘻嘻地抓着原初悦的手，扭头对顾禾说："我不怎么会说吉祥话，顾禾，你替我多说几句。"

顾禾轻飘飘地看了原初悦一眼，原初悦僵硬地扯出一个笑容。

原初悦感觉自己等了很久，才等来两个字，就像久旱的土地迎来了甘甜的雨水。

"加油。"

原初悦的笑容更大："你也加油！"

决赛的最后一轮仍旧在奥体举行，因为工作人员"贴心而又善意"的安排，孟江北等人又和齐逸声挨着坐在了一起。

齐逸声脸色阴沉地看了原初悦一眼，连表面工作都懒得做，语气不善，挑了挑眉："我还以为校园论坛那些帖子都是谣言，原来……孟学弟，你这是削发明志还是聪明绝顶？"

孟江北回道："齐学长要是也想让别人觉得你'聪明绝顶'的话，我可以把 Tony 老师的微信推给你。只不过我觉得你不需要 Tony 老师，再过几年你的头发完全可以靠自己的努力实现‘聪明绝顶’的目标。”

原初悦接话道：“嗯，齐学长不管是人，还是头发，都很努力呢。”

齐逸声：“……”

齐逸声扯了扯嘴角，皮笑肉不笑地道：“我倒是不知道孟学弟和原学妹的关系这么好，哦对了，不知道原学妹这回知不知道我是谁？需不需要我做个自我介绍？”

冷不丁被戳中伤口，原初悦僵住了，她深吸一口气，正要开口反驳，一直捧着手机玩的韩录在这时接了句话：“你知道天鹅湖情侣殉情事件吗？”

齐逸声：“？？？”

韩录：“知道 M 同学审美转换之谜吗？”

齐逸声：“……”

韩录神色淡淡地道：“哦，没关系，你不知道的还有很多。所以原初悦不知道你是谁也很正常。”

齐逸声：“？？？”

这什么强盗逻辑？而且这些事根本没联系吧！

齐逸声明知道自己不该把这个话题继续下去，但还是没忍住道：“一段时间没见，韩学弟似乎活泼了不少。”

韩录又捧起了手机，语调没有任何变化：“嗯，就像我之前说过的，你不知道的事情太多了。”

齐逸声“呵呵”笑了两声：“没错，我不知道的事情真是太多了。”

他不知道当初陈曦学长为什么让温宇飞参加了电视台那场比赛，不知道为什么大家都推举温宇飞当了社长，更不知道明明一切都安排好了为什么突然又冒出来一个原初悦。

他要是早知道……

齐逸声凶狠地看了一眼原初悦，原初悦毫不畏惧地回看了过去。游望坐在齐逸声的身后，死死地捏着自己的拳头没有说话。

苏秦在台上宣布最后决赛的规则。

“和第一轮一样，今天的决赛也是采取障碍赛的比赛形式。今天比赛的队伍共有四队，决定第一场比赛是哪两支队伍互相 PK 的决定权就在上次比赛以第一名成绩出线的队伍手中！孟江北一队，请你们先选择想要 PK 的对手！”

苏秦这话一出，满场哗然。

这个决定权，对孟江北他们来说无异于一张王牌。只要选择实力最弱的队伍，那么他们就能轻松无压力晋级下一轮比赛。

而实力最弱的队伍，哪怕齐逸声不想承认，但的确就是他们这一支。

满场的观众选手，包括齐逸声等人都以为，孟江北他们会选择自己。

孟江北回头和队友们对视一眼，大家默契地点了点头。孟江北做出决定，看也不看身边的齐逸声一眼："我们选择的对手是——顾禾队。"

顾禾一点也不诧异，抬头回望了孟江北一眼。

齐逸声和游望攥紧了拳头。

韩录在这时施施然冒出一句："有些人，不配称之为对手。"

比赛即将开始，双方选手依次入场。

原初悦慢了三人一步，弯腰从随身背包里掏出什么东西戴在了头上。

孟江北回头催促："原……"却在看见原初悦脑袋上那顶帽子时哑口无言。

那是一顶很眼熟的帽子。

原初悦戴着帽子，泰然自若地往前走去，和孟江北擦肩而过，走了三步又回头催他："怎么？你昨天不是说要很快地朝我跑来吗？这就跑不动了？"

阳光下，镜头前，原初悦棒球帽上那一行字无比耀眼——追尾就娶。

孟江北突然就笑了，抬起脚快步追上了原初悦。

身后，落下一地暖暖的阳光。

（全文完）